策劃主辦
行政院文化建設委員會
出版發行
國立台灣文學館

〈主委序〉

走一趟深度文學之旅

百年來台灣文學成果豐饒，名家輩出，許多感動人心的作品於特定空間孕生，無論是作家個人的書房、研究室，或是作家喜愛駐足的咖啡屋、聚會所等，此類文藝公共空間及作家私人寫作現場，都成為文學生產的重要場域，標誌著台灣文學的歷史記憶。

基於上述背景，本會策劃「尋找創作現場」出版計畫並委由國立臺灣文學館執行，此為本會「文學著作推廣計畫」項下年度主題閱讀推廣活動，內容含括專書出版及後續推廣計畫，為期兩年。《我在我不在的地方——文學現場踏查記》集結諸多創作好手撰寫而成，透過精準動人的報導文字、照片與手繪地圖，重現作家創作現場，逐一架構起台灣的創作地圖，讓讀者得以了解創作歷程、環境互動，以及文人、作家、知識分子間相互聯繫的文學系譜。我們甚至可以視之為深度的文學導覽手冊，帶著這樣一本書，便可啟程探索書中描述空間所蘊藏的文學淵源與風景。

明年適逢建國一百週年，文學正是歷百年而不朽的文化展現，本書的出版，足可見證台灣豐厚的文化底蘊。盼望在迎接下一個百年盛世來臨之際，文學大業得以永續長存。

行政院文化建設委員會主任委員 盛治仁

〈館長序〉

四方湧現的文學輝光

把創作當行為來看，當一個人援筆寫下事之始末與心理感受，我們知其無法擺脫外在的自然與人文環境，以及內在的自我體質與表現符號的制約或影響。因我們是從作家之驅遣文字來看他在寫什麼以及怎麼寫的，有時會有一些相關的傳記資料，或別人的評論文獻可資參考，但重要的還是那被稱之為文本的東西，它們究竟以一種什麼樣的心情？對應著一個什麼樣的創作現場？作為一位稱職的讀者，有責任去做某種程度的了解。

但創作現場這種客觀的存在，往往和工作、生活有關，有定點，也會移動，不一定只是創作的當下之所在，換句話說，這和作家的寫作習慣有關，也和他的生活方式、生命樣態有所關聯；如果只是要知道個大概並不困難，但要深入、細部了解，可能得分別去看個別文本的生產狀況，有時一篇文章也可能完成在旅途中，其創作現場就不是一個定點了。

廣義來說，我們把作家的生活空間視為創作現場，其中當有自然與人文二者，它們將以何種姿態進入作家的創作文本之中？當然要看寫的是什麼，和文類、篇幅、題材等都有關，有時它們會是直接描寫的對象，有時只是個背景，有時甚至會抽離實景，物色模糊，或只存一點點氛圍而已。

尋找創作現場，必先對當代文學環境有所認識，對作家創作狀況有所了解，再經由相關文獻的閱讀，再進行諸多現場的尋訪踏查。大體來說，這是運用報導文學的方式去追蹤作家創作的原點，卻也無可避免地牽繫起作家的人生，以及他的寫作歷程等。當眾多作家的創作現場同被置放於一張大大的台灣地圖上，我們彷彿看到了四面八方熠熠閃爍的文學輝光。

本書略分二輯，輯一收十四位個別作家創作現場之踏查，輯二收八個日治以降文人作家的集體活動空間之報導。製作時間並不寬裕，篇幅也有限，謹以初步成果就教於方家，盼望將來能再編續集。

國立台灣文學館館長 李瑞騰

〈導言〉

走尋台灣新文學地圖

向陽（國立台北教育大學台灣文化所所長）

台灣新文學運動發展至今已屆九十年，在這塊美麗土地上孕生的作家，根據封德屏編《2007台灣作家作品目錄》所收，就多達2500餘位作家，無論從事論述或從事詩、散文、小說、劇本創作，他們都孜孜矻矻，嘔心瀝血，為台灣新文學增添內涵，開拓版圖。作家們分散於全國各地，他們的創作現場，提供給他們書寫的養分，也提供給他們想像的活水。創作現場，猶如工廠，也猶似舞台，作家工作其中，悠遊其上，在最熟悉的空間中，他們醞釀新作，建構夢想，最後完成可能傳世或者被讀者喜愛賞讀的作品。作家的創作現場，因此足以提供讀者或研究者研讀文本之餘，最富參考價值，同時也具有追撫作家創作身影的文化意義。

作為書寫空間，作家的創作現場不僅只是一個書寫空間，書房、咖啡廳、田園、林邊、水湄、山村、小鎮，乃至於街巷、廊下、客廳……，這些作家游藝之處，以它們的不同特性，進入書寫者的生活、作息、呼吸之中，建構了潛在於作家胸壑、揮灑於作家筆下的氣息和氛圍。這些空間，既是書寫的場所，標誌了不同地理位置的經緯；也是時間流動之處，記錄了作家生命、歲月，也充溢著時光的色澤；同時，因為作家的個性、思想，結合了他們和生活現場的感悟，也使得「在地」的集體記憶甦活、共同想像凝聚——書寫空間，標記的是作家及其作品誕生之地，地理的脈絡和歷史的鑿痕蘊藏其中，使得此一空間煥發生氣，磅礡動人。

文訊雜誌社編輯製作的這本《我在我不在的地方——文學現場踏查記》，正是這樣一本以追索作家創作現場，彰顯台灣新文學與土地空間的關聯的好書。文學書寫現場，既然具有歷史、地理和集體記憶的三層內在性，通過青壯代作家的慧眼、彩筆，進入現場而重建圖像，照亮灰暗長廊，重現歲月色澤，讓我們在閱讀過程中回到作家創作的某一個時間點、某一個關鍵場所，印證我們閱讀作家作品的心得，召喚我們的感動，並且因而更深刻了解文學作家的創作風格、精神和生命，正是這本書最為可貴之處。

書寫空間，是作家作品醞釀、寫作與完成的場所。這些場所可能是山巔、海濱、大城、小巷，可能是咖啡店、騎樓下、林邊、水湄，也可能是客廳、酒樓、田間、船艙，乃至拘留所、牢房……，這些場所，是作家生活、作息、休憩之地，也是他們尋思創作題材，建構想像與完成篇章之處，其中充盈著作家的呼吸、氣息，也滿溢著書寫的情境、氛圍。這使得這樣的空間充布時間的流動，叮叮噹噹、漩漩澴澴，耗盡作家的氣血、歲月與生命。這是作家生命史的寫真，也是台灣文學史的現場。我們看到作家在歷史現場中奮力拚搏，低吟高歌：他們可能是日治年代八卦山下「走街」的賴和、東海花園種花的楊逵，可能是戰後跨越語言障礙的左營的葉石濤、龍潭的鍾肇政、美濃笠山的鍾理和、關子嶺笠園的陳秀喜，也可能是以客廳為文壇的林海音、高樓望海的余光中、磺溪畔的艾雯、陽明校園的張曉風、宜蘭平原的黃春明、溪州田園的吳晟、同安街的王文興、街頭運動的莫那能……。在他們的書寫中，土地被賦予了情感，在他們的名篇之中，歲月著上了色澤，而文學這樣安靜的事業，也就水聲淙淙而生動了起來。

書寫空間，也可能是一群作家聚集、聊天，甚至展開文學乃至社會運動的場所。這些場所可能是聚會廳、山房、林園，可能是酒樓、咖啡館、俱樂部、小酒店，也可能是街頭、大會場、學校，甚至鹽田、荒地、廟宇……，這些場所，是作家社群議論文學、社會、政治的所在，也是他們擊缽、演說、發表宣言、編輯刊物，乃至密謀革命之處，其中可聞高談闊論、輕聲細語，也可見聞滿室酒香菸霧，充滿文人社群的浪漫顏彩、激情喧譁。這樣的空間是地理的聯結，彎曲迴繞、縱橫經緯，因而可能引發一場論戰、掀起一個運動，甚至改寫一個年代；並且，標誌特屬於某一個地區的文學風華。我們看到文學史上的運動、風潮，多半來自這些相濡以沫、惺惺相惜，但也可能割袍斷義、叛然相離的文人社群，伴隨著他們活躍的場所、社區乃至地域。我們重回第一才女張李德和的琳瑯山閣、櫟社詩人吟詩的萊園、鹽分地帶詩人群的鹽田、台灣文化協會革命青年講演的市街、文人雅聚的江山樓，一時多少豪傑，為了他們的志業相偕與共；我們也看到鄉土文學論戰階段人聲鼎沸的耕莘文教院大禮堂、《現代文學》年代文人與畫家熙熙攘攘的明星咖啡館、從左營出發落腳內湖高舉超現實主義大纛的創世紀詩人群……。在他們的群聚、宣言和行動之下，文學思潮、文化風潮、乃至社會運動，於焉形成，他們讓土地、場所等空間生發了被記憶、被傳頌的意義，也建構了不同程度的典律，召喚後來的我們有所依循、有以抗拒，刺激我們尋思如何尋找、建立屬於我們這個年代、這個土地的典律。

這些故事被我們共同記憶，這些文人軼事被我們共同珍惜，是因為故事發生於我們的歷史中、軼事出現在我們的土地上。感謝文訊雜誌以及未來也將寫出不同故事的青壯代作家，他們耙梳文學的書寫空間，讓我們得以回到歷史長廊中看到前人的奮鬥；繪製台灣新文學地圖，讓我們可以俯瞰這塊土地生發的文學山水。書寫的意義，在於文本不斷被重寫；文學現場也是，意義在於不時有一批好奇的尋訪者重履舊地，改寫空間，再開新域！

目次

輯一

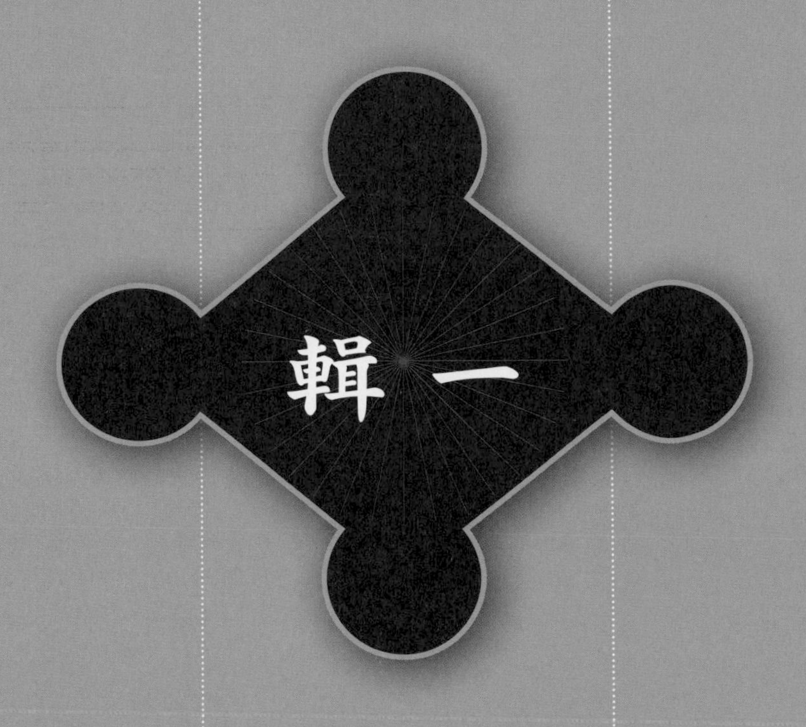

輯一

賴和

賴和文學與彰化城如此緊密的關聯性，
帶給我們更深切的意義其實是：
賴和不僅是台灣的大文豪，也是一個具有世界視野的好作家。
賴和作品的選材都是來自身邊腳下——廟口、公學校與菜市場，
但在這些市井空間裡，
他深刻掌握了台灣人命運的脈動。

（賴和紀念館提供）

賴和，本名賴河，筆名懶雲等，籍貫台灣彰化，1894年生，1943年辭世，得年49歲。日治時期台灣總督府醫學校畢業。1917年於彰化建立賴和醫院，1918年曾赴廈門博愛醫院工作。除行醫外，曾任台灣文化協會理事、《台灣民報》文藝欄編輯，以積極推展台灣新文學運動。創作以詩、小說為主，積極推行白話文學，希望藉由文學來啟發民智，被尊稱為「台灣新文學之父」。著有《賴和漢詩初編》、《一桿稱仔》等，前衛出版社出版《賴和全集》六冊。1994年財團法人賴和文教基金會成立，1995年成立賴和紀念館，館藏有完整之賴和遺物、藏書、字畫、手稿及相關文獻資料，更設立賴和醫療服務獎與文學獎；頒發台灣文學研究論文獎，並舉辦各種文學講座與文學活動，積極振興台灣文化水平。

賴和文學地圖

文學現場踏查記

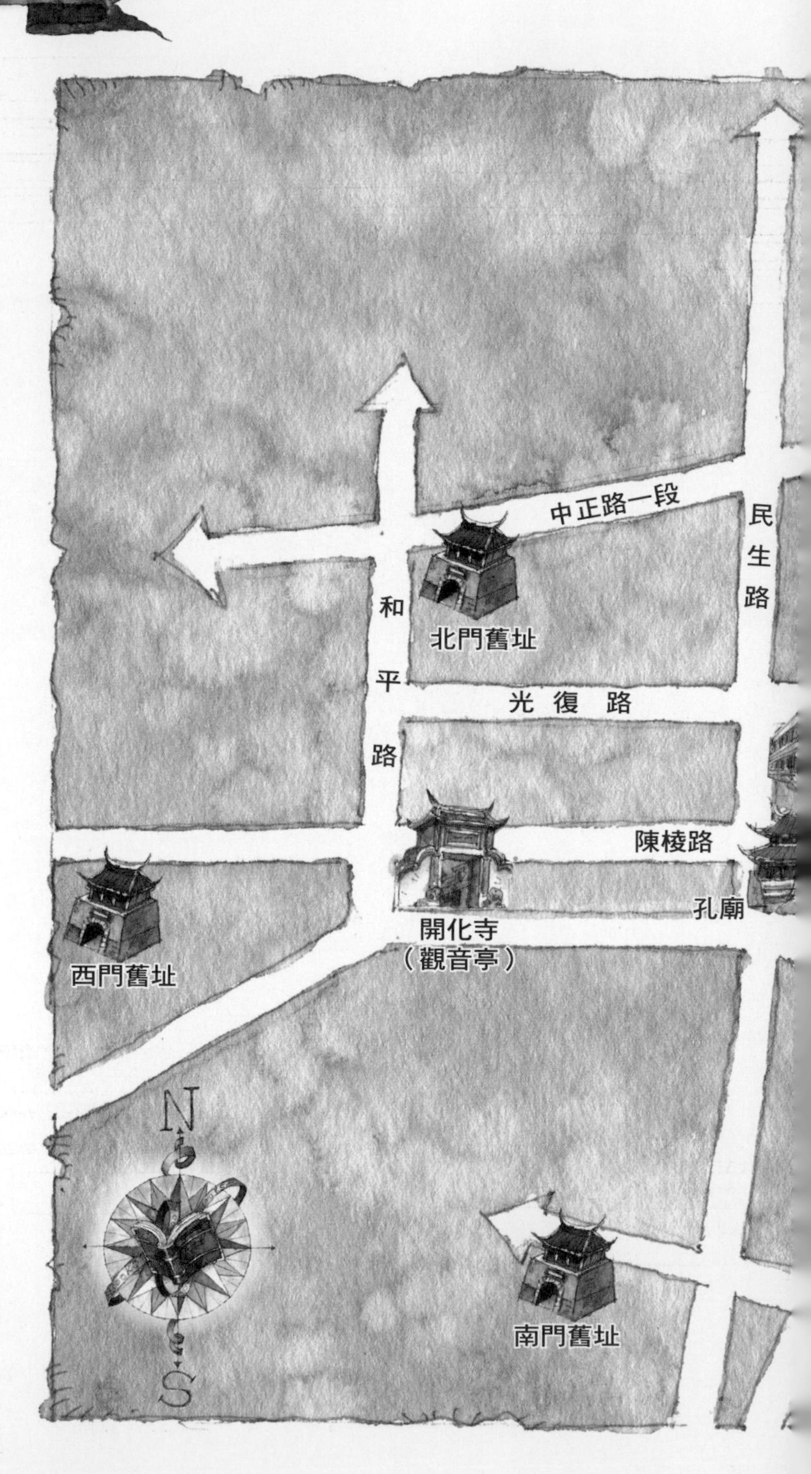

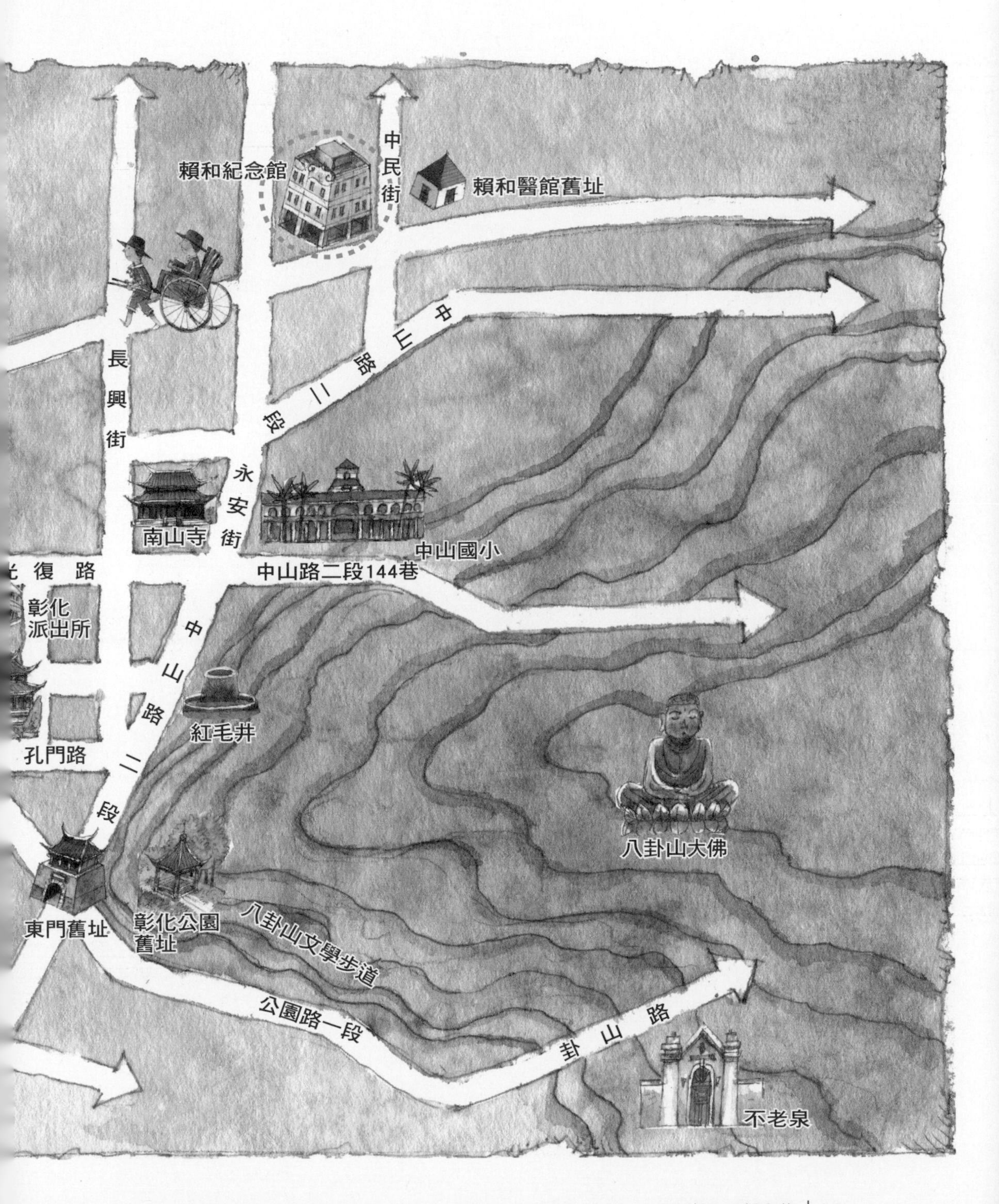
賴和紀念館
中民街
賴和醫館舊址
中正路二段
長興街
永安街
南山寺
中山國小
光復路
中山路二段144巷
彰化派出所
中山路二段
紅毛井
孔門路
八卦山大佛
東門舊址
彰化公園舊址
八卦山文學步道
公園路一段
卦山路
不老泉

八卦山下走街仔先
賴和文學與彰化城

◎陳建忠

賴和故居暨診所，門前停放賴和出診時所用之人力車，
許多作品是在坐車時完成。（賴和紀念館提供）

走街仔先賴和

在日治時期台灣作家賴和（1894～1943）的一首漢詩〈十日春霖〉裡，他寫到：「心情俗化久無詩，墜落雖深卻不悲。要向民間親走去，街頭日作走方醫」。由於是「走方醫」，四處走動為人看診，因而也就深入民間世情。故他為自己取的筆名：「走街仔先」，既是走街看病的先生（醫生）；何嘗不是自況他創作素材的來源，正來自於走街之所見所聞。

因此，賴和的文學，固然背負著殖民地時代沉重的議題，但他的思考與解決之道，卻都不是高蹈的理論或言詞，而往往就是取材自市井人生的悲喜劇。畢竟，殖民地廣大的庶民生活，最能反映問題的真相，也是懷抱淑世理念的知識分子最需凝視、理解的對象。賴和的文學，乃緣此而充滿著彰化城街市地景與民俗色彩，有如當代地誌書寫的前導者。

彰化原名「半線」，係因早期為平埔族巴布薩（BABUZA）半線社所居之地。至1815年清代嘉慶年間，四個城門分別建造完成，規模延至日本殖民時期才因道路擴建等原因逐漸被拆除，故本文稱之為彰化城。

根據《彰化市志》所載，賴和居住的市仔尾街（今中正路永樂街至中山路之間），因位居北門口街（今中正路從和平路至永安街之間）東北東方之末端，稱之。中正路，在日治時期被稱為「北門大通」，熱鬧異常，亦有「彰化銀座」之名。至於北門口街、竹圍仔街、中街仔、祖廟仔與市仔尾街五個街段，於清末到日治初年逐漸形成接連的商業街，統稱為「五福戶」。賴和便是以此街市居家為中心，展開他的走街之旅。

順著他作品的指引，我們不難發現賴和的創作與土地的密切關係。賴和走過彰化城的街市，彰化的街市則走進了他的作品當中。我們當可在這些作品裡，聽見生民的歌哭，更可窺見一個自許為「走街仔先」的作家，如何把這些再日常不過的故事，提升為台灣文化的優美修辭，終於開啟了台灣文學嶄新的一頁。

賴和在彰化的成長軌跡

很多作家都有孕育他們作品的「土壤」，讀過川端康成《古都》

日治時代彰化鳥瞰圖節錄。（翻攝自莊永明編《台灣鳥瞰圖》）

的人想必知道，作品中寫到的京都祇園祭，那樣富於宗教氣息又絢爛熱鬧的場景，正是他展現對日本文化愛戀的模型。喬伊斯的《都柏林人》雖然寫於海外，但那個令人既愛又恨的愛爾蘭城市與市民，卻是寫作的動力來源。至於福克納《喧嘩與騷動》裡，美國南方密西西比河畔的村落，則是他用現代主義演繹繁複人性的鄉土空間。除了在文本的世界中漫遊，似乎也不妨走入那被指涉的現實地點，這種出入虛實之間的文學行旅，無疑是相當有趣的閱讀經驗。

而回到台灣文學的脈絡裡，我們同樣也可以展開一場關於文本內外的文學行旅。終其一生在日治時期活動的「台灣新文學之父」賴和，多數作品也一樣根生於當年的彰化，順著他作品的指引，我們不難發現賴和的創作與土地的密切關係。

賴和出生於西元1894年5月28日（農曆4月24日）。在他出生那年，發生了一件影響他很大的歷史事件，那就是1894年7月清廷與日本因朝鮮問題引發的甲午戰爭。當時原名賴河的賴和，不過剛出生不到三個月，他在國籍欄上註明的是「大清國子民」。不過，1895年4月，當戰敗的清廷與日本簽訂「馬關條約」，賴和的國籍在那一刻起就變成「日本帝國殖民地臣民」。無疑地，賴和受到這個變化的影響是無比的巨大。

就族群而言，賴氏家族位於彰化市劉厝墓的祖墳上記載「廣州公」，其歷代高曾祖考妣神位亦記載原籍廣東省潮州府饒平縣，所以說賴和是客家人的後代。不過，賴和終身創作都使用福佬話，但自己說過是已經忘記「客家話」的客家人；也就是被福佬人同化而不知如何說母語的「福佬客」。賴和的先祖賴鳳高在清代原是花壇鄉的大地主，賴老先生不但發心捐獻虎山岩現址的土地，並籌建虎山岩廟寺，顯見賴家過往家道殷實的一面。

1903年，10歲的賴和先被送入書房學習漢文，10月時才被書房先生送進彰化公學校（原設於彰化孔廟）。1907年春，14歲的賴和，又被送到設於彰化南壇（即南山寺，位中山國小對面）旁地方父老所築之小逸堂，接受塾師黃倬其（黃漢）的教導。因此，賴和等於同時接

賴和曾就讀的彰化公學校，原設於左上圖的孔廟內，後更名為右圖的中山國小。左下圖為小逸堂，今南山寺。（李昌元攝影）

受兩種教養的體系，這也成為形構他豐厚思想的基礎。

賴和在1909年3月自公學校畢業，4月考入醫學校（現改為台灣大學醫學系），這可以說是當時台灣的最高學府。1914年4月，賴和從醫學校畢業，暫時先在台北服務一段時間後，1914年12月轉至嘉義醫院就職，1915年11月回鄉與西勢仔王浦四女王草結婚，時年22歲。婚後仍任職嘉義醫院將近一年，因無法忍受日本與台灣醫生存在不平等待遇（台灣醫生薪水少，也不被重視），終於辭去醫院職務，在1917年6月返鄉，於彰化市仔尾故居自行開設「賴和醫館」。因為賴和是一名西醫，所以按照當時稱呼醫生或有名望者的習慣，大家都稱呼他為「和仔先」。

行醫的賴和所開設的「賴和醫館」，就位在彰化中正路上，從已被改建成「賴和紀念館」的現址往東行走，可以經過他就讀過的第一公學校（今中山國小），沿著當日的公園前進（已改建成縣議會），穿過東門（樂耕門），就可走上八卦山。如果把賴和醫館這個賴和寫作的地點當做賴和文學世界的中心點，那麼，從位居城北地帶的醫館所在地：彰化城市仔尾，往南、往東逐漸望出去，我們就會看到由近而遠，一個接一個的人文地景陸續湧現。

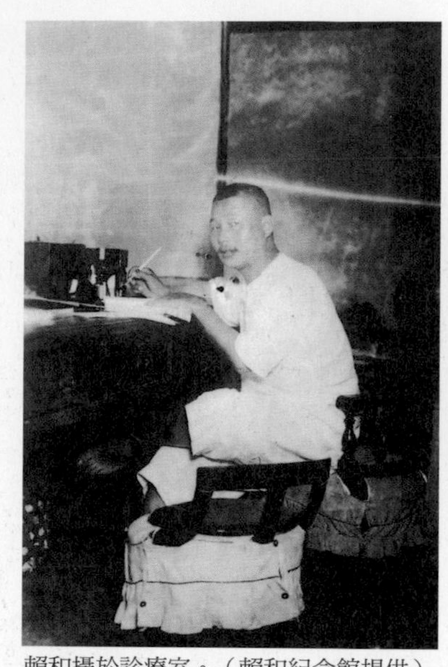
賴和攝於診療室。（賴和紀念館提供）

賴和作品中的彰化街市地景

賴和第一篇公開發表的小說〈鬥鬧熱〉（1926），就掌握了昔日彰化街在元宵節必有的「迎草龍」之習俗，同時帶出民俗活動具有的多重意義，此筆法已是一種從生活形式去鍛鍊意義的視角。

據彰化耆老回憶，五福戶或鬥鬧熱之事其實是彰化城的「專有名詞」，而不是泛泛指稱一般地區的民俗活動而已。據他們的說法，賴和小說中小孩玩的遊戲應是「迎草龍」或「迎鬧熱」，而此項習俗便是由於元宵節時小孩以草繩紮成龍所玩的遊戲，因小孩之間打架，再由大人加入，而演變成每年元宵節時五福戶的一項民間習俗（故賴和小說一開始便有明月），並且是市仔尾與祖廟仔一邊，中街仔和北門口為一邊，雙方由拚草龍而成為拚花燈。

再由賴和醫館出發，順著中山路往東行走，便可見賴和就讀過的小逸堂（位南山寺內。南山寺位於中正里中山路，通稱「南壇」）及彰化第一公學校（今日的中山國小），兩處地景隔街對望。

小逸堂，是賴和奠定漢學基礎的地方，他拜師黃倬其學習漢文，與黃文陶、詹作舟、石錫烈、陳吳傳、楊以專等同期共學。日後他們成為文壇佼佼者，以詩贈友，組成當時中部最大的詩社「彰化應社」。賴和曾自述，對書房教育頗為畏懼，面對像「監獄」一般的書房，直到進入小逸堂學習，受教於黃倬其，並與同學相處融洽，散文

1942年1月22日小逸堂第二次同窗會。坐者左起楊以專、王麗水、詹阿川、陳吳傳，後排左起張參、石榮木、詹椿伯、黃文陶、魏金岳、賴和、石錫烈。（賴和紀念館提供）

〈小逸堂記〉便記錄他受漢文教育的景況。

第一公學校，則出現在〈無聊的回憶〉（1928）這篇散文裡。賴和把自己就讀過這座小學，以及即將入學的大兒子賴燊，放在殖民教育體制的脈絡裡予以反思。文章一開始說，「我」的兒子已到要就學的年齡，這使我想到自己雖然也是學校畢業生，但為何要讀書？讀書有何用處？學校畢業有何利益？「我」卻一點也不懂，最後也只能像「舉行故事」一般送兒子入學，但「我始終不了解是為著誰的緣故」。這段一開始就充滿反諷意味的破題文字，呼應了題目「無聊的回憶」，說明這篇回憶殖民教育歷程的文章所具有的反思視角。

殖民教育所樹立的文化霸權優勢已然成立，本土教育機制已然在不合理的「競爭」下被「淘汰」，學校反而在篩選他所屬意的殖民地學生，這一違反普及教育理念的作法，說明的是殖民教育本身是為了實現殖民利益的本質。於是乎學校似乎也在拒絕人讀書，這使「我」對「讀書是作人頂要緊」的定理的懷疑更確信了：

> 時代說進步了，的確！我也信它很進步了，但時代進步怎地轉會使人陷到不幸的境地裡去？啊！時代的進步和人們的幸福原

賴和作品〈善訟的人的故事〉，由民間故事改寫而來，當中提到的「觀音亭」，便是彰化市的開化寺。（李昌元攝影）

來是兩件事，不能放在一處併論的喲。

除了舊日學校，賴和對充滿歷史性意義與市井生活景觀的寺廟或城門，著墨頗多。這些如今堪稱古蹟的建築物，正可以反映出彰化城演變歷史之一斑，更能藉此看出當時殖民統治下的庶民處境。

由民間故事改寫而來的〈善訟的人的故事〉（1934），當中提到的「觀音亭」，便是彰化市的名寺之一。觀音亭，位於光華里中華路，為三級古蹟，因供奉觀世音菩薩得名。實際上，此寺原名「開化寺」，係建於清雍正二年（彰化設縣治後一年），由民間興建，素有「彰化第一寺」之稱。彰化耆老吳華棟就說：「觀音亭的山川殿，是在戰時給炸毀的，未毀之前，這裡很熱鬧，有賣杏仁茶的，有賣小吃的，有算命的。至於觀音亭口，自清朝以來就是萬商雲集，為彰化城的精華所在，生活水準也較高。」

此亭既是彰化街上的著名寺廟，其做為市民生活中心的地位又何嘗不是每個台灣城鎮的寫照。賴和由這樣的地理特性延伸到談論市民意見的抒發，其實真正關切的是為弱勢發聲之議題，但卻以最日常的生活描寫予以托出。小說裡，賴和描述「永過」（過去）縣城鬧熱的景況，賦予悲情的台灣農村市鎮以前所未有的庶民生活美感：

> 觀音亭，恰在市街的中心，觀音亭口又是這縣城第一鬧熱的所在；就這個觀音亭也成了小市集。由廟的三穿進入兩廊去，兩邊排滿了賣點心的擔頭，「鹹甜飽巧」，各樣皆備，中庭是恰好的講古場；嘆服孔明的人，同情宋江的人，讚揚黃天霸的人，婉惜白玉堂的人，常擠滿在幾條椅條上；大殿頂又被相命先生的棹仔把兩邊占據去。而且觀音佛祖又是萬家信奉的神，所以不論年節，是長年鬧熱的地方。

另一篇〈我們地方的故事〉（1932），則述說對彰化四城門的歷史。磚造的城樓，共分為東門樂耕（彰化縣議會與警察分局水溝旁的中山路）、西門慶豐（蘇高薛巷接中正路之處為城門）、南門宣平

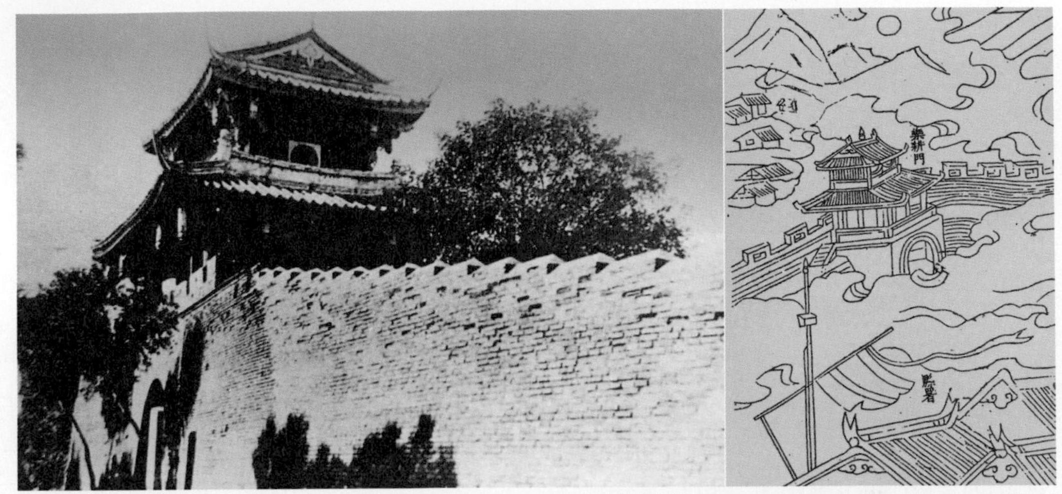

東門樂耕門舊貌。（蔡滄龍提供，翻攝自康原編著《八卦山文史之旅》、翻攝自《彰化縣志》）

（華山路旁巷內，出南門為刑場）、北門拱辰（公路局車站右側第一條小巷口，稱「北門口」）。文章起頭所寫：「永過在公園的入口，是有一座城樓巍巍然聳立著，在誇耀它的歷史上聖績，給過路的人景仰瞻望。」此處所寫公園入口處，就在現今彰化縣議會旁警察局右側前中山路上，樂耕門就聳立在此地點，而現在的議會就是以前的公園所在地。

這座城樓歷經數代，一直到機器文明的時代入侵，因擋住南北要道也就被拆。在賴和看來，這或許就是做為古蹟的精神文明不敵機器文明的證明。因此，〈我們地方的故事〉，更不時在敘述中加入賴和對城之興廢所衍生出來關於台灣人的思想與性格問題。賴和散文在這一點上，充分展現了他對歷史的感性與知性，這就使得他的歷史抒情散文，別有一種深沉的韻味，他的散文是個人性的觀察，卻也同時是對時代、民族發出的一聲喟嘆。

在瀏覽城內的人文地景後，不妨往城外的八卦山移動。首先，我們會先看到日治時期的彰化公園舊址，如今已成彰化縣議會與文化局。

許多彰化老一輩還保有彰化公園的美麗印象，由此可通向八卦山上的日本神社（如今也不復存在）。賴和常與朋友來此散步談心，

〈公園晚坐〉一詩，正可為寫照：

園林繁茂鐃春意，城塹巍然立夕曛。

清淺水邊梅半樹，朦朧雲表月三分。

山歌一路歸樵子，牧笛數聲下定軍。

夜氣漸寒風漸緊，梨花如雪落紛紛。

賴和也曾寫下以公園為約會地點的情詩，顯示了公園空間與戀愛新思潮間有趣的對應。〈相思歌〉（1932）描述男女追求自由戀愛的愛情生活：「前日公園會著君，怎會即溫存？害阮心頭拿不定，歸日亂紛紛。飯也懶食茶懶吞，睏也未安穩，怎會這樣想不伸，敢是為思君。……幾回訂約在公園，時間攏無準，相思樹下獨自坐，等到日黃昏。……」不難想見，在殖民的時空下，台灣受到西方思潮洗禮，也逐漸改變傳統的戀愛觀念。

走過公園，往山徑走去，就會抵達八卦山。卦山，不僅是賴和作品裡的重要地名，更是賴和時常去休憩行走的地方。就在那黝黑大佛所座落之處，日治時期應是紀念能久親王戰死於此的紀念碑，更早，則是清朝守將所建的定軍寨。而就在這個山頭，賴和也曾經在「水源地」（有淨水廠）留下詩作，在當時的卦山溫泉與文化協會諸子談論時局，在〈水源地一品會（中秋夜）〉（1924）一詩中，賴和便記載了中秋節晚間，在水源地聚會，並合唱〈台灣議會歌〉的情狀，可以想見當時這些知識分子立志淑世的氣魄：

意外同心格別多，

眼前世事任如何。

水源地僻無絲竹，

合唱台灣議會歌。

一名定軍山的八卦山，係清朝雍正年間巡撫倪象愷平定大甲西社番林武力等叛亂，乃建亭於此山並命名為「定軍山」以

日治時期彰化公園景觀。（陳慶芳提供，翻攝自康原編著《八卦山文史之旅》）

八卦山，不僅是賴和作品裡的重要地名，更是賴和時常去休憩行走的地方。（李昌元攝影）

紀念鎮番武功，而「定寨望洋」便因此成為昔日彰化八景之一。賴和有一首〈定寨崗〉：「山河瀝瀝新，世代悠悠易。先民流血處，千載土猶赤」，說明了八卦山尚有許多歷史記憶。

站立在八卦山上的高處，我想到的是賴和當年也因登高望遠，而生發出來與千古文人一樣共有的感慨，所謂人生渺小、世局無常。在詩作〈低氣壓的山頂（八卦山）〉（1931）裡，他用一個「世界末日」的暗示整個日治時期黑暗的極點，因此，「所有一切——生的無生，盡包圍在唬唬風聲裡，自然的震怒，似要把一切都毀滅去。」面對這暗黑的末世景觀，在詩作最後，賴和以壯闊的毀滅的意象，喊出被殖民者最為雄渾的反抗之聲：「人類的積惡已重，自早就該滅亡，這冷酷的世界，留牠還有何用？」他在毀滅的廢墟中看到台灣烏托邦誕生的可能，祝福雖如此充滿無政府主義色彩，但依然懷抱著對台灣的「愛」，宣告了台灣人解放的福音。

就在卦山上的風聲樹影，彰化街市的喧鬧聲，以及古寺舊城的斑駁身影裡，賴和的文學及時捕捉了地誌的風貌與時人的喜悲，於今讀來，仍令人彷彿觸摸到作家熱愛生命與鄉土的脈動。

賴和作品選材都是來自身邊腳下，以世界性的眼光與技巧去思索、描繪出來，深刻掌握了台灣人命運的脈動。（文訊資料室）

古道照顏色

賴和文學與彰化城關係之密切，已如上述。如果把賴和描繪的文學地圖打開，讀者的確可以臥遊彰化人文地景，也可以實際漫遊彰化的名勝古蹟。不過，若只是把文學地圖當成觀光導覽，卻又可能會錯過更豐富的心靈之旅。

我認為，賴和文學與彰化城如此緊密的關聯性，帶給我們更深切的意義其實是：賴和不僅是台灣的大文豪，也是一個具有世界視野的好作家。因為，賴和作品的選材都是來自身邊腳下——廟口、公學校與菜市場，但在這些市井空間裡，他深刻掌握了台灣人命運的脈動。不止於此，他所有關於台灣命運的思考，又都是以帶有世界性的眼光與技巧去思索、描繪出來的。

如果，台灣要走向世界，那賴和無疑是由台灣本土出發的創作者，但又足以表徵台灣文化在世界上的高度與特殊性。這「既在地又全球」的表現，或許才是從賴和文學看創作現場時，後世讀者最值得深切反思的所在。

從「彰化南門媽祖婆」到「台灣新文學之父」

◎陳建忠

賴和被稱為「台灣的魯迅」，在賴和紀念館中，布置了書房，
讓後人懷想他的創作精神。（李昌元攝影）

眾所皆知，賴和在很多文獻記載裡，都被尊稱為「台灣新文學之父」。或有論者認為，這是戰後研究者好事所加的稱號；甚至，有自造譜系、造父造神之嫌。於是，「文學之父」的稱號不免於被批判為具有父權、霸權思想。事實上，賴和被加諸的許多稱號，都是戰前流傳下來的。饒富興味的是，賴和不只喚作父或神，他有時也會變成一個園丁或媽祖婆。後世的讀者，當可從這些稱號的變化裡，看到賴和更飽滿的形象。

王詩琅的〈賴懶雲論：台灣文壇人物論〉（1936）可說是日治時期僅有的賴和專論，這篇在禁止漢文前夕發表的賴和論，為賴和的思想特質、文學特質、文學地位做了文學史式的論述，無疑具有總結台灣新文學運動十年來的最高成就之意味。王詩琅文中最最引人側目的論點，就是認為應稱賴和為台灣新文學的父親或母親，後來關於「台灣新文學之父」的說法，王詩琅可說是第一個提出。文中說到：

> 事實上，台灣的新文學能有今日之隆盛，賴懶雲的貢獻很大。說他是培育了台灣新文學的父親或母親，恐怕更為恰當。前年，當台灣文藝聯盟成立之時，他立即被公推為聯盟的委員長。單從這件事來看，就能知道他在台灣文壇中是怎樣的一種存在了。

除此之外，作家黃得時在撰寫台灣文學史時，於〈輓近台灣文學運動史〉（1942）一文中就提到，賴和是被稱為「台灣的魯迅」的作家，並且為初次將白話文寫成小說的作家，而其意應在於強調賴和的開創性地位：

> 首先，白話文盛大的時代，被稱為台灣的魯迅的彰化賴和先生存在。先生的本職為醫生，別號為懶雲，據說在台灣，以正式的白話文初次寫成小說的是先生。擅於寫短篇，巧妙地掌握了本島的時代相貌。〈豐作〉一篇經翻譯後介紹給東京。

經過王詩琅與黃得時這樣高度評價後，賴和的地位受到普遍承認而見諸公開論述，在賴和去世之後達到高潮。1943年4月，賴和去世（1943.1.31）後不久出刊的《台灣文學》3卷2號之「賴和先生追悼特輯」，楊守愚、楊逵、朱石峰的紀念文字，可說是把賴和在日治時期被視為領袖與導師的說法，更加確定了，也形成賴和文學在日治時期接受史中一次最高潮。

上述三人不約而同都稱賴和提攜了他們走上創作之路：楊逵〈憶賴和先生〉言明此一筆名乃賴和所取，楊守愚〈小說與懶雲〉則以開墾者、褓姆稱呼賴和，朱石峰〈回憶懶雲先生〉則不僅稱賴和為文學導師、一代宗師，也稱賴和為「台灣新文學の育て親」。從這些文字中我們不難發現，賴和以一種台灣新文學之父（母）、之導師、之褓姆的面目為論者與閱讀者所接受，幾乎在他生前身後已成為相當普遍的看法。

賴和甚至被「神格化」了！王詩琅在一篇名叫〈懶雲做城隍〉的

賴和紀念館入館玄關擺放了賴和詩句「勇士當為義鬥爭」字碑，展現賴和一生為義抗爭的精神。（李昌元攝影）

文章裡說，賴和先生過世後，他的墓地常常都不需要除草，總是很乾淨，因為許多貧苦人家會來拔他的墓草做藥材。甚至，還有人傳說，賴和先生已經成為城隍爺，會幫助人們打抱不平。今天看來，雖然這樣的事情會讓人覺得是迷信，但文章的重點在於，貧苦人家這麼做，不正是在懷念賴和的仁慈與醫術，希望還繼續受到他的照顧嗎？

再據陳虛谷〈懷友十首（懶雲）〉（1940）詩云：「共仰名醫是賴和，病家來往若穿梭。漫遊歸去尤隆盛，也似南門媽祖婆」。此詩寫出賴和的醫術高明，看病完經過另一些病家，又順道進去探望，好似漫遊般四處停留。他行醫濟世穿梭病家，而備受感戴的盛況，陳虛谷以彰化市南門媽祖來形容，真是相當傳神。

我們如果把前面介紹過的許多賴和的「外號」加起來，像台灣新文學之父、台灣新文學的園丁、走街仔先、城隍爺、南門媽祖婆等等，這些好像都是幫助別人的角色，那麼，我們或許會更了解，為什麼當時的人會那麼景仰與懷念賴和。

賴和的面貌與衣著

◎陳建忠

1936年賴和與文友於陳虛谷彰化住宅小集。前排左起：葉榮鐘、陳紹馨、莊垂勝，後排左起賴和、陳虛谷、楊木，陳虛谷手中抱著的是三男陳逸雄。（賴和紀念館提供）

或許可以由另一個饒富趣味的角度切入，來認識彰化作家賴和。如果我們對所謂「以貌取人」一事並不陌生的話，則賴和這位被尊稱為「台灣新文學之父」的作者，我們會期待他的長相與形貌是怎樣的模樣？如果我們能讀取賴和的心語，他又會希望留給後世台灣人怎樣的自畫像？

由老舊的寫真照不難發現，賴和身形矮矮胖胖，夏天一襲白百永短衣褲，真令人看不出他是台灣數一數二的詩人、小說家。若不是出門的時候手裡總夾著一只看診皮包做標誌，連他是醫生都沒有人相信。賴和在彰化受人愛戴的原因，第一是他崇高的醫德，但他那平庸的外貌也是極有利的因素。因為容貌看起來沒有距離，所以就會予人以平易近人的感覺。

賴和生前，便已有論者提及賴和的長相、身材與其崇高地位不相稱的論點。較早的像張我軍的〈南遊印象記〉（1926）就以「滑稽味」稱之：

> 最引起我的興味的，是懶雲君的八字鬚。他老先生的八字鬚，又疏又長又細，全體充滿著滑稽味，簡直說，他的鬍子是留著要嘲笑世間似的。和我想像中的懶雲君完全不一樣。

毓文（廖漢臣）的「寫真文」〈甫三先生：諸同好者的面影之一〉（1934）也稱：

> 賴和先生，一見差不多有四十多歲，肥胖的身材，圓圓臉兒、慈祥的眼睛、柔弱的口髯，好像「火燒紅蓮寺」裡的智圓和尚的另一個模型兒一樣，差的是智圓和尚的性格鄙陋，他的人格高尚而已。

從這樣可稱之為「以貌取人」的表述裡我們看到，論者對賴和的文學作品想必都已給予極高評價，但面對面時卻為賴和的外型感到「詫異」。以諸如肥胖、圓臉、慈祥、柔弱、滑稽等字眼來形容賴和，恐怕還是賴和文學中堅定的抗議精神使他們對賴和的形貌有一種「期待視野」（或者原先期待的也許應是「高大、精明、嚴肅」的形象），而結果卻差異甚大。

喜穿台灣服的賴和。（賴和紀念館提供）

但外型並不影響時人對賴和的人格與文學的評價。這種時人對於賴和外貌的觀察，真正透露出來的其實是賴和精神面貌，毋寧是我們試圖瞭解賴和前，一個饒富趣味的接受史角度。而另一個有趣卻頗有意義的觀察則應是賴和所穿的「服裝」，即有別於西裝與和服的唐裝或傳統服裝。

當時台北艋舺（萬華）作家朱點人應是首先指出賴和喜穿台灣服，並賦予他一種「精神性」——所謂「台灣精神」的人，他曾在〈賴和先生為我而死嗎？：讀〈獄中日記〉〉（1948）一文中寫到：

> 說起來未免真失禮，不論是誰初次和他（賴

和先生）接觸，都要說他原來是一個「草地人」。真的賴和先生不好修飾，他所穿的永遠是台灣衣服，如果台灣也能夠說得上一個「魂」字，那我就要稱他是「台灣魂」……。

賴和看了朱點人的文章後，因為這「台灣魂」的敬語，竟反向楊守愚謔稱說「那是在替他唱輓歌」（見《楊守愚日記》）。這種「服裝政治學」不僅是朱點人會有聯想，連日人都會因此對賴和提出拷問，在〈獄中日記〉（1941）裡就明白記錄著因朱點人的揄揚所生之厄運，而稱「我不想在衣裝也會生起問題來，這真是吾生的一厄」：

有一位點人氏的懶雲論（案：應為賴和誤記，正確篇名為〈賴和先生的人及其作品〉），就以為我的穿台灣服，似有一點台灣精神的存在。自此以後，便聽到了非難的聲了。人家注意，我辯解總辯不清。

從「外型接受史」談起，無非是要提出一個有趣的視角——即「看來不過庸夫相，那得聰明爾許多」（陳虛谷詩〈贈懶雲〉）或者「貌存樸素骨聰明」（周定山詩〈懶雲先生醫院落成賦祝〉），其實已經暗示了時人對賴和的肯定態度，這比單方面推崇更有一份驚奇與佩服的成分在。

然而無論「以貌取人」或「以衣取人」，總之，由平凡中見出不平凡的賴和，大抵是眾人承認的。換句話說，那看似平凡的長相、體型與穿著，無論是誰都在初次的訝異後，最終體悟到內裡的精神價值。

賴和的精神世界與外表的不相稱，考驗的是我們試圖接近事物本質時必須經歷的複雜認識過程；但眾人最終又將精神與外表予以辨證統一——不出眾的外表反成為性情寬厚容易親近，而最日常的台灣服被與他具反殖民精神的文學巧妙地綰合。最終，一個大智若愚、一個鄉下人一般再平凡不過的台灣人，被推舉上了台灣文學史的舞台成為「台灣新文學之父」。

陳建忠，清華大學中文系博士。現任清華大學台文所副教授。曾獲中央日報文學獎、巫永福文學評論獎等獎項。著有《書寫臺灣．臺灣書寫——賴和的文學與思想研究》等。

楊逵

東海花園盛放的時期，1970年代台灣文學仍在亟盼尋求主體之時，
楊逵已默默在時光洪流中耕耘了好久。
文學界終於又「發現」楊逵的時候，
每週皆有文人作家，前來拜訪這位老園丁，或景仰朝聖，或熟識言歡，
楊逵始終是楊逵，像那些自有節律的大木。

（楊建提供）

楊逵，本名楊貴，籍貫台灣台南，1906年生，1985年辭世，享年80歲。日本大學文學藝能科肄業，返台後參加台灣農民組合、台灣文化協會、台灣文藝總聯盟，創辦《台灣新文學》雜誌，光復後創辦《一陽周報》，歷任《和平日報》「新文學」版、《力行報》「新文藝」欄編輯等。以〈送報伕〉入選東京「文學評論」第二獎。曾獲吳三連文藝獎、鹽分地帶台灣新文學特別推崇獎。早期以日文寫作，主張文學必須站在人民的立場，自稱「人道的社會主義者」。主要創作為評論、散文、小說等，亦有不少劇本。著有《送報伕》、《鵝媽媽出嫁》等十餘本。2001年國立文化資產保存研究中心籌備處出版《楊逵全集》14卷。

楊逵文學地圖

文學現場踏查記

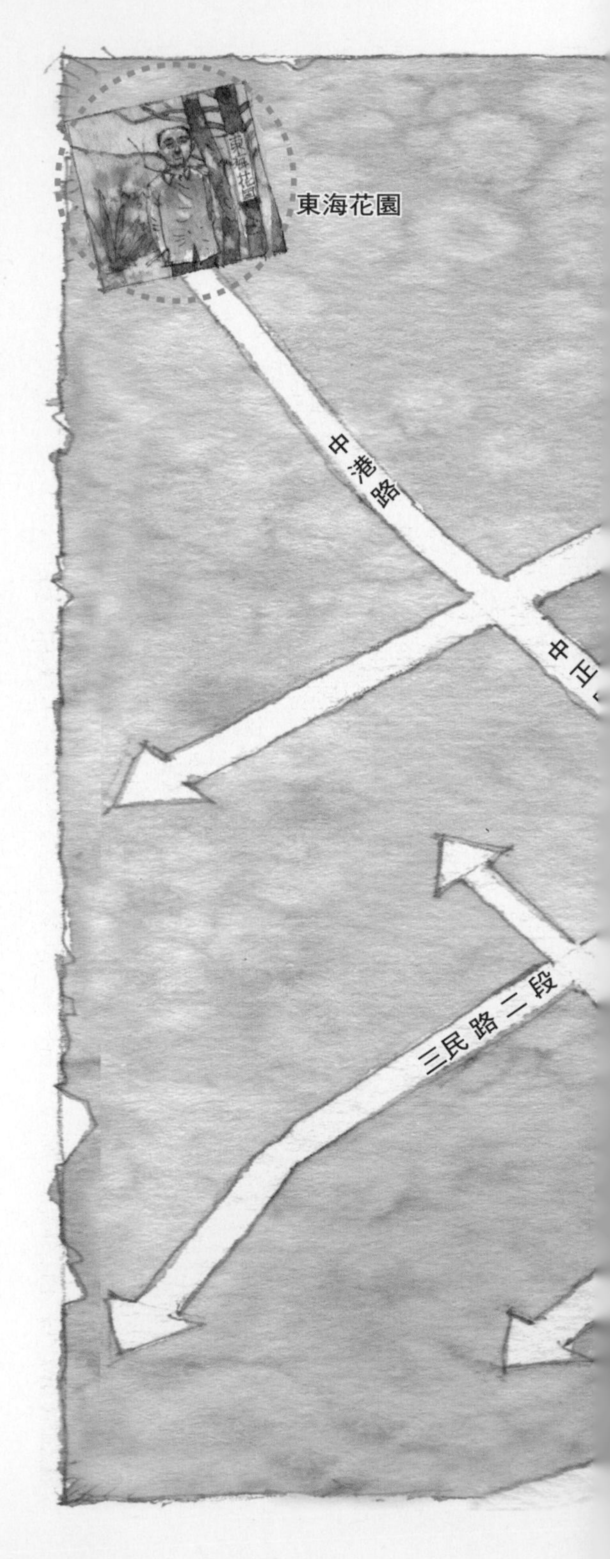

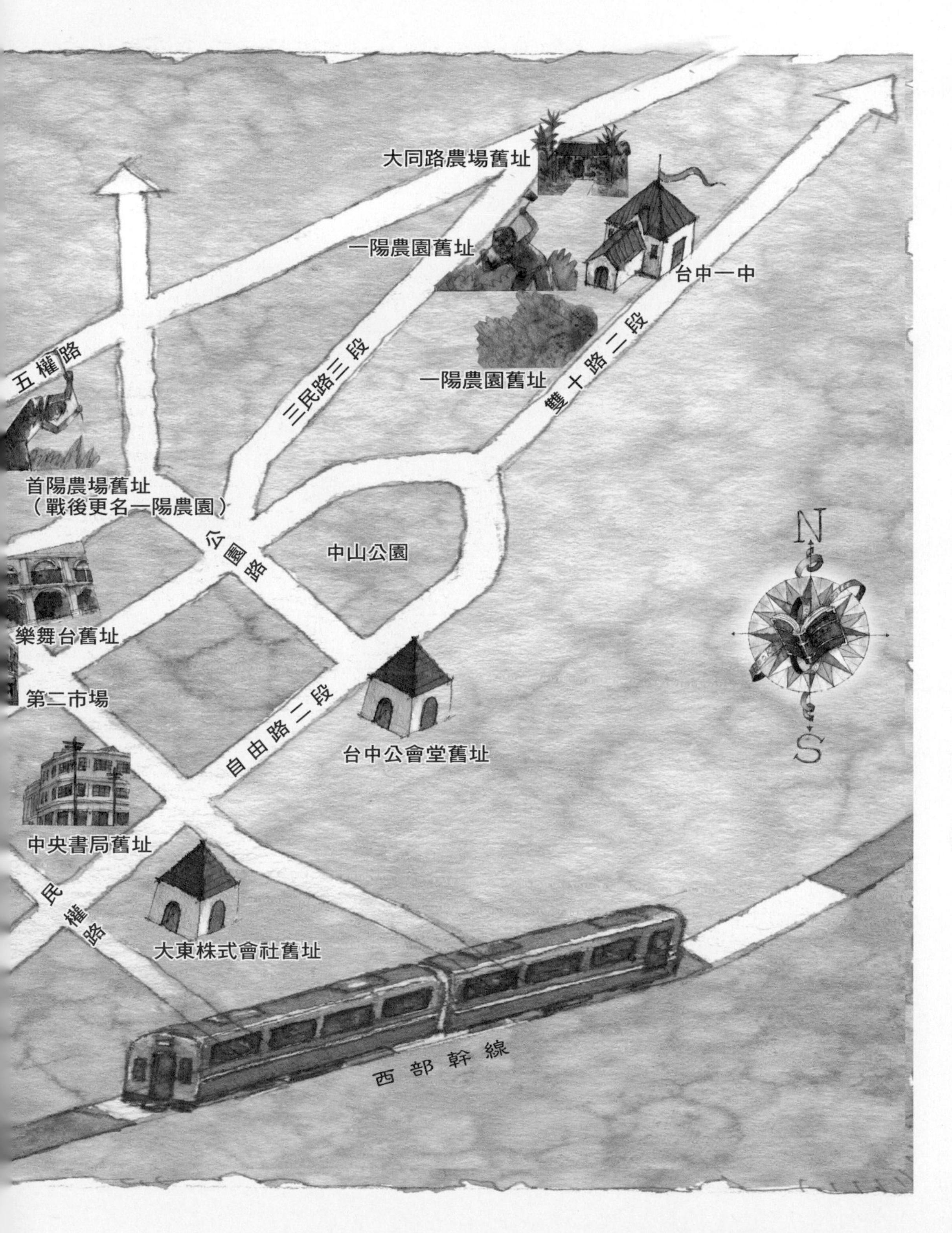
大同路農場舊址
一陽農園舊址
台中一中
一陽農園舊址
五權路
三民路三段
雙十路二段
首陽農場舊址
（戰後更名一陽農園）
公園路
中山公園
樂舞台舊址
第二市場
自由路二段
台中公會堂舊址
中央書局舊址
民權路
大東株式會社舊址
西部幹線
N
S

生與死，落與成
楊逵的東海花園

◎馬翊航

楊逵在東海花園澆花，他不只是文學家，還是園丁。
（楊建提供）

楊逵，台南新化生，終身從事寫作，以園丁自命。台灣沒有一個作家像楊逵一樣，半生以園丁為業，他的文字即是他的園地，他植栽的花草即是他的文本。他手持堅筆翻耕人間土石，而他手下鐵鋤所開墾鬆動的，正是荒涼不義的人世。以小說《送報伕》進入日本文壇，壓不扁的玫瑰意象長留人間。妻子葉陶，性格強韌，楊逵繫獄綠島之時，肩負家庭重擔，「葉陶兄、楊貴嫂」的戲稱更是夫妻關係的寫照。戰前在台中市內墾營農場，曰首陽農園。戰後易地改名取一陽農園，更發行《一陽週報》等刊物，雖皆無能長續，然其顛撲不易，開荒而墾的精神，卻讓台灣文壇留下種子與花朵，等待風乘著春天來的時候，吹碎鋼筋磚瓦，再度蔓生，再度勃發。

橫逆與花朵：首陽農園

城市可以是件花衣裳，身體與路途觸碰著愉悅與欲望的焦慮。是瑣碎的詩與廢棄物，藏匿在漫遊者與迷途之人熟知的荒蕪角落。記憶太多的人，記得城市的暗處，意圖在時空洪流中下錨，潛伏於歷史的夾層中，偷窺每一個逝者的足跡。打開1944年美軍繪製的台中市地圖，那是戰爭結束的前夕，梅枝町比鄰著若松町，台中驛前方為菊町、綠川町，離開棋盤街道，更遠處是水源地、放送局，台灣神社，台中公園綠色的細小圓點是蓊鬱的花木，城市的細胞。

楊逵以小說《送報伕》進入日本文壇。（文訊資料室）

楊逵出生於台南新化，然而自1935年移居台中之後，這裡就是他生命中最重要的場景，園丁生涯的起點。

但沒有一張地圖，可以標示出楊逵花園裡的粉綠重紅。我想進入那些令人迷惑的小路，褲腳穿梭花徑之間，偶然沾黏細小的鬼針草，無妨，野草亦是花。

花園是奇異的意象，雨露與蜂蝶來回湧動，蛛絲閃動，物有其理，熾陽與暴雨間生長勃發。園丁離不開花園，氣象變換，芽絲抽長的時刻，園丁走顧鋤耕，讓足跡與莖根交談。荒土藤花，夜風日光之間，園丁就是花園的愛。我揣想楊逵在花園裡，曾經許下願望嗎？當他耕鋤走顧，看花莖抽長時，腦裡浮現的是什麼？

楊逵不只是園丁，也是文學家——或許在楊逵的心中沒有分別？

1944年美軍繪製的台中地圖。

園丁並不是浪漫的工作，花草是不羈的自然，柴米生活、文學事業也不如想像中可以順利兼顧：

可是，在春末夏初這個季節，那野草蕃衍之盛，真叫我急得手忙腳亂。拔了又長，除了又生，稍不經心它就在幾天之內把整個花圃佔滿了。

——〈鵝媽媽出嫁〉，《鵝媽媽出嫁》

我拿著「〇〇文學」的催稿信說道。早已經過了截稿的日期了。雖然想寫的東西有一堆，但是由於白天做這做那的，沒有一段安定的時間。我曾試著在天亮前爬起來寫，但是等到好不容易感到寫得順手時，天就亮了。尤其是聽說大理花要在清晨的時分摘，才新鮮，水分才多，因此一大早就得忙著摘花。大家都說，種花大可以逍遙輕鬆，可是那是以種花為消遣的人而言。以種花為食，當就不能像以種花為消遣的人那樣輕鬆了。

——〈泥娃娃〉，《鵝媽媽出嫁》

颱風過後，花園一片淒涼。

龍柏被吹倒了，菊花被颼亂了，比大腿還要粗的鳳凰木從半腰折斷，遍地都是折枝落葉，叫人不知道從何做起。

我們老園丁小園丁四個，剛把倒地的龍柏、茶花扶起，正在清理菊花花圃的折枝落葉的時候，第二次颱風又來了。

——〈羊頭集〉，《壓不扁的玫瑰》

如果我們要重溯楊逵春光中的意志，園丁生涯的第一站，那會是「首陽農園」，生與死的起點。首陽農園不是一個「固定」的場所，而歷經了許多次地點的變動，一座時光中流動的花島，每回移園易地，都是再次的翻地、撿石、種苗，以及萌芽的等待。首陽農園最早位在梅枝町99番，但梅枝町又在哪？按地理位置對照，大約是今天台中市內原子街、中正路、五權路、太平路一帶，趙天儀曾經有詩〈梅枝町〉，他是這麼說的：

在梅枝町　有我童年的老家
是一座古老的中藥房
對面是二四番的巷子

隔鄰是二五番的巷子
爺爺是個盲醫生
而祖母該是先生媽
有日本兵的病患者
當日本憲兵頭戴戰鬪帽
腰配武士刀騎馬出巡的時候
或者一個伍長
坐在船型的摩托車出來糾察的時候
我的眼睛像巷口的那一口
深井　晶瑩而清澈地
睜著疑惑而恍然的眼神
目望著被押走了的兵士
在　梅枝町　有我童年的老家
而昔日的光景已不再
當霓虹耀輝著夜市的繁華
那已是光復後的竹貢市場哩

趙天儀的梅枝町，有戰爭，有病痛的身體，童年的眼神穿過時間，歷史轉瞬間過，不問今夕何夕。日治時期的梅枝町99番地是火葬場，現為東興市場，楊翠曾在文章中形容，那是穿越生死，誕生故事的產房。每一個異地同名的農園，楊逵感受著花草的生長，陽光曝曬或風雨吹拂，希望文學像那些等待雨水的苗種，時間一到就奮力勃發，楊逵就在這雜有生死氣味、人間話語、花草風月的首陽園，種植他的夢想：

不管怎麼說，首陽園這小小的世界裡也有豐饒的詩情。由於旁邊連著幾間豬舍，稍微會聞到異味，而且進來的路旁有火葬場，幾乎每天運送屍體來，因此初次來此的人多少會感到不快。雖然如此，耕田、撒種、施水、施肥、除草，以及與老農民閒談等等，還是感受到豐饒的詩情。可惜的是我不是個詩人，我從這個小世界感受到的詩意，比每天報上登刊的以百計的新詩舊詩還要濃厚。本島才氣洋溢的詩人諸君當中，有誰能夠以這個小世界作題材來創作呢——不過，我要先告訴大家的是，由於花還沒開，而且在火葬場後面賞月稍嫌不夠風雅，因此要吟花詠月是稍微早了一點，令人遺憾。

——〈首陽園雜記〉，《楊逵全集》9

首陽農園的「首陽」從何而來？林幼春曾經贈給楊逵一冊古詩選，特別挑出其中一首東方朔的詩給楊逵：

窮隱處兮，窟穴自藏
與其隨佞而得志，不若從孤竹於首陽。

這首詩深深地烙印在楊逵心底，楊逵於梅枝町99番開闢農園時，便以首陽來命名。那隱含了不食周粟的人格氣節，但他在首陽園所感受的，還不只是與權勢、政治對立的孤絕與堅毅，在生死往來之間，還有一些微微晃動的憂傷，飽滿的希望或者，失望。

1937年，楊逵的《臺灣新文學》被查禁停刊，經濟上更是內外交迫，欠下米店的款項，無力支付花園的租金，內外相逼之際，《臺灣新聞》的副刊主編田中保男，帶著喜好文學的日本警官入田春彥來與楊逵相談，了解楊逵困苦境況的入田，即刻以一百圓濟助楊逵，此後不久，入田春彥辭去了警官職務，時常出入首陽農園與楊逵交遊。思想帶有左翼色彩的入田，曾被殖民當局以思想偏激為理由拘禁數日，並下達限日內離台的命令。

不久之後入田春彥服安眠藥自殺，以死反抗政府命令，為楊逵帶來劇烈的衝擊。

曾濟助楊逵的日本警官入田春彥。（楊建提供）

在給葉陶的遺書中，他自負是個懷爆炸彈、慷慨赴義的士兵，結果卻和炸彈一起墜入海裡。炸彈最後沒有爆炸，和他自己一起被大海，被那無邊無際的大海吞噬了。他這種自以為了不起的自負，大概只會驚動在附近徘徊的庸碌魚類吧……「我想，我不說你也明白。已經沒必要再多寫什麼了。這是戰鬥。請不要認為我窩囊。」

——〈入田君二三事〉

那是1938年，入田春彥不過29歲。

楊逵深深記得入田春彥那高大的身軀，喀達喀達的木屐聲，沉靜如謎的話語，卻沒有人知道入田春彥的本籍，家世，像舊相片中他堅毅卻沉默的眼神。當學者張季琳終於透過資料以及入田家屬的記憶，重建入田春彥的身世背景時，那已經是入田春彥死去60年以後的事了。

楊逵二哥在1930年服毒自殺。1939年母親蘇足病歿。1940年父親楊鼻病歿。在接二連三的不幸與憂患之間，首陽農園卻也漸漸上了軌道，1940年時遷至19番地。那是今日的福龍街近篤行街一帶，瓦窯寮即指此處，現今已經蓋起了高樓。在鍾天啟（鍾逸人）的回憶裡，他把梅枝町19番地的首陽農園稱為瓦窯寮。瓦窯寮接近於當時的梅枝町派出所，派出所旁邊卻是妓館。穿過派出所與妓館之間的小路，穿過花圃，就到了楊逵一家利用廢棄的磚瓦窯搭起的屋舍，瓦窯間曲折的空間是楊建記憶中最好的捉迷藏地點。楊逵次女楊素絹與次子楊建都深深記得「牆塌下的那一晚」，有天晚上楊逵與葉陶出外與文友聚會，剩下五個孩子在家中守候。楊逵與葉陶當天比平常晚歸，兄妹們便開始講起鬼故事，越聽越害怕的孩子們往牆靠，縮成了一團，轟隆一聲巨響，塵土紛飛，眾人竟然把牆擠垮了。回來的楊逵與葉陶卻沒有責罵孩子，一笑置之，竟也在沒有牆的通鋪中度過了好幾個安穩的夜。

曾是首陽農園的梅枝町19番地，如今已蓋起高樓。（李昌元攝影）

都睡著了嗎！等的不耐煩了——

寒酸的禮物　四條烤蕃薯，明天

就會變壞　喚醒他們吧！
不，不，已經入睡了
別吵醒他們

三歲的孩子以姊姊的手臂為枕
長子兩腳分別跨著姊姊的肚子和妹妹的胸口
次男以哥哥的肚腹為枕
真像頭豬仔
危險！危險！趕緊矯正他們的睡姿
被蚊子叮了、吵鬧了一陣子後
睡得多麼天真安祥
安靜的鼻息
妻啊，掛上蚊帳
好好照顧孩子

連踏腳的地方都沒有
都已經長大了！
但房間依舊是一坪。
腳真長啊　推吧！擠吧！大家擠一擠
每個人的心
像這間屋子一樣飽滿

——〈孩子們〉，《楊逵全集》9

當楊逵與葉陶為社會命運來往奔走，回到簡陋的瓦窯寮，看見那些各自擁有秀麗與堅毅姓名的孩子們，早已沉沉睡去，那些號哭、嘻笑、沉默、憤怒，都圍繞在生活裡，看似困窘，卻飽滿無比。楊逵在這裡寫出了〈無醫村〉、〈泥娃娃〉、〈萌芽〉、〈鵝媽媽出嫁〉，這些小說以「豐饒的詩情」，同時映照出楊逵生活的苦難與歡快。

楊逵對青年的熱情，彷彿也將青年視為等待萌發的種子。楊逵還曾經在《臺灣文學》上刊登過〈徵求園藝見習人士〉：「徵求愛好園藝及從事文學工作的勤勉人士。保證協助寫作事業及生活所需。有意者請寄下簡歷及十天份的日記選萃。」地址註明為「台中市梅枝町十九　首陽農園楊逵」。少年陳千武就曾是首陽農園的常客，他在台中一中念書的時候，空閒時常去台中圖書館看文學作品，看膩了就去中央書局。中央書局是當時文藝思潮的推手、文化運動的節點，負責人是張星建。張星建對這個沉溺書堆的少年充滿好奇，便提供許多文藝雜誌供陳千武閱覽，陳千武也接觸到了龍瑛宗、楊逵等作家。陳千武自張星建處得知楊逵的首陽農園就在近處，中學下課後搭車回豐原老家的空檔，就前來拜訪楊逵，與他一起拔草整地，討論文學。「那時候這邊一整片都是農田」，陳千武在「春光照路，走找楊逵」活動時，對著建築中的高樓悠悠回想著。

1949年11月，《怒吼吧！中國！》劇照。（翻攝自《楊逵影集》）

終戰當天，楊逵聚精會神地等待著廣播，終於傳來日本投降的消息，排演中的《怒吼吧！中國！》也中止了。

民國卅四年
八月十五那一天
我在首陽園的草棚裡，
手捏兩把汗
眼睛盯在遙遠的東方……

——〈八月十五日那一天〉，《楊逵全集》9

楊逵寫了〈解除首陽記〉，卸下首陽農園的招牌，改成一陽農園，發行《一陽週報》，介紹新思想，引介中國五四以來的新文學，創辦「民眾出版社」，發行《文化交流》，期待全民能夠從戰爭與殖民的束縛中解放，從首陽到一陽，不過一字之差，從孤絕不服到欣

紀念孫總理誕辰特輯

一陽週報　第九號

楊逵

楊逵辦《一陽週報》介紹五四以來的中國新文學。（國立台灣文學館提供）

喜重生。

1946年8月，楊逵感嘆終戰後民主建設的失敗，經濟的衰弱，言論自由倒退，寫下了〈為此一年哭〉。1949年他起草和平宣言，同年4月6日被捕。一紙六百字的和平宣言，讓楊逵繫獄12年。

期待的花苗，無法盡情地伸展枝椏，卻反覆被威權的風雨打擊，斲傷。

兩地書：一陽農園與綠島

一陽農園的位置包括了梅枝町19番、以及現今育才街，台中一中正門口左手邊的停車場位置。1946那年，楊逵全家由梅枝町19番地的住所，搬到了存義巷12號居住，農園就遷到了育才街。直到1950年楊逵入獄後，葉陶才帶著孩子搬遷到大同路35號。

現在的存義巷口是菓風小鋪，巷內有日式拉麵、服飾、髮型沙龍，如同舊日一般，為單向無口的「無尾巷」，巷內共有12戶住家，楊逵家住最尾端，後來隔鄰的林姓鄰居把10號也讓給楊家住，因此10號與12號都有楊逵一家的足跡。1947年二二八事件之後，楊逵與葉陶在3月10日開始逃亡，向南往二水、二林、社頭、田中等地奔逃匿蹤，也曾到過鹿港，甚至計畫離開台灣。兩人在1947年4月20日回來，到了晚間12點又被抓走，到8月才被釋放。

曾有楊逵一家足跡的存義巷12號現景。（李昌元攝影）

楊逵戰後由於一紙和平宣言繫獄，全家的生計重擔立刻掉落在葉陶瘦小的肩頭，然而她卻沒有變得卑弱，反而像是楊逵筆下那株堅毅的玫瑰，繼續墾殖著生命的園土，而與葉陶隔著山海思念的楊逵，仍然像個園丁，以筆為鋤，在荒島暗獄中種植微小的，熾熱的思想。他的〈園丁日記〉，就記載著將荒漠變綠洲的美好前景，楊逵與獄友老陳、老李、老林四人，在隊上曬衣場闢建花圃，增添綠意：

挖坑的挖坑，有的還到菜圃把肥土抬來填下去。有的拿樹苗去了，有的準備茅桿當支柱。這樣費了一天工夫，麻黃和變色樹都種好了。殺風景的曬衣場，已經有一點綠意了。

在火熱的小島上，我們都期望著一點綠蔭，正如旅行在沙漠上的人，把綠洲當作天堂是一樣。

那是樂觀的，堅毅的楊逵，即使那些樹苗在夏秋之交受到颱風的摧殘，他仍舊不停地墾殖，期待綠蔭永存，抵擋刺人的熱陽。楊逵的家書中，除了他對家人的思念，更不斷地以植物作喻來勉勵子女：

酒後，我很舒服的躺在新建的苗圃克難房裡休息，聞聞新芽草的芳香，想起了你們的事。

你知道茅草是割了又長，越長越大，不怕風，不怕雨，不怕旱，也不怕人家或蹂躪的。

——〈家書〉（1954年10月15日），《楊逵全集》12

要安安穩穩過著太平的日子，固然是人人所希求的，但是颱風以及類似颱風的災害在我們身邊旋轉著的時候，幸虧你們都不是「溫室之花」，要不然，老早要被一掃光了。

——〈家書〉（1956年7月），《楊逵全集》12

親愛的萌：新年又到了，正在這個時候，你提高了文藝工作的興趣，想要著手編纂臺灣抗日史，我很高興。為祝你有意義的工作的好的開始，我想贈給你筆名「萌」。對於播過十多年的種子，種植過上百萬棵花木的你，這個字的意義是不必贅言的。

——〈家書〉（1957年12月20日），《楊逵全集》12

綠島時期是楊逵全家最困苦的時期，從楊逵的家書中，可以看到家族間的無奈與憂傷，長子資崩由於擔負生活壓力而幾乎憂鬱症，妻子葉陶由於扶持家庭的巨大重擔，性情更無法開朗，楊逵甚至說「在

1953年2月，葉陶與子女合影於大同路的農園。
（楊建提供）

孤單寂寞的環境裡，你媽染上了許多庸俗習見，把過去那蓬勃進取的氣象都丟了。」然而這不是葉陶的錯誤，而是人生中偶現的齟齬與風雨，然而也並非沒有輕快浪漫的時刻。當楊素絹開始執教的時候，楊逵希望她將家中盛開的花朵押寄在信紙中寄給楊逵與兄姊，「這花香，會把我們帶回十年前那一家團圓滿屋花香的快樂世界的，你說妙不妙？」楊碧也曾寄送玫瑰與菊花，讓楊逵藉著花香重回家園，楊逵更曾在52歲生日的時候，在綠島手植七棵榕樹，做為紀念。

所以，那是物質的沙漠，還是精神的綠洲？

東海花園，以及繼續繁生的

1961年4月6日，楊逵服刑期滿，自綠島返回台灣，在一陣流徙輾轉之後，選定了台中大肚山丘陵上的荒地，欲經營東海花園。由於東海花園地帶的土質貧瘠，每個人都認為楊逵抱著空幻的夢，沒人想到最後依然開出了繁茂的花朵。

坂口被子日治時期曾居住於台中，常到首陽農園拜訪楊逵與葉陶。她在1971年8月，重返台灣，造訪楊逵的東海花園：

> 從前的首陽農園——終戰後改稱「一陽農園」，刊「一陽週報」、「臺灣文學叢刊」、「中國文學叢刊」的那個農園是我最懷念的地方。現在照這招牌所標示，右折沿水溝的小路走進去 零我有一點失落了什麼的空白感。

坂口被子所見的東海花園，種了木瓜、楊桃、龍眼、荔枝、茶花、含笑花，楊逵正在園𫞯看著花園建築的樣本，期待著文化村的成型，夕陽照拂之下，坂口被子回憶中楊逵那充滿悲憫與憂傷的神情，也漸漸消失了。

朱西甯眼中所見的東海花園又是如何：

> 穿過一遍高級陰宅區，才從花園後緣進去。花圃是整畦整畦的，非洲菊、百合花，見出栽培上不欠功夫的興盛……待從花園間的小徑穿行，見許多畦間都有年輕人操作、施肥、鬆土、澆水，也不是匆匆忙忙的搶工，有「半畝方塘一鑑開」的日常清淡。

東海花園與最早的首陽農園——梅枝町99番一樣，比鄰著生死的關口。要到東海花園，必須穿過曲折的公墓道路，從台中市火葬場旁的小徑下坡走去，就到了楊逵生前最重要的生活場景，東海花園。在東海花園盛放的時期，在1970年代台灣文學仍在亟盼尋求主體之時，楊逵已默默在時光洪流中耕耘了好久。文學界終於又「發現」楊逵的時候，每週皆有文人作家，前來拜訪這位老園丁，或景仰朝聖，或熟識言歡，楊逵始終是楊逵，像那些自有節律的大木。

自命園丁的楊逵，墨筆與鐵鋤俱在心頭，所到之處皆為花園，文學的現場，是他種植出來的，看似消逝，實則綻放的花。楊逵在〈我有一塊磚〉中，曾經發願過，讓東海花園成為所有人的文化村，無為而治的桃花源，文學的活水。

> 我在這荒石山上開闢出來的東海花園是在東海大學前面，與公園化的示範公墓為鄰。因為交通方便，環境清靜、視界遼闊，到這裡來散步、郊遊的向來就很多。梧棲築港完成之後，

1960～1980年代的東海花園。（翻攝自《楊逵影集》）

楊逵家族墓園上鑲嵌著〈和平宣言〉全文，以及雷驤的速寫畫作。（李昌元攝影）

和平宣言　楊貴（逵）

陳誠主席在就任的記者招待會宣佈：以人民的意志為意志，以人民的利益為利益，這是我們以為是正確的。但是人民的意志是什麼呢？需要從人民心坎找出的，不能憑主觀決定。

據吾人所悉，現在國內戰亂已經臨到和平的重要關頭，台灣雖然比較任何省份安定，沒有戰、亦沒有亂，但誰都在關心著這局面的發展。究其原因，就是深恐戰亂蔓延到這塊乾淨土，使其不被捲入戰亂，好好的保持元氣，從事復興。我們相信台灣可能成為一個和平建設的示範區。

可是和平建設不是輕易可以獲致的，需要大家協力推進：第一、請社會各方面一致協力消滅所謂獨立以及託管的一切企圖，避免類似「二二八」事件重演；第二、請政府從速準備還政於民，確切保障人民的言論、集會、結社、出版、思想、信仰的自由；第三、請政府釋放一切政治犯，停止政治性的捕人，保證各黨派依政黨政治的常軌公開活動，共謀和平建設，不要逼他們走上梁山；第四、增加生產，合理分配，打破經濟上不平等的畸形現象；第五、遵照國父遺教，由下而上實施地方自治，為使人民意志不被包辦，各地公正人士須要從速組織地方自治促進會、人權保證委員會，動員廣大人民，監視不法行為與肅清不法份子。

我們相信，以台灣文化界的理性結合，人民的愛國熱情，就可以消滅省內省外無謂的隔閡，我們更相信，省內省外文化界的開誠合作，才得保持這片乾淨土，使台灣建設上軌，成個樂園。因此，我們希望，不要再用武裝來刺激台灣民心，造成恐懼局面，把此比較安定乾淨土因戰亂而毀滅。

我們的口號是：

（一）清白的文化工作者一致團結起來！

（二）呼籲社會各方為人民的利益共同奮鬥。

（三）防止任何戰爭波及本省。

（四）監督政府還政於民，和平建國！

一九四九年元月二十一日發表於上海大公報

這裡正處在台中市區與港都之間各十公里前後，將成為最理想的郊遊地區是可以想像的。也許很多學校、文化機構都會遷到這個地方，使這個角落成為文化城。……

在這美麗清淨的花園裡瀏覽古今東西的藝術作品，閱讀喜愛的圖書，欣賞各地出產的民藝作品……這是多麼美妙的夢啊！

——〈我有一塊磚〉，《楊逵全集》10

這是楊逵的花園，生死橫逆，萎落與勃發之間，代替人間做著堅毅的夢。

當然園內，吳鳴寫過〈那一棚蒼老的大鄧伯花〉，記錄他念東海大學時第一次前來東海花園買玫瑰花，進而結識楊逵，協助墾殖花園的情境：

> 找一個沒課的下午，一行五、六人，浩浩蕩蕩地出發了。循著荒草湮沒的小徑來到東海花園。老人殷勤地接待我們，說明來意之後，向老人要了鋤頭、鐮刀，由老人帶頭，到屋後的苗圃闢草萊，整新地，一副煞有介事的模樣兒。而那鋤頭實在鏽得有點像一級古蹟了，鐮刀也鈍得缺了齒，砍在草們身上，晃了晃，竟不斷折，花園之荒蕪殆非一日。
>
> 好容易整出一塊地來，露出低低矮矮的含笑花與軟枝黃蟬，大夥兒樂得甚麼似的，彷彿就看到春暖花開了。

現在的東海花園內有楊逵與葉陶兩人的墓地，墓地牆上鑲嵌著楊逵撰寫的〈和平宣言〉，墓園周圍有雷驤以其擅長的線條速寫，瓷版上燒繪著楊逵數個重要的生命場景，包括新化、綠島，以及墾殖農園的光景。然而時移事往，花園已不復當年盛植花草的景象，草樹蔓生，水泥填起的水塘上面架放了幾張桌椅，可做為乘涼閒話之用，大樹下鍊栓兩隻吐舌哈喘的土狗，左右走動張望，不發聲響。入口處的花架仍有紫藍色的細碎藤花。

我擴張我的想像，幻視楊逵與家人挑石翻土，引水造渠，日落日出花園瞬間開滿向日葵、鄧伯藤、孤挺、玫瑰、瑪格麗特，風吹過土牆，翻動少女楊翠的書頁與髮線，楊逵在細碎水珠的逆光中朗笑著。「在我還不知道阿公是作家的時候，每天晚上看他寫東西，我以為每個種花的人都是這樣啊。」楊翠是喜歡聆聽的，當時許多作家、學者前來與老園丁楊逵談天或者共同勞動，楊翠只是在一旁，靜靜地讓話語滑過少女的耳際。楊翠可能好奇顏元叔、鍾肇政、林載爵、張良澤、河原功、林瑞明、洪醒夫與楊逵談論什麼是真實的文學，或許聽過坂口衤零子懷念葉陶時，那感傷的異國嗓音，也可能豎耳傾聽徐復觀、朱西甯那略帶鄉音的問候，更多時候，也許是楊逵對前來協助墾園的大學青年們，殷殷的期盼。

當時與阿公同住的楊翠與楊菁，兩人時常需要帶著花園中植栽的花到校園、到市場去販售，當時這種生活經驗，對成長期的少女有什麼樣的影響？「當然覺得很害羞啊」，楊翠這麼說著，東海花園的花由於土質貧弱的關係，並非每種花都適合植栽，「我們家的花常常被嫌醜啊」，然而楊逵似乎卻對花的外貌，乃至於生活外顯的物質不以為忤。「甚至有時候我阿公熱情留人下來過夜吃飯，我就好著急。」少女時期的敏感，艱困的物質環境，多少讓楊翠覺得困窘不安，然而楊逵的大方坦蕩，卻讓楊翠提前感受到了這種生活態度。「活下去是最容易的，知道自己真正要做什麼才不容易。」如同那席著名的野菜宴，沒有瓷杯銀匙，沒有玉露珍饈，然而卻依然點起了熱情的星火，用生活，用心志，讓所有人知道意志的強度如鐵，如不移土石。

身為後代，家族是如何記憶楊逵？「春光照路，走找楊逵」的活動中，楊翠跟著學生，跟著父親按圖索驥，重回台中市內首陽農園、一陽農園的舊址，看著那些早已抹去的地景，重新起建的高樓、停車場，重新追捕記憶。「我父親從前畢竟因為環境的關係，其實也沒有機會談這些事，但現在有這樣的機會，他對這些空間的記憶，其實也一點一滴的回來了。」彷彿重新植栽一片花園，記憶的園丁，那些粗糲的色彩，生命的氣味似乎又重新飄浮在春光之中，或像楊翠在文章〈孤島〉中所況喻的，楊逵如孤島般自囚而失聲的子女們，似乎還能偎靠，扶持。

楊逵與孫女楊翠合影於東海花園。（楊建提供）

楊翠的兒子魏揚，在求學過程中，讀到了黃春明的作品，十分喜愛黃春明的創作，然而某次在家中書櫃看見了一本黃春明的著作，扉頁題有「楊逵先生雅正」，魏揚當時尚不知楊逵是眾作家尊敬的長者，覺得十分驚訝：「是黃春明送給阿祖的嗎？是那個課本裡面的黃春明嗎？」當然日後魏揚也慢慢知道自己的阿祖身上竟然有如此精采豐富的故事，一步一步建構起了自己的家族記憶版圖。

楊逵文化村的理想，卻不見得能立

楊逵永不言敗的樂觀精神和作品，不僅是家族記憶裡最鮮明的版圖，也是台灣文學的重要遺產。（文訊資料室）

刻實現，即使地方與家族有意希望能在台中推動成立楊逵紀念館，然而公共政策中複雜的操縱，以及政治現實的資源分配，都讓楊逵的文化村理念，還是藏在磚土等待萌發的種子。

等待萌芽也無妨。楊逵如果還在，他可能會點起他的新樂園香煙，用那看來似乎憂隱，卻淡然堅韌的微笑，看一看那架上的大鄧伯花。

> 我沒有絕望過，也不曾被擊倒過，主要由於我心中有這股能源，它使我在糾紛的人世中學會沉思，在挫折來時更加振作，在苦難面前展露微笑，即使到處碰壁，也不致被凍僵。
>
> ——1983年楊逵受訪自述

出身，大目降
新化楊逵文學紀念館

◎馬翊航

位於新化的楊逵文學紀念館。（楊逵文學紀念館提供）

新化，舊名「大目降」，為早年時代平埔族群居地，「大目降」為平埔族語TAVOCAN，意為「山林之地」。那是楊逵目睹日軍前往噍吧哖，殺戮，鎮壓，驚懼，反抗滋生的童年場景。

新化的「楊逵文學紀念館」，硬體前身是新化戶政事務所，由地方文史工作者康文榮老師一手推動催生，而楊逵家屬的協助，更讓文學館的蒐藏資料更顯完備。文學館入口處有一屏門，飾以題上墨字的紙扇，扇面所題皆是出身新化文人作家的創作。包括了以研究台灣語文、文學聞名的李勤岸教授、新銳小說家許正平，當然還有文學館的重心楊逵、葉陶。

楊逵文學紀念館一樓以「人間楊逵」為主題，以「出身大目降」、「楊逵的家庭生活」、「春光關不住」、「知交好友來作客」

的項目，展現楊逵的生活面目；二樓則以「社會的楊逵」、「文學的楊逵」，展現楊逵的文學與社會實踐。文學館由建築師劉國滄設計，素白簡淨的設計風格，浮印於玻璃窗上的楊逵身影、手跡，篩落了七月盛夏的豔陽，楊逵筆下「春光關不住」的生命力，在展館的空間中，得到了另一種詮釋。經過數年的經營、增建，除了中心的楊逵文學紀念館，後方亦有新化出身的金馬影帝歐威的紀念館、影片放映室。歐威崛起於1960年代，曾經以《故鄉劫》（1967）及《秋決》（1972）獲得兩屆金馬獎最佳男主角獎。1973年因病過世，從影十八年來，他演活了八十多個角色。噍吧哖事件日軍浩蕩的殺戮行伍，曾經震撼過幼年楊逵的心靈，巧合的是，歐威於1958年演出國片《血戰噍吧哖》，再現歷史中的殺戮與反抗。楊逵文學館主體透過空橋連結的次展場，展示著「麗景九十」，以新化麗景照相館為中心，展出90年間為新化人的文化留影。

康文榮老師在1996年左右，出於對弱勢族群的關懷，創設了蘆葦啟智中心，創辦《蘆葦園地》期刊，對地方身心障礙者的照護與輔導不遺餘力。然而在某次北台灣的文化之旅中，康文榮參觀了馬偕醫師逝世百年的活動，觸發他深耕地方，發現地方的動機。

楊逵，文學路

「我覺得我的故鄉新化應該也有這樣的重要人物，我發現了，楊逵就是新化人。」後來，康文榮又發現了歐威，以及更多更多的，新化故事。麗景照相館、武德殿、抗日的蘇有志、楊逵的日籍老師沼川定雄、楊逵公學校的啟蒙老師林允、新化人稱王秀才的古典文人王則修、新化產婆卓莊豆塩、台灣第一代獸醫黃例……新化的故事還很多呢。

楊建導覽民眾參觀楊逵文學紀念館。（楊逵文學紀念館提供）

康文榮老師帶著我沿著楊逵

新化鍾家古厝旁的廣場是楊逵幼時玩耍之處。（康文榮提供）

新化鎮上處處可見楊逵身影，圖為立於新化國小的〈壓不扁的玫瑰〉銅像。（馬翊航攝影）

文學路行進，從觀音亭，鍾家厝，楊逵與葉陶的結婚預定地，一路到新化老街上楊逵童年好友李朝泉、楊金水的家宅。觀音亭是新化的重要信仰中心，觀音亭旁的鍾家厝，曾經是北白川能久親王的臨時行館，家住對面的楊逵，廟前廣場是他童年的遊樂場景。楊逵曾在回憶錄中說，當時廟祝封閉廟前廣場不讓楊逵與他的友伴們玩耍，他們竟夥同將蝦蟆放在廟祝的床下，這是楊逵幼時唯一一件的叛逆事蹟，沒人能想到，多年後他竟成了威權政府眼中的叛逆分子。我想像那些黃褐色的時空裡，有葉陶的汗水，楊逵驚懼而孱弱的童年，觀音亭前面奔跑的蹤跡，日本警察謹嚴的喝叱。

鍾家老宅陽光斜射，磚牆前有瓜架，彷彿隨時會被時光中嬉鬧的兒童絆倒，門柱上有聯紙黏貼撕下的重痕，新書上的聯句是渺遠的心願。一位老者自室內行出，向我們問好，麻棉混織的白衫陽光下靜止，光陰微微顫動。

在新化高工教學大樓與圍牆車棚間，有一條植栽綠樹與矮竹的道路，名為楊逵文學步道，在光影之間掩映著楊逵的文學步履。步道起點以鋼製的錐形浮雕著楊逵文學步道的字樣，錐形鋼雕形如三角冰山，象徵著「冰山底下過活，卻未曾凍僵」的意象。步道左半，水泥矮墩鑲上楊逵生平的金屬蝕刻說明牌，右側則以楊逵的創作歷程，裝置著文學意象的轉化象徵。鋼牌上刻著〈鵝媽媽出嫁〉的字句，或者以鋼筋製成金字塔，裡面囚禁著半沉埋土中的「和平宣言」四個厚字。水泥塊堆砌夾圍，一朵豔紅而不招搖的玫瑰，土石中抽長，迎著樹影篩漏下的春光，文學或終究始於足下。

在新化鎮觀光旅遊網上，你可以找到楊逵新化文學路的路線，依尋著路線圖與說明牌，一路從楊逵文學館開始，進入楊逵的寫作與生命。新化人的創意還不只於此，如果你品嚐到外型像個迷你毛帽，帶有玫瑰花香的小糕，那就是楊逵文學餅了；用新化的番薯烘焙而成帶有焦香的長形蛋糕，那叫做「葉陶貴」，取楊逵以葉陶為貴的意象，或許你還可以帶上一顆有著月桃香氣的「葉陶粽」，沿著楊逵文學路漫步，重新發現楊逵。做一個不結伴的旅行者，漫遊新化老街，穿梭廟街巷弄，或許會在觀音亭撞擊童年楊逵殘留的光影；到新化高中，欣賞以楊逵跑者意象創作的馬拉松跑者大型銅雕，在新化高工的楊逵文學步道上步履樹蔭與春光，回到老街上，細看帶有巴洛克風格的老街，步伐再慢一些，你會經過新化老街上楊逵好友李朝泉的舊宅；若你看到和平街136號，那本來是楊逵與葉陶的結婚預定地……。

立於新化高中的「馬拉松奔向未來」銅雕，以楊逵跑者意象為創作根源。（馬翊航攝影）

作家或許不只留存下了文字，如果楊逵是一種概念，一種光影，一棟建築，一條道路，那會是什麼？新化的楊逵文學路，或許並非唯一的答案。

楊逵在〈默默的園丁〉裡是這麼說的：

他喜歡用血汗換來的生活。

他喜歡在荒蕪的石頭山上，創建自己夢想的花圃。

楊逵的故事是說不完的，我又想起那些植物，例如像是彎折而強韌的蘆葦，風中細碎的藤花，瘦弱而光潔的玫瑰。大風吹來，種子萌芽。時空荒蕪，土石風裂，季節中還有老園丁的影子……。

人間，即是花園。

馬翊航，台灣大學台灣文學研究所博士生。曾獲全國學生文學獎、花蓮文學獎。碩論為〈虛實對照，城鄉融涉——論花蓮文學中的地方意識與市／街書寫〉。

多年以後的多年以前
楊逵・一九七六

◎林梵

編按：大學時候的詩人林梵（林瑞明），因到東海大學訪友人林載爵，無意間遇見在東海花園耕作的楊逵，在其作品《送報伕》的感動下，用大學延畢一年的時間來東海花園與楊逵同住，並完成了《楊逵畫像》一書，成為台灣第一本作家傳記，也建立了與楊逵的深厚情誼。2010年夏天，林梵以〈多年以後的多年以前——楊逵・一九七六〉，回顧那段在東海花園耕讀的歲月。

紅色孤挺花盛開的時節
淡淡幽香從空氣中傳來
清晨，沿著小河溝
彷彿從某個遙遠的地方
你向我走來

好久不見了，楊逵先
還是那麼瘦小
一副弱小民族的化身
終生抵抗強權
我也經歷過很多事件
漸漸變老了
時代變化很多哪

你的新化原是大目降
西拉雅族的原鄉
清代方才被教化
日本殖民又再教化

1976年，在東海花園與楊逵生活一年後，原就讀歷史系的林梵改變了自己的研究方向，成為台灣文學研究者。（楊建提供）

啊！一再被強者教化
反抗，是弱小者
僅有的生存條件
四大社的祖靈
潛藏在血的密碼裡
反抗，再反抗
在所有強權的時代
反抗，就被關
再反抗，又被關
資崩、秀俄與楊建
子女一個個的名字
都那麼社會主義

一九七六年，冬天
中國四人幫大審判
我在東海花園耕讀
看見你，急切翻查字典
閱讀最新的*Time*

盤坐椅子上
縮起一隻腳
抱在胸前
喃喃自語：
Ca ya Ang Nine?
（怎會如此？）
毛的文化大革命
Ca ya Ang Nine?
（怎會如此？）
待解的答案
楊逵先，初老的我
依然還是無解

在時間的激流裡
在清晨的霧裡
我看見你逆向而來
從遙遠的地方來
向我走來

黝黑的臉，帶著
一抹神祕的微笑

林梵，本名林瑞明，台灣大學歷史系碩士，日本立教大學研究。曾任國家台灣文學館館長。現任成功大學歷史系與台文系合聘教授，賴和文教基金會董事等。曾獲府城文學獎、賴和獎紀念獎、台灣文獻研究獎等。著有詩集《失落的海》、《流轉》、《青春山河》，傳記《楊逵畫像》，論述《賴和的文學與社會運動之研究》、《台灣文學的歷史考察》等。

鍾理和

從鍾理和、鍾鐵民到新血輩出的美濃人，美濃子弟正以熱情回報滋養他們的土地。
70年前，鍾理和因為同姓婚姻不見容於傳統社會，攜著鍾台妹奔逃出最愛的故鄉。
再回到竹頭庄的他，感念小鎮風情，
寫下一篇篇動人的故事，這是鍾理和對故鄉的衷情！
而如今美濃有了鍾理和紀念館，進行許多意義深遠的文學傳承，
也有許多熱血的美濃子弟為家鄉實踐心力。
美濃正用它美麗的身影，寫下一封封給鍾理和的情書。

（鍾理和紀念館提供）

鍾理和，筆名江流、里禾等，籍貫台灣屏東，1915年生，1960年辭世，得年46歲。日治時期鹽埔公學校畢業，進入私塾學習漢文，也開始接觸台灣新文學作品。1940年與鍾平妹奔逃到滿州奉天。翌年遷居北平，開始專注寫作，出版第一本小說集《夾竹桃》。1946年3月攜眷返台，應聘到屏東內埔初中任教，後因罹患肺疾，辭去教職返美濃笠山休養。1957年參與鍾肇政發起的《文友通訊》，1960年於病中修改中篇小說《雨》時咯血而死。曾獲中華文藝獎金長篇小說第二獎。著有《台灣文學兩鍾書》、《笠山農場》等。1976年，由張良澤整理彙編、遠景出版社出版《鍾理和全集》八冊。1997年，由鍾鐵民主編、高雄縣立文化中心出版《鍾理和全集》六冊。1979年，林海音、鍾肇政、葉石濤、鄭清文、李喬、張良澤發起籌建「鍾理和紀念館」，位於鍾理和故居美濃，2003年開始進行「文學園區規畫」，朝向文學社區化、加強社會文學教育的方向邁進。

鍾理和文學地圖

文學現場踏查記

土地伯公與
大葉榕
平妹橋
成炳伯家
鍾理和紀念館
朝元禪寺
理
和
小
徑
廣興街
廣九街
廣
福
街
N
S

美濃小鎮的情書
笠山天空下的鍾理和

◎余欣蓓

美濃處處美景環繞，山間曲幽小徑，小鎮風光宜人，造就許多文學與藝術的優秀人才。（鍾理和紀念館提供）

美濃天空總是高遠遼闊，天際線像是一道飛越的彩虹，跨過山巒、穿越溪流。近一百年前，小鎮上誕生了一位影響台灣文壇深遠的文學家鍾理和！他以故鄉景色為名，寫下許多動人作品。純美小鎮從此因為鍾理和更增山色光華。

清乾隆元年（1736年）屏東武洛庄的林豐山、林桂山兄弟和他們的團練夥伴們，來到靈山凹地建新家園，將開闢之地命名為「瀰濃」，日人來台，有感於小鎮美麗風情，更名為「美濃」。美濃平原有著一百二十餘平方公里腹地，幅員開闊，更顯出遠山層疊環繞，自成世外桃源。

笠山農場、廣興、朝元禪寺都是鍾理和筆下的重要場景。（左：鍾理和紀念館提供，中、右：李昌元攝影）

遙遠笠山的故事

漫步小鎮，隨拾可見繽紛的客家藝術，美濃紙傘、客家花布、錦興藍衫。在美濃郵局裡寄信，你或者會見到郵局行員正和斗笠上掛著客家花布的美濃阿嬤，親切地用客家話交談著，美濃處處充滿溫厚的人情味。美濃的天空，是鍾理和筆下的天空，也是美濃子弟縈繞心頭的故鄉情濃。騎著單車穿梭在美濃小鎮街巷裡，在夕陽下吹拂過的，是鍾理和及美濃人都曾經歷過的美濃的溫柔。

> 我們的愛得來不易，惟其如此，我們甘苦與共，十數年來相愛無間。我們不要高官厚祿，不要良田千頃，但願一所竹籬茅舍，夫妻倆不受干擾靜靜的生活著，相親相愛，白頭偕老，如此盡足。

車行鄉間小路，曲徑通幽。拐個彎穿過「平妹橋」，鍾理和紀念館便在眼前。紀念館面對整個美濃山勢，別有洞天，群山雅致。圍繞二層樓主體平房屋外，是落有作家筆款的石頭群：吳濁流、楊逵、水蔭萍、陳秀喜、鍾肇政、葉石濤……，作家巧思，躍然石上。知道此行採訪，梳著清爽髮辮的鍾理和孫女鍾舜文慷慨允諾，要帶我們走訪一次鍾理和文學地景。

平妹橋的白色橋墩上，有著舜文以祖父文章為名，親手繪製的畫作：〈做田〉裡農人在山間勤勉耕種的農家景象、《錢的故事》裡姊弟倆撕著日曆紙等待存錢變多的貧苦故事。嵌在橋欄上的陶版印的是文學家們的手印與精句。眼尖一些，或可找到鍾理和長子鍾鐵民題的客家諺語：「衫褲愛新人愛舊」，旁邊還有一個大手印，日期標上2010年2月25日。站在橋上遙望笠山及山群，山巒層疊，山尖彷彿若

鍾理和與鍾平妹的愛情得來不易，因此格外珍惜。（鍾理和紀念館提供）

甫落成的平妹橋，白色橋墩上有文學家的手印與精句，以及鍾理和的孫女鍾舜文親手繪製的畫作。（李昌元攝影）

有光。像是有故事就埋伏在那偉岸，令人想起鍾理和《笠山農場》的片段：「劉少興把煙蒂丟掉，在大石上仰首躺了下去。頭上的樹木極為茂密，陽光片影不漏下。……，他閉起眼睛，流水在耳邊切切細語，像主婦們在閒話家常。這一切，看起來就像一個夢境。」那是遙遠笠山的故事。

1915年12月25日，笠山農場主人鍾番薯的頭家子鍾理和，出生於日治時期的屏東郡高樹鄉廣興村。隨著父親鍾番薯將事業版圖擴展到美濃尖山（即鍾理和《笠山農場》筆下的笠山）的墾山計畫後，19歲那年，鍾理和因為幫忙管理家族事業而開始頻繁往返於高樹與美濃間。美濃的山野淳情深深吸引著他。他形容笠山農場上生氣盎然的景象：「工人們開始工作：男工砍樹木，女工伐管草或鋤地。泥水匠和木匠住在農場，所以他們工作開始得更早。他們喜歡在清晨日出前工作。早晨清新的空氣能使他們精神飽滿。每天都在他們做完一段活計之後，然後才聽見頭家呼喚吃早飯。」

綺麗變幻的山頭，鍾理和遇見了大他四歲的鍾台妹（即《笠山農場》中的鍾平妹），深情相與。然而同姓戀情在舊社會裡不被社會民情所接納，亦不被鍾理和父母所諒解。幾經思量後，他決定帶著台妹奔逃他方。

生命的另一段旅程

「這裡就是糖廠的五分車站，現在已經拆建成美濃廣德里的社區活動中心了。」舜文娓娓指出五分車站舊址。鍾理和〈奔逃〉中的緊張氣息再次躍然眼前。七十多年前（1940年）8月的夜晚，〈貧賤夫妻〉裡鍾理和寫著：「下了糖廠的五分車，眼睛往四下裡搜尋，卻看不見平妹的影子，我稍感到意外。也許她沒有接到我的信，我這樣想：否則她是不能不來的，她是我的妻，我知道她最清楚。也許她沒有趕上時間，我又這樣想：那麼我在路上可以看見她。」糖廠的五分車站如今拆除，然而那懷舊的地景，仍隨著附近保存良好的客家院落動人心房。「這條巷弄，以前就是糖廠五分車的鐵道喔！」舜文指著院落間的一條小巷，鐵軌已不復見。就是這條鐵道，帶著鍾理和迎向生命的另一段旅程。

帶著平妹離開台灣渡海到滿洲國奉天（即今之瀋陽）的鍾理和，即使已先兩年到奉天考取到「滿洲自動車學校」的駕駛執照，仍未能從此順遂溫飽。由瀋陽到北京，命運始終顛沛多舛。離鄉三年後，他再次回到日思夜想的台灣。在經歷過短暫的屏東教職後，鍾理和終於回到昔日的美濃故鄉——竹頭庄。

「竹頭庄就是現在的美濃鎮廣興里，這棵竹頭庄圓環大榕樹，可是居民們重要的談天話家常場所。」舜文指著竹頭庄盤根錯節的大榕樹，樹葉茂密枝幹延伸，如一把雲蓋大傘。我們佇在樹下聽夏日蟬鳴，唧唧唧！唧唧唧！四周靜寂，有風輕吹。大榕樹啊，那是鍾理和即使遠在北京都要懷念起的故鄉場景。在北京出版的四篇短篇小說合集《夾竹桃》中，唯

位於屏東縣高樹鄉的鍾理和故居。（鍾理和紀念館提供）

故鄉的大榕樹，是鍾理和即使遠在北京也懷念的故鄉場景。（李昌元攝影）

鍾平妹帶著孩子等待鍾理和下班的「理和小徑」。（李昌元攝影）

一一篇描寫到故鄉的〈薄芒〉這樣寫著：「竹頭村的村頭，有一棵四時蒼綠，翼然如蓋大可即抱的榕樹。樹四周，店鋪筆立，熙熙攘攘一個月，遊人不息。故此處為此村唯一的繁華地區。因這裡有榕樹，所以村人便把它管叫榕樹下。」

無悔的文學事業

再次回來懷念的故鄉，鍾理和卻結結實實地病倒了！奉天與北京的連年困苦生活，緊接著回台渡海船班的顛躓磨折，與甫回台便辛勤投入屏東內埔中學教職，鍾理和身體垮了下來！肺結核的嚴重侵襲，鍾理和先後前往台大醫院、松山療養院就醫，並在松山療養院三年的治病期間內，動了兩次胸腔整形手術，割去六根肋骨。病癒後返回美濃，家中財產已為治病變賣用盡、所剩無幾。僅餘三分田地，和一間原先用來曬香蕉的房子，那一年鍾理和36歲。病弱的鍾理和亦曾參加鎮公所里幹事考試，錄取後勉力擔任職務。每日鍾理和騎著單車從尖山到美濃上班，鍾台妹為之擔憂不安。總要捱到黃昏時分，便切切前往丈夫回家必經的小徑口，等待丈夫回家。

「爺爺回家總要騎著單車經過這條小路，路雖然小，卻長長靜靜的，四周田野風光很美，陽光灑下，午后涼風騎著這條小路，非常舒服。現在這條路被取名為『理和小徑』了。」沿著舜文的指端，望向理和小徑一路通往悠遠山麓。「爺爺快下班時，奶奶就在這裡等他回來。」那是〈貧賤夫妻〉的一段場景：「一出村莊，一條康莊大道一直向東伸去，一邊學校，落過小坡，有一條小路岔向東北。那是我回家的捷徑。我走落小坡，發現在那小路旁——那裡有一堆樹蔭，就在那樹蔭下有一個女人帶一個孩子向這邊頻抬頭張望。」

病弱的鍾理和，鎮上里幹事工作不滿一年，即因身體狀況，被迫辭去工作。他把握有限時光，不停寫作。撐著虛弱的身體，儘管一天能清醒寫作時間僅餘兩個小時，他並沒有被命運擊垮。對文學的掛懷，使他亦能從這樣的景況中找出趣味。芬芳的美濃，大葉榕、茄苳樹、龍眼樹、紫薇……，綠意其中。隨處可見的木瓜園，與鍾理和〈我的書齋〉筆下風貌相呼應：「我家有一面寬廣的水泥庭子，是特別拿來曬已薰乾的香蕉乾用的。數年前我沿著庭坎下，種了幾株墨西哥種木瓜。兩三年後，木瓜樹長得丈多高，……於是我搬藤椅，及另外一條圓形几凳以便置放稿紙和鋼筆水等，便在那下邊開始寫東西。」鍾理和形容這樣的書齋「就是世上所有的建築得最華美最富麗的書齋，都不會比它更好吧！」在鍾台妹的支持下，鍾理和一家有了新的家務分配。台妹持外養家，鍾理和掌內家務。往後的文學生涯裡，他不斷創作、被退稿，然而他對文學始終未曾放棄。鍾台妹雖不識字，卻對丈夫的文學事業非常尊敬，自始至終，無悔支持。

鍾理和在木瓜樹下創作許多的作品，他認為這是世上最華美的書齋。（鍾理和紀念館提供）

鍾理和的創作和美濃風土景貌息息相關，他自傳體式的小說書寫，使得他的小說無論長短篇，都充滿著濃厚的故鄉情懷。而鍾理和根植於文學靈魂深處的人道精神關懷，也使他說起故事格外動人。無論是〈笠山農場〉中淑華和姊妹們常去的朝元寺（文中作「飛山寺」）和磨刀河、〈雨〉裡民眾祈福求除旱的三山國王廟、〈菸樓〉中的美濃菸樓場景，或是〈野茫茫〉與〈小岡〉中的九芎林、鍾理和日記中記載的「美濃第一進士」故事場景的黃驤雲家族的夥房、〈親家與山歌〉中情韻真摯的美濃山歌。置身美濃，也進入到鍾理和的文學世界，望著遼闊的美濃平原，與遠方接連的層巒山勢，時光又悠悠回到鍾理和筆下的風土情韻。

1956年11月，《笠山農場》獲得中華文藝獎金長篇小說第二獎，首獎從缺。得獎為鍾理和帶來莫大的鼓勵，他更熱切地投注書寫創作。1957年鍾肇政發起出刊《文友通訊》，更開啟鍾理和與文壇許多文友的友誼之窗。鍾肇政、廖清秀、陳火原、文心等，都成為他的知心筆友。然而已得獎的《笠山農場》卻始終未獲得出版機會，他十分傷心掛懷。1960年8月4日晨，憂勞過度的鍾理和，正在家中床榻上修改中篇小說《雨》，突然大口大口吐血，只拖了一天便結束他多磨多難的一生，得年46歲。

即使一生僅有31歲那年，在北京由馬德增書店印行的短篇小說集《夾竹桃》得以面世。然而他卻孜孜不倦、勉力筆耕不輟，亦曾以江流筆名發表，在短短的46年生命旅程完成六十餘萬字的作品。據張良澤編《鍾理和全集・總序》鍾理和臨終談及：「吾死後，務將所存遺稿付之一炬，吾家後人不得再有從事文學者；《笠山農場》不見問世，死而有憾。」一生繫念文學的鍾理和，終不能在辭世前見到自己嘔心瀝血的作品《笠山農場》出版。作家陳火泉有感於鍾理和一生為文學奮鬥的堅持不懈，稱他為「倒在血泊裡的筆耕者」！

鍾理和〈楊紀寬病友〉裡，描寫一位在松山療養院勇敢奮鬥肺結核的病友，雖耗盡全力仍不幸病歿的故事。病友辭世的夜晚，在醫院病床上的他寫道：「我雖不能坐起來，但我閉上雙目，在胸前合起兩手，在枕頭上敬肅地叩了一個頭。」回顧鍾理和一生，也令人肅然致敬。一生以文學為懸命的鍾理和，小說具有深刻人道關懷，對知識分子所應兼負的時代責任，他亦責無旁貸。無論是在北京時期寫的當時台灣人處境的〈白薯的悲哀〉、〈祖國歸來〉，或是1947年2月28日鍾理和因肺疾在台大醫院住院時，以鉛筆在殘破紙張及藥袋背面寫下的二二八現場紀實。文學於他並非只是個人抒情、鄉土情懷，更散發出文學家洞察世情、悲憫胸襟的超然智慧。雖然命運多難，鍾理和與鍾台妹始終恩愛相守。追求真愛、堅持文學，也為這位影響台灣文壇深遠的戰後第一代文學家一生，增添更多傳奇性與不朽佳話。

《鍾理和全集》有三種版本，代表鍾理和的著作流傳不輟，一再被討論。（文訊資料室）

鍾理和紀念館

1980年8月4日，感念鍾理和文學精神，籌備多時的「鍾理和紀念館」選在他逝世20周年的忌日這天，正式舉行破土典禮！紀念館的興建過程，以鍾理和生前好友鍾肇政為首，號召許多文學界朋友共同努力與響應。破土典禮當天拍攝鍾理和及鍾台妹故事的《原鄉人》導演李行及電影界朋友也都前來齊聚一堂。

興建過程充滿艱難，資金籌措不易。1983年首先完成主體一樓建築落成啟用，至第三年後才籌備資金再將二樓蓋起，成為現今規模。最初鍾理和紀念館原有意做為「台灣現代文學史料館」，因此也收集了眾多台灣文學前輩的珍貴作品手稿，如今鍾理和紀念館已在成立「財團法人鍾理和文教基金會」後，有了更多更豐富的面向。每年的文學營隊總能深入文學、美濃文化、自然保育等題材，廣受好評。2010年第14屆的「笠山文學營」便以「文學・生命・苦難文學」為主題，談文學、歌曲、劇場、植物拓染，並由八八水災、地震等災難著手，探討人與自然的關係、人類愛與信念的本質。鍾理和紀念館不只是一般硬梆梆的紀念館，更成為一個主動的發光體，散發光熱，吸引懷有文學故情的老靈魂們，四面八方湧來朝聖。美濃在地的鍾理和紀念館，提供了美濃醇美的文學環境，也孕育出更多才華洋溢、熱血奔騰的美濃子弟們。

鍾理和紀念館吸引懷有文學故情的靈魂們，四面八方湧來朝聖。（李昌元攝影）

1983年，鍾理和紀念館落成，當時的文建會主委陳奇祿（右起）、鍾肇政、楊逵等多人出席典禮。（文訊資料室）

承接月華的筆
三代書寫的文學家族

◎余欣蓓

年輕時的鍾鐵民（右）與他筆下的美濃尖山。（夏祖麗提供）

月光山小鎮上的鍾鐵民

鍾理和遺言囑咐，希望鍾家後世子孫不要再執筆寫作，不忍子孫再因寫作受苦。然而寫作有它自己的意志，鍾理和的書寫靈魂已流在每一位後代子孫的血液裡，承接月華的筆，鍾家一門三代，代代精采，走出自己的路。

首先不讓文學退場的就是鍾鐵民。

鍾鐵民1941年生於奉天，同年隨父母來到北平，再回到美濃竹頭庄。家住廣林里的鍾鐵民，1948年進入廣興國民學校就讀，為了避免夏天家門前的雙溪河漲會過不了對岸，因此分到外婆家的興隆里讀書。家裡到學校的路途雖然遙遠，卻也是一條值得回憶的路。在曾純純撰寫的〈鍾鐵民先生口述歷史訪問紀錄〉裡鍾鐵民提到：「沿路上有什麼可以吃的，比如說山番石榴、野草莓、桑椹，哪裡有什麼東西，哪裡有水窟都很清楚……，你口渴的時候，到那裡撥一撥草屑就可以端起來喝了。」

鍾鐵民對美濃山麓的熟悉不只是局限在廣興而已，還要延伸到更遠的朝元寺再過去的黃蝶翠谷和母樹林。母樹林是鍾鐵民最難忘的山林遊樂場，小時候他和住在這附近的孩子們一起到雙溪玩水，常愛冒險穿過為飲水開鑿的山洞。鍾鐵民對他的孩子誇口：「這附近周圍的山，沒有一棵樹我沒有爬上去檢查過的。」

鍾鐵民不僅會玩，也很喜愛閱讀。他提及自己凡有字就喜愛閱讀的情況：「從有書看到沒書，沒有書看時又非常無聊」，即便是不感興趣的佛學雜誌書籍，他也是「看到沒東西看的時候，實在是什麼都好，只要是文字寫的，就給他念下去。」然而早慧的鍾鐵民卻因為脊椎結核的問題承受了難以言喻的病痛折磨。在他的文章〈慘變〉中描述了治病時期的延誤與疼痛。雖然病症導致他駝背，鍾鐵民仍然樂觀迎向人生，文學的世界帶給他無比的心靈安慰。1960年，高中時期鍾鐵民再度脊椎病發，鍾理和也因病重躺在另一張床。他對鍾鐵民說著：「兒子，你趕快好起來吧！我們兩個人一人躺一張床，會把你媽媽拖垮。」

鍾鐵民在考上台灣師範大學國文系夜間部後，也曾在林海音女士創辦的《純文學》雜誌擔任校對工作。畢業後鍾鐵民選擇回到家鄉旗美高中任教，雖然遠離了台北的文學環境，卻也在美濃田野山林間，找到更貼近自己生活的文學書寫方式。鍾鐵民回憶自己的文學歷程——學生時代以農民生活為素材，教書時代則關心農村的教育，繼而轉向人權主義的關懷，及至退休前後則以社會運動為書寫背景。提到農村，鍾鐵民認為：「我用農村做題材，因為是自己成長的經驗，這是我熟悉的環境，我認識的人，我最有感覺、最有感情的部分。」

鍾鐵民在美濃田野山林間，找到更貼近自己生活的文學書寫方式。（文訊資料室）

美濃鎮上，客家情懷隨處可見。永安路底的

鍾鐵民的作品充滿人文關懷，是一部部愛鄉愛土之作。（文訊資料室）

東門樓老城門，自清乾隆至今，歷經250年風霜仍屹立不搖。老城門旁的開基伯公（・ㄅㄚ ㄍㄨㄥ），在大榕樹下香火鼎盛。伯公伯公！這是美濃人特有的信仰，也是鍾鐵民筆下溫柔的場景。

在〈田園之夏〉裡，鍾鐵民描述一對戀情正發燙的戀人：「他們走到土地伯公神壇前，在石階上坐下來。伯公壇背倚著大圳面向田野，可以看到遠處馬路上車子的燈光來來去去。四周青蛙的鼓譟震耳，夾著遠方田家的犬吠。『松英，妳喜歡過農村的生活嗎？』」美濃人講伯公，就是土地公。土地公有靈，一塊大榕樹一顆大石頭，就可以是伯公所在。人對神的情感也像家人一樣親密。松英喜歡農村嗎？〈田園之夏〉給了肯定而正面的回應。鍾鐵民筆下的農村，充滿活潑生氣且還帶著幽默。

往黃蝶翠谷方向行去，經過石岡田，在快到大埤頭伯公前會看到一條小彎路，彎路上方有一長排閒置的小型磚式豬舍。豬的故事，便一個個蹦出來了。鍾理和在〈豬的故事〉裡描述：「傍晚，豬開始了死前的跳躍。妻兩手伏在欄柵上，面色慘白，兩眼直直的盯著為臨終的痛苦而掙扎著的豬。」文末他寫上：「在一個窮人之家，兩條大豬的死活非同尋常，然而人們的愚蠢往往把自己搞得更窮。」不同於鍾理和以自傳方式切入養豬者的心情，在〈約克夏的黃昏〉裡，鍾鐵民以擬人化筆觸，描寫約克夏種豬的自我剖白，他寫著：「外銷市場打開，冷凍豬肉出口，是不是對頭家有起死回生的作用呢？我不敢想像。頭家娘這幾天給我的飼料特別多，是不是希望我多長幾斤肉？頭家看著我搖頭，那眼神代表了什麼意思？算了，想多了心亂，做為一隻公豬，我想這一生也交代得過去了。」小說趣味的口吻，資料嚴整、時代鮮明，儼然台灣小農養豬人家血淚史。評論家林瑞明論述：

「這是一篇笑中帶淚的作品，技巧純熟，內容豐富，是鍾鐵民農村生活經驗的代表作。」此作亦獲得第一屆洪醒夫小說獎。

鍾鐵民的文章充滿人文關懷，他自剖：「作家幾乎都有一個比較特別的情懷，這個情懷就是我要講一些公道話，我為那些苦難的人來傳達他們的心聲，爭取合理的待遇，或者營造一個比較合理的狀況。」退休前後的鍾鐵民開始投入社會運動。他參與美濃水庫抗爭運動、參與「挽救母語」的討論。在1998年2月20日〈美濃社區電子報〉中，時任美濃愛鄉協進會理事長的鍾鐵民提到：「美濃水庫有50層樓高的摩天大壩，建在美濃峽谷平原上端高處的黃蝶翠谷，鍾理和紀念館東側，距離最近的村莊不過一公里多。從興建案提出以後水庫就成了美濃人的夢魘。」為了爭取美濃人的生存權益，鍾鐵民一次次投入反水庫行列，美濃反水庫運動不但成為全台聞名的社會運動，也喚回許多美濃子弟們一起投入愛鄉衛土的活動！

黃昏時分，中正湖上被夕陽烘照得紅霞滿面，遠山映水，湖心宛如潑墨山水。鍾理和的哲思與文采使笠山頭更顯光芒閃耀，而鍾鐵民的農民文學則如暖陽，在美濃平原上輝映土地。

山谷中的九重葛——第三代鍾怡彥、鍾舜文姊妹

學術致敬・鍾怡彥

鍾理和當年〈我的書齋〉中的小庭院，如今種滿各色九重葛，因為鍾家姊妹的愛花與珍愛天地，面對山谷的九重葛也格外開得活潑鮮豔。

鍾怡彥在青年文學會議上發表研究鍾理和的論文。（文訊資料室）

生意盎然的九重葛，如同鍾家姊妹的綻開笑顏，誠摯真切中飽含生命力。因為這樣的韌性，因此當年就讀彰化師範大學國文研究所鍾鐵民二女兒的鍾怡彥，在選擇論文題目時，便毫不遲疑地選擇以爺爺

為題。她的論文是《鍾理和文學語言研究》（2002年完成）。問怡彥寫研究爺爺的論文會不會有壓力？她爽朗地笑著：「怎麼會？這是我一直想做的題目呢！」鍾理和同時精通日語、客語與中文，並會說北京話、蒐羅客家諺語與歌謠。鍾怡彥由文學語言入手，研究手稿、修辭、句式等面向，也可見她以學術成就向爺爺鍾理和致敬的決心與努力。

鍾怡彥的文字質樸平實，直述中帶有敏銳的觀察力。在〈懷念祖母〉中她寫道：「年輕時的奶奶，有著一股致命的吸引力，將祖父牢牢吸住，從此展開她一生不平凡的經歷。每當記者來訪，問及她與祖父之間的事情，奶奶總是笑笑的回答，有時會看著手，輕輕的嘆一口氣，那裡面夾雜著許多感情，有執著、堅強與不捨。」曾與白血病奮鬥過的鍾怡彥，對生命與天地也多了一分豁達。她的心中有許多對文學的堅持，如同此際她進行的對美濃在地耆老的田野調查，鍾怡彥正努力開創出不同的文學視野。

「畫」說從頭・鍾舜文

2010年7月10日下午四點，與鍾鐵民三女兒鍾舜文相約採訪。典雅的樓房，這兒也是鍾鐵民的家。一樓正廳寬敞明亮，牆上一張巨幅畫引人目光，那是舜文為鍾台妹畫下的祖母的雙手。結實多繭的手，黝黑的色澤飽含歲月風霜。

舜文同時書寫與繪畫，承襲了家族文學傳統，也圓了外公和父親的藝術家之夢。鍾理和在少時作品〈初戀〉中寫道：「在學校時，我對美術有很濃的興趣，並且似乎也有點資質，我的圖畫總是獲得很高的分數。曾有一個時候，父親打算把我送進『內地』的藝術學校，後來因為當時的留學生之間有一種不良風氣，便把主意打消了。」鍾理和不但喜愛畫畫，也喜愛攝影，用照相機照下許多作品。同樣的藝術質地也遺傳到鍾鐵民身上，鍾鐵民自述：「我從小就有藝術傾向，我愛畫畫，初中時學校的壁報就都是我畫的。」雖然鍾鐵民因為沒有受過專業訓練而未考上藝專，然而藝術之路總算在第三代開花結果了！從小就對影像著迷的鍾舜文，一路念到東海大學藝術學碩士，如今也在實踐大學高雄校區擔任講師。創作於她，便是「以凝視的方式『留下記憶』」。

鍾舜文回到美濃，完成《那年，菸田裡——斗笠・洋巾・花布衫》，進行對美濃末代菸葉的留影紀錄。（文訊資料室）

鍾舜文著客家藍衫攝於美濃。（鍾雨靖攝影，鍾理和紀念館提供）

2006年初秋，鍾舜文回到美濃，開始進行對美濃末代菸葉的留影紀錄。她分別記錄了2007年1～3月的後期菸田作業及2007年10月至2008年5月的菸田全程耕種，包含採菸、夾菸、卸菸、分菸、繳菸。不同於鍾理和〈菸樓〉和鍾鐵民〈菸田〉的小說形式書寫，她用紀實文字與影像來書寫菸葉。舜文提到：「這些阿叔、阿伯、叔婆、伯母們在菸田裡辛勤耕作，那是成長的記憶裡一直存在的影像，如今這影像即將消失，心裡有種失落感。趁現在還看得見，我希望能將這些屬於家鄉、熟悉又親切的影像記錄下來！」回憶採訪過程中，阿伯、伯母們總是親切地喊著：「啊唷，細妹仔，妳們來了唷！」到了第二年，幾乎是遠遠地，舜文便已經能從阿姨們斗笠上的洋巾花色還有身上的花布衫，辨認出這是哪家的阿姨了。

喜愛攝影的鍾舜文，先用照片定格下凝視的瞬間，然後以膠彩媒介完成一幅幅菸田農家的特寫畫作。透過畫作，〈智興伯〉、〈通芹伯母〉、〈風趣大叔〉、〈古伯母〉……，一張張歲月臉龐，深刻浮現。為什麼攝影之外還想用繪畫來呈現呢？她認真談到：「藉由繪畫的方式，可以將人物形象抽離背景空間，然後靜靜的凝視。」雖然有師長建議舜文可以深色，如黑色做為背景以凸顯人物本身，然而舜文思索：「我一開始就希望人物的背後是個亮的顏色，於是選擇了金色，這也像稻穗的顏色。有朋友認為金色有高貴、尊榮的意味，在我看來，這樣的形容也是沒錯。這些叔伯阿姨們的確是相當令人敬佩的。」

擁抱家園的鍾舜文，不選擇油畫而選擇膠彩做為素材，原因來自環保。「當初用油畫在家作畫，畫完之後我走到屋外庭院，四周尋遍，發現我其實找不到地方可以洗筆！」因著對自然的愛護，舜文毅然決定以來自天然礦物的膠彩做為繪畫素材，並從其中發現色澤掌控的魅力。帶有個人哲思的藝術創作，舜文作品更透露出土地有靈的情感來！

提及鍾台妹給晚輩的身教，舜文如數家珍：「奶奶知道的諺語總是隨口成章，她會說『掃地要掃壁角，洗臉要洗耳角』，叮囑後生做事情要徹底。逢到土灶前生柴火的時候，就說：『人要靈通，火要窿空』，說明人要知變通，不要傻呼呼呀。」一路談天不覺已近傍晚，舜文邀請我到二樓的餐廳用餐，尤其要特別嚐嚐母親自己做的花生豆腐。我吃了一口，豆腐入口即化，花生香溢滿唇齒，鍾伯母的手藝果然不是蓋的！餐廳間，正好望見甫動完手術身體微恙的鍾鐵民正欲進房，他向這頭親切地微笑點頭，文學家的溫暖，頃刻流露。

離開前和舜文來到庭院，大門口旁的整大面繽紛瑰麗，是由藝術家朱邦雄親手製作設計的美濃窯牆。庭院就在半山腰，遙望群山，整個美濃尖山峰巒便遼闊眼前一覽無遺了。原地改建的房子仍可在無意間，窺得鍾理和當年的目光：「我的書齋既無頂又無牆壁，它就在空曠偉大的天地中，與浩然之氣相往來。與自然成一整體。」

夕陽西下，天色也暗了下來。採訪結束，舜文提著一盞黃光小燈，陪我走過幽幽小徑。小徑旁是半壁山勢，我回頭揮手道別，望著提燈的她領著小黑狗，隱身小徑。像是沈從文《邊城》裡的小姑娘翠翠，那是根在土地上才有的動人氣息。

熱愛土地的鍾鐵民、堅持學術之路的鍾怡彥，和以藝術之眼看顧故鄉的鍾舜文。美濃的美麗，又更深邃了！

我等來去唱山歌
音樂創作者・林生祥

◎余欣蓓

林生祥的歌聲滿溢美濃鄉土情懷。右為大竹研，攝於2010年7月美濃黃蝶音樂祭開幕音樂會。（余欣蓓攝影）

2010年7月9日下午兩點，陽光遍灑。這一站，專訪美濃子弟林生祥。

林生祥家很寬敞，潔淨的客廳，茶几在陽光下都像要透出光來。主人俐落地用磨豆機現磨咖啡，沖泡出溫潤香醇的咖啡。靜寂唯有蟬聲的午后，時光凝定。

大學時代便熱衷於玩吉他的林生祥，始終思考自己的音樂，他和一群朋友組成「觀子音樂坑」。回顧音樂之路，美濃反水庫運動是個轉捩點。那年剛退伍的他，回到家鄉開始做起自己的音樂，他體認到：「音樂創作是可以與社會運動緊連在一起的！」1999年3月，在有限的資源下，林生祥和同樣也是美濃子弟的音樂夥伴鍾永豐，因著美濃菸葉總是用「交工」、「互助」的方式完成接力型態，將組成團

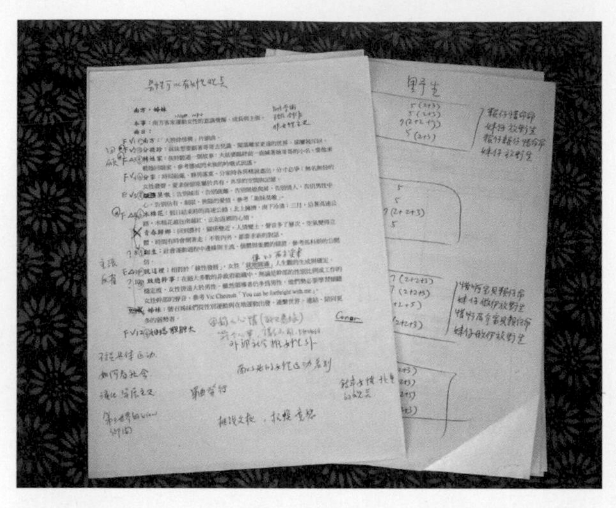

有想法的林生祥，將他對農業、自然、人權的關懷展現到音樂上。圖為林生祥創作手稿。（余欣蓓攝影）

體命名為「交工樂隊」。掂掂有限的經費，在龍肚的大阪式老菸樓裡，搭起錄音棚，取名「第七小組菸樓錄音室」。開始了《我等就來唱山歌——美濃反水庫運動音樂紀實》的專輯製作！

2007年林生祥拿到第18屆金曲獎最佳作詞、最佳客語演唱人、最佳客語專輯獎。而他從容上台後，以「金曲獎應該用音樂類型來分類，而不是用族群，此獎項使得用客家母語的歌手失去了良善競爭的眾多對手，也使客家歌曲被邊緣化」理由拒領了後兩個獎項，並將獎金全數捐贈給「八色鳥協會」美濃種樹團體、交流國內外綠色產業經驗的《青芽兒》雜誌、1982年創刊的美濃在地人文雜誌《月光山》，以及關心農民生計的白米炸彈客楊儒門。回憶起頒獎典禮上的致詞，短短三分鐘內，理念清楚、條理分明，分秒不差宛如一場完美演出。林生祥說道：「這些都是我和朋友精心設計和演練的，我們不斷計時、修改，將它視為一場運動！」

有想法的林生祥，也將他對農業、自然、人權的關懷展現到音樂上。於是〈種樹〉、〈有機〉，及為外籍新娘識字班寫的班歌〈日久是她鄉〉等歌曲便一首首誕生出來。退伍後重返美濃，他從傳統客家八音和山歌元素裡找到音樂新可能。在之後的《種樹》專輯，林生祥邀請了沖繩三弦演奏家平安隆和吉他手大竹研一起合作。2009年的

《野生》專輯，林生祥首度用雙人吉他方式。他並且將對音樂的重視延伸到專輯的整體概念上，例如「生祥與瓦窯坑3《臨暗》」，他便請來鍾舜文親自設計別具風格的專輯封面。

2010年7月10日晚間七點，永安路上的東門樓下已擠滿了人群。這晚是第15屆美濃黃蝶祭的開幕音樂會，林生祥也將到此臨樓演唱！

演唱開始，環繞著東門樓的美濃子弟，或坐在席上，或在橋頭，熱情地與台上的林生祥一起唱和。生祥的歌詞美濃人已倒背如流，台上台下用客家話親切地唱和者，美濃的鄉土情懷，溢滿席間。我想到生祥談到《種樹》專輯時說：「我希望我的音樂可以有一種安靜的力量，我們的社會需要的也是一群真正安靜做事的人。」林生祥在演唱的最後，發表了他為鍾理和《笠山農場》中巡山人「饒新華」特別創作的新曲。他以月琴創作，並且嘗試以月琴的指法來彈奏吉他，探索新風格可能。新一代美濃子弟林生祥，用他的方式，吟唱給美濃的情歌。

2010年11月，林生祥以鍾理和文學為題材作詞譜曲，完成《大地書房——文學·土地·鍾理和》客語音樂專輯，圖為「大地書房」音樂會。（國立台灣文學館提供）

・

美濃特有的人文氣息，醞釀出特殊的美濃風華。1994年美濃反水庫運動促成「美濃愛鄉協進會」的成立，鍾永豐、鍾秀梅都是其中健將。協進會也呼喚著更多美濃子弟重新回到這片美麗家園上，回鄉美濃成為榮耀的愛鄉行動！美濃後生會、美濃八色鳥協會，以及美濃故事館裡琳瑯滿目的社區學員創作，處處可見美濃人對自己家園的珍愛。走進美濃鎮立圖書館，可翻閱到資料齊備的美濃文史，仔細注意，還可找到收集完整的美濃人《月光山》刊物，豐富的在地內容，訴說美濃人團結的愛鄉力量。

從鍾理和、鍾鐵民到新血輩出的美濃人，美濃子弟正以熱情在回報滋養他們的美濃土地。70年前，鍾理和因為同姓婚姻的不見容於傳統社會，攜著鍾台妹奔逃出自己最愛的故鄉。再回到竹頭庄的他，感念小鎮風情，寫下一篇篇動人的故事，這是鍾理和對故鄉的衷情！而如今美濃有了鍾理和紀念館，進行許多意義深遠的文學傳承，也有許多熱血的美濃子弟為家鄉實踐心力！美濃正用它美麗的身影，寫下一封封給鍾理和的情書。

如同林生祥想到美濃時提到：「我總想起童年時傍著山走的感受，山在旁邊，心裡就覺得好安心。」也許，每個美濃人的心中都有這麼一座山頭，給予力量、灌溉，想到山頭就回到了家。

余欣蓓，淡江大學中文系博士生，曾獲東吳雙溪文學獎、林語堂幽默小品文學獎。曾任職女書店、出版社、廣播節目主持人，寫作劇本、歌詞、書籍撰稿等。著有《台灣伴手禮旅行》。

林海音

從北京的大城南，到台北的小城南，
林海音開創了超過半世紀的文學事業，
不但小說、散文創作大有成就，也是兒童文學作家與提倡者，
更是樂於提攜後進的主編和出版家。
多重身分使她對台灣文壇提供了多重貢獻，影響既深且廣。

（國立台灣文學館提供）

林海音，本名林含音，籍貫台灣苗栗，1918年生於日本大阪，2001年辭世，享年84歲。北平世界新聞專科學校畢業。曾任北平《世界日報》記者、編輯，來台後，曾任《聯合報》副刊主編、《文星雜誌》兼任文學編輯、台灣省教育廳兒童讀物編輯小組文學編輯、國立編譯館國小科編輯委員。1967年創辦《純文學》月刊，次年又創辦「純文學出版社」，發掘鍾肇政、鍾理和、黃春明、七等生等優秀寫作人才，對台灣現代文學的開展及文學出版的推展貢獻良多。創作以散文和小說為主，兼及兒童文學。曾獲圖書主編金鼎獎、五四獎文學貢獻獎、中國文藝協會榮譽文藝獎章等。著有《冬青樹》、《從城南走來》、《剪影話文壇》等五十餘本。

林海音文學地圖

文學現場踏查記

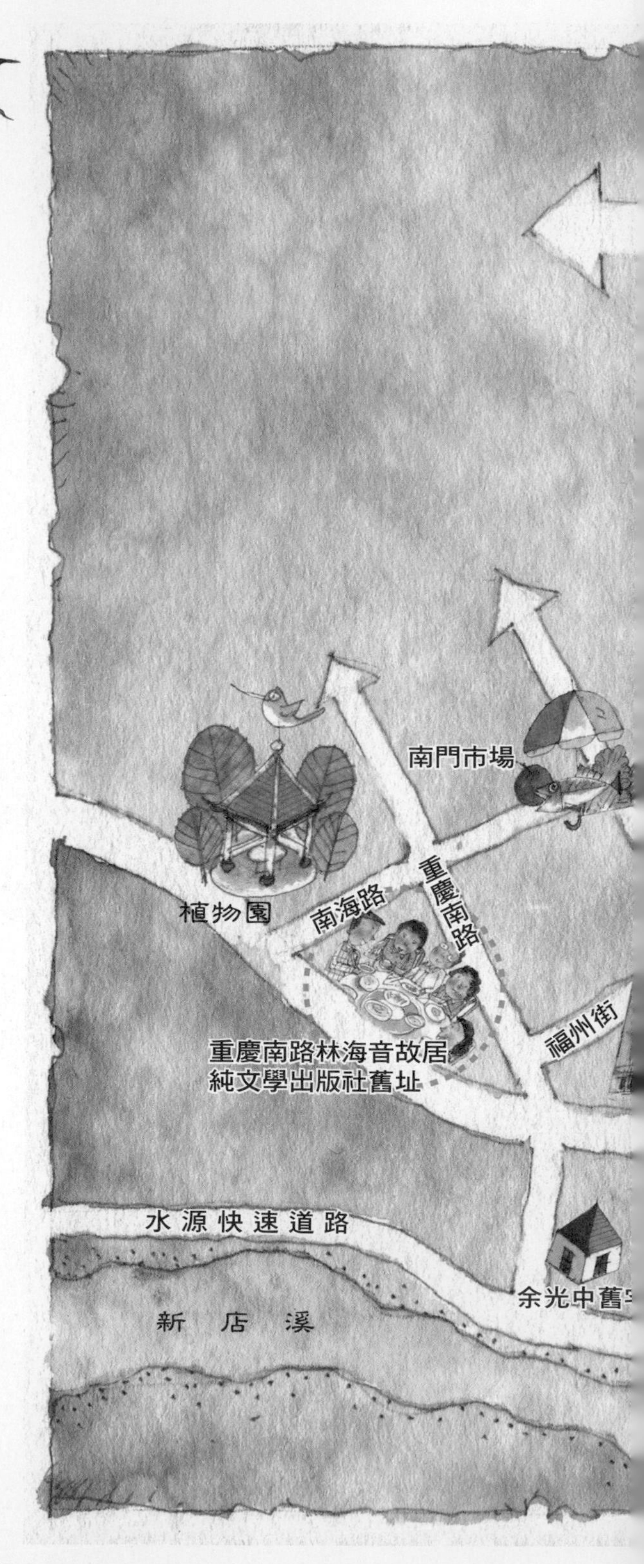

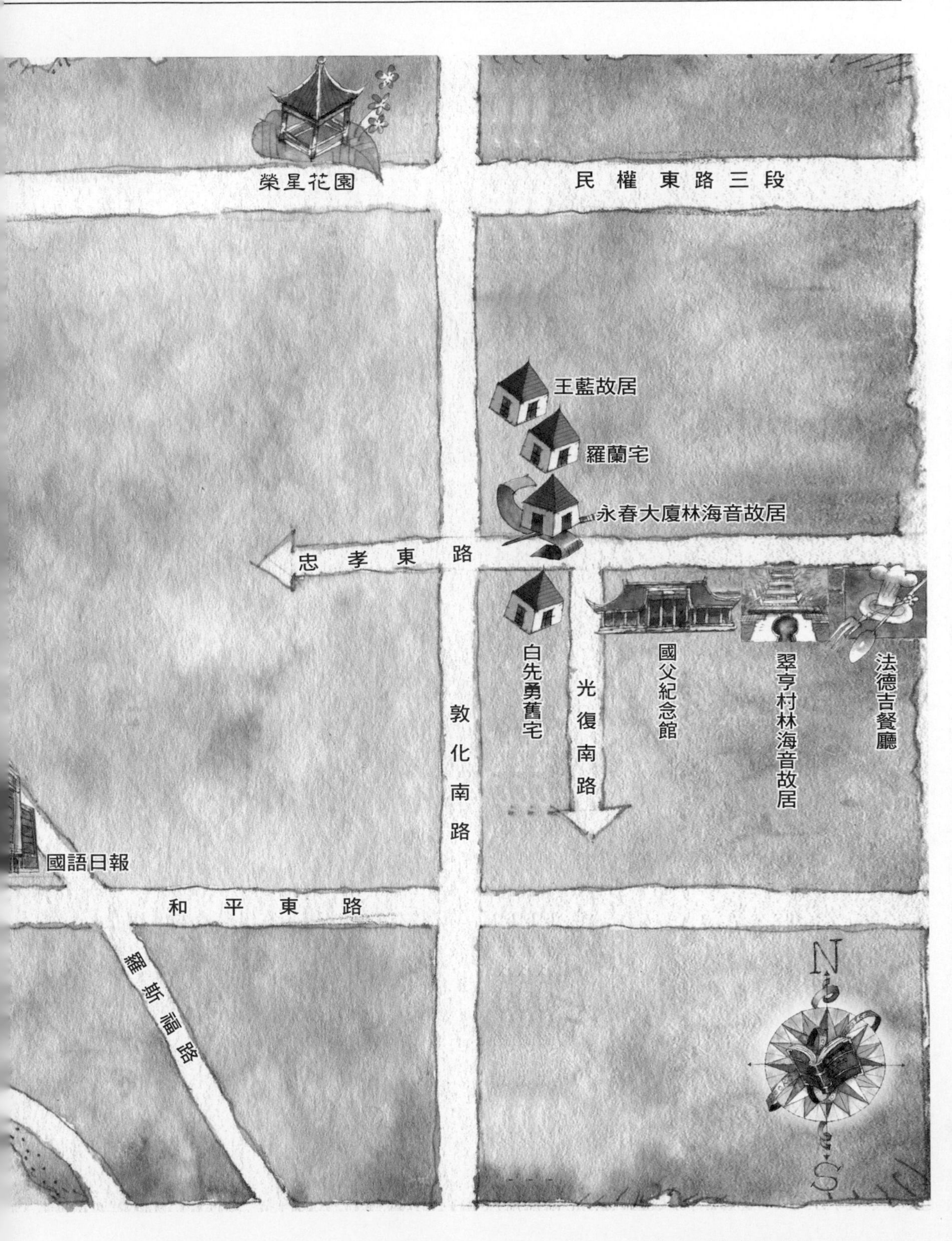
榮星花園
民權東路三段
王藍故居
羅蘭宅
永春大廈林海音故居
忠孝東路
白先勇舊宅
光復南路
國父紀念館
翠亨村林海音故居
法德吉餐廳
敦化南路
國語日報
和平東路
羅斯福路
N
S

文學之音流盪在城南水岸

林海音與她的文學事業

◎宋雅姿

任職《聯副》主編時的林海音。（國立台灣文學館提供）

大象家族

一直珍藏著那枚特製、別致的「大象家族」名牌，以及吉祥圖案中印著大大「夏」字的壓歲錢紅包袋，裡面還留有幾張捨不得花用的紅色紙鈔。

2001年12月1日深夜，備受敬重和愛戴的文壇前輩林海音先生走了。四位子女夏祖焯、祖美、祖麗、祖葳自海外趕回來之後，曾多次籌畫夏府活動的鄧佩瑜，約了董陽孜、王信、桂文亞、郝廣才、王開平和我，坐在寂靜多時的夏府客廳，商討如何遵照夏伯伯（何凡）的指示，為林阿姨辦一場「不收花圈、花籃、奠儀和輓聯」的追思會。我們這些有幸常在「文學客廳」受惠的晚輩，是夏府以往喜慶盛典理

2001年12月22日為林海音舉辦充滿感情的「頌永恆．念海音」追思會。前排左起王信、何凡，後排左起桂文亞、田新彬、鄧佩瑜、蔡文怡、夏祖麗、宋雅姿、廖玉蕙、陳怡真、方梓、丘秀芷。（宋雅姿提供）

所當然、義不容辭的工作班底。不過，這一次性質迥異，心情肅穆。為了珍惜向林阿姨告別的最後時刻，我們決議12月22日追思會當天，別上特製的大象圖形名牌，以「大象家族」名義引領來賓入席。

宋雅姿仍保留林海音追思會的大象名牌與林海音給的夏家紅包。（宋雅姿提供）

淚水和笑聲交融，充滿親情、友情、恩情和慕情的追思會，最後由中廣兒童合唱團上台獻唱林海音最喜歡的李叔同作品〈憶兒時〉和「送別」。曲終人散時，〈大象家族〉成員在馬勒第五號交響曲第四樂章淒美的旋律中，悵然若失。還好螢幕上由董陽孜書寫的「頌永恆，念海音」六個大字，提醒我們，林海音的文學客廳雖然燈熄了，她留給大家的溫暖卻是長長久久。

半世紀的文學事業

林海音在台灣開創了半世紀的文學事業，不但小說、散文創作大有成就，也是兒童文學作家與提倡者，更是樂於提攜後進的主編和出版家。多重身分使她對文壇提供了多重貢獻，影響既深且廣。

從文藝兒童、文藝少女到文藝作家、出版家，林海音的家庭背景和成長過程，也是多采多姿。1918年4月28日（農曆3月18日）出生於日本大阪，本名林含英，小名英子。父親林煥文是台灣省苗栗縣頭份客家人，祖籍廣東蕉嶺；母親黃愛珍，台北縣板橋人。她三歲時舉家遷回台灣，五歲又隨父母渡海到北京，定居城南，展開一段畢生難忘的美麗時光，成了小北京，也成就了她日後寫下傳世名作《城南舊事》。

在北京師大第一附小，每回下課鈴一響，英子第一個跑去圖書館

林海音（左二）11歲與弟妹的合照。（國立台灣文學館提供）

借書。小小的圖書室，是她的文學啟蒙搖籃。她對文學的愛好，竟是從林紓、魏易用淺近的文言翻譯的世界文學名著，像《基督山恩仇記》、《塊肉餘生記》等開始的，那時只有小學三、四年級。高小時，每學期開學，拿著書單上中華書局或商務印書館買書，是她最快樂的事。進春明女中後，路北的北新書局和路南的現代書局，是她吸收新文藝的地方。開家書店或文具店，是她的願望，三十幾年後在台灣，她果然開了出版社，辦公室外間還闢了個小書店。

林海音作品中語言的靈活傳神，與生長環境大有關係。父親煥文先生一向好客，同鄉、朋友、同學進進出出，有人說閩南話、客家話，有人說北京話、天津話、日本話，自己家人也語言複雜。她聽得有趣，也有興趣學，很快抓到語言的特性。她更愛聽長輩們智慧的言語。媽媽愛珍沒念過書，卻常能唸出許多古老的諺語，如台灣諺語「一斤肉不值四兩蔥，一斤兒不值四兩夫」，還有「食夫香香，食子淡淡」。婚後，不識字的婆婆和媽媽一樣，也能出口成章，含英都聽得津津有味。例如早上婆婆會說：「要飽早上飽，要好祖上好。」午飯時說：「吃是本分，穿是威風。」晚飯時又說：「晚飯少吃口，活到九十九。」而婆婆有些形容詞更讓喜愛新文學的含英欣賞，像人多嘴雜時說「亂得像素菜！」夏家每逢過年必炒素十錦，叫「十香菜」，筍、香菇、胡蘿蔔、木耳、金針……五顏六色非常熱鬧。她將夏家這傳統年菜帶到台灣，許多文友都嘗過林海音大費工夫的十香菜。

北京城南到台北城南

台灣苗栗書香世家林府的大小姐，嫁給北京書香門第夏家的六少爺，可謂千里姻緣一線牽。1934年，16歲的林含英考取成舍我創辦的北平世界新聞專科學校，一邊讀書一邊在《世界日報》實習採訪，和主編「學生生活」版的夏承楹共用一張辦公桌，一個日班，一個夜班。兩人都愛看書、看電影、吃小館、交朋友，工作認真負責，為人坦誠正直，十足志同道合。1937年，林含英畢業後，在《世界日報》主跑婦女新聞，成了北平鋒頭最健最傑出的女記者。

1939年5月13日，夏承楹和林含英的婚禮，是北平文化界的盛事。夏家兩老對這門婚事非常滿意，舉人出身的仁虎先生對這個最年輕的六媳婦尤其重視，一方面她會寫文章，另一方面是她13歲失怙後，勇於負起照顧寡母和眾多弟妹的責任。夏家三代同堂，連同傭人有三、四十口。她在這個大家族裡學到了最寶貴的人生修為，見識了真正的京派作風；六年的大家族生活，更成為日後寫作靈感的泉源。

七七蘆溝橋事變後，戰爭爆發，《世界日報》不得不關門，夏承楹和林含英都失業了。後來老太爺安排夏承楹到北平市政府社會局當科員，也介紹媳婦到北平師範大學圖書館工作，負責圖書編目，這工作養成她往後儲存資料以及編目的習慣。在北平師大圖書館，有天她看到一套書名為《海潮音》，覺得這書名很好，就用了其中的「海音」二字做筆名，開始寫不同於過去的採訪文章，在報上發表。漸漸又覺得客觀的採訪已不能滿足寫作欲望，她想發揮自己的觀點和感受，於是由新聞寫作走向文藝創作。

1945年抗戰勝利，夫妻倆帶著長子祖焯搬出夏家舊宅，自組小家庭。當時報紙紛紛復刊，兩人也重返報界工作。夏承楹主編《華北日報》和《北平日報》副刊，並在《北平日報》上用「何凡」筆名撰寫「玻璃墊上」專欄。林海音則回到《世界日報》主編婦女版。

自抗戰勝利台灣光復，林海音娘家人就一直希望她能回台灣。國共內戰後，1948年冬季，北平人心惶惶，夏承楹感到形勢不對，和夫人商量，做了他認為「很有遠見的一件事」——11月上旬，先由含英帶著媽媽愛珍、妹妹燕玢和三個孩子到台灣。一星期後，夏承楹和內弟林燕生也買到船票，兩個壯漢帶著全部家當上了船。林海音娘家親友終於盼到「英子轉來囉！」

踏上故鄉土地，當時台北正舉行台灣省博覽會。林海音買票帶著全家人去看，她邊看邊做筆記，渴望了解這個自小離開的家鄉。

夏承楹一放下行李，就去找先到台灣的北京老友洪炎秋，當時洪先生正在辦《國語日報》，邀他加入，12月25日他就進了《國語日報》。隔年初，全家搬進台北城南——重慶南路3段14巷1號的日式宿舍。

生活安頓後，林海音立刻開始熟悉附近環境。有天在彎彎曲曲的巷弄中發現了一間矮屋，是《公論報》分銷處。她趕緊買了一份報，發現副刊很合自己胃口，又興起投稿的意念。1949年1月開始，先寫些讀書雜記，很快都被採用。接著擴大版圖，常給《中央日報》、《中華日報》和《國語日報》寫散文，並為電台撰寫「主婦的話」播音稿。

林海音（第一排左二）參加夏季鄉土史講座，是她最早在台灣參加的文藝活動。（國立台灣文學館提供）

家裡缺一張書桌。林海音的堂哥阿烈知道了，送來一張小小的舊書桌。這張書桌，先是擺在走廊盡頭，後來放在臥室窗前，林海音用了將近20年，在桌上寫了千千萬萬字。經常寫著寫著，想到什麼問題，就去廚房找媽媽問東問西。回到故鄉，除了媽媽，連家中女傭、市場小販都是她發問的對象。

初回台灣第一年，也就是1949年整年，林海音寫了近百篇文章，平均每三、四天就有一篇見報。1949至1952年這四年，發表了近三百篇文章，筆名包括英、音、阿英、阿音、小林、海音等。這時期作品以小品及散文為主，絕大部分是介紹台灣鄉土風物，像〈愛玉冰〉、〈台灣的香花〉、〈台北溫泉漫寫〉、〈鱸鰻和流氓〉、〈過七月〉、〈媽祖和台灣的神〉、〈冬生娘仔〉等。這一篇篇民俗短文親切有趣，從大陸來台的外省讀者特別愛看。

林海音在台灣最早參加的文藝活動，是1951年由「台灣青年文化協會」主辦的「夏季鄉土史講座」，學員共有80人，她是唯一的女性。一向喜歡民俗事物，她很珍惜這次鄉土史學習，一直保存著發黃

林海音第一本書《冬青樹》，刻畫的是一個永遠新鮮的真實人生故事。（文訊資料室）

的結業紀念冊和學員名冊。

1949年5月，林海音進《國語日報》擔任編輯，和夏承楹又成為同事了。但因三個孩子太小，12月開始不去上班，只負責主編「週末版」。週末版沒有稿費，每週都靠同仁「義寫」，來填滿3000字的篇幅，她和夏承楹也化各種筆名寫了不少文章。

當時《國語日報》編輯部，大都是大陸來台的單身年輕人，省政府國語推行委員會也在植物園內，該會成員都稱她為「林先生」以示尊重，這是林海音被稱為「林先生」的起始。當時只要「林先生」一進辦公室，氣氛馬上活潑輕鬆起來。週末她和夏承楹常約社內單身漢到家裡吃飯，他們的客廳就從那時開始熱鬧起來了。

林海音的第一本書，是1955年由陳紀瀅主持的重光文藝社出版的《冬青樹》，蒐集了1950至1955年間的大量散文及少數小說，銷路不錯，風評又好，建立了「林海音」在讀者心中的地位。林良認為《冬青樹》是「家的文學」，在平凡的家庭生活描寫中，刻畫的是平實可敬可愛的人物，一個永遠新鮮的真實人生故事。林海音開朗體貼及細心的個性特質，和風趣明快的說話風格，很自然成為她散文的特質。林良說：「這樣的散文，是有個性的好散文。」她常利用做家事的時間構思作品，至於什麼時候下筆，只要沒有事情要辦，上午可以寫，下午可以寫，晚上可以寫，甚至在「文藝沙龍夜談」文友散去的深夜也可以寫。林良說她的「寫作脾氣」非常好，明明是在趕稿子，也不會因為寫作被打斷而不悅。

1956年林海音獲得第二屆扶輪社文學獎，當時社長就是辜振甫。1959年12月，她的第一部長篇小說《曉雲》出版，此書受到矚目，倒不是外遇題材，而是寫作技巧及氣氛的營造。1967年又陸續出版了《春風》、《孟珠的旅程》。這三部長篇小說，主題都是三角戀或婚外情，而結局總是第三者選擇退讓，遠走他鄉。中研院研究員彭小妍說：「林海音筆下三角戀的女人，有愛、有擔當，知進知退，創造出一個姊妹情誼的世界。」前《中華日報》副刊主編吳涵碧則推崇「林海音和一般女人最大的不同，是她肯捧女人，她衷心地說女人好！」

鄭清文認為，林海音的小說遠比散文重要。她身處一個特殊的時代，很多人寫大時代、大主題，她卻寫生活、寫愛情、婚姻與家庭。她的文章更能深入社會。林海音的小說，除了長篇，短篇及中篇也很有可觀之處。短篇如〈燭〉，寫的是正室，因不能接受丈夫娶了姨太太而癱瘓一生的悲哀；〈金鯉魚的百襉裙〉寫的是姨太太，生了傳宗接代的兒子卻到死不能翻身的悲哀。林海音一向關心婦女命運，小說絕大部分以女性為主角，唯一以男性為主角的就是五萬字的中篇〈晚晴〉，那是戰亂中被拆散的婚姻故事。

《城南舊事》是奠定林海音文學地位的中篇小說，圖為《城南舊事》的各種版本。（國立台灣文學館提供）

她不僅寫舊社會女子的婚姻、遷台初期的聚散感情，也寫在台灣安定下來的現實人生，像〈蟹殼黃〉、〈標會〉、〈血的故事〉、〈要喝冰水嗎？〉。〈要喝冰水嗎？〉發表於《文學雜誌》（1956年12月），讀來讓人笑中帶淚，主編夏濟安教授在讚賞鼓勵林海音的信中提到「小說家應該有廣大的同情」，這是她十分欣賞也常引用的一句話。事實上，我們看林海音的作品，不論是小說、散文或兒童文學，都可以看到她那「廣大的同情」。

至於奠定她崇高文學地位的中篇小說《城南舊事》，寫的是1920年代北京城南一座四合院裡，小女孩英子以一雙好奇的眼睛，觀看她溫暖的小世界後面那個錯綜複雜悲慘的大世界。英子眼中的小偷、把親生孩子賣掉的黃板牙、做人家姨太太的蘭姨娘，還有惠安館裡的瘋子，林海音下筆時，對人性的負面總是點到為止，然後讓英子純真的思緒和眼光，引領讀者探索理想的如詩境界。兒童文學家傅林統認為，這是寫實與理想合在一起，既有「歷史的真實」，更有「藝術的真實」。《城南舊事》裡除了主角英子外，還有一個重要角色——宋媽，宋媽是林海音作品中表現女性意識最強烈的一個。全書在英子童年的歡樂和宋媽成人的悲苦之間達到了平衡。

有人將《城南舊事》列為自傳體小說，林海音對此沒有意見，但表示文中所寫都是別人的故事，自己和親人不過是陪襯而已。把幼年的記憶以小說體裁寫出來，古今中外都有，但如何能不超出孩子童稚的觀察，不至於大人說孩子話，或孩子說大人話，寫出動人的成人小說，並不容易。

1983年，兩岸還未開放時，上海導演吳貽弓就把《城南舊事》拍成電影，感動無數觀眾，林海音成了大陸家喻戶曉的台灣作家。這部電影至今每年還在大陸電視上一再放映，吳貽弓說：「林先生寫的是人性中最美的、永恆的東西，這是人類共同的，是歷久彌新的。」《城南舊事》不但在中國各地放映，還在47個不同國家上演，得到許多國際大獎。

發現佳作的喜悅

林海音創作力最旺盛的時期，還是她擔任《聯合報副刊》主編那十年（1953至1963年）；不但自己努力創作，還能培植作家無數，至今仍令人津津樂道。她常說，發現一篇佳作的快樂，不亞於自己寫一篇得意的作品。

《聯副》編輯台上，認真看稿的林海音；左為新聞編輯唐達聰。（國立台灣文學館提供）

當時《聯副》只有半版，林海音主編以前綜藝性較濃，1953年11月她一接手就轉成了純文學風格，頗獲好評。1957年報社又決定週日開闢整版約一萬字的星期小說，仍由林海音主編。她人緣好，幾乎沒有約不到的稿子。但除了向名家約稿，她認為挖掘投稿中的佳作更重要。《聯副》早期無論是投稿、約稿，都以外省籍文友居多，因為台灣光復之初能以流暢中文創作的本省作家不多。剛開始只有施翠峰、廖清秀、鍾肇政、文心等幾位寫稿；漸漸地，陳火泉、鄭清文、林鍾隆、鍾理和、莊妻等人也來投稿。林海音只要覺得作品味道好，總會耐心仔細地代為修飾稍嫌生澀的文字，發表出來。她覺得應該給這些有文采的作家一點機會。

大約1957年，文心有篇兩三萬字的小說〈千歲檜〉突然在《聯副》出現，對本省籍作家是很大的鼓勵。1960年鍾肇政趁執教的小學放寒假，寫了十三、四萬字的長篇〈魯冰花〉寄給林海音，沒想到很快也被採用刊登了，他自己都嚇了一跳，因為在那之前從未有本省籍作家的長篇小說在報上連載過。住在屏東鄉下養病的鍾理和，在《聯副》登出的第一篇作品是〈蒼蠅〉（1959年4月14日），四天後又刊出第二篇〈做田〉。從此，鍾理和的作品就陸續在《聯副》出現。

當時一些本省籍作家封林海音為「台灣文學之寶」，她卻表示：「他們的作品大量湧進，使我這主編形象更進一步，每天都有充滿鄉土色彩的好作品可以刊登。可以說，聯合副刊之所以與眾不同，正是他們給我主編的光彩。」

後來主編《聯副》的詩人瘂弦認為，林海音時代的《聯副》至今為人津津樂道，就是因為「在她的挖掘下，出現了黃春明、張系國、林懷民、七等生，重視了鍾理和、鍾肇政。」林海音有獨到的鑑賞力，即使初寫作者文字及技巧遠不夠純熟，她都能看出他們的才華。不但選刊這些新秀的作品，並且寫信鼓勵，對有潛力的初寫作者幫助極大。

林懷民14歲那年寫了第一篇小說〈兒歌〉投到《聯副》，林海音採用後還特別去信鼓勵。林懷民拿了第一篇小說的30元稿費，報名第一堂芭蕾舞課，日後成為揚名海內外的舞蹈家。

鄭清文的第一篇作品，1958年3月發表於《聯副》。他認為，當一個人的文學和思想都還沒有成熟，正在徬徨時，忽然有人肯定你正在摸索的路，你便有足夠的勇氣走下去。一個優秀的編輯，不屬於任何作家個人，是屬於整個文壇的。

林懷民（前者）、張系國（後排左起）、黃春明、隱地等年輕作家，在文學的路上，皆曾受到《聯副》主編林海音的鼓勵。（夏祖麗提供）

黃春明推崇林海音「在文壇像一個慈母」。他投給《聯副》的第一篇稿子是短篇小說〈城仔落車〉，同時附了一封信，要主編不能改題目中的「落」字，因為那是主人翁在困境下一句驚慌的話，幾乎是生命的吶喊，他希望讀者直接聽到這個聲音，急切中沒顧慮到那封信可能不禮貌。不到一星期，〈城仔落車〉一字不改地登出來了。

當時《聯副》有些專欄也很受注目，執筆者有成舍我、谷懷、蘇雪林、張秀亞、於梨華、何凡等。夏承楹過去在《北平日報》寫方塊，不少人知道他的名氣。報社就請他繼續在「玻璃墊上」寫專欄，仍用「何凡」的筆名，每週刊出三、四篇，一直是《聯副》的主力，從1953年12月寫到1984年7月，超過30年，可謂最長壽的專欄。

1963年4月23日，《聯副》左下角刊出一首詩〈故事〉，敘述一個船長漂流到小島，被島上美女吸引而流連忘返，當局認為有「影射總統愚昧無知」之嫌，林海音當天立即向報館請辭，這就是文壇所謂的「船長事件」。林海音離開《聯副》的消息傳出後，《徵信新聞》（《中國時報》前身）社長余紀忠力邀她主編《人間副刊》，她婉拒了，心想過了45歲，如果要工作就創業或做自己的事。

離開《聯副》後的兩年，也是林海音的出書豐收年。她的短篇小說集《婚姻的故事》、《燭芯》，及第一本兒童讀物《金橋》出版。另外，她將何凡十年來「玻璃墊上」近三千篇文章挑選、整理結集的

辦《純文學》，對年近50的林海音來說，是人生的一個轉捩點，且從雜誌到出版社，一辦就是27年。（夏祖麗、國立台灣文學館提供）

書《三疊集》、《談言集》及《一心集》也出版了。

1965年4月，林海音應邀赴美訪問四個月。她是美國國務院「認識美國」計畫邀請的第一位台灣女作家，也是個人第一次出國。此次訪美，林海音提出三個主題：訪問在美國的中國作家、訪問美國婦女與家庭、調查美國兒童讀物。她馬不停蹄，不怕行程緊湊，就怕看得少、聽得少。每天回到旅館總要寫下所見所聞，每周寄給家人分享。她的家書圖文並茂，七、八頁信紙再附上沿途拍攝的照片，後來都收入《作客美國》一書。此書雖是四十多年前的舊作，現在讀來仍未過時；它不是一般浮光掠影的遊記，而是開拓文化觀照視野之旅，也充滿了人情味、生活味，不失典型的林海音風格。

與友同辦《純文學》

「以文會友」一直是林海音最看重的有趣事兒。1966年9月某個秋高氣爽的夜晚，在台北城南夏家充滿茉莉花香的後院，何凡、林海音和唐達聰、劉國瑞、馬各及丁樹南圍坐閒聊，結果聊出了一件大事——合力創辦《純文學月刊》。那個夜晚，對年近50的林海音來說，是人生的一個轉捩點。

經過三個月籌備，1967年1月《純文學月刊》問世了。編輯部就設在夏家後院加蓋出來的木屋裡，由林海音擔任發行人及主編，兼理社務。她在決定辦雜誌的第二天就全力投入，親手寫了一百多封信向海內外約稿。在文學刊物很難生存的情況下，收信的作家感動之餘也得到很大鼓舞，紛紛回信表示；「我一定要好好寫篇稿子給您！」

許多作家後來被肯定的名作，都是當年發表在《純文學月刊》的，如早期余光中〈望鄉的牧神〉、陳之藩〈垂柳〉、於梨華〈再見，大偉〉、梁實秋〈舊〉，以及後期張曉風的〈鐘〉、琦君的〈髻〉、張秀亞〈書房的一角〉、張系國〈地〉……。何凡翻譯美國著名的「包可華專欄」，最早也是發表在《純文學月刊》。

林海音的編輯手法，一向被文壇公認為「有氣魄、大手筆」。她有先見之明，又膽大心細。《純文學月刊》自第二輯開闢「中國近代作家與作品」專欄，以彌補現代讀者對近代中國文學作品的脫節現象，當時在台灣，研究人在大陸的1930年代作家是一大禁忌，很難掌握正確資料，她還是盡最大可能在兩年內介紹了18位作家、49篇作品，如凌叔華名作〈繡枕〉、周作人〈鳥聲〉、老舍〈月牙兒〉……。

介紹國外文壇、引介國外好作品，也是林海音很重視的。如她找人在日本取得安部公房獲日本讀賣文學獎的13萬字長篇小說《砂丘之女》，交給鍾肇政翻譯，在第四期一次刊完，一氣呵成，讓讀者感覺原著的衝擊和悚慄。《砂丘之女》後來被譯成11國文字，可見它多麼受世界文壇的重視。

為出版好作品，1968年林海音成立了「純文學出版社」。台大中文系教授林文月的第一本散文集，就是林海音催生的。1969至1970年間，林文月被國科會遴選赴日本京都進修一年，林海音鼓勵她以京都為中心，撰寫和京都有關的節慶、穿著、飲食、書店等文章，每個月一篇寄回《純文

1969年，林海音（右）與馬各於純文學出版社辦公室工作情形。（夏祖麗提供）

學月刊》，再集結成《京都一年》，由「純文學出版社」出版。林文月說：「那年我已三十多歲，才出版第一本散文集。海音姊給了我寫作方向，使我漸漸對創作有興趣，從學術領域又跨向散文。」

《純文學月刊》在林海音手裡辦了54期，終因不堪虧損，1971年7月商請學生書局接手，轉由劉守宜主編，續出八期後，仍不免走上停刊的命運。但這份刊物給當時台灣文壇帶來的生命和希望，卻永遠活在文友心中

林海音結束《純文學月刊》編務後，整整休息了一個夏天才回過神來，從此專心經營出版社，選好書，出好書，建立金字招牌。她事必躬親，連封面都自己設計，在創新中不忘保持文化底蘊。早在1971年一般文學性出版社還很少做主題企劃，林海音就編了《中國豆腐》、《中國竹》，又請諺語專家朱介凡編《中國兒歌》……。這一系列以「中國」為首的書籍，曾多次被電視節目及大學研究生拿來做參考。

「純文學出版社」後期的方向是懷舊及史料，而所有出版品中費時最久、耗資最大、投入人力最多的，就是六百萬字的《何凡文集》。1990年林海音因主編《何凡文集》，得到行政院新聞局頒發的出版類圖書主編金鼎獎；隔年，何凡也因這套書榮獲國家文藝獎的終身成就獎。

1995年底，77歲的林海音自覺已到退休歇息年齡，毅然結束50歲時一手創辦的「純文學出版社」。27年的努力，她為文壇留下了四百多本影響深遠、歷久彌新的優良出版品。1998年在「第三屆世界華文作家大會」上，由當時的李登輝總統頒發「終身成就獎」；1999年獲頒《文訊》雜誌舉辦的第二屆五四獎「文學貢獻獎」；2000年由中國文藝協會頒贈「榮譽文藝獎章」。這些榮譽，絕對實至名歸。

林海音對台灣文壇的貢獻有目共睹。她是台灣文學史上重要作家之一，有五四文學的底子，兼有新思想；站在承先啟後的轉捩點上，又辛勤地擔任著文學的搖籃。有人稱她為「文壇的冬青樹」，余光中說：「她豈止是長青樹，她是長青林。她植樹如林，我們就在那林蔭深處。」

夏家客廳裡有半個文壇

◎宋雅姿

林海音燒得一手好菜，家裡常常高朋滿座。左起隱地、張素貞、姚宜瑛、林海音、何凡、李唐基、琦君、潘人木、彭歌。（國立台灣文學館提供）

林海音一生都在快樂地交朋友，作家隱地有一名言：「當年林先生家就是台灣的半個文壇」。從重慶南路三段搬到忠孝東路四段、逸仙路，不論住在哪裡，夏府溫暖的客廳永遠高朋滿座，歡笑連連。司馬中原說：「這個客廳見不到富商巨賈、高官顯要，談笑有鴻儒。」

和林海音同輩的作家、她主編刊物時的作者、中生代甚至年輕一輩的作家，都是這個客廳的座上賓。在夏府作客，大家無拘無束，或三三兩兩或圍坐一起，聊天時很少揭人隱私或長短，因為可談的事情太多了。林海音很善於點燃話題，或把話題導向有意義的事。她喜歡談生活、談寫作、談人談風俗；何凡喜歡談社會、談觀念、談世界局勢。夏府的文藝夜談，是集思廣義、開講有益的。來到這個「文學客廳」，不論識與不識、老作家與年輕作家、本省作家與外省作家、男作家與女作家，全都像一家人，談得快樂，吃得開心。

1970年一個春天夜晚，為了歡迎美國哥倫比亞大學夏志清教授和夫人王洞新婚返台，林海音特別燒了一桌好菜，加上大瓶紹興，使餐敘更熱烈。當天在場的還有戴潮聲、葉曼、顏元叔、琦君、何欣、瘂弦、張橋橋（瘂弦夫人）、范我存（余光中夫人）、張至璋。飯後，在夏府那日式小屋客廳的夜談，夏志清神采飛揚、妙語如珠。夜談結束前，由瘂弦朗誦尚在美國的余光中一首詩〈情人的血特別紅〉。夜深客人逐漸散去後，當時主編《幼獅文藝》的瘂弦，就在那個客廳訪問了夏志清談散文，深入精闢。在《婦女》雜誌當編輯的夏祖麗，也寫了一篇記錄當天聚會的錄音〈台北一夕談〉。祖麗說，多年來在林海音客廳有太多太多的「台北一夕談」，如果全記錄下來，會是一本很有價值的「文人對話錄」。

林海音每次邀人吃飯，總會花些心思，讓大家盡興，自己也盡興。四十多年前，台北有了榮星花園，愛花的她突發奇想，把請客移到榮星花園，親手滷的、拌的各種食物，連水果、甜點甚至蚊香都準備齊全。花前月下，瘂弦誦詩，林懷民起舞，台北的夜空非常文藝。祖麗說：「那幾年夏天，我們常常這樣大包小包提著，上榮星花園請客去。」林先生的「仲夏夜之夢」，長留在許多人的記憶裡。

林海音家中有太多「台北一夕談」，如果全記下來，會是一本很有價質的文人對話錄。前排左起鍾玲、林太乙、琦君、林海音、 范我存，後排左起黎明、余光中、胡金銓。（夏祖麗提供）

余光中在香港執教那些年，每次回台北，都受邀到林海音家與文友聚會。他感覺「好像到了夏府，才像回到台灣，向文壇報了到。」

林海音請客，除了有朋自遠方來，有

為「鍾理和全集」事宜，林海音約集多位本省籍作家聚會。前排左起：張良澤、吳錦發、鍾鐵華、鍾鐵英、鍾鐵民，次排左起林海音、廖清秀、巫永福、何凡、鍾肇政，後排左起沈登恩、楊青矗、簡上仁、吳萬鑫、李魁賢、林煥彰、鄭清文、黃靈芝。（國立台灣文學館提供）

時也設計主題之夜。例如為了出版喜樂的《喜樂畫北平》，特別準備了涮羊肉，安排一個「京味兒文學」之夜。還有一次約了一批本省籍作家，何凡下班回家笑迷迷地說：「今天我們是台語片啊！」大家聽了都笑了。不只「台語片」，夏府還有「客語片」、「日語片」……的聚會。林海音一向備有「來客留言簿」，留下許多精采的話語。夏家兄妹每次返台都會取出留言簿，看看他們不在的日子裡都來了哪些客人，留下什麼妙語。

兩岸開放後，《城南舊事》的林海音家也是大陸文化界人士非常嚮往的地方，舒乙、鄧友梅、金堅範、陳子善等人都拜訪過。這個全台灣文人聚會的溫馨之所，也漸漸擴大為全球華人藝文朋友喜愛小的沙龍。林海音晚年請客，多半在福華飯店或住家附近的法德吉餐廳等，餐後大家再回到夏府客廳，開始精采的夜談。

這個文學客廳，除了中國客人，還有外國客人，來自美國、德國、澳洲、韓國、日本……，大都是研究林海音作品或來台灣學中文的，日本小姐山寺末希子就是其中之一。林海音曾說：「山寺是一個不客氣的日本人。」山寺非常喜歡這句話，她說：「對！我是一個不客氣的日本人，不像一般的日本人。我一有時間就跑到您家來聊一聊，我覺得很幸福。」當時山寺正在譯林海音的短篇小說，希望讓更多日本人欣賞她寫的溫暖世界。

林海音的所作所為，更是溫暖了許多人的心。二女婿張至璋說：「我見她幫助人的方式，是很自然地信手拈來，不使人受寵若驚，但常令人刻骨銘心，這比為善不欲人知，更令人舒暢。」格林文化公司總編輯郝廣才則認為，忙碌如林海音，明明知道時間是她最寶貴的，還是不吝惜地給作者、讀者寫信，而且常花時間請客。她真的像紀伯倫說的：「真正的慷慨，不是把別人所需要的給他，而是把自己所需要的給了別人。」喜歡拍照，用映像記錄的林先生，每次聚會後總會快速加洗照片，不厭其煩一一寄給每個影中人。她那整理妥當排立在壁櫥中的相簿，更是文壇珍貴的資料庫。

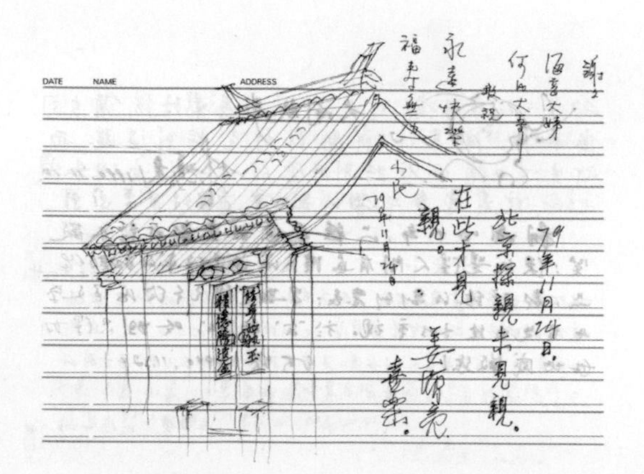

林海音客廳的留言簿內頁。（夏祖焯提供）

宋雅姿，世界新聞專科學校編採科畢業。曾任《慧矩》月刊副主編，《消費時代》、《婦女雜誌》主編，眾生出版社總編輯兼副社長，《人間福報》副刊主編，《中央日報》藝文版主編兼《世界華文作家週刊》主編，現為自由撰稿人。

以文學為名結褵成家

◎杜秀卿

1984年，赴美看奧運，與兒孫相聚。前排左起：孫夏澤龍、姪夏陽、外孫鍾典哲、長婿莊因、三女夏祖葳，後排左起：長子夏祖焯、何凡、林海音、孫女夏澤妤、媳龔明祺、長女夏祖美、外孫莊誠。（夏祖麗提供）

林海音與夫婿何凡超過一甲子的婚姻，兩人一起為台灣文壇奉獻近半個世紀，兒女也深受影響成為知名作家。沒有刻意的栽培與養成，林海音與何凡用身教與文學，培育了兒女們的創作細胞，甚至鼓勵激發了他們的另一半——長子夏祖焯、次女夏祖麗、大女婿莊因、二女婿張至璋，建立了一個令人稱羨的文學大家庭。

夏祖焯，筆名夏烈，美國密西根大學土木工程博士，現任教於成功大學及清華大學。夏烈創作以小說為主，兼及評論、散文，他並不刻意經營，卻自然在字裡行間流露出對社會、對人類、對整個大時代的悲憫情懷。早年發表短篇小說〈白門，再見〉，轟動一時，將成長中的輕狂歲月，揮灑得深刻而動人；1994年以長篇小說〈夏獵〉獲第

19屆國家文藝小說獎。著有小說《白門再見》（改版更名《最後的一隻紅頭烏鴉》）、《夏獵》、散文《流光逝川》，最新散文選集《城南少年遊》由北京人民文學出版社出版。

夏祖麗曾任純文學出版社總編輯，與母親林海音面對面工作十年，秉承了雙親編輯、寫作的歷練。早年以人物專訪著名，不僅忠實呈現筆下人物，且能感動人心。1986年遷居澳洲後，視野更為開闊，筆端拓展到散文與兒童文學。2010年自澳移居美國。夏祖麗曾先後為父母作傳，2000年出版《從城南走來——林海音傳》，2003年出版《蒼茫暮色裡的趕路人——何凡傳》（與應鳳凰、張至璋合著），夏祖麗說：「寫完這兩本大書，我精疲力竭，人老了十年，但感到寫作上的困難都經歷過了，有一種脫胎換骨的喜悅。內向的我在書寫的過程中學到開放自己，也學到母親的人生態度，那就是——有些事情是不必害怕的。」著有散文《異鄉人‧異鄉情》、《喜悅的皺紋》、報導文學《她們的世界》、《握筆的人》、兒童文學《哥兒倆在澳洲》、《天堂鳥與奶瓶刷》等。曾獲中國文藝協會文藝獎章、行政院

林海音七十壽宴，前排左起：孫夏澤龍、林海音、外孫鍾典哲、何凡、外孫莊誠、張佳康，後排左起：媳龔明祺、孫女夏澤妤、夏祖焯、夏祖美、夏祖葳、夏祖麗。（夏祖麗提供）

新聞局圖書金鼎獎、聯合報讀書人最佳書獎，2010年甫以《林海音傳》得到兩年一度的世福會「冰心文學獎」。

莊因，台灣大學中文所碩士，1964年應聘澳洲墨爾本大學講授中國語文一年，翌年赴美執教於加州史丹福大學，1998年退休，現為該校兼任教授，專授「書藝」一課。莊因的興趣及才具，除寫作外，兼及書法、繪畫。早期短篇小說，描述知識青年與現實生活的衝突；定居美國後，作品轉向述說中西文化的散文寫作。近年曾將俚語韻句佐以漫畫出書，其漫畫畫風私學豐子愷，更有時代感。著有詩集《莊因詩畫》、散文《八千里路雲和月》、《詩情與俠骨》、《飄泊的雲》、《一月帝王》、傳記《漂流的歲月（上）——故宮國寶南遷與我的成長》、《漂流的歲月（下）——棲遲天涯》等。

張至璋，政治大學法律系畢業，曾任職新聞界，擔任華視新聞主播、主管、澳洲國家廣播公司新聞主編、《讀者文摘》翻譯等，現與妻子夏祖麗移居美國。創作文類以小說為主，兼及散文與傳記，由於長期旅居澳洲，觀察海外華人的生活，面對不同文化的衝擊，有很深的文化反思。由於岳母林海音的鼓勵，張至璋萬里尋父，追尋分離60年的骨肉情，終於完成心願，並寫成《鏡中爹》一書。著有散文《跨越黃金時代》、小說《張至璋極短篇》、《南十字星下的月色》、傳記《鏡中爹》等。與夏祖麗、應鳳凰合寫《何凡傳》，執筆第二部「一生的事業」，寫何凡1948年來台加入《國語日報》，從編輯做到發行人、長達43年的報人生涯。曾獲廣播及電視金鐘獎、聯合報文學獎、海外華文文學獎等。

1988年，左起何凡、林海音到澳洲探望女兒夏祖麗、女婿張至璋。（國立台灣文學館提供）

杜秀卿，台灣大學中文系畢業，現為文訊雜誌社副總編輯。

陳秀喜

向來以溫泉盛名的關子嶺，
山景幽然，
不僅有水火同源的奇景，
笠園，為詩人陳秀喜留下歲月逐老的綺麗黄昏，
也為我們留下一段段溫美的文壇歡會。

（簡扶育攝影）

陳秀喜，1921年生於新竹，1991年辭世，享年70歲。日據時期新竹女子公學校畢業，後自修中文。1971年起長期擔任「笠」詩社社長直至去世，為台灣筆會創會會員。早期以日文寫作，包括日本傳統詩俳句和短歌，乃至現代詩。曾獲美國國家詩集出版協會國際詩獎等。李魁賢編訂《陳秀喜全集》十卷，1997年5月，由新竹市立文化中心出版，可一窺陳秀喜一生的創作全貌。著有日文詩集《斗室》、中文詩集《覆葉》、《樹的哀樂》、chen xiu xi《灶》、《玉蘭花》等。

關子嶺上的肥沃花園
陳秀喜與笠園

◎劉維瑛

1982年6月陳秀喜於笠園。（劉維瑛提供）

當我們提及前輩詩人陳秀喜，往往與台南白河關子嶺的「笠園」緊緊聯繫。女詩人實際上出身新竹，並以家庭主婦身分長居台灣北部，然而，是怎樣的機緣讓她於1970年代末期，擔任笠詩社社長七、八年後，選擇移居南部，於關子嶺頂山區居住。後來的「笠園」甚至一度成為許多藝文人士團聚的空間。

1978年，陳秀喜與華南銀行經理張以謨先生結束36年的婚姻生活。因著女兒張瑛瑛、張玲玲一番孝心，知悉詩人母親喜歡關子嶺一帶清幽的風光，1979年，兒女們集資為陳秀喜買下管理設備良好，風景明媚的集合式庭院型透天住宅「明清別墅」，讓失婚後心力交瘁的陳秀喜，能夠在寧靜的環境中，放空沮鬱的感情，以期早日平復內心創傷。同時，陳秀喜的好友蔡瑞洋醫師，早是明清別墅內的住戶，能與老友為鄰相伴，或也能排解生命的孤單寂寥。

離開台北，決定迢迢南遷，這樣的決定，出諸一個傳統女性服膺自由的舉動，也是女詩人從挫折緊壓中提煉出果決的意志，要毅然地活下去，倚著文學詩歌，靠自己，是這樣的意志與期許，造就了文學史上的「笠園」。

一旦瞭解這背景，向來以溫泉盛名的關子嶺，山景幽然，不僅有水火同源的奇景，笠園，為詩人留下歲月逐老的綺麗黃昏，也為我們留下一段段溫美的文壇歡會。

出走，於是有更寬廣的可能

抱著一粒小種子
柔細的花絮飄進來
她有能開花的細胞
她有扎根的使命
沒有擇地的權利
沒有方向的意見
任風輕盈得無奈
任風放棄而不安
竟落在我的書桌上
書桌上沒有泥土
書本上沒有泥土
不能供她繁榮
當我的手伸出
如羽毛　飄揚而去
有時候風是她們的恩人
有時候風是她們的罪人
希望仁慈的風送她到有土壤的地方
願今夜夢見
她擁有一個肥沃的花園

——陳秀喜〈花絮〉

多年扮演人妻與人媳的角色中，陳秀喜極度壓抑自我，辛酸淚水往肚內吞，自我受到壓抑，而因著家中角色的限制，更使她不能施展詩人的特質，發揮創作，只能遵循傳統女性的角色，被困於家庭之中，是她自認有「扎根的使命」，卻「沒有擇地的權利，沒有方向的意見」，如同隨風的花絮。當陳秀喜不甘心，也不願「永遠作為一棵順從的樹」，她選擇從婚姻中脫逃，並以相當數量的詩，說明自己的天性，被服從與容忍的禮俗束縛36年，描述其認命地任勞任怨，努力扮演媳婦、妻子、嫂子甚至是家庭女傭的角色。直到她恍然覺悟，這些所謂傳統的美德只是統御女人的陷阱，她為了討好他人，而壓抑真正的自己。最後，她自我解放的方式是 ，「解下戲服」、「掙脫妻的寶座」、「離開辛苦疊起來的家」。

> 去年是我結束卅六年不曾有過諍言的結婚生活離婚的年，也是迫到絕望而走上殺死自己的年。

她沉鬱的茫惑哀傷更形心痛。生命本應該是各自承擔，路伸向了盡頭。她要自由。笠園，是她的出路，另一段生活的開始。

1979年，離婚後安居關子嶺山間時刻的陳秀喜，其實是獨自一人，倦然無歡，多少有點頹喪消沉。且未與兒女親人同住，她得自己打理山區日常的繁瑣雜事，一種處於真正離家的生活境況。在莫渝〈尋詩的人〉一文中：

> 如果像以前一樣，關心子女的寒暖和餓飽，有時候反而使子女們認為，母親的關心是多餘的。過分的愛護，在無意中往往會造成不愉快的氣氛。惹起母子之間意見的抵觸和誤會。作母親的人，因為無償的愛被拒絕會感到失望和寂寞。深深覺得「我老了」。

這樣的獨居關子嶺，她實構築了自己的空間，慢慢地也經營起自己的生活，靠著大量閱讀、寫信、創作或四處旅行，與各地認識拜訪朋友，認真追求精神滿足，來度過寂寞難關，在寫給莫渝、張良澤的信中，她坦言：

> 我也承認我非常快樂過著美好的寂寞。

——莫渝書信

詩人陳秀喜，凌晨三點仍在詩的國度徘徊，享受自由。（簡扶育攝影）

從現在開始可享清福，日日感恩過活。從中秋夜起點亮了路燈，光明還是好的。驅走了黑暗……。人的心中也需要光明。我現在太過幸福，幾乎叫人擔心是否會得懲罰。

——張良澤書信

陳秀喜還是坦露了這「美好的寂寞」。「離家」自處，享清福、無掛慮的愉快，「太過幸福」的感受，此時她才有些體會，得以擺脫家庭的帷幕，珍愛自己與婚後三十餘年首度的「自由」。她感覺，似乎唯有這樣的離家，才能徜徉悠遊，享受旅行、閱讀與四處訪友，離家——出走，立於父母家、丈夫家與兒女家之外，女詩人於是有更寬廣的種種可能。

嶺上的文藝之家

為了紀念與《笠》詩刊的緣分，時任詩社社長的陳秀喜，特將自家宅院取名為「笠園」，成為文壇詩友往來聚會的地點。她親切、熱情、爽朗，點滴都讓許多親近她的朋友，以此為安歇的據點；而對她不熟悉的，或初相識的，也因為造訪暢談，老少都成為親密至交。女詩人從都會喧鬧的台北天母，遷居笠園，成為她人生另一個重要的分水嶺，「笠園」成為她後半生主要的活動空間，她也在此完成她自身台灣女詩人的身分與形象。

而現實空間，笠園，是位於台南縣白河鎮關子嶺明清別墅250號。

陳秀喜在〈仲夏夜事件〉一文中，描述「笠園」周邊環境與建築：

> 海拔三百公尺高，七十餘棟別墅區，被山包圍著三面，對面延伸山谷的遠方能望到白河水壩。永住這裡的只有四家，是歐式的豪華別墅，來客都會稱讚這裡是「桃源鄉」。室內全部使用木材，大約二百坪，庭院一百五十坪，花草四十多種，青綠的草坪值得讚美。我把這棟別墅命名為「笠園」，不分貧富、年齡、國籍，來訪的客人，在這十年之間已經有一萬人。

這不是詩人虛構幻想的居所，她實際生活在此好些年，林蔭路上，倚著峭壁所建的笠園，清靜幽雅，前頭有庭院花圃，搭建涼亭名為「笠亭」，迎著大門，屋壁正上方，懸著刻著「笠園」的木匾，而於門前立有碑石，並題為「笠園」。前輩王昶雄回憶，陳秀喜談笑風生的感染力，充分呈露於笠園的快樂時光：

> 她廣交、喜客，見過一面就如同老相識，她一向珍視每一個朋友，每一份感情，每一刻與知交相處的時光。
>
> 環周草木扶疏，青翠奪目，園景也清麗不落俗。不時有朋友拜訪，涵蓋老少男女、認識與不認識、海內與海外的交友，她就是這些人「朝聖」的對象，而她都親自擷蔬殺雞誠懇的招待。

當時已擔任笠詩社八年社長，且努力推廣現代詩而奔走四方的她，到處推銷《笠》詩刊，並與青年學生進行講座，更以貼近人群的主婦形象，戮力號召了眾多群眾。1979年，恰逢笠詩社15周年年會，她特地擇在其新居笠園舉行。當時多位前輩詩人與文壇作家如陳千武、林亨泰、詹冰、趙天儀、林宗源、林鍾隆、李敏勇、拾虹、吳夏暉、錦連、黃荷生、李魁賢、梁景峯、黃勁連、黃騰輝、何瑞雄、鄭烱明等共襄盛舉，聽說當晚大家秉燭長談，席地而臥。次日清晨還一同漫步嶺頂山林間。陳秀喜熱情、慷慨地，希望這個庭園建築，能夠成為詩社同仁聚會的場所。更多慕名而來，不論年長或後輩，上山小住的訪客，通常都受到關懷備至，她常常寫信關心文壇友人、至親，邀約大家前去別墅，郭成義曾憶及：

> 只要她寫信給我，一定邀請我去她的別墅住住玩玩，並且還多次畫了地圖，註明車子怎麼搭，計程車大概多少錢，就是打電話給我的時候，也是如此熱情的告訴我「非去不可」。她總是描述她的「笠園」有多美，而且某某人什麼時候去過，我最記憶猶深的是，她說她的所有客房都灑滿香水，絕對比任何旅館的房間舒服。……她相當以「笠園」自豪，曾多次對我說：「到了關子嶺，只要問起笠園，任何人都會告訴你怎麼走！」

許多人敬慕嚮往，以及不顧舟車勞頓，也希望到訪的所在多有，而她的豪爽熱情，也屢屢在與文友互動過程當中，窺見她推銷「非去不可」的嶺頂，以及邀約前去探訪「文藝之家」——笠園。她每每請訪客在留名簿上簽名紀念，數十本的驚人成果，是她溫煦的照拂下，笠園大宅高朋滿座的證據。

陳秀喜喜歡請訪客在留名簿上簽名紀念，數十本的驚人成果，是笠園大宅高朋滿座的證據。（簡扶育攝影）

值得一提的是，我們在《蘇雪林作品集》中讀到〈竺園雅集小記〉一文，記錄於1982年5月蘇雪林首次拜訪陳秀喜「笠園」宅邸的情景，這在兩人書信與《日記卷》當中，多處發現，兩位著名女作家都對這回相約聚會，有著企盼與興奮。

蘇雪林這趟關子嶺行，應該是賓主盡歡的場合，蘇雪林在文中，對於笠園外觀，連同內部陳設，有著極具視覺性空間感的摹寫，令人印象深刻的仔細描繪。蘇雪林這篇小記，讓人光是瀏覽翻看，便如同紙上神遊，可說是現存作家作品中，描摹最翔實的一篇。從門前、正廳、陽台、書齋設計與布置，私人芒製鳥巢、細腰葫蘆等收藏，並插敘陳秀喜的好品味、好廚藝、好人緣等等生活情趣，都有蘇雪林觀察入微的文學筆法。而蘇雪林曾寫下一段文字，直書對陳秀喜的看法，

> 大凡真正的藝術家和詩人文人不失其赤子之心。你看陳秀喜這位詩人家裡到處都是可愛的玩具，讀書寫作之暇，又不辭辛苦，翻山越嶺，尋找這些鳥巢和化石，豈不足以證明我的話？恰好我也常自命為一個「老孩子」，孩子與孩子相遇，自然會沆瀣一氣，所以，秀喜不嫌我之衰朽無能，常來找我，我也欣賞她這副坦白率直的性格與她頗為投緣。
>
> ……
>
> 孩子待人接物毫無機心，不知什麼叫做欺詐，對朋友也當慷慨非常，不知吝嗇為何事，秀喜待朋友之誠懇，正合上胡適之先生贈丁文江一句詩：「捧出心肝待朋友」。

文中多處肯定詩友陳秀喜如保赤子的為人誠懇，毫無機心，捧出心肝待人，讓出家來待客。同時也對「笠」社團的本土特質，來自土地，來自人民血汗，經得起日曬嚴霜的藝文耕耘給予肯定，也少見地提及當時「鄉土文學」的風潮，進一步期許陳秀喜能夠理出頭緒，「以閩南語為

陳秀喜與蘇雪林（左）相聚於笠園。（劉維瑛提供）

詩，定可在新詩壇放一異采」（《蘇雪林作品集・短篇文章卷》第三冊，成功大學，2007），讓人不得不佩服「文壇名探」蘇雪林的銳利遠見。而這一次兩人在嶺頂別墅的歡聚，蘇雪林也於笠園玄關的來客留言本，改寫李白〈贈汪倫〉以贈：

笠園風物四時新，喜見詩人倒屣迎。共道桃潭千尺水，汪倫爭及此時情。

然而這次的歡聚有一段小插曲，陳秀喜曾於兩人信中，指出《中央日報・晨鐘副刊》將「笠園」故意刊成「竺園」，認為是小人構陷的手段。這經驗也多次出現於書信裡，陳述自己行蹤受監控的，或將當年創作〈美麗島〉一歌被禁的懊惱，不吐不快，作為「政治是門外漢」、「愛寫詩的小國民」的女詩人，對於政治的兇暴威權，則表露極大的不滿。

陳秀喜在過往諸多苦難中，綻放出一種詩意盎然的靜好，而笠園，也因為文學、友情，春景燦爛，彷彿再現詩國的花園。張德本〈永遠的覆葉〉一文，曾經懷想那樣一個充滿美妙樂音、文學意象，以及閃爍星光的地方：

在木造敞亮的別墅客廳，玻璃透明可見星光滿空閃爍，錄音機放出被禁唱的〈美麗島〉，旋律迴繞在成疊來笠園拜訪者的留影與題字題詩之間，數百成千的拜訪者，幾乎川流不息，一波波地感慕秀喜女士慈愛而豪邁的風範，來到她的周圍，一棵獨居山中的巨樹，棲滿無數文藝遊鳥的歌聲，那棵樹是不寂寞的。

陳秀喜曾幽默地形容，她過著如同除草工人，栽花、種果蔬，澆水、施肥，在山中過著不寂寞的隱居生活。從許多人的回憶裡，也能夠知悉這些招待用的果蔬雞肉，環繞園地的花朵植物的栽植，都來自於她的日常耕作。鋤頭與筆，也成為她在山林生活中的重要象徵，而這與對笠詩社的認同，親近土地與人民的詩社宗旨，精神意義上相當契合。

稍加聯想，那個年代，那個空間。楊逵、張文環、王昶雄、杜潘芳格夫婦、陳若曦、趙天儀、林宗源、張良澤、林煥彰、利玉芳、李元貞、王瑞香等常相往還，多位文友的字裡行間，以及許多當時的學生、文學社團的文藝青年等口耳相傳裡，多將笠園視作為一個南部重要的藝文中心，彷彿文化沙龍一般，讓眾人可以聚攏，談詩、談心、談文學，作為精神上的安歇處，陳秀喜的溫暖、好客、健談等添酒回燈的主人形象，讓笠園成為名聞遐邇的文學地景。

楊逵是陳秀喜敬重的小說家。當初會有笠園的構思，除了南下與蔡瑞洋等好友比鄰之外，這也與楊逵一手打造的「東海花園」有著類似的概念。關子嶺笠園和落腳大肚山東海花園，在地理環境上都屬僻靜，遠離城市塵囂，只能靠著班次有限的公車或自行開車出入。笠園前、後院，種植淡紫色的大鄧伯花，便是因為拜訪楊逵，才識得這種藤蔓植物，更讓「大自然頒給楊逵先生的勳章」的大鄧伯花，作為綠化笠園的主角。陪伴著祖父楊逵幾度造訪關子嶺的楊翠，回憶起當年的笠園，是個簡單、幽雅的地方，十分接近文人想望的一種世外田居，一種中產階級的生活方式，楊翠認為笠園是屬於文化空間，完全不同於東海花園，充滿忍飢勞動，刻苦營生的真實面貌。

陳秀喜擇笠園而居的隱逸，我們能確定她的生命型態，並不是要

陳秀喜的溫暖、好客、健談等，讓笠園成為名聞遐邇的文學地景。
（簡扶育攝影）

擺脫現實，以遁世的取向，她的勞動，與日常內容，耗費體力耕作，其實更多是為了經營，經營一種親近土地的生活型態。

這是理想，也可能是另外一部分的現實，或是自由換來的美好寂寞。

楊逵（右一）是陳秀喜敬重的小說家，「笠園」的構想與楊逵一手打造的「東海花園」有著類似的概念，後為鍾逸人。（劉維瑛提供）

帶領《笠》下一群扎根與發展

1970年代的文壇隨著外在局勢轉換，包括台灣的國際地位丕變：釣魚台事件、台灣退出聯合國、引進大批知識分子密切地關係台灣本身的問題。台灣詩人們將眼目從西方調整回台灣這塊自己生長的土地，而現代詩的發展，也在諸多影響下，做出質變，從1960年代「超現實主義」，趨向更鄉土、更現實、更日常的表現。1960年代笠詩社的早期成員多是本土身分，如陳千武、詹冰、吳瀛濤、錦連、林亨泰等，其歷史意識與本土精神傳承，都以緊倚「現實」為底蘊，實別於外在環境的超現實風格趨勢，草根的、素樸的笠詩社長期經營現實文學，這脈絡的傳統自是清晰，然在1970、1980年代，笠詩社孜孜矻矻的苦心經營，強化本土詩學的性格，期間更見耕耘與深度。陳秀喜在擔任社長的階段，講究本土的歷史意識的主軸特色，但她企圖將這激越的現實之音，提供更有力、更遼闊的影響空間。

這段移居笠園的時間，陳秀喜與笠詩社同仁一齊向外積極拓展社務，與日韓詩人、文友往來密切，且多互動交流，在不同民族意識激盪下，加強現實批判的意識，使以詩創作達到人類的共通性情感。尤其笠詩社從1960年起，經過陳千武大力接觸、奔走日韓詩人群，更成當代亞洲現代詩與各國互動的前行者。從1978年起至1985年，陳秀喜

陳秀喜（中坐者）擔任笠詩社社長多年，除講究本土的歷史意識的主軸特色，更企圖提供更有力、更遼闊的影響空間。圖為笠詩社十週年年會，前排左一林鍾隆、左三林亨泰、左四鍾肇政、左七巫永福、右一吳濁流等皆與會。（國立台灣文學館提供）

約是依循這脈絡前進，持續促成台日韓各社團詩人的交流。除了外在的人際活動，陳秀喜也以譯介日本文友的詩作，意圖涓滴開顯出她的實踐，為文學尋求更多因緣流轉，同時也為同為跨越語言一代的台灣文壇友人，如林彩鑾、林憲、南旅人（蔡瑞洋），將作品翻譯並刊行，鼓舞創作者，也嘉惠文壇。

獨居的陳秀喜，除持續積極參與各項對外的藝文會議與海外訪問活動，以一股對文學的衝勁和熱忱，累積自己的創作成就之外，還不辭辛勞地投入社務，擴及對文友後進的關愛，她領著笠詩社，如覆葉抵禦風雨，也使笠下一群，扎根泥土，不受外界摧殘。

> 在1971年的鄉土文學論戰，她肩起笠詩社社長的責任，擔起了所承受的壓力……
>
> 因為在生活上陳秀喜也必須奮鬥啊。在笠詩社當社長必須處理一些事情，就像母親必須肩負孩子的責任。你看到的她很樂觀，可是她受到的壓力只有詩能表達。這倒也不是矛盾，而是

人內在面和外在面的一種互補。

影像工作者簡偉斯曾經在〈詩的女中豪傑〉中，記錄、觀察訪問過這位台灣「詩中女性豪傑」——陳秀喜在擔任笠詩社社長時，栖栖遑遑忙於酬酢與攀交，對自己、對詩社來說，她的受景仰，笠詩社受矚目，笠園的受歡迎，有時證明了某一種成功，但外在的喧嘩和高朋滿座的光景，抑或成為某種社會交際的需要，並不總是開心暢快，這種生活怕寂寞，其中拋灑精力心力，且總是承擔著高遠沉重的公共事務，當時她與陽剛色彩偏重的笠詩社同仁，或自覺可以填充、彌補她個體內的空隙，書寫，是她追求主體的路徑之一，也期冀各方種種文學的推廣事務可以戰勝她潛在的不安。

詩樂園也是桃花源

回到她的文學，陳秀喜在笠園期間，激發創作了個人風格，且更代表台灣特色的作品：從1981年出版的《灶》詩集裡，陳秀喜的土地與現實關懷，將愛擴延到自然生態大環境，還有腳下所親近的故鄉；而1989年，陳秀喜最後出版的詩文合集《玉蘭花》中，關於社會議題與土地關懷的部分，她以玉蘭花作為台灣象徵，當中詩作更是呈顯台灣的活力與美感，〈雜草記〉、〈晴耕雨讀〉、〈泥土欲言無語〉則是以她居笠園的田園經驗，來延伸體會社會關懷、文學創作與自我意識的觸角。

陳玉玲曾以女性主義的觀點，稱陳秀喜為奇女子，以細膩感人的〈台灣女性的內在花園：陳秀喜新詩研究〉一文，讚頌她的才情文采，更針對作品中豪放坦率的自述與表露，不受當時傳統世情的約束，給予肯定，並分析討論陳秀喜花園內的空間意象，及詩中的花草樹木，來凸顯陳秀喜詩作品的自我觀與渴望愛的心理底蘊，這或也是詩人現實的人生光景，也讓人聯想到文化空間的深度意涵；洪淑苓則進一步討論這些詩中披露的花卉景觀，則多被陳秀喜賦予對好友的情感記掛與誠摯懷念，從〈紫陽花〉詩中，藉花朵來追憶過去坎坷歲月：

倘若五月的女王是紫陽花

朵朵小花是
回憶的集大成
淡淡的粉紅
淺淺的藍、紫色
尋不到坎坷的顏色
莫非是歲月使魔術
沖淡了悲歡的濃度
瀏覽和諧的彩色
凝視　回憶的饗宴
久久不堪移步
人生歷程的花

抒情筆調中，呈顯對於人生的期待與積極步履，另外創作〈望友誼更溫馨〉一詩，則是寫給友人許振江：

當你跨出門時
不知風中有花的嘆息
你一走
誰來共賞綻放的富貴
……
你還記得嗎
關仔嶺沿路的花
是相識時盛開的耶誕紅
順著聖誕紅到盡處
望友誼更溫馨的人
期待你敲門的聲音

渴望雲遊四方的朋友，能夠前來一同賞花，而聖誕紅的茂然豔熾，更是比喻詩人內心的誠摯與企盼客人來訪。而〈花賊與我〉一詩，則描述玉蘭花遭雅賊盜取一事，而不以為意的陳秀喜，只願園中花木扶疏，暗香樹影能更多人共享。

過去文學作品裡，有討論從伊甸園、理想國到烏托邦等「樂園」呈現的典型，而洪淑苓以笠園的象徵存在，指出幽雅舒適的笠園是為

由李魁賢主編的《陳秀喜全集》，呈顯了陳秀喜以現實處境出發，關懷台灣的作品。（文訊資料室）

陳秀喜的「詩樂園」，而具有桃花源的輪廓。而地處鄉野的笠園，不但是自然田園環繞，文友情誼的交流圃地，對陳秀喜來說，笠園絕對是她個人希冀以象徵「桃花源」的文化形貌存在的居所，當然，從今日看來，其早在台灣文學史上，成為一枚精神地標。

位於山區的明清別墅在陳秀喜整理下，綠意茂生，光影粲然。但也有過遭白蟻、龜殼花等蛇類害蟲侵入危害，她獨自得施藥或多所注意防備，嶺上的別墅區，也曾因豪雨造成土石流，房舍花圃泥濘成災，這都是她與笠園的現實考驗，加上老來經濟狀況不穩定，1985年，她選擇再婚，曾短暫離開關子嶺與新婚丈夫移居嘉義。不久兩人關係破裂，又遭二度離婚的打擊，讓陳秀喜再度孤身回到關子嶺。這些都是陳秀喜晚年還得抗衡的困境，生計與生活的雙重艱難，是她難以述說的磨難。此刻，支持她的是文學，是詩。還是詩，給她生存的信念，給她愛的勇氣

高傲的大樹有雷劈的憂慮

常被踐踏的小草不羨慕大樹
小草重整根和葉期望屹立的歡呼
梅花不歎形小滿足自己的芬芳
不妒玫瑰多彩多刺的豔麗
古人自大自然得到和平的啟示
黑暗之後晨光出現既不稀奇
煩惱之後邁向智慧的時代來臨
詩擁有強烈的能源，真摯的愛心
也許一首詩能傾倒地球
也許一首詩能挽救全世界的人
也許詩的放射能
讓我們聽到自由、和平、共存共榮
天使的歌聲般的回響

大樹被雷擊，小草被蹂躪，她不願臣服感情的榮枯，忘記挫敗的經驗，趁生命還有氣力，終究回歸嶺頂，她回歸以詩挽救地球，來撫慰內心乾涸，也換回華美的生命，她還寫下〈靜觀〉，說明自己的不畏怯：

下雨的時候
在窗前
一個清瘦的人
眼裡沒有彩虹
也沒有夢痕
心裡沒有詩歌
也沒有嘆息
唯是滿意那一座山
像屏帷遮蔽著
廢紙同然的往事

枕頭山
風吹來宣撫

霧以柔功
表現動與靜
閃電割破天空
鞭策雷雨圍攻山谷
一個清醒的人
層雲散後靜觀著
枕頭山仍然翡翠
天空還是天生麗質

陳秀喜顛躓的起伏人生是一頁堅強的台灣女性生命史。（簡扶育攝影）

洪淑苓教授從空間分析陳秀喜詩，她認為從描寫山水的詩句中，是可以見到觀看的主體，也彷彿看得到雨後台南白河東區「枕山曉翠」的佳景，人的心情瞬間也覺得通暢清明，從詩人遭憂的瘦癯身影，轉而成為豁然開朗的清逸，天空持續天生麗質，更意味著她仍有信心將生命提升。這詩隱然透露陳秀喜平靜的內心，往事如廢紙般休矣，掙脫斤斤執著的往事，她要自身生命棲息於笠園，開闊舒緩。

愛，會隨文本恆久流淌

逐一翻閱陳秀喜顛躓的起伏人生，每回的空間驛站：1920年代，養女陳秀喜，得到新竹關帝廟附近，好人家幸福的襁褓照料；1930年代，少女陳秀喜，因為參與女子青年團之故，飄洋至日本，得以看見殖民母國，和東洋視野；1940年代，青年陳秀喜嫁夫隨夫，婚後移居中國上海，作為長媳，她得窺見唐山面貌與愛情變貌；二次大戰，生子歸回台灣，少婦陳秀喜，攜回台灣女性的堅韌，還覺察戰後時代恐怖的轆軋；1960年代，隨著夫婿銀行工作，南北遷居，照料家庭；跨越語言的女詩人陳秀喜，走出家庭限囿，因機緣成為本土文學社團的一把力；1970年代，遭逢婚變自殺，苦惱悲憤，卻造就她與關子嶺笠園，從1980年代起，成為台灣女性史與當代詩史，無法取代的重要註

目前的笠園仍保有碑石與橫匾，台南縣白河鎮關子嶺明清別墅250號的門牌，則見證了當年多少文友駐足企盼的神情。（劉維瑛提供）

腳。面對歷史的風流雲過，她的思維，她的感動沉澱，她的詩，這些無能擦拭的真實，卻能追索更多潛藏的訊息，如同她的生命體驗，她的愛，會隨文本恆久流淌。

陳秀喜於1991年辭世，之後，兒女將笠園異主，實為不得已的憾事。如今，前往關子嶺踏青，山嵐雲霧，群巒聳翠，浸享溫泉的遊客依舊如織，倘若我們走進大街旁鬧中取靜的明清別墅社區，還能發現現任屋主保留著的刻有笠園的碑石與屋壁上的橫匾。一回，聽聞我們的到訪訊息，輾轉交給我們當年陳秀喜的一疊專用稿紙與笠詩社剪報，想必是詩人細緻與深刻影響著四周屋舍的氛圍。當我們踩踏青石小路，感受微風徐徐，滿眼綠意，彷彿當年陳秀喜的誠心款待，這她戀戀不忘的園圃，持續飄散著一股清郁馨香。

劉維瑛，1972年生，籍貫台灣苗栗，任職於國立台灣歷史博物館。現為成大中文研究所博士候選人。曾獲K氏台灣青年文學獎、全國大專文學獎等，研究領域為現代詩學、女性主義文學。

艾雯

艾雯寫作地景清晰易辨，
以周遭生活圈出發，不同於小說寫景的地域指涉，
艾雯散文一向主題分明，計畫性地進行系列創作。
中央新村倚風樓、天母磺溪，相對於她早年所居的岡山，
北／南、城／鄉、溪／山……，
在地景色化成筆下處處，堪稱地誌書寫之先。

（朱恬恬提供）

艾雯，本名熊崑珍，籍貫江蘇吳縣，1923年生，2009年辭世，享年87歲。大陸時期曾任《凱報》副刊主編。曾獲《江西婦女》徵文第一名、中國文藝協會散文創作獎、花蓮文學獎。是戰後第一代女性散文家中，最講究修辭藝術的。出版第一本散文集《青春篇》即獲得「全國青年最喜閱讀文藝作品測驗」散文首選。創作包含散文、小說、兒童文學等。著有《青春篇》、《綴網集》、《花韻》等二十餘本。

艾雯文學地圖
文學現場踏查記

N
S
天母北段
艾雯宅
天母西路

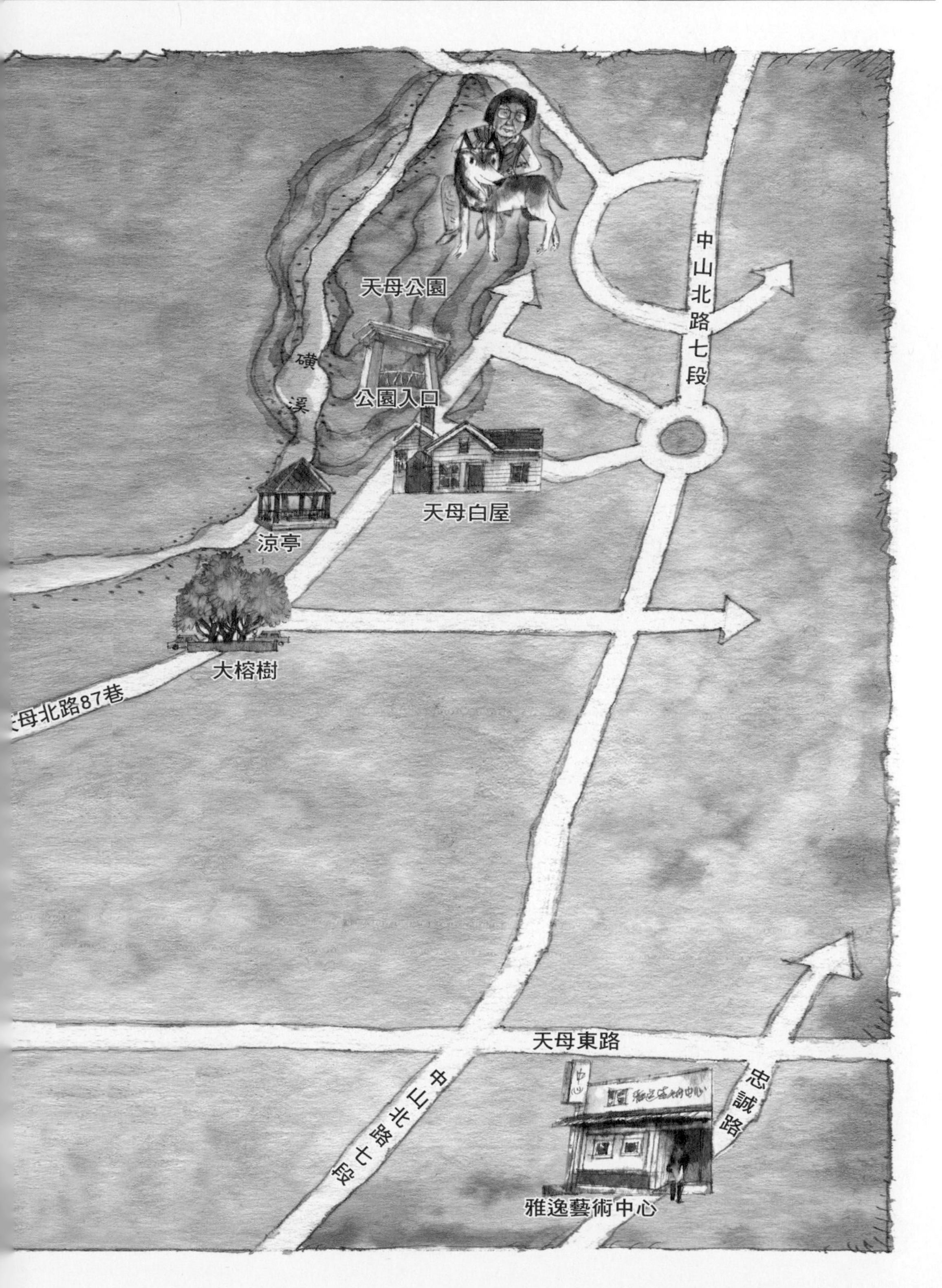
天母公園
磺
溪
公園入口
天母白屋
涼亭
大榕樹
天母北路87巷
中山北路七段
天母東路
中山北路七段
忠誠路
雅逸藝術中心

柳橋頭・倚風樓・磺溪畔
艾雯的地誌書寫

◎林麗如

艾雯返鄉，攝於蘇州網師園引靜橋。（朱恬恬提供）

素以散文名家著稱的艾雯，早年卻以小說創作為多，直至1960年代，寫作方向朝向散文經營，成果豐碩。艾雯，本名熊崑珍，1923年出生於江蘇蘇州。1937年全家隨父親到江西大庚任職，三年後，父親客死異鄉。17歲的艾雯從此扛下家庭生計，進入圖書館工作。1944年避難江西上猶，進《凱報》擔任副刊編輯。

1949年，艾雯以軍眷家屬身分來台，1953年離開屏東，定居高雄岡山20年，1973年北上，定居新店「中央新村」，1983年定居天母磺溪，小鎮、郊區，所居之處皆不是繁華大城，在地景書寫裡，大量詠物、追憶似水年華，一場戰爭，牽動幾世人，艾雯選擇幽靜之處、孤獨之旅，自由徜徉在文學創作裡。

艾雯寫作地景清晰易辨，以周遭生活圈出發，不同於小說寫景的地域指涉，艾雯散文一向主題分明，計畫性地進行系列創作。中央新村倚風樓、天母磺溪，相對於她早年所居的岡山，北／南、城／鄉、溪／山……，在地景色化成筆下處處，堪稱地誌書寫之先。

異於多數創作者在地創作結合公眾領域，或是與固定文藝社群往來交遊，艾雯與文壇的距離有些微妙，早年在南台灣，她和北部文友多以紙上相交；在岡山定居期間，則經常參加高雄的中國文藝協會南部分會，當時認識的幾位南部文友，如王書川、邱七七、鍾梅音、童真，都成為一輩子的好朋友。

到了台北，艾雯受限身體痼疾，遂未熱中參加文壇活動，只參加每月一次的「文友慶生會」及年度重要文壇聚會，與文友敘舊，其餘時間多獨來獨往。社群、文藝運動皆不在艾雯創作生涯中起過重大影響。相對地，她的創作也偏向抒發個人情懷。同時，艾雯喜歡挑戰新的文體，日記、札記、書信都是她多元嘗試的類型，她的地誌書寫有些私密，很多時候並不與特定事件對話或相互呼應，在寫作手法上，艾雯由外往內，藉由外在景物深入內在探索，打開私語，激勵、鼓舞讀者。

艾雯的寫作地景，依遷移過程大致可分為四大重要階段：1.蘇州老家（1923-1937）、2.岡山眷村（1953-1973）、3.新店倚風樓（1973-1983）、4.天母磺溪（1983-2009）。

生命中最早也最深的牽絆：蘇州老家

離開蘇州之後，1938到1949年間，亂離生涯的艾雯，多的是人情世故的體會，對於地誌風景的描寫較不刻意，這段期間的創作偏向短篇小說，以及現實感較強的雜文。舉家來台後，艾雯寫作環境有了穩定性的基礎，對寫作的要求更加明確，她的散文一向主題分明，不管身在何地，蘇州老家以及後來所居的南台灣、北台灣，在地景色化成筆下心有所感的一點一滴，遷居移動之間，大自然給予的生命養分，化在篇章中，處處是生命的驚喜與感動。

「有一處地方，儘管你已離開了它，千山萬水阻隔，但天涯海

小時候的艾雯與母親合影。（朱恬恬提供）

角，它永遠跟你在一起。」《老家蘇州·序》，艾雯對家鄉的思念是深遠真摯的，這是她生命中最早也最深的牽絆，她的童年、人生啟蒙、文學啟發無一不與老家息息相關，喜愛植物恐怕也與早年離鄉有關吧？

植物被連根拔起，到了異地，因著某些因緣，得以生生不息，永續生命，重新打造生命光景。那個年代，沒人知曉，出門前一聲再見，從此歸鄉不得、天人永隔。父親帶著大家庭離開蘇州到江西赴職，不料亂離時局，父親遽世，艾雯失怙失學，17歲的她一夕之間長大。從此，她為家計奔波，轉輾流離，此番巨變，讓她更加敏感多愁，異地而處，無時無刻不牽動她思緒，更多時刻，她跌入回憶裡，思念童年的家、童年的自己，懷念起那一段無憂無慮、短暫卻永恆的快樂。

我們在艾雯筆下跟著她情緒遊走，只要一提及家鄉，她幾乎是精神奕奕，彷彿回到現場，即便是思念，都是幸福的。1990年，艾雯第一次重回故土，愛女恬恬貼心安排，陪著她一站站尋訪，2000年二訪蘇州，艾雯的懷鄉散文充滿大量的詠物，物換星移，在在牽引她對故土舊人的遙念。

2009年，蘇州古吳軒出版社出版了艾雯《老家蘇州》，讀者進入艾雯念茲在茲的家鄉，展卷閱讀立即明白童年對艾雯一生的影響有多麼深遠，艾雯13歲之前，擁有雙親的愛，母親喜歡打扮她，父親歡喜引領她浸淫文學天地，備受雙親疼愛的她，並不能預知這短短的幸福是會消失的，在現實裡，這幸福不見了，慶幸的是，在心坎裡，已烙印一大片幸福園地了。

1950年代懷鄉散文、小說呈現時代的面貌，在艾雯筆下，老家蘇州永遠美麗，水鄉出生的她，對水的情感包含著思念故鄉的情懷。水鄉、花都、園林、藝術、江南古城……，故鄉諸多美名，讓身為蘇州人的她引以為傲，艾雯對家鄉的眷戀眾所周知，除了筆下無所不在的「懷鄉集」，她收集琳琅滿目的畫冊、圖片、書籍……，這些收藏品尤以有關蘇州為優先，她對家鄉的描寫細膩兼及風俗民情，生動地把家鄉的美好復活了。

可以這麼說，《老家蘇州》一書做為「蘇州志」也不為過，2004年，艾雯以「艾蘇州」（音同愛蘇州）列名於《蘇州文學通史》，這是家鄉故友給予她的最高榮譽，堪稱是蘇州代言人。

1990年艾雯返鄉，與女兒朱恬恬合影於蘇州盤門前。（朱恬恬提供）

來台之前，艾雯在寫作上已小有成就，1941年，艾雯以〈意外〉一文獲選《江西婦女》月刊徵文第一名，自此開始投稿各大報，1944年，避難上猶，進入上猶《凱報》任職，兼任「大地」副刊主編。雖是避難時期，艾雯寫作並未中斷，這個時期的作品後來也部分收入《青春篇》裡。

一段青春、素樸的年代：岡山眷村

移居岡山之前，艾雯在屏東住了四年半，這是她抵台之後的第一故鄉，1949年艾雯匆促來台，毫無心理準備之下，舉家定居台灣，幸運地，全家仍可在一起；哀傷的是，告別家園竟是一生一世，艾雯走上寫作之途，除了因緣際會，時代的動盪，更激發她創作主軸朝向正面、鼓舞人心為主。

艾雯的重要代表作《青春篇》於1951年出版，其中〈路〉一文收入初中國文教科書。這個時期，艾雯也著手長篇小說〈夫婦們〉，

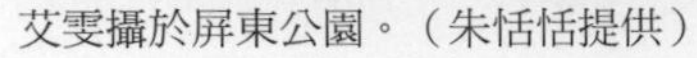

艾雯攝於屏東公園。（朱恬恬提供）

艾雯攝於岡山的書房。
（朱恬恬提供）

連載於《中華婦女》月刊。《青春篇》是艾雯的第一本書，也是第一本散文集，裡頭收錄來台前後1942年到1951年間的創作文章，四分之一選自大陸時期的創作，其餘篇章是來台兩年所寫，《青春篇》一出版，便獲得文學界重視，1955年更獲票選為全國青年最喜愛的作品及作家。

〈路〉初寫於1944年，來台後重新改寫，艾雯猶記戰爭蔓延、父親遽世，她輟學就業，被砲火逼迫躲到江西上猶，在山裡這座偏僻小城，唯一的公路開開停停，等待有路可走的日子，引發她對前途、歸鄉、返家連串主題的思索，有形的路與無形的路，同樣是人們最常面臨的抉擇，路有歧途，也有陡峭，被砲火砸斷的路更是折磨著思鄉人，大家離鄉背井，鄉音不同，生活方式不同，卻因戰亂流離而攜手並肩，路的涵義無限深遠。

艾雯初到屏東，便急著摸索書屋何在，對於一個愛好文藝的人來說，身處文化沙漠是既失望又極其難受的事，唯一慶幸的是，自己可以寫。於是她在來台之後一個月，寫下第一篇報導文學〈從贛南到台灣〉，這篇文章寄回贛南的《民國日報》發表，寫出亂離遷居的紛擾與抒懷。

艾雯記憶中的點點滴滴，無關柴米油鹽，她憶著這一生，失散家國的滄桑，嗜書的她，記憶深處是失學的痛，她介意著自己直到從屏東郊區搬到靠近火車站的南京路，才有了人生中的第一張書桌，屏東四年半，寫作是她唯一的精神事業，1953年8月，艾雯舉家遷居岡山，一住20年，岡山柳橋頭在她筆下，是一段青春、素樸的年代，眷村歲月樂群村、勵志村……，各各富有朝氣，一如那個年代的社會氛圍，艾雯喜稱這裡是「我們那個村子」，村子風光、巷弄、屋宇、池塘……，點點滴滴，猶如地誌書寫般，細細說來。

定居岡山這段日子，艾雯統稱為鳳凰花的歲月，耕讀在南方，在副刊園地廣結好友，也可算是她與作家文藝往來最密集、在文壇較活躍的一段日子。艾雯在岡山出版第一本小說集。1953年出版的《生死盟》，十個短篇緊扣時代輪動，同名短篇〈生死盟〉，描寫一對青年男女，在大時代動盪中分別失去了另一伴，他們互吐心聲、互相勉勵，棄兒女私情獻身革命，這是那個時代多數正直、熱血的年輕人寫照。

另一篇最為人所樂道的是〈銀色的悲哀〉，寫的是鹽民生活的艱苦，不說教，從兒女私情探討這個行業的悲苦，後來被改寫成廣播劇，受到廣大迴響。更進一步的，被政府當局拿來做為改善鹽民生活條件的參考範本，其他如：〈隔岸的控訴〉、〈距離〉、〈夜潮〉、〈正義的使者〉、〈季大夫〉、〈二十五孝〉、〈沒有身分證的女人〉、〈狡兔〉……，直指亂離時代人性的衝突。分隔兩岸的同胞，同樣遭受戰爭的殘害，人不是人的情況比比皆是，更讓人感傷的卻是那一群默默、善良的大眾，他們不分彼此，為了國家、公理而戰，他們什麼好處都沒有，聽命行事、犧牲性命也在所不惜，和那些狡兔形成強烈對比，這是艾雯的第一本小說，是見證時代不可或缺的重要作品。

鳳凰花的歲月，也是青春的歲月，南腔北調充斥在生活周遭，艾雯記憶中的第二故鄉也是植物花草茂盛之地，「柳橋頭」標誌著整個村，那「牽牛花的那一家」正是艾雯的家，不必路牌，人人依著家戶自成一格的特色，沒有找不到人的問題。艾雯就曾在文章裡提及，有年輕讀者循著她筆下的路徑，直接走到家門口拜訪，那個以書會友的年代，作家帶給讀者的心靈之糧，恬靜之外，像一劑清涼，撫慰了愛好文藝的青年朋友。

除了田園牧歌般的文章，艾雯也關切現實裡的各行各業，鹽田兒女的心事之外，她關切辛苦的討海人，1955年，出版第二本散文《漁港書簡》，從漁民生活出發，反映時代，動機和目的一如寫《銀色的悲哀》，寫實題材提醒眾人關注社會議題，為弱勢發聲。

從屏東到岡山，是艾雯創作量最豐的時期，幾乎一年出版一本書，散文、小說兼具。見證時代，進行第一手報導，長篇小說〈夫婦們〉敘述屏東大雜院，〈東吉嶼海峽〉、〈父子島〉寫澎湖的漁家，《漁港書簡》地景則是枋寮和小琉球。切合時代脈動，關心身處環境和土地，息息相關的是土地風情，從生活裡取材，是艾雯作品不脫俗、不遠離現實很重要的因素。

遷居岡山的第一年，系列散文「主婦隨筆」每周發表於《中央日報・婦女與家庭》，從這個時期開始，艾雯嘗試計畫性寫作，散文系列羅列不同主題：「浮生散記」、「你我的書」、「懷鄉草」、「忘憂草」……見刊於各報副刊及藝文雜誌，其間，小說〈鄉下醫生〉被譯成韓文，散文〈從永恆到永恆〉被譯成英文。岡山20年，是艾雯創作豐收期，1965年獲中國文藝協會散文獎，實至名歸。

心靈境界的提升：新店倚風樓

1973年，艾雯舉家往北，遷居新店中央新村，挑選這個距市區有段距離的社區，頗符合艾雯親近大自然的天性，她把新居取名倚風樓，顧名思義，「倚風而居」，另一個層面，艾雯猶以自勵「倚風而棲，居安思危」，提醒自己隨時有所警惕。一住10載，與南台灣時期最大不同是，台北藝文活動多，展覽不計其數，艾雯常隻身搭公車，進行她的文化探訪之旅。2008年出版的《孤獨，凌駕於一切》裡，她記載著這段充實的日子。她常跑博物館、藝術館及畫廊，各式各樣的展覽都不缺席，重慶南路、光華舊書市場，都有她的足跡，除創作外，她無時不在進行心靈的充電及饗宴。

也因中央新村的地利，在小院裡艾雯栽種非常多的植物，另外還有近兩百盆盆栽，室外窗台、書架、壁櫥、牆角……，處處洋溢綠色生氣，艾雯猶喜歡小小植物帶給她的生命啟示，激勵自己也分享讀

艾雯關切討海人，題材寫實，為弱勢發聲的《漁港書簡》。（文訊資料室）

艾雯以書信體寫《倚風樓書簡》，鼓勵識與不識的讀者。（文訊資料室）

艾雯攝於新店中央新村。（朱恬恬提供）

友。雖然喜愛蒔花植草，但她信奉自由發展，不願刻意刪剪，茂盛的花草，常引來蜂兒、蝶兒、鳥雀、蟲鳴……，這些來客帶給主人莫大的歡欣，增添生活的情趣。

人稱綠手指的艾雯，在中央新村到處栽種，要搬遷時難以割捨這些花花草草，當時鄰居、也是文友的張秀亞常接收艾雯的盆栽，她曾打趣：「我的花圃是艾雯的殖民地」。拜訪過倚風樓的文友，形容這裡堪稱「花宮」，《倚風樓書簡》無庸置疑是這個時期的代表作。

倚風樓也是停雲小築，因為倚風依舊，反倒意念如出岫之雲，意寓這些一站站的停泊，讓思緒敏感的作家，心緒依舊有漂泊流浪之感。追求生命的安適，提升心靈的境界，是艾雯傳達給讀者的美的訊息。探青、訪水，在山之崖、溪之畔，與景相依，望物興嘆，文章裡可以看出作者對生活態度的執著與堅定，更可以感到歷經戰亂的人，如何珍惜眼前的安適與富足。

1980年，「我住柳橋頭」系列發表於《青年戰士報》，也是艾雯北上之後，回頭望鄉，屏東、岡山成了她的第二、第三故鄉，離開整整住了20餘年的南台灣，思親念友的情懷與日俱增，竟才發現：他鄉已成故鄉。在柳橋頭的生活片段、風景地誌，這個時期大量湧進艾雯的作品裡，讓讀者可以一窺艾雯當年生活即景。

同年，艾雯展開「花韻」系列散文，由版畫家林智信配圖，發表於《聯合副刊》，兩個系列散文，前者從生活出發，後者從最熱愛的花草著手，兩條創作主軸依舊貼合著自己的節奏，也是在這個階段，艾雯的小說創作默默地沉寂，全力朝散文邁進。

複刻出小小喧嘩：天母磺溪

離開南部，艾雯因為健康因素，凡事開始減速慢行，不再熬夜寫稿，不再接受限時稿約。1983年移居天母後，艾雯住在公寓大廈四樓，沒有庭院的市郊民宅，讓她頓時失去植栽的場地，艾雯做了變通，選擇在陽台和房間擺放了許多盆栽，勤於蒔花也樂於寫花。

熟悉新環境之後，艾雯開始有意識地以磺溪做一系列散文書寫，這是她最後也是最重視的寫景系列，已發表的有〈人在磺溪〉、〈也是流域〉、〈愈冷愈開花——磺溪續記〉，當地在商業開發之前的素樸樣貌，已在艾雯筆下留下見證。磺溪對天母人來說，是地景也是界線，磺溪的兩側，一側是北投、石牌，一側則是士林、天母，當地人清楚區隔著兩側不同的發展，天母這端，沿溪還有天母公園，艾雯筆下的小攤販、晨起運動的人，天甫亮的三三兩兩，正是這區塊最平實的生活紀錄。

移居磺溪的艾雯，行動力和寫作力朝向減速的步調，觀察周遭變遷所寫就的磺溪，成了地景中重要的一環。甫搬遷到天母時，她對於沒有自個庭院頗有小小失落，但她朝門外踏去，一腳踩進天母公園這個更大的庭院，溪水、人聲、花草，整個動態的生活躍然在生命裡，她循著磺溪的脈絡，認真地融入鄰里生活圈。

密密麻麻的高樓門牌相似，巷弄繁複，讓她在探索之餘往往摸不著回家的路，卻也因為多繞了些路，多轉了些彎，艾雯對當地庶民生活是掌握的。與磺溪平行的中山北路七段尾，大榕樹下的菜販、圓環休息的人們，沿路有數不盡的花草樹木，艾雯往人煙稀少處探去，驚喜磺溪之美，艾雯寫下晨起辛勤的人們動態，這裡有菜農鄉民展售農品，蔬菜、瓜果、新鮮的竹筍……，早起的人們來往其間，散步、運動、登山，人人神清氣爽，循著坡道走去，是公園的入口，遠遠就可以聽到各式各樣運動舞曲樂音飄揚，細筆寫景、描物，好比攝錄影機

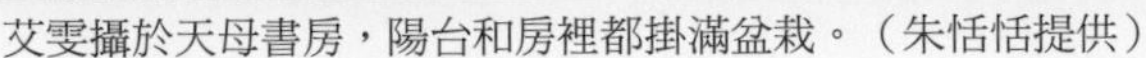

艾雯攝於天母書房，陽台和房裡都掛滿盆栽。（朱恬恬提供）

艾雯在天母公園有個好朋友。（朱恬恬提供）

拍下晨間行進的每一細節，急流處猶有奔騰的生命力，異於其他系列的風格，朝氣蓬勃是磺溪系列的一大特色。

磺溪，源自陽明山硫磺溫泉區，北經馬槽，由磺溪港出海，南經北投、天母、士林，出基隆河，全長十多公里。艾雯以細緻文采，一筆筆刻劃磺溪之美，艾雯的眼，不落於攝影師之後，艾雯以筆為底片，複刻出這條緩緩細細，不被遺忘的小小喧嘩。

磺溪系列是艾雯地誌書寫中極重要的一環，艾雯散文美筆更襯托出磺溪之美。多年來去磺溪公園的途中，她總會觀察欣賞一路的野花野草，並摘回家描繪寫生。對於不知名的花草，她會仔細查閱相關資料，並留下許多植物的鉛筆素描寫生，這是她多年來去磺溪，最快樂的一件事。

這股天然韻律，多年來伴著艾雯晨運，生命與大自然的節奏律動如此相近，素有氣喘宿疾的艾雯，在此得以安適、舒緩地活動筋骨，淙淙水流，讓她文思泉湧。一心想歸鄉的她，最後也以漂鳥自喻，慶幸自己一生漂移，終有這塊安詳歲月，在磺溪流域的一隅，享受依山傍水的寧靜，大自然的陶冶，讓她釋放強大的寫作能量。思親思鄉之情也漸能在親山近水時悄悄消融，能夠得此境界，靠的還是艾雯本身細膩的觀察與同理心、好奇心，認真體會其間樂趣，倘若心靈蒙塵，

艾雯晨運的路線：圓環大榕樹、涼亭、天母公園及磺溪。（李昌元攝影）

亦得不到如此巨大的回報。

溪水自迴轉，艾雯不說教，卻點點滴滴灌注讀者惜福的概念：如果不珍惜，眼前的美景也是終有一天不見的。而今，走進天母公園，磺溪變化不大，唯一不同是：溪水更少，苔蘚更多。微微的硫磺味不如預期，浪花不再，賞花人也不在了。

不可諱言，觸景生情是艾雯筆下很重要的寫作方式，她對一景一物頗有聯想，回望之餘，藉此發揮蘊藏內心的人事物，並且有所啟發，追求靈魂的安適之道。50、60年代，是國家文藝政策也是艾雯個人寫作生涯的重要關鍵期，艾雯感時憂國，憑著使命感，創作激勵人心的美文，一反戰鬥氣息強烈的50年代文藝作品，她從周遭景物

艾雯從日常汲取靈感，藉由美筆賦與萬物思想和感情。（文訊資料室）

花草，探向人性深處，貼近時代脈絡，秉持文藝要刻劃時代、要發人深省、要讓苦難的人有希望……，艾雯從日常裡汲取靈感，藉由美筆賦予萬物思想和感情，白描手法，客觀講述見聞，帶給讀者直接的感染力，把握景物中最深刻最特出的印象。

文學是一支源源不絕的河流，艾雯在磺溪聽水，不間斷創作，2003年以80高齡出版散文集《花韻》，2005年又以〈人在磺溪〉入選《九十三年散文選》，2008年《孤獨，凌駕於一切》一出手，筆端依舊敏銳。艾雯的小說刻劃人性，散文汲取生活裡的智慧，提煉多元題材，講究修辭，文章應用大量的疊句與對仗手法，擅長捕捉意象，為文寓意哲理。艾雯此生歷經長途跋涉，但她從不喪氣、不悲觀、不屈服，熱誠為文，激勵人心，發掘生命裡可貴的性靈之美，豐富人生、維護正義，這一切是無所不在的，從離家那一刻起，地誌、人情、風景全深植進艾雯寫作根基，她宣揚至善至美，珍惜寫作的筆，走到那裡寫到那裡，這就是艾雯。

林麗如，中央大學中文所碩士，現職為報社編輯。著有《走訪文學僧》、《歷史與記憶：舞鶴小說研究》等。

在記憶的途中
速寫艾雯書房

◎丁明蘭

艾雯的書房藏書豐富，蘇州版畫在一抬頭就可入眼之處。
（李昌元攝影）

小客廳

初識艾雯書房，肯定會驚異於其中凝結的時空和情感，包圍著蘇州女兒艾雯對故鄉、對寫作的摯愛，也蘊含著台灣女兒朱恬恬對母親艾雯的思念與敬愛。

1983年遷居天母的艾雯，直至晚年都居住在這間位於磺溪畔的小公寓。三房兩廳的格局，明亮雅致，中國風情的小墜飾、嫩綠的蘇州水印木刻版畫、行雲流水的書法對聯，小陽台上一只只的青瓷花盆，更往外眺望便可看見隨風搖曳的碧綠竹林。

「那時，我會過來陪她，她在長沙發午睡時，我就在一旁看看電視。下午，漸漸西斜的夕陽穿過竹林，竹葉的影子就映在這兒，緩緩移動，很美。」一直將母親居所維持原貌的朱恬恬指著電視櫃後的白牆說道。

電視櫃一側擺著艾雯和家人的生活照，另一側的玻璃櫥窗內，放著她多年來蒐集的小玩意兒，有各式各樣的小瓷花瓶，以及姿態優雅的貓兒或俏皮小豬，一幅恬恬送給母親的蘇州水彩名家筆下的水巷之春，仍如新地懸掛在牆上，然而，一抬頭，卻發現壁鐘指針動也不動，時光就如此被暫留在某日午後的回憶中。

大書房

這間陪伴艾雯度過晚年時光的書房，入門前即可見詩人羊令野以「艾雯」二字為題的墨寶：「艾納書香留一室，雯華月色照千篇」，而後，一張簡樸的木書桌，兩架頂天的書櫃便落入眼簾，那是一間以木色為主題的方室，一幅恬恬幫母親艾雯畫的粉彩像，正認真地俯視著這片天地。

方室主人艾雯在遷居台北後，便在此展開另一段構思、撰稿的旅程，這也是她寫信給文友、儲藏創作材料的地方，而一路陪伴艾雯的是陳列畢生著作的玻璃書櫃和書牆，書牆裡各種書籍都有，近年火紅的翻譯小說《哈利波特》、《達文西密碼》來自恬恬，也是書牆的夥伴，顯見艾雯的閱讀興趣多元而廣泛，而摯愛的蘇州版畫也在一抬頭便能看見的地方。

女作家們在艾雯雅致的客廳裡聚會，左起葉蟬貞、艾雯、蓉子、張漱菡、畢璞、王明書。（朱恬恬提供）

來台後，曾為圖書館員的艾雯十分擅長整理資料，不論是個人著作、手稿、照片、往來信件或書籍，都井然有序地備份與儲存。打開豐厚的寫作計畫資料夾，可看見相關剪報、試擬草稿、發表資料、出版校稿，每一份文件上記錄著艾雯細膩思慮後的想法，她細膩與謹慎的性格便在其中展現。文壇好友相贈或後生晚輩獻上的作品或評論稿，也都收納在牛皮信封裡，數量驚人的信封上，皆有艾雯親筆紀錄的痕跡。

生性簡樸的艾雯喜歡蒐集筆記本，更喜歡自製筆記本，將過期的日曆裁切、裝訂後，搖身一變便成為最好的隨筆紀錄本。這些隨筆隨思大都收納在書桌兩側的抽屜裡，根據年代逐一累積。有些時候，艾雯也愛畫畫，曾短暫拜師學畫的艾雯，筆下主角不外自然花草，或生動活潑的動物寫生，一張張來自生活週遭的觀察而成的素描，成為寫作之外，記錄生命的寫真。多年後，打開這個滿載回憶與溫情的木頭盒子，閱讀著隨興所致的所思所感所悟，感動於其中隨興卻真誠的性情，一張張薄脆的日曆紙則成為連結回憶與時空的最佳證言。

書房裡另一特別的空間，則是邊房的小小儲藏間，裡頭有折疊整齊的各式紙袋、紙盒，其中令人眼睛一亮是艾雯多年珍藏的寶貝火柴盒，數量難以計算的火柴盒按不同的主題系列收納在整理盒中，占滿了整面牆的儲物架，封面圖案各個不同，小巧可愛的模樣讓人愛不釋手。

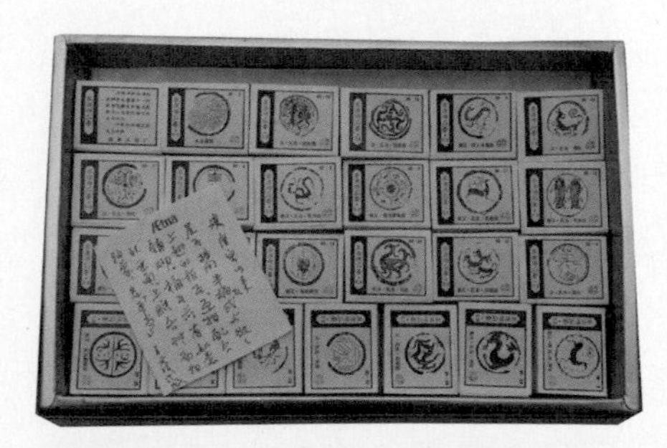

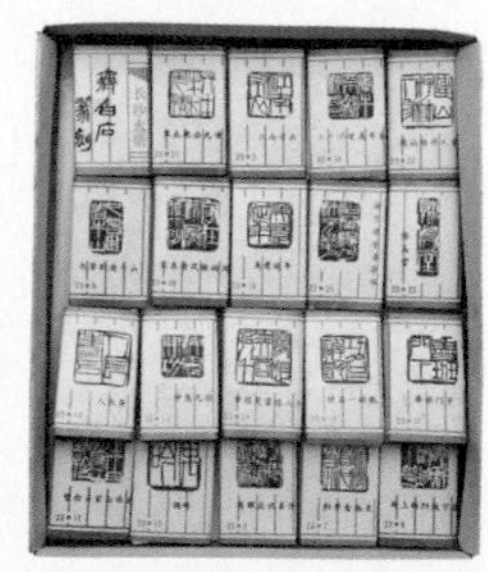

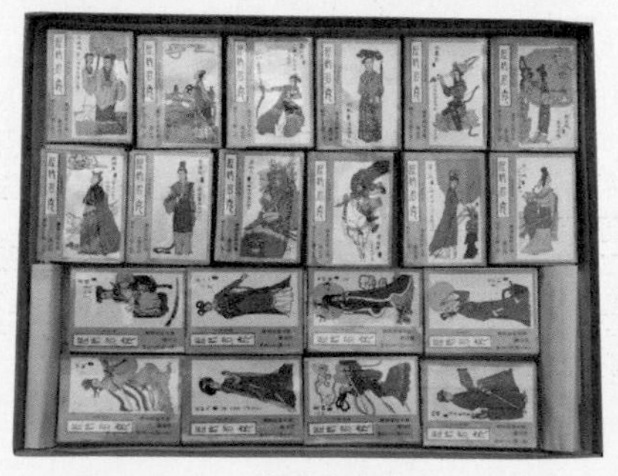

艾雯收藏的各式火柴盒。（李昌元攝影）

《綴網集》中，艾雯曾說：「人保留事物，只是欣賞，或偶然供回憶和懷念反芻——也許，那也正是心靈的營養吧？」每回檢視著艾雯書房的一花一草，一書一瓷偶，或是那些精緻特別的火柴盒時，總是想像著這些收藏如何溫暖著女主人的心靈，陪伴她走過數十冬離鄉與堅持創作的年歲，給予她創作的滋養與力量，這些珍藏也讓後生晚輩們有幸識得艾雯的懷想和真情，多年後，仍驚嘆於其中的細膩和別致。

艾雯手稿。（李昌元攝影）

長沙發

晚年，因身體因素無法再坐上書桌寫稿的艾雯，新的伏案地遷移到小客廳的長沙發，相較於一室溫馨的大書房，長沙發是個更為舒適的所在。

玻璃茶几上，壓著幾張極美的蘇州照片，一半擺放著日常用品，另一半則逐漸累積起各種靈光乍現的隨筆素描，伴隨著晚年飽受肺氣腫折磨的艾雯，不間斷地閱讀和創作。長沙發兩側也擺滿了近年的新銳作品、文學雜誌，寫作以外，艾雯持續關心文壇的動向，翻開一本本贈書，亦可見到書頁上提寫著青年作家們對這位文壇前輩的關心與敬重。

受限於場地，長沙發邊的創作多以繪畫為主，畫紙則是各樣雪銅印刷傳單雪白的背面，一面是宣傳彩頁，一面是鉛筆速寫，自然寫生外，她也畫蘇州，自稱走過的橋比路還多的艾雯，一筆一線將蘇州小橋從回憶中重新建構出來，毫不遜色於文字的溫婉細膩，讓人有幸一窺她腦海中此情此景的清麗樣貌。

短方桌

這張短方桌原是餐桌的位置，鋪有花邊的繡花桌巾，桌上一缽裝著成串的鑰匙，一只黑色菱格紋的短夾皮包擺在主人習慣的地方，兩側太師椅上有中國刺繡的方墊，坐在這裡，小客廳、大書房、長沙發，落地窗外的青瓷花盆都清晰可見。

艾雯在長沙發創作素描，筆下多為自然寫生。（朱恬恬提供）

艾雯和心愛的小文鳥，以及小玩意收藏。（朱恬恬提供）

那一個作家從中年寫到年老的地方，不論站在門外窺看，或大方走進這天地，都能感受到那份對寫作深刻且永無追悔的濃厚情感，不僅躍然紙上，也充盈在整座凝縮的時空裡。

臨走前，總是依序熄滅書房的燈，緊閉門窗，習慣站在這張短方桌前，再一次回顧整間寓所，然而，每回伸手熄燈之際，總會想起初識艾雯書房時，恬恬交代千萬不要關燈。

「就讓它亮著吧，看起來有人。」望著一燈如水，她說。

這個曾為當代女作家超然於世，獨立創作的現場，如今已成為通往記憶的甬道，終生從事創作的艾雯曾言：「我的孤獨，超越塵囂俗世，凌駕於一切！」然而，每一次靠近這份孤獨時，卻發現那裡擁有的不僅是永生無悔的孤獨，更多的是凌駕一切的情深與摯愛。

丁明蘭，國立台北教育大學台灣文化所碩士。曾獲基隆市海洋文學獎、林君鴻兒童文學獎。碩士論文〈耕莘青年寫作會之發展與研究（一九六六—二〇〇九）〉。

葉石濤

我就在不遠處看著葉老的書桌，
想說寫出百萬字小說及評論的桌子，竟如此老舊枯瘦。
或許是葉老的文學生命力，
讓原本朽壞的事物，激發出更強大的能量。
書房只是個表相，葉老對台灣文學的追求，卻是永恆的。

（林柏樑攝影）

葉石濤，筆名鄧石榕、葉顯國等，籍貫台灣台南，1925年生，2008年辭世，享年84歲。省立台南師範專科學校特師科畢業，1999年成功大學頒贈名譽文學博士學位。曾任西川滿主編的《文藝台灣》助理編輯、國校教師、文化總會副會長、國策顧問等。曾獲鹽分地帶文藝營文學貢獻獎、台灣文學家牛津獎、府城文學獎、高雄市文藝獎、台美基金會人文貢獻獎、行政院文化獎、國家文藝獎等。著有《葫蘆巷春夢》、《晴天和陰天》、《台灣文學史綱》、《葉石濤評論集》等。2008年起由文學台灣基金會策畫，國家台灣文學館、高雄市文化局合力出版《葉石濤全集》，並舉辦「葉石濤文學學術研討會」、設置葉老紀念銅像。

葉石濤文學地圖

菜公路
左營下路
哈囉市
孔廟
蓮池潭文學步道
（葉石濤紀念碑）
蓮潭路
蓮池潭
環潭路
高雄捷運紅線
捷運左營高鐵站
N
S

府城之星，舊城之月

葉石濤的勞動者書房

◎郭漢辰

葉石濤書房。葉老曾在此地寫作超過四十多年。（李昌元攝影）

2010年的夏天，我又回到葉石濤老師位於高雄市左營區勝利路的老家。這次是與文訊採訪團造訪葉宅。葉師母同樣站在那扇生了鏽的鐵門旁，笑臉迎接著我們。她同樣冒著大太陽前往附近的大賣場，買了一堆餅乾零食，準備送給我們。她總是那麼貼心地設想周到，讓做後輩的我們，心底感到陣陣的溫暖，卻也不知道該如何回饋這位堅毅的老人。

只是在葉老生前的時候，我每次來到這棟老舊的宅第，都可看到葉老的身影，靜靜地安坐在那張陪了他數十年的竹椅上，任由光影晃動，葉老就是不動如山。在那片有些黑暗又有些陽光穿梭巡訪的房間

葉石濤妻子陳月得攝於葉宅前。（李昌元攝影）

這張椅子陪伴葉石濤數十年，現收藏於國立台灣文學館。（李昌元攝影）

裡，葉老像是在沉思，也像在休息。終究漫漫一生，他為台灣文學付出太多。

他總是笑嘻嘻地說，「漢辰，你來了！」有時我接送他到台南成大上課，有時就在一樓說笑起來，我只有一次到過葉老二樓的書房裡。但那個記憶過於遙遠，只知道他的書房與一樓一樣，家徒四壁，除了一大堆書籍之外，幾乎什麼都沒。就只有整個書櫃的書與歲月，一同在書房守候著他。

這次是葉老過世後，我首次回來葉宅。我看著攝影大哥，拍著葉老孤單的書房。雖然師母熱心介紹葉老的書房，但我知道，師母在言談之間總是帶著些許落寞。因為書房沒有了葉老，就失去了所有的生命力。

我站在書房的一角，懷想著葉老曾在此地寫作超過四十多年的時間，他一生最輝煌的寫作歲月，都在這間書房渡過。我彷彿走進了時光隧道，再一次看到葉老駝伏在書桌前的身影，彷彿在我眼前詮釋一位以寫作為勞動的文學創作者，他一生艱辛的創作歷程。

我幾乎可以看到葉老寫作到一半時，回眸看著我們後輩的眼神。他老人家鼓勵我們要努力寫作，直到生命的盡頭，依然得不停衝刺……。

青少年書房

葉老一生最早的書房並不在左營。

他在1925年出生於台南市。葉老的童年時代，葉家在府城是相當龐大的地主家庭。葉宅位於台南市的大天后宮附近，是府城街鎮中心。葉老從小生活優渥，受到父母疼愛，兩人總是盡力滿足他的需求。

葉石濤從小喜歡看書，雖然如今無法一窺他府城老家的書房，是一個怎麼樣的形貌。但從他的回憶來看，還是可以窺探葉石濤青年時的書房，一定堆了滿屋子的世界名著。他不但很有系統地閱讀世界知名作家的作品，更全面閱讀有關於這名作家的評論。

葉老在2002年接受高雄市文獻會張守真教授專訪時，就曾經細說他如何狂熱地讀完法國作家巴爾札克鉅作《人間喜劇》的情形。他更遍覽所有有關巴爾札克的文學評論：

> 例如法國作家巴爾札克，就把他〈人間喜劇〉二十四本，及所有的著作都找來看，但是有些詩詞日本人沒翻譯，也就罷了，其他還要把他的詩詞唸完之後，瞭解了巴爾札克一輩子創作的目的是什麼，他的小說有什麼特色，此外，又找很多日本人、外國人評論有關巴爾札克的作品，光對巴爾札克的研究就花了二、三個月……

這時候的葉石濤，還沒有開始文學創作。但是他日後所有的文學養分，都在這個時期全力吸收。因此，葉老青少年時代的書房，是他年輕時的文學充電機，扮演一個火車頭的角色，讓其靈魂蓄滿蓄勢待發的文學能量，在他後來83歲的生命歷程中，不斷發光發熱。

葉石濤的青年書房，其實並不局限於他個人的房間而已。他經常到友人家，看看什麼書好買，有什麼好聽的音樂可以聆聽。他也經常邀請朋友到他家，共同欣賞音樂。如此一來，葉老的閱讀視野急速擴

大天后宮在葉家大宅不遠處，宮後的小巷子即是葉石濤小說《葫蘆巷春夢》中的葫蘆巷。（春暉出版社提供）

大，卻也種下了日後他入獄的遠因。

1945年，二次大戰結束後，葉老與學長陳福星來往頻繁。陳福星是葉老在台南二中的學長，相當懂得欣賞文學、音樂以及哲學。而戰後葉老買了許多日人留下的珍貴唱片，陳福星相當熱愛音樂，因而常去葉老家中欣賞及購買唱片，兩人因而有很深厚的交情。葉老在當時，也經常向一名叫辛阿才的老人家，購買書籍，常把書帶回去家裡閱讀。想不到為了愛書、愛音樂，他與這兩名好朋友的交往，成了他入獄的主因。

青少年書房期間，葉石濤熱烈研讀世界文學的結果，誕生了他第一階段的文學創作時期。他於1943年在《文藝台灣》發表第一篇小說〈林君的來信〉。接著在光復初期，他陸續在《中華日報》日文版學藝欄等五個藝文版面發表文章，〈三月的媽祖〉、〈天上聖母祭典〉，便是這時期的小說代表作。

不過，葉石濤與共產黨友人的交往，開始出現了影響。原來他的學長好友陳福星，不但是共產黨台灣省黨部的委員，與葉密切接觸的賣書人辛阿才，更是陳的屬下。兩人負有吸收台灣知識分子加入共產黨的任務。因此，兩人的行蹤早被情治單位盯住。葉石濤與他們過從甚密，被情治人員懷疑也已入黨，葉石濤因而在1951年被捕入獄三年。從牢房被關出來後，他生命裡真正的災難才正要開始。

失去書房的歲月

時間又再度回到2010年夏天，一群人擠在葉老左營的小小書房裡，我們與葉師母回憶葉老生前的種種。現場看似熱鬧無比，但是誰會想到葉石濤，也曾失去他最熱愛的文學創作，失去他最珍惜的書房，那段時間是葉老一生最悲戚的日子。

他在1954年假釋出獄，三年的牢獄生活，卻影響他的一生極其深遠，再加上大環境的迅速變遷、「耕者有其田」土地政策的施行，更改變了葉家整個家族的命運，葉家一下子從大地主，變成了幾近一無所有。葉氏家族不但面臨大時代環境的鉅變，葉石濤個人也走到生命的轉捩點。他出獄後，親朋好友把他當成瘟神，不敢接近他，更不用說找工作，這可是比登天還難的事情。他最後只好擔任臨時工、販賣化妝品的雜工。葉石濤曾在〈蹉跎歲月〉中回憶那段艱辛的日子，不禁潸然而淚下：

> 我常一絲不掛地邊幹活邊淌下了淚，很清楚我正在糟蹋我底身心，最後流下了滂沱的眼淚和汗水攙在一起，竟分不清淚和汗了。

如此尋尋覓覓找工作的流浪生涯，不但讓他失去自己最珍愛的書房，更讓他從1951至1964年長達14年期間，無法再動筆寫作。等於是放棄了他年少時就立下的文學大夢。在這段期間，葉石濤陷入相當痛苦的深淵，直到他考上臨時教員的工作，經濟狀況日趨穩定，才改變了悲慘的人生。

1957年8月他請調到台南縣車路墘國小（現已改為文賢國小），他在這裡與妻子陳月得結婚，並在1959年生下大兒子葉顯國、1962年生下次子葉松齡。

1965年，葉石濤考上台南師專特師科就讀，搬到高雄市的左營勝利路定居，也就是目前所說的左營老家，開展了他長達四十多年寫作不輟的文學生命。葉老曾說過一句名言，「他的勞動是寫作」，在左營勝利路的二樓，就是葉老這名勞動者的工作地點了。

走入左營書房

距離葉老開始在左營寫作的1965年，迄今早已超過45年的幽幽歲月。

搬到左營後，葉石濤轉調至橋頭甲圍國小教書，攝於1970年代。（春暉出版社提供）

我站在昔日葉老寫作的書房，環顧四周，空間實在不大，除了一張葉老日以繼夜駝伏身影寫作的書桌之外，剩下的地方，只夠擺放一套老舊得不能再老舊的客廳桌椅。隔壁是葉老休息的房間，空間顯得更為局促狹窄。我猜想，這比葉老當年被關在台灣高砂監獄的房間好不了多少。作家清苦如此，實在讓人感嘆良多。

不過，就算生活過得再苦，葉老在這樣艱困寫作的環境之下，仍舊創作出無數的傑出文學作品。1965年由於開始有了固定的教學工作，讓他的經濟生活穩定。也就是從這一年，葉石濤重新恢復他最熱愛的小說創作，放手展開他對文學大夢的追求。

對葉石濤作品有著極為深入研究的學者彭瑞金在《葉石濤全集・總論》中，就曾論述過1965至1971年，是葉石濤小說第一波的創作高峰期：

> 從〈青春〉（一九六五、十）到〈鸚鵡與豎琴〉（一九七一、四），一共發表了三十九篇作品，合計約六十五萬字，分別收入《羅桑榮和四個女人》、《葫蘆巷春夢》、《晴天和陰天》、《鸚鵡與豎琴》及《噶瑪蘭的柑子》等五本小說集。這盛壯中年的五六年間，是他左右開弓，小說、評論雙管齊下，最精采的一段文學歲月。

葉老近百萬字的小說，就在這窄小的書房孕育，並且把它逐一誕生出來。日治時代以及戰後初期的生活種種，都成了他小說裡最鮮活的歷史背景以及主題。

他在1969年發表的〈齋堂傳奇〉，就是這時期的代表作之一。葉石濤成功將個人的經歷，以部分虛構、部分真實的小說之筆，描繪出台灣原本應該是和平無戰事的地區，卻只因被日本殖民，就無端被捲入日本所點燃的烽火。小說裡代表日本殖民威權的州廳大廈，在轟炸中著火的場景，如同宣示日本殖民政權搖搖欲墜的現狀。

不要看葉石濤書房內只有方寸之地，但他的文學生命卻往台灣四處展延。葉石濤發表在1967年的〈伊魯卡・摩萊〉，是另一部這時期的代表作，整座山林堂而皇之進入他的書房，浮現在他的稿紙上。

〈伊魯卡・摩萊〉以泰雅族女子伊魯卡・摩萊為主角，男主角則是漢族男子翁律夫。小說從翁律夫在戰後重新造訪山林拉開序幕，他想尋覓在日治時代因逃兵遭日本軍隊追捕時，所邂逅的泰雅魯族女子伊魯卡。

小說在翁律夫的現實（搭巴士在山路繞巡），與回憶（戰爭時代與伊魯卡相遇的畫面）之間穿插進行。最後兩人面對無情現實無奈結束。葉石濤將年輕的伊魯卡，形塑成飆悍勇敢的泰雅魯族女戰士，為了搶救心愛的漢族男子翁律夫，拿著村田銃靈敏地躍跳在山林之間，

葉石濤部分作品合影。（文訊資料室）

《葉石濤全集》由彭瑞金主編，2008年4月出版小說、隨筆、評論、資料20卷，2009年11月出版翻譯3卷。（文訊資料室）

《西拉雅族的末裔》書影。（文訊資料室）

無視於代表日本殖民政權暴力的武士刀與軍人。

躍然於葉石濤筆下的原住民女性，不但承續葉石濤最早開創原住民女性雛型沙來的特性（沙來此人見〈畫家洛特·萊蒙的信〉），更開啟日後〈西拉雅族的末裔〉女主角潘銀花的鮮明個性：獨立、決斷以及為摯愛而勇敢非凡。伊魯卡讓人聯想起2009年全球轟動的電影《阿凡達》裡的女納美人奈蒂莉（Neytiri）。這些原住民女性勇敢獨立，在原始的世界，以強韌的生命力，在弱肉強食的天地裡占有一席之地，並且教導、解放她們的男人。

以〈伊魯卡·摩萊〉的創作時間來看，40年前，葉石濤擁有如此敏銳的觀察力，將原住民女性的個性，生動無比地以文字展露。其形塑的原住民女勇士的特色，竟與21世紀電影《阿凡達》的原住民女戰士奈蒂莉造型有若干神似，可見英雄所見略同。

方寸之地編撰壯闊台灣文學史

葉老究竟在這窄小的左營書房寫下多少篇小說？

以高雄市文化局與國立台灣文學館為他編印的《葉石濤全集·小說卷1-5》來看，葉石濤終其一生推動台灣文學，留下130多萬字、158篇短篇小說的豐富文學資產。130多萬字裡，有至少超過三分之二的篇幅，都是產自於這個看似既老舊又完全不起眼的書房。可以說，這書房是葉老的文學創作「產房」。他在這張書桌創作的小說，撼動了台灣文學界，影響既深且遠。

葉師母回憶說，葉老師寫作時不喜歡人家打擾，他是在稿紙上一個字又一個字，雕塑出他的文學世界。她通常泡一杯茶，讓老師可以一邊寫作一邊喝茶。老師喜歡抽煙解悶，雖然家人朋友老是勸他身體不好，最好戒掉抽煙習慣，但他仍然喜歡抽煙，讓自己獲得更多的靈感泉源。

除了小說創作之外，葉石濤最著名的文學評論集《台灣文學史綱》，同樣在這間狹窄的書房裡孕育。葉石濤先在1977年發表〈台灣鄉土文學史導論〉，具體表現自己的台灣文學史觀，成為該書的前言及暖身。接著他在1983年搜集資料，接著利用1984、1985年的兩個暑假，戮力地完成了《台灣文學史綱》，他在該書的自序裡如此寫道：

> 由於資料的搜羅困難，金錢和時間兩者俱缺，我這一本《台灣文學史綱》的寫作幾乎耗去了三年時光。自1983年起開始蒐集資料，在1984年和1985年兩年的整個夏季，分別寫成了光復前的部分和戰後的部分，總算把三百多年來的台灣文學面貌勾勒出來。

《台灣文學史綱》首先勾勒台灣的歷史及時空變遷，接下來探討台灣在日治時代以前受到傳統舊文學的移植。葉石濤在第二章開始書寫日治末期台灣新文學運動的始末，有順序地以台灣歷史為主軸，寫下了第三章〈四〇年代的台灣文學〉、第四章〈五〇年代的台灣文學〉、第五章〈六〇年代的台灣文學〉、第六章〈七〇年代的台灣文學〉，直到第七章〈八〇年代的台灣文學〉，其副標題為「邁向更自由、寬容、多元化的途徑」，如同葉石濤對台灣文學的期許。

《台灣文學史綱》為台灣第一本台灣新文學史。（文訊資料室）

著名文學評論家陳芳明認為《台灣文學史綱》，不但將台灣文學的歷史視野與思考向前跨出一大步，更強烈挑戰以往的中原文學史觀、帝王文學史觀、殖民文學史觀。陳芳明曾於《孤夜獨書》中〈未完的文學工程〉寫下《台灣文學史綱》最重要的貢獻，便是揭示葉石濤在書裡透露的左翼

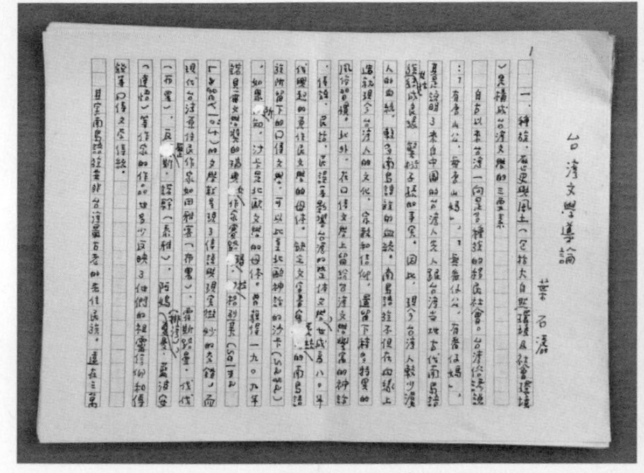

葉石濤《台灣文學導論》手稿。（真理大學台灣文學資料館提供）

《蝴蝶巷春夢》是葉石濤最後一部短篇小說集。（文訊資料室）

分析法：

> 他的左翼立場，表現在他對文學史進行的結構性分析，亦即從政治、經濟、社會的角度考察文學作品；同時也表現在他照顧弱勢族群的關懷，亦即對原住民、女性、農民、工人等文學題材的重視……無疑的，這部《史綱》反映了戒嚴體制下台灣作家的心理狀態，同時也是禁錮時期的一部反霸權的思想結晶。

很難相信，《台灣文學史綱》這部經典的文學評論著作，竟然是葉老在這樣一間清苦的書房裡撰寫而成。尤其南台灣的盛夏如此炎熱，葉老窩在這樣的書房裡撰稿，一字一句將台灣漫長壯闊的文學發展，完全呈現在書裡。

到了2004年，葉老已經80歲。也許很多人不相信，從16歲開始寫作的葉老，到了80歲高齡，依然趴在他老舊的書桌前，寫下他最後一部短篇小說集《蝴蝶巷春夢》。他從2004年開始，一邊寫作，一邊在《文學台灣》等雜誌，發表《蝴蝶巷春夢》這一系列的小說。人家說活到老學到老，葉老是活到老寫到老。

左營老家的二樓書房，就是葉老文學創作生命最好的見證者。我望著窗外，樓下依然是熱鬧車水馬龍的左營市區。我只能懷想當年葉老伏首寫稿的艱辛，想像他把台灣的文學時空，那麼神奇地擺放在他書桌上，有秩序地讓它們逐一重生復活……。

南台灣文學基地

◎郭漢辰

葉石濤接待文友的文學客廳，攝於1993年7月31日，左起
鄭炯明、許達然、葉石濤和葉笛。（春暉出版社提供）

學術界最早以葉石濤作品做為碩士論文主題的余昭玟，回想起二十多年前，初次到葉宅時，當時的一樓是摩托車修理店，她是到二樓訪問葉老。不過，後來摩托車店移到隔壁，一樓成為葉老接待來自四面八方文友的文學客廳。但是這個客廳也是很隨意簡陋的，中間擺放著葉老最愛沉思的竹椅，其餘就是兩個超大的書櫃。

如果說葉宅二樓的書房，是葉老創作小說、編寫《台灣文學史綱》的文學產房。那麼一樓就是葉老用來推動台灣文學運動的基地，更是很多熱愛文學的後進們，前來尋求大師指點的聖地。很多人都是在一樓，和葉老聊天，深受其人格與文學理想的啟發之後，才更確定自己要走上文學之路的旅程。

葉老搬到左營之後，吸聚了一批熱愛本土文學的文友，諸如評論家彭瑞金，詩人曾貴海、鄭炯明、陳坤崙，小說家吳錦發等人，與葉老結成亦師亦友的深厚情誼。他們經常進出葉宅，葉老成了大家的文

高雄文友合影，左起吳錦發、陳坤崙、葉石濤、許台英。（春暉出版社提供）

鍾理和紀念館落成典禮，左起林清文、郭水潭、葉石濤、林芳年、陳秀喜。（春暉出版社提供）

學導師，將文學能量四處散發，激起一波又一波的文學運動。吳錦發在《民眾日報・副刊》發起原住民文學，吸引首批原住民作家的熱情參與。詩人曾貴海等人發起的綠色高屏溪活動，更掀起了一波保育文學的高潮。

葉老更把書房裡對文學的熱烈情感，帶到現實的社會。他對於日治時期以及戰後初期的台灣文學，不但撰文予以詳細熱情的介紹，更以實際行動挖掘本土的優秀作家。葉老在1979年55 歲那一年，與鍾肇政發起在美濃籌建本土作家鍾理和紀念館。葉老多次與文友們到現場勘查、打氣，看著鍾理和紀念館由無到有，由建館到成為南台灣著名的文學地標。葉老總是認為，對於台灣作家熱愛鄉土、描繪本土的創作精神，再苦都要堅持下去。

我想，我也是葉宅這座南台灣文學基地的參與者。2004年，文友李友煌帶我去見葉老，我很正經地端坐在二樓的書房，看著年邁的他，對著兩個也老大不小的文學中年，訴說台灣文學之路的坎坷。他雖然口口聲聲說，文學之路多麼難走，但他卻走得比我們更遠、更遼闊，樹立起一個時代的里程碑。

那時，我就在不遠處看著葉老的書桌，想說寫出百萬字小說及評論的桌子，竟如此老舊枯瘦。或許是葉老的文學生命力，讓原本朽壞的事物，激發出更強大的能量。書房只是個表相，葉老對台灣文學的追求，卻是永恆的。我相信，那座曾經熱鬧非凡的南台灣文學基地，會在後進者的努力下，繼續奔向台灣文學繽紛的未來。

葉師母的真情

◎郭漢辰

高雄文學館前的葉石濤紀念銅像。（李昌元攝影）

葉老在2008年12月11日辭世，最不捨得他的自是葉師母等家人。

師母如今坐在二樓書房，外表笑臉盈盈地迎接我們的造訪，但她心裡一直擺放著這位結褵50年生死相隨的老伴，永不遺忘。

自從葉老過世後，葉師母每天清晨都從左營勝利路的家中，漫步到附近蓮池潭畔的文學步道，步道兩旁刻有葉老的石碑、石椅，師母每天親手拂拭它們，彷彿葉老還活在人世。師母還對著石碑閒話家常，告訴葉老家裡最近發生了什麼事，孫子孫女又大了幾歲。此外，高雄市政府於2009年在高雄文學館，邀請藝術家為葉老塑造紀念銅像，師母有空時，總想到那個地方看看，回眸葉老生前的一言一行。

師母一邊引領我們參觀葉老的書房，一方面憶起葉老當年從政治牢房被釋放後，立即與師母結婚的往事。師母的記憶，回溯到當年葉

葉石濤與家人出遊，於左營春秋閣合影，1966年。（春暉出版社提供）

老因白色恐怖事件被關的那個年代，葉老很怕自己連累家人妻兒，原本不打算結婚。

當年媒人拿相片來給師母「相親」時，她瞥見「葉石濤」三個字時，想起她曾在報紙副刊讀過這個人的文章，心想這個人文章寫得這麼好，但是他的外貌及品性是什麼模樣，令她很好奇。她便答應在蓮池潭旁的一家冰果室，與年輕的葉老相親，兩人相談甚歡，從此決定攜手共渡一生。回憶起和葉老的一切，師母的臉龐總是綻放微微的笑容。

師母回憶，在當年的政治氛圍下，誰敢下嫁坐過政治黑牢的人？葉老出獄後，不但長期找不到工作，兩人結婚的經費，還是向朋友周轉而來。葉老的一生，日子過得清苦，但師母一直以先生的文采為榮。每次葉老演講、領獎，她總是默默地陪伴在他身旁，扮演著葉老生命裡最穩固的力量。

師母還記得，擔任小學教員長達40年的葉石濤，可說是十八般武藝樣樣精通。他心情好時還會彈琴給師母聽，讓師母欣賞古典音樂之美。葉老特別愛彈蕭邦的〈離別曲〉，這是兩人最愛的曲子。師母說，「這首是蕭邦告別心儀女子時彈的呢。」

葉石濤妻子仍時常到蓮池潭散步，探視並擦拭葉老的紀念碑。（李昌元攝影）

師母與葉老伉儷情深，在文學界早已人人皆知。2007～2008年，葉老因腸癌入院開刀，年過80的師母，還經常搭公車往返榮總及左營老家之間，親自在病榻旁照顧葉老的生活起居。我與友人前往探望葉老時，就看過師母在昏迷不醒的葉老旁，以毛巾擦拭葉老的臉龐，並且不停地在葉老身旁絮絮私語，希望喚起他的生命力。

葉老生前時，常和師母到附近的蓮池潭散步。師母說，他們兩個是「老派夫妻」啦，總是先生走在前面，她走在葉老的後面十步之遠。當時，師母望著先生在前方緩步的身影，她已經覺得心滿意足。只是此刻葉老不在了，難免覺得心裡難過。不過，看見葉老的書桌、書稿、帽子等遺物，都還圍繞在她的身旁，這也就足夠了。

我與文訊雜誌的採訪結束時，師母和往常一樣站在葉宅那扇生鏽的鐵門，和我們揮揮手。我心想，葉老此刻應該陪伴在師母的身旁，與我們不捨話別。

開車離去時，我抬頭看著葉宅的二樓，想像葉老仍在老舊的書桌前寫稿，師母泡好一杯熱茶正要上樓……

郭漢辰，1965年生，籍貫台灣屏東。曾任地方記者15年，作品豐富多樣，曾獲台北文學獎年金類正獎、寶島文學獎首獎、宗教文學獎、懷恩文學獎、高雄打狗文學獎首獎等。著有長篇小說《記憶之都》、《天地》；短篇小說集《封城之日》、詩集《地球每天帶著一點在轉動》。

鍾肇政

跟著鍾肇政的小說，
我們可以想像環著桃竹苗地區的每一座山巒、每一條溪流，
好像在他的文字裡，藏著一種厚度，可以讓我們在泥土裡溫暖，
隨人群豐富，面對著橫逆挫折勇敢地站起來。
跟著鍾肇政，看見糾纏一生、始終沒有悖離過的地景和人文，
執拗、純粹地寫下一個文化的新起點。

（李昌元攝影）

鍾肇政，筆名九龍、鍾正，籍貫台灣桃園，1925年生。彰化青年師範學校畢業，台灣大學中文系肄業。曾任教師、《民眾日報》副刊主編、台灣文藝雜誌社社長、總統府資政，曾為台灣筆會會長、台灣客家公共事務協會理事長、台北市客家文化基金會董事長、寶島客家廣播電台董事長，1957年曾發起《文友通訊》。創作以小說為主，兼及論述、散文、傳記，編有《本省籍作家作品選集》及《台灣省青年作家叢書》。曾獲台灣文學獎、國家文藝獎、總統文化獎百合獎、首屆客家終身貢獻獎等。著有《濁流》三部曲、《魯冰花》、《台灣人》三部曲等四十餘本。1999年到2004年，桃園縣文化局出版《鍾肇政全集》38冊。

鍾肇政文學地圖

文學現場踏查記

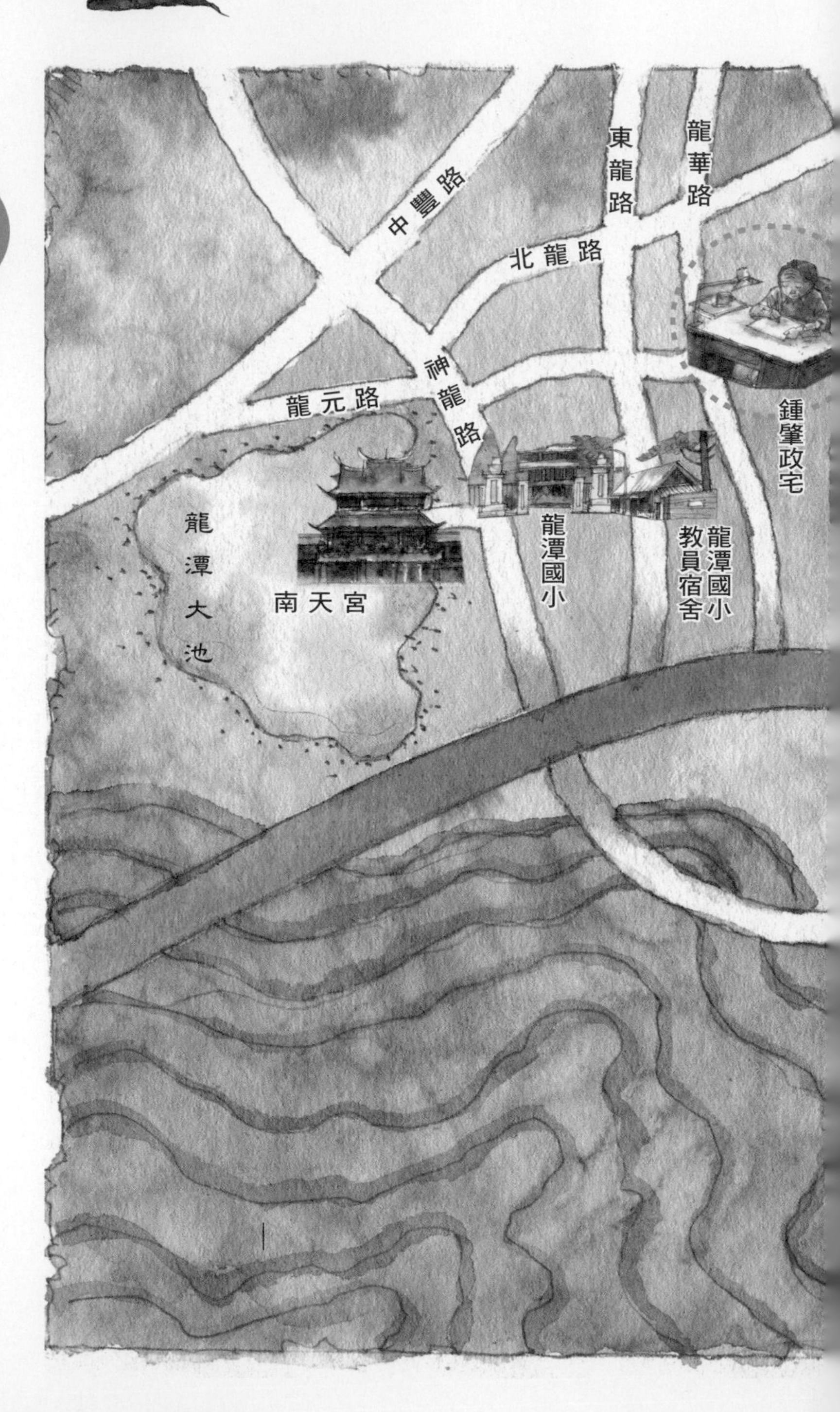

大昌路二段
九座寮鍾家祖厝
福爾摩沙高速公路
N
S
桃園客家文化館

鍾肇政小說，雙鈎地景與人文

◎黃秋芳

九龍村九座寮的鍾家古厝舊觀。（鍾肇政提供）

土地的印記一如生命的印記，每一縷刻痕都是我們曾經這樣活著的證據。所有的歷史、人文、地景，同時也在我們穿走過的記憶裡，刻畫出美麗的疆域。

空間，常常決定了我們的生活和記憶。比如說，一個地方，如果湧出一泓永不匱乏的泉水，日久就會在傳說裡形成「仙水」、「仙山」；一顆帶著一點點臉型想像的石頭，會變成「慈母石」、「觀音石」；一個腳印，往往鋪陳開歷久彌新的「仙跡岩」……，這就是地景對人文的影響。

同樣地，人文也會回過頭來影響地景，「地景」與「人文」之間，永遠充滿了相互滲透，彼此牽動、拉扯的交錯呼喚與回應。同樣看一座山，貧窮而需要存活下來的偏遠地區，很自然地，會看成「乳姑山」，那是所有滋養與豐沛的起源；到了富庶一點的生活圈，就會賦予文明的期望，像「筆架山」、「觀音山」，甚至更文明一點的「文峰山」。

這種不斷在變化、不斷在拆解和建構的呼喚與回應，常常呈現出作家的寫作現場、成長的公共空間，以及在有意和無意之間的文學想像與潛意識的揭露，形成緊密的相互關聯性，而後勾勒出周邊文化場域的整體性。尤其是刻畫在一些很少流動，始終種植在故鄉、舊土的創作者身上，常常有更加不可戒拔的依存與糾纏，像鍾肇政。

他是戰後台灣文學的領導者，也是客家文化運動的引領師，提攜後進、鼓舞台灣作家不遺餘力，待人在溫柔中有一種沉靜的憂傷，處世在謙卑中透出難以撼動的執拗與堅持。

他的作品，常常在無聲的文字裡，跳出知識分子的滔滔雄辯，有理想、有恐懼、有嚮往、有追逐，當然還有困在時代制約中，不得不面對的退卻和奔逃。代表作有《魯冰花》、《濁流三部曲》、《台灣

鍾家古厝今景。（李昌元攝影）

人三部曲》、《高山組曲》和《怒濤》等。

在書畫藝術裡，有一種獨特的描摹方式，叫做「雙鉤」，用透明或半透明紙，覆在範本上，用細筆鉤描帖字的點畫外廓，墨暈不能透出字外，肥瘦必須正得本體，用線條勾描物像輪廓，從左右、或上下兩筆勾勒而成。在鍾肇政經營「小說場景」和塑造「人物特質」的書寫過程中，常常不自覺地，彷如精細雙鉤，精確體現出這些「地景」與「人文」的雙重滲透。

從九座寮到大稻埕

鍾肇政家族發展於龍潭鄉九龍村九座寮，離他長期定居的龍華路住處約一公里遠。

隔著龍潭核心才一公里的距離，九座寮顯得僻靜極了，相思樹林葉影掩翳，曾經，鍾家在那裡，擁有一座相當大、幾乎算是龍潭最華麗的祖堂。那漂亮的祖堂，維持了百年歷史，只可惜年代一久，房子老舊不得不拆掉重建。後來，連祖堂後面那一片樹林，前面那一條天然的水溝，不遠處的筆架山，遠方的中央山脈，連綿起伏著的鳥嘴山、插天山、遠遠的雪山……，這種植在鍾肇政腦海裡最優美清雅的景致，隨著北二高從鍾氏老家屋前切過，屋後的松樹林也被砍伐而消逝。雖然，鍾肇政出生後不久即遷離，他仍以「九龍書房」命名他的書齋，傳達對出生土地的深情。

兩百年前，鍾肇政的來台開基祖鍾朝香，從遙遙的海的對岸，廣東嘉應州長樂縣（今廣東五華），輾轉來台。第一代和第二代都是文盲；第二代二房鍾天富在新竹州買了大片土地，因為不識字被騙畫押而吃了大虧，從此才痛切地感到「識字」的重要；到了第三代，鍾肇政的曾祖父鍾興傳，總算結束了鍾家的文盲時期，在私塾當漢文老師。

祖父是長子，必須管理田園、掌理家務，沒有讀書。鍾肇政父親鍾會可，出生於1888年的第五代移民，身為長孫，放牛到16歲被指定去上學，日據時代任公學校教師，戰後升格為校長，很受地方百姓敬重。福佬籍母親吳絨妹寫字很漂亮，沉靜而能幹地融入客家生活。

他們共同養育九女一男，鍾肇政排行第六。雖然因為獨生子而備受家人疼惜，不過，因為父親薪水過高，在殖民政府強制脅迫下，不得不抑鬱離職。

前左起鍾會可（鍾肇政父）、林鍾隆、陳火泉、文心；前右一鄭清茂；後左起張良澤、鍾肇政、鄭煥合影於龍潭國校。（真理大學台灣文學資料館提供）

鍾肇政跟著父親調職大溪，三年後搬到台北，日常在周邊和他玩鬧著的都是福佬籍的鄰居和親人，很快為他訓練出一口流利的福佬話。在大稻埕，跟著母親、阿姨去看戲，到後車站對面的「大舞台」看歌仔戲，到永樂市場對面、城隍廟旁邊的「永樂座」、「第一劇場」看電影，徹底地一個標準的小戲迷。直到大姊染上傷寒，隨後又發現母親好像有同樣病狀，唯恐傳染擴大，立刻回鄉下老家。

鍾肇政八歲回到龍潭就讀公學校二年級，周圍的鄰居親人全都替換成客家人，他那聽熟、講熟了的福佬話，立刻成為同齡玩伴談笑間具體生動的標本。「福佬屎」，他們總是這樣取笑捉弄他。尾叔還發明了「反種仔」這渾名來逗弄他，隨時提醒他，他的母親是福佬人，他不過是個在都市長大的嬌客，在任何集體玩耍嬉戲中，他不會帶頭，只能當個小嘍囉，從來不爬大樹、不去探險，在鄉下的農人親戚間，像貼了一張「非我族類」的標示。

在他的小說《夕暮大稻埕》裡，藉著「映畫」（電影）界的故事浮沉，寫他熱愛的藝術、工作與愛情，同時也是他在成年之後對童年

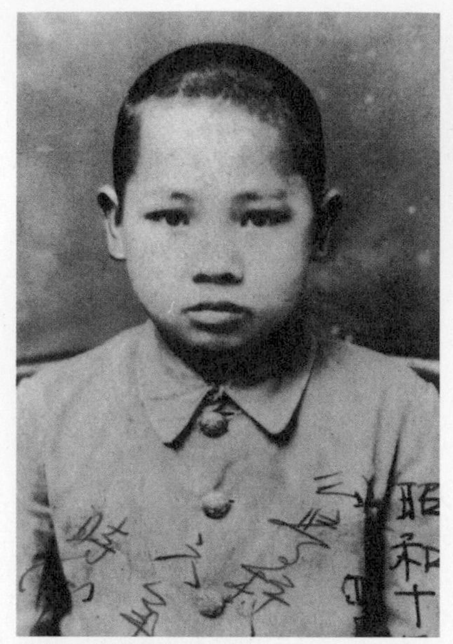

甫從公學校畢業的鍾肇政。
（鍾肇政提供）

淡江中學時期的鍾肇政（右）。
（鍾肇政提供）

地景的回眸。

從淡水到大溪

父親棄文從商的過程並不如意，家裡經濟不穩定，東遷西移，讓原來即顯得早熟的小小鍾肇政，提早感受到生活的憂懨不安。童年的幸福快樂，面臨撞擊和痛楚，一方面辛苦地學客家話；一方面沉默而混亂地在心裡思考著、斟酌著，青春期的鍾肇政，除了自卑，又夾纏著飄零、茫然，以及兩性相吸而又壓抑矛盾的複雜感情。

就讀私立淡江中學住校後，鍾肇政想家想得厲害，回到家，又發現從前的玩伴都舊遊星散，開始數著返校的日子。中學畢業後，鍾肇政在大溪當代用教師，「愛情意識」也開始萌芽。讓他又緊張又幸福的兩個女性角色，一位是隔壁班的日籍女老師、一位是年輕少婦叫做清子。那種不能跨越而又時時牽掛的情愫，後來被改寫成《濁流》裡的谷清子，書裡所寫的，幾乎複製了當時的情境。

青春的騷動，始終沒有行動的愛情嚮往，常常反覆在他的文字裡復活。《八角塔下》寫就讀淡水中學的中學生生活，是少男的心靈成長紀錄；《青春行》用來記錄一段「已逝去的青春」；直到遲暮垂老完成的《歌德激情書》，仍然是未完成的青春，以及壓抑不住的陳年騷動。

從彰化、大甲到龍潭

再多的青春魅惑、再深沉的纏綿愛戀，都不能讓他安定下來。鍾肇政，這個經常在考場上慘遭滑鐵盧的「常敗軍」，因為瘋狂想要擺脫「志願兵」的壓力和束縛，居然順利考上第一屆彰化青年師範學生，在創校時入學就讀。由於太平洋戰爭已進入最酷烈的階段，物質極度缺乏，雖然有了學校，校舍卻無法興建，只有從彰化商業學校，騰出幾間教室供學生上課。

在大部分的人都無心向學的虛無氣氛裡，鍾肇政應該也算是「苦讀派」。他讀的可不是代數、幾何或英文，這個小說迷，不務正業地沉迷於從大溪教書時就深深喜歡上的「和歌」，尤其是「幽玄派」所歌詠的幽邃玄妙的人生境界與自然景象，鍾肇政特別鍾情於其中若隱若顯的厭世與虛無色彩，而後在同學的引領下，走入西洋文學的寬闊殿堂。

1945年畢業後，鍾肇政終究沒逃過徵兵役，成為帝國陸軍二等兵，駐紮在海線大甲，擔任海防工作。真正煎熬鍾肇政的是，這是他這輩子唯一「根本沒有書看」的日子，只能靠著過去做的札記來餵養自已在文字裡無止盡的「餓」。也許是因為生活的動力陡然被抽開，身體裡的韌性消失了，不久他就得了熱帶瘧疾，天天發高燒，不得不靠著「金雞霜」治療，慢慢地，耳朵產生耳鳴現象，漸漸聽不到，又沒有其他的藥，不吃不行，這樣持續兩三個月，聽覺已然受到嚴重損害。

五個月以後，1945年8月，日本宣布無條件投降，第二次世界大戰結束。

台灣光復後，大部分的朋友都趁這時候到大陸本土去念大學，鍾肇政是獨生子，不好遠去遊學，只能留在台灣，報考台大中文系。儘管滿腔理想地考上台大，但是，因為重聽，加上中文系的老教授鄉音特別重，上課的時候，聽不清老師在說些什麼，只上了一學期的課，不得不休學，沉靜地回到龍潭教書。

鍾肇政在龍潭國小的教師宿舍中寫作，時隔多年，鍾肇政仍可清晰憶起日式宿舍裡的空間配置，書房、大人小孩房、豬圈……等。（鍾肇政提供）

像當時所有的熱血青年一樣，鍾肇政對「祖國」懷著滿腔的憧憬與期望，熱中學習「祖國語文」，重演童蒙時用客家話替代福佬話的全面推翻，鍾肇政再一次面對一場激烈的「內在革命」，用中國語文「革」了日文的命。他開始寫稿子，並且嘗試寫小說。先用日本話思考，寫日文草稿，然後自己翻譯成中文；試了幾次，就可以不必用日文打草稿，只要在腦子先用日文構思造句，就直接用中文寫下，這是第二個階段，他特別用「譯腦」來解說。直到三、四年後，不必再用日文思考，直接用中文思想、寫作，這時才興奮地從內心裡吶喊出來：「台灣，總算真正光復！」

這些無所是從又無處逃躲的徬徨與掙扎，成為他生命的主題。他的回憶錄，寫真式地命名為《徬徨與掙扎》。這些倉皇而又深深切入他心肌底的經歷和情感，精細地在他腦子裡反覆播放，以致於他寫起小說時，充滿了自傳色彩。

他的短篇小說《輪迴》，探討生與死的神祕邊界；《大肚山風雲》統合在太平洋戰爭末期台籍學徒兵悲慘的軍營生活。最具有代表性的「濁流三部曲」，完成於1960年代初期，表現他在日治三年間的經驗，《濁流》以學校為背景，揭露生命深層的醒覺；《江山萬里》從青年師範被徵集到大肚山上當學徒兵；《流雲》寫戰爭後遺症，殖民地社會人性醜惡的顯影，情竇初開青年戀情的苦悶與徬徨，最終還是勇敢地從優柔寡斷的自卑心理走了出來，對愛情、事業都有了自己的選擇。

在龍潭安身立命

鍾肇政從此安定在龍潭。創辦《文友通訊》，得到熱烈回響，這是他在生命中第一次慎重提出，台灣作家的定位：「我們是台灣新文學的開拓者」，強調將來台灣文學能否在世界文壇上占一席之地，確實是：「我們不推卸的責任」。

光復後的台灣文壇，初期一直都以「反共」、「戰鬥」為核心，難以接納以寫實為基礎的台灣文學，所以，《文友通訊》裡這群相濡以沫的朋友，其實都是「退稿專家」。

到了1950年代後半，千篇一律的文學八股開始讓人厭倦，林海音

《魯冰花》反應熱烈，後改拍為電影，由鍾肇政填詞的主題曲亦深入人心。（翻攝自《台灣電影百年史話》，黃仁、王唯編著）

執掌下的《聯副》以「純文學」姿態出現。這時的鍾肇政，不再是那個嫩澀又容易自卑、自苦的小書蟲，不但對文學有更深一層的體會，文筆上也顯得圓潤而成熟。他的第一部長篇小說《魯冰花》，在《聯副》連載時，讀者反應熱烈，同時也帶給他極大的勇氣，成為一生中最重要的營養。

小說中「水城國小」的原型，就是他長期任教的龍潭國小。遍開魯冰花的背景，拉回小時候隨著父親任教「三和國小」的記憶，小說中不斷出現的土地謳歌「最美三溪水」，指的就是現在的「三洽水」，「洽」就是客語中水會合的地方。這個美麗的三洽水，在《八角塔下》，又化身為安靜、素樸的「水流東」；到了《流雲》，又成為聽力受損的陸志龍和父親重逢的場景。

20歲前後，鍾肇政的地景流離，在他人文領略裡，切割出各種各樣不同色彩、不同質地的生命拼圖。一小塊、一小塊，重新又藉由文字，在他的小說世界拼貼出對於生命的整體回顧。平鑫濤找他寫台灣民間故事時，他第一個浮起來的故事是以「龍潭大池」做為小說舞台的〈靈潭恨〉；繞在龍潭邊界的乳姑山，化妝成《濁流》裡的鄉愁。

鍾肇政再不能像初初碰觸字紙時那樣，不為什麼地喜歡去寫、瘋狂去寫，刻意深入而完整地裎露人生剖面，總覺得還有什麼在胸臆裡擱著撞著晃漾著。他先把眼光投在活生生的周遭，陸續寫下《大壩》、《大圳》這兩部以建築石門水

鍾肇政曾以龍潭大池做為小說舞台，寫出〈靈潭恨〉。（李昌元攝影）

鍾肇政編選的《本省籍作家作品選集》。（文訊資料室）

庫為背景的現實小說，從山谷與溪流的開發，以及開發過程中無可阻遏的變遷，強調舊的一切不得不被新的所取代；以山村的民生實驗區及大圳為題材，呈現台灣農村社會初期的蛻變……。

文學的河，總是這樣滾滾滔滔地往前奔去，不同的時空、不同的嘗試和挖掘總是在相互拉鋸影響。鍾肇政因為發表《濁流》，和吳濁流相識、相知，從一個單純平凡的文藝青年，慢慢拔高視野，成為一個寬闊溫雅的文學家，編選系列《本省籍作家作品選集》、《台灣省青年作家叢書》；主編《台灣文藝》；成立「吳濁流文學獎」基金會。

隨著生活歷練的擴大與深刻，他開始構思《台灣人三部曲》，把他的出生地「九座寮」搬上小說舞台，以陸氏家族在寒村生根萌芽，終於成為地方上首屈一指的豪族，用這種向上勤奮的精神，代表當時本省人那種不屈不撓的民族風格，當日本侵略者像一股潮流席捲而來的時候，他們立刻就被投入這時代的潮流之中了，不得不集中全力和侵略者搏鬥，以保全他們的田產和生命，展開了一股悲慘雄壯而可歌可泣的抗日英勇事蹟。

那一段全力投入的寫作歲月，任何時候想起來，仍然光燦燦地。

鍾肇政作品中，總令人可以想像桃竹苗地區的每一處山巒與溪流。
（文訊資料室）

台灣人三部曲第一部《沉淪》獲嘉新文學獎，由鍾肇政改編為電視劇「黃帝子孫」在台視頻道播出；這時，「台灣」開始成為禁忌，迫於時勢，鍾肇政顛倒寫作次序，先寫第三部《插天山之歌》，表面上寫的是日本人追捕著男主角，其實也在吐露作者在艱難現實裡的逃亡；直到十年後，才完成第二部《滄溟行》。

台灣，每一個角落

彭瑞金把鍾肇政五百萬字、23部長篇小說，依其題材分為四大類，從「現實小說」、「自傳小說」、「台灣歷史素材小說」到「傳記小說」。這龐大的文字紀錄，幾乎成為鍾肇政一種特殊形式的日記。從外在觀察而感觸的「現實小說」出發，《魯冰花》讓他崛起於台籍作家長期受困的文學惡地形。充滿內在檢視反省的「自傳小說」，藉由《濁流三部曲》讓他聲名大噪。

「台灣歷史素材小說」的「宏大敘事」，以《台灣人三部曲》為代表，呈現出他在視野和格局上的拔高與拓展；《怒濤》可以說是

鍾肇政任教龍潭國小多年，除在此寫下多部作品，
也為校內許多銅像題字。（李昌元攝影）

《台灣人三部曲》的續篇，背景是戰後初期到二二八事件中間的台灣社會；《馬黑坡風雲》寫1930年賽德克族領袖莫那魯道領導的抗暴事件，這是台灣文學史上，第一部以原住民歷史為素材寫成的長篇小說；《川中島》與《戰火》兩部合稱「高山組曲」，可說是《馬黑坡風雲》的續篇；《卑南平原》透過卑南考古重現原住民神話和歷史，正如考古隊以出土文物拼湊歷史，這篇小說也是採用點點滴滴積累的方法，為讀者拼湊出台灣自上古到現代的歷史。

最後，他又專注在「微小敘事」的「傳記小說」，小小的事件、小小的影響，卻這樣真切滲入台灣人的每滴血液、每個細胞之中。《原鄉人》和《望春風》是他真實生活裡親密而又相惜相重的鄉親朋友；《丹心耿耿屬斯人——姜紹祖傳》和《馬利科彎英雄傳》，藉古人故事，宣洩這個一向不得不逃、不得不躲的創作者，內在的激切與渴望。

跟著鍾肇政的小說，我們可以想像環著桃竹苗地區的每一座山巒、每一條溪流，好像在他的文字裡，藏著一種厚度，可以讓我們在泥土裡溫暖，隨人群豐富，面對著橫逆挫折勇敢地站起來。跟著鍾肇政，看見糾纏一生、始終沒有悖離過的地景和人文，執拗、純粹地寫下一個文化的新起點。

鍾肇政的
開放書房・移動書房

◎黃秋芳

桃園縣客家文化館裡的鍾肇政文學長廊。（黃秋芳提供）

桃園縣龍潭鄉，是鍾肇政多年來始終不曾離開的「生理故鄉」，同時也是更為盤根錯節的「文化原鄉」。2008年，定位為「全球華人客家影音中心」的「桃園縣客家文化館」正式開幕，聯結館內外的展演空間、地方創意產業與三坑、大坪、清水坑等客家文化觀光資源，開展「參與式博物館」的嶄新文化模式，營造出「Fashion Hakka.」的客家形象，成為這個客家移民大縣的文化櫥窗。

客家文化館設在龍潭，不是文化建設的偶然，而是文學宿命的必然。整個「客家文化生活體驗園區」，以「客家文學」與「客家音樂」做為發展主軸，結合文化保存、展示、教育、休閒娛樂等多功能用途，強調歷史意義的「客家音樂館」，凸顯龍潭在地文學和音樂人文精神的「鍾肇政文學館」和「鄧雨賢音樂館」……，透過關於客家文化多面向的整理，成為一種有機裂生、不可預測的「活體存在」，而不只是可預期的「標本展示」。

鍾肇政文學館，開放書房

「鍾肇政文學館」設在二樓。即將上樓前，「鍾肇政文學長廊」搖移的光影，一改台灣常見的「文學步道」模式，用180號大型畫框，「450字」的超短篇設限，圖文鮮色的意象，凸顯出由九位作家以「鍾肇政」做小說主題的多角度大競寫。

九位作家分別是：七十幾歲的林柏燕，寫出老友、老時光的厚實歲月；六十幾歲的愛亞，在悠遠年代間，寫出真假莫辨的奇幻；年輕時即以率性多才見長的五十幾歲王幼華，用書名勾勒出鍾肇政小傳；四十幾歲的黃秋芳、彭樹君，一個透過乖離荒謬尋找真實，一個在沮喪不安中確定文學堅持；三十幾歲的馬筱鳳、楊隆吉、謝鴻文，在原住民書寫、童話和童詩間不約而同、同中又有異的文字展演；以及出生年月不知何時遺忘的蘇小歡，將武俠的元素帶入。

這些多面向、多滋味的個性和特色，聚焦在一個小小的座標點。由小而大，匯入「鍾肇政文學館」、「文化館」、「桃園縣」、「客家」、「台灣」的文學想像，在行進、漫步間，渲染出一種強烈而精緻的文化氛圍，讓不同成長基模的創作者，從不同的角度，領略透過時間軸的牽繫，各自捉摹出來的時空浮沉。

穿走過文學長廊，像心情洗浴，現實就這樣換了一種顏色行進。隨著階梯，一步一步拾級而上，緩緩騰升到一個傳奇作家的內心世界。

他的筆，他的書，他的帽子、勳章、書包……，這樣真實而貼近，像走進作家超大型的私密書房。溫黃的燈光、輕柔的音樂，熟悉的作品改編電影，隨時可以坐下來的角落，只覺得我們不過輕鬆自在地到朋友家坐坐，看看極為熟悉的老朋友、老爺爺。書房裡沒有人，不是錯過，只是他剛出去一會兒，我們先隨性欣賞著他的手稿、他的

位在桃園客家文化館的鍾肇政文學館，展示了鍾肇政的著作、
生平影像以及日常文物。（李昌元攝影）

著作，還有一個和鍾肇政等高的人形像，彷彿一轉身，他就回到書房來了，親切，友善，還給我們機會和他合照呢！

隨著越來越多人參與「鍾肇政文學館」，這個開放書房，新生出老式「書院」的價值，在靜態的靠近和理解之外，加入更多動態的互動和研習。透過「鍾肇政文學館」這個單槓支點，從「好看的故事」開始，跳脫鍾肇政議題的厚重框架，替換成輕靈而現代的嶄新可能。

彷彿一翻頁，隨即踏進一個「誰都可以參與」的開放書房，不斷綿延出更壯闊的文學力量。不但形塑出桃園精神的光影，也扛起台灣文學的象徵，表現出鍾肇政在「文學創作」與「社會參與」裡，經歷過傷殘、戰爭、離亂、文化、政治……等種種極端情境，承受從「日治時期」到「國民政府」的諸多轉型磨難，提供豐富而多元的討論議題，成為一種理解台灣社會的「微縮模型」。

漂流拼圖，移動書房

每一次和鍾老相見，越來越覺得幾乎碰觸不到，那曾經燦亮過、勇敢過、華麗過的歲月。好像，我們都在時間流失中，這樣惆悵卻又清楚地看見，所有的往昔，像漂流拼圖，在時間中慢慢移位，但又在我們想像不到的瞬間，靠近，又隱佚……。

鍾肇政對每一個身邊的人、每一件停留在他身邊的物，以及一件又一件其實不太記得又常常勉強自己去想的事，卻充滿了溫柔與眷戀。

他那有名的「九龍書房」，是為了紀念住不滿三個月的出生地「九龍村九座寮」；跟了他大半輩子的書桌，是半世紀前，還在學校當老師時，他那溫婉的妻子，在養豬幫助家計，賣了第一批小豬仔時，花了九百多元，請大溪木匠用最好的檜木，為這個熱愛文字的丈夫，打造一張最舒適的書桌。

那個時代的人，從來不說「愛」，和鍾肇政四百多元的小學月薪比起來，這張書桌，藏著一個妻子比愛還要更寬闊、更深邃的寬容與成全。這張書桌，到現在還活在「九龍書房」，上萬冊的中文書、日文書，占滿了四面書牆。

直到現在，書桌還在，書還在，書牆也爬滿了所有文本與文本之間的緊密連結和相互滲透；記載著在書架間不得不擁擠翻身的記憶、評價，以及游離或不可更動的各種暗示線索。

跟了鍾肇政大半輩子的書桌，如今雖已退役，卻仍完好的保存在二樓的九龍書房。（李昌元攝影）

只是，緩緩行走在記憶拼圖裡的作家，越來越習慣後來再設置的天井書房中，透下天光的暖暖金色，在那張專寫書法的大桌上，至今依舊常常習字；也越來越熟悉臥室邊的小小角落。九龍書房，

鍾肇政現在的書房設在天井旁，常在這張書桌上習字。（李昌元攝影）

鍾肇政與妻子結褵一甲子。（鍾肇政提供）

變成書庫；臥室角落，成為悠悠浮生愛與生活的日常依存；至於天井日色，隨著月走星移，慢慢發展成生活的主要舞台，一個人，到最後竟如一株植物，只要有空氣、陽光和水，就能歡愉活著。

而我們，只能在「鍾肇政文學館」這個開放書房，憑藉著想像，回溯他豐富而美麗的書房歲月。

黃秋芳，台大中文系畢業，台東大學兒童文學碩士。現為「黃秋芳創作坊」負責人。曾獲台灣兒童文學協會童話首獎、台東大學童話創作獎、九歌九十三年度童話獎。作品曾入選九十三、九十四年童話選；主編《九十五年童話選》、《九十六年童話選》和《九十七年童話選》，著有「光」之三部曲《魔法雙眼皮》、《不要說再見》、《向有光的地方走去》。「鍾肇政青春顯影」、「鍾肇政文學顯影」系列活動主辦人。

余光中

文學現場踏查記

高雄時期的余光中，
讓我們看見了「環保人」動人的一面，同時也是完美主義的信奉者，
他的書房非常斯巴達，是苦練之地。
正因為苦練，才得以不斷接近完美，
從廈門街的長巷、吐露港的陽台，到如今光興街的書房、臨海的研究室……，
從黃昏到黑夜，他依然以燈塔照明海水作稿紙，嘩嘩地寫，
寫著寫著，把天空都寫亮了。

（李昌元攝影）

余光中，1928年出生。美國愛荷華大學藝術碩士。歷任東吳大學、台灣師範大學、台灣大學、政治大學、香港中文大學教授，中山大學外文系教授兼文學院院長、外文所所長，並先後赴美講學四年。現任中山大學榮譽退休教授。1953年與覃子豪、鍾鼎文、夏菁、鄧禹平等共創「藍星詩社」。一生從事詩、散文、評論、翻譯，自稱為寫作的四度空間。對現代文學影響既深且遠，遍及兩岸三地的華人世界。曾獲金鼎獎歌詞獎、吳三連文學獎、吳魯芹散文獎、高雄市文藝獎等。著有詩集《蓮的聯想》、《白玉苦瓜》等；散文《逍遙遊》、《聽聽那冷雨》等；評論集《藍墨水的下游》、《舉杯向天笑》等；翻譯《梵谷傳》、《老人和大海》等，主編《中華現代文學大系》(一)、(二)、《秋之頌》等，合計七十種以上。

余光中文學地圖

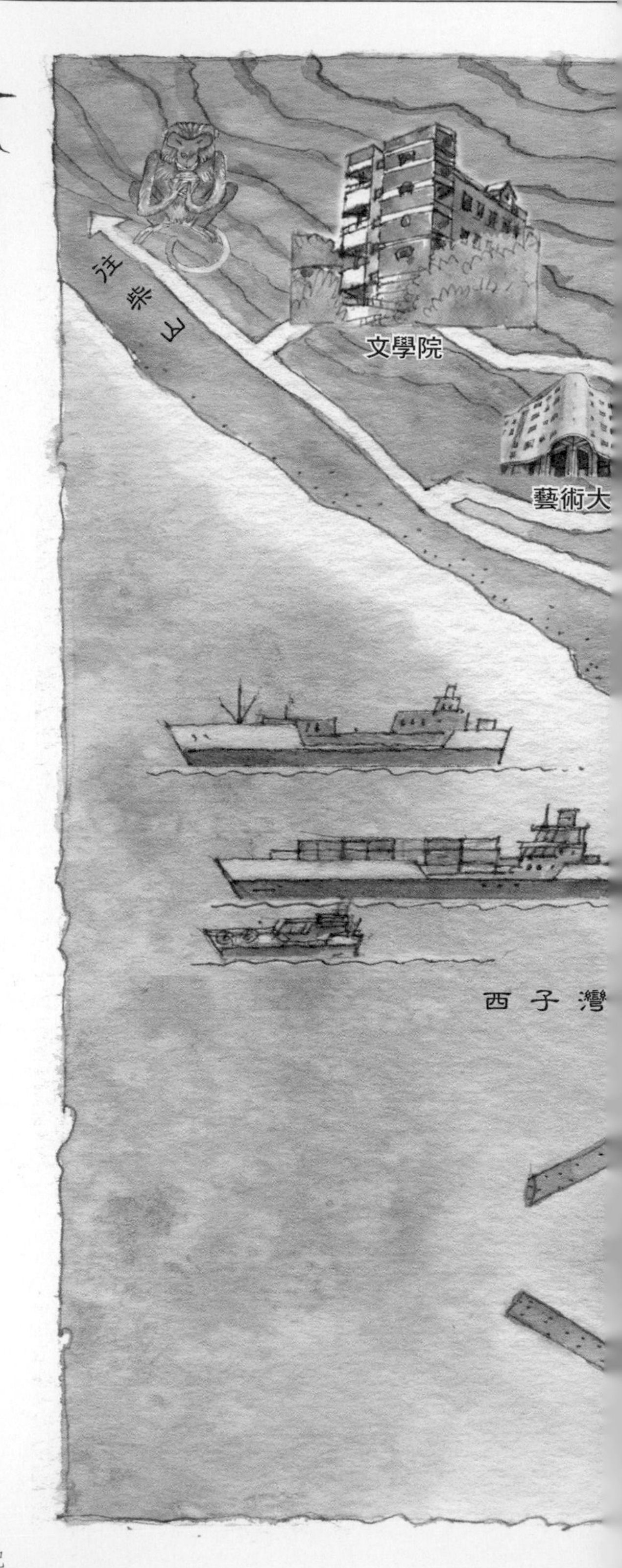

中山大學校舍
菩提樹中庭
中山大學校門
高雄燈塔
N
S

雨，落在高雄的港上
余光中與南台灣

◎羅任玲

以中山大學、西子灣為圓心所輻射出去的南台灣，是余光中四分之一世紀的生命與寫作現場。（中山大學提供）

余光中於1985年自港返台後，便一直定居於高雄西子灣，整座南台灣是他住了25年的大書房，早已超過其他任何時期的長度。島嶼之南，是他的另一個故鄉，更是他生命歷程中極重要的轉化點。他從此以南部人自居，不斷接受新題材的挑戰，與南台灣相關的詩文更紛紛呈現讀者眼前，「高雄時期」因而成為研究余光中作品不可或缺的重要階段。

南台灣是余光中的一袋寶物，藉著「神奇朋友」的帶領，他一次又一次打開這「神奇寶袋」，然而余光中從來不是象牙塔裡的作家和學者，面對美麗的山海，他可以提筆歌頌，面對環境的污染和破壞，他同樣發聲批判。高雄時期的余光中，讓我們看見了「環保志工」動人的一面。

余光中同時是完美主義的信奉者，他的書房「非常斯巴達，並非藝術之宮、象牙之塔，而是苦練之地」。正因為苦練，才得以不斷接近完美，從廈門街的長巷、吐露港的陽台，到如今光興街的書房、臨海的研究室……，從黃昏到黑夜，他依然以燈塔照明海水做稿紙，嗶嗶地寫，寫著寫著，把天空都寫亮了。

島嶼之南，他的另一個故鄉

傑出的文人必得有一種本領，那就是不論他落腳何處，何處便因他而得生氣。此「生」乃生命之生，它的幽微奧妙，唯有親歷作家文章才足以領會。正因如此，1985年之前的西子灣，是地理中的西子灣；1985年之後的西子灣，才成了人文裡的西子灣。以此為圓心幅射出去的南台灣，則是余光中四分之一個世紀的生命和寫作現場。

詩人白靈曾寫到：「很少有哪一位詩人的詩會像余光中的那麼貼近他的生活，或者說，很難得有哪個詩人的生活會像余光中的生活一樣，那樣地貼近詩。」這是〈安石榴先生〉開頭的一段文字，而《安石榴》，則是余光中落腳高雄後的第二本詩集。可想而知，集中必有許多他的南部生活報告，余光中究竟愛不愛這裡，其實已成了不必回答的問題。島嶼之南，是他的另一個故鄉，更是他生命歷程中極重要的轉化點。而這轉變，詩人一開始便已瞭然於心了：

> 經過了香港的十年，去年回來，說不上「頭白東坡海外歸」，卻已是另一個人了。我並沒有回到台北，那回不去了的台北，只能說遷來了高雄，奇異的轉化正在進行，漸漸，我以南部人自命，為了南部的山海，和南部的一些人。相對於台北的陰鬱，我已慣於南部的爽朗。相對於台北人的新銳慧黠，我更傾心於南部人的鄉氣渾厚。世界

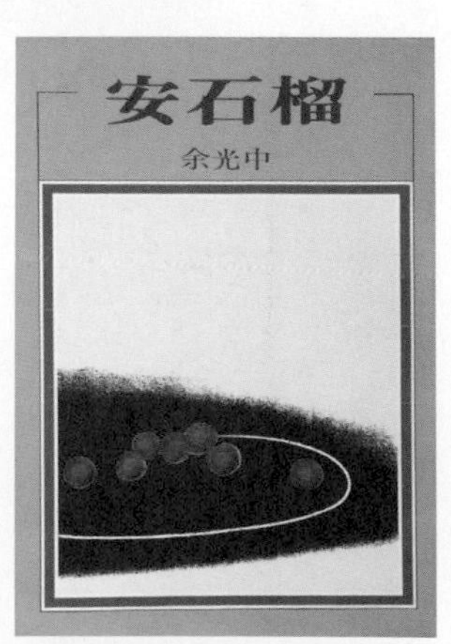

《安石榴》是余光中落腳高雄後的第二本詩集，集中有許多他的南部生活報告。（文訊資料室）

已經那麼複雜，鄰居個個比你精細，錙銖必較，分秒必爭；能有一個憨厚些的朋友，渾然忘機地陪你煮茶看花，並且不一定相信「時間即金錢」，總令人安心，放心，開心。

——〈隔水呼渡〉，《隔水呼渡》

余光中的「安心，放心，開心」，讀者不難從他往後的許多詩文中得到印證。而自稱「夫妻好遊成癖，而且愈演愈烈」的余光中，當然不會放過走遍南台灣的機會。這些足跡旅痕，有一大部分得歸功於那「憨厚些的朋友」們。余光中不一定和他們談文學，他們卻常常提供余光中絕佳的創作素材。例如經常在遊記散文裡現身的「高島」，其實就是著名的攝影家王慶華，余光中口中的「神奇朋友」。面容黝黑，身材魁梧，心地和身段卻非常柔軟的他，到現在都一直稱呼余光中為「院長」。2010年5月，我在墾丁得知前座那幾乎遮住半邊天的高大背影就是「高島」時，不禁脫口而出：「啊！你就是高島！」戴著墨鏡的高島轉過身來，開口，活脫脫就是書裡走出來的人物。我心裡一面暗暗佩服，寫人物能寫到如此傳神，不愧是一流的散文家。

與其說「高島」是一個人，不如說他是南部所有「鄉氣渾厚」人物的代表。經過余光中的妙筆，讀者無須評斷，自然就能感知那醇厚的氛圍。余光中讓「高島」成為〈隔水呼渡〉裡的靈魂人物，又讓篇名同於書名，不難想見他對「高島」的傾心和重視。在這之前，無論台北、美國或香港，余光中身邊的朋友不是作家就是學者，個個文雅或學院氣，突然在陌生的南台灣撞見截然不同的人事物，對心靈的衝激是可想而知的。其實早在《紫荊賦》的自序裡（1985.4），余光中就已預告了自己接受新環境與新題材挑戰的決心：「一位詩人過了中年，很容易陷入江郎才盡的困境。所謂江郎才盡，或許有兩種情形：一是技窮，一是材盡。技窮，就是技巧一再重複，變不出新法。材盡，就是題材一再重複，翻不出新意。技窮，就是對文字不再敏感。材盡，就是對生命不再敏感。改變生活的環境，往往可以開發新的題材。自從去年9月定居西子灣以來，自覺新的題材不斷向我挑戰，要測驗我路遙的馬力。我相信，在西子灣住上三、五年後，南台灣的風土與景物當可一一入我的詩來……」

余光中著作多種，詩、散文、評論、譯作皆有可觀。（文訊資料室）

詩人所言果然不虛，而且不需三、五年，也不只有詩，才一年多的光景，就陸續交出了六篇與南台灣相關的散文，分別是：〈海緣〉（1986.10）、〈隔水呼渡〉（1986.11）、〈關山無月〉（1987.2）、〈龍坑有雨〉（1987.2）、〈滿亭星月〉（1987.3）和〈木棉之旅〉（1987.4）。直到今天，這幾篇散文都是認識南台灣最生動的「教材」，其中的〈木棉之旅〉還被選入國中課本。至於詩，就更多了，最膾炙人口的便是這首〈讓春天從高雄出發〉：

讓春天從高雄登陸
讓海峽用每一陣潮水
讓潮水用每一陣浪花
向長長的堤岸呼喊
太陽回來了，從南回歸線
春天回來了，從南中國海
讓春天從高雄登陸
這轟動南部的消息
讓木棉花的火把

〈讓春天從高雄出發〉是余光中1986年擔任高雄市「木棉花文藝季」總策畫時所寫的。（王偉哲攝影）

用越野賽跑的速度
一路向北方傳達
讓春天從高雄出發

它是余光中1986年擔任高雄市「木棉花文藝季」總策畫時所寫的，正因為朗朗上口，易誦易記，不僅高雄市民對它印象深刻，視木棉如老友的台北人也別有體會。至於更新鮮有趣的，則是另一首〈初嚼檳榔〉，「余光中一定不可能和檳榔連在一起吧？」詩人想必洞悉了讀者的心事，頑童似地就嚇了大家一跳。許多文人視其為粗鄙象徵，而不願輕易嘗試的檳榔，在余光中筆下卻彷彿脫胎換骨，別有一番可愛樣貌。也不知有多少從不曾嚼過檳榔的人，讀罷此詩後衝去檳榔攤的：

說不出這青蓋的小白罎子
裝的是香茗還是清酒
只覺得一嚼就清香滿口
再嚼，舌底就來了甘津
涓涓從一個驚異的源頭
三嚼之後像剛漱過口

唾液如泉在齒間流過
白齒與奮地磨了又磨
直到有一點麻麻的滋味
來到了舌尖，而恍惚的微醺
升上了頭頂，一股蟠蟠的元氣
正旋下去，旋下去，旋
旋進了蠕動的丹田
「怎麼樣，屏東的口香糖？」
君鶴笑問，帶一點調皮
「不咬檳榔，怎麼會曉得
南部的泥土有什麼祕密？
怎麼樣，還不太可怕吧？」

「笑話！」我吐出嚼乾的果皮
飄飄地搖著舌頭叫道
「再來一粒」

幾番旋盪轉折，檳榔的曼妙滋味就帶了出來，而且幾乎來到讀者的唇齒喉間。末段文雅的詩人忽如南部人附身一般，頓時有了異於尋常的豪邁氣魄，衝突之中諧趣橫生，可說是標準的「余氏幽默」。

而我個人最喜歡的，則是這首〈雨，落在高雄的港上〉：

雨，落在高雄的港上
溼了滿港的燈光
有的浮金，有的流銀
有的空對著水鏡
牽著恍惚的倒影

雨，落在高雄的港上
早就該來的冷雨
帶來了一點點秋意
帶來安慰的催眠曲

1985年，余光中教授在中山大學文學院長任內與學生同台演出。（余光中提供）

把幾乎中暑的高雄
輕輕的拍打
慢慢的搖晃
哄入了清涼的夢鄉

睡吧，所有的波浪
睡吧，所有的堤防
睡吧，所有的貨櫃船
睡吧，所有的起重機
所有的錨鍊和桅桿
睡吧，所有的街巷
睡吧，壽山和柴山
睡吧，旗津和小港
睡吧，疲勞的世界

只剩下半港的燈光
有的，密擁著近岸
有的，疏點著遠船
有的流銀，有的浮金
都靜靜的映在水面
一池燦爛的睡蓮
深夜開在我床邊

熱鬧的高雄港對許多人來說並不陌生，然而余光中的高雄港，卻把讀者帶入另一個迷離曠遠的境地。正因為它介於現實和超現實之間，那曖昧的罅隙，所謂「空對著水鏡」、「恍惚的倒影」，便讓詩有了悠然迴旋的餘地。而不斷出現的「睡吧」，正像雨滴反覆的節奏，直到把人催去夢的邊緣，遠船在半睡半醒中成了一池睡蓮，而且居然就開在詩人深夜的床邊。這樣抒情靜美又奇幻的高雄港，完全顛覆了一般人對它的刻板印象。

之所以將這三首詩全文援引，目的正是要印證余光中所說的：

「自覺新的題材不斷向我挑戰，要測驗我路遙的馬力。」木棉、檳榔、高雄港，都是詩人不曾寫過的新題材，然而他卻不因它們都「長在」南台灣，就偷懶地寫成一個調調，相反地，這三首詩的調性截然不同：〈讓春天從高雄出發〉淺近明朗，接近歌詞；〈初嚼檳榔〉慧黠頑皮，讓人會心一笑；〈雨，落在高雄的港上〉則敻遠遼闊，寧靜又美好。「南台灣」只有三個字，但它的內在卻何其多變，正因余光中深切意識到這點，才能寫出面貌內涵殊異的南台灣，這是詩人敏於觀察的結果，更是他伏案用功的成績。

余光中讓南台灣富滿詩意，也讓南來北往的朋友頻繁拜訪，圖為南京社科聯與台灣文友專程到中山大學與余光中（右四）一聚。（吳穎文提供）

一次又一次打開「神奇寶袋」

南台灣是余光中的一袋寶物，其實台北、新大陸、香港也都是，只不過南台灣這袋寶他珍藏得最久。藉著「神奇朋友」的帶領，他一次又一次打開它，像孩子一樣充滿好奇，並把每回的新發現記錄下來，分享給讀者。讀者何其有幸，不必旅途勞累奔波，就可坐享南部的好山好水。甚至即使到了「現場」，也不見得能有作家的慧眼，將萬物收納於神思和想像之中。

余光中曾說過：「在寫評論的時候，我總是不甘寂寞，喜歡在說理之外馳騁一點想像，解放一點情懷，多給讀者一點東西。」其實不只是評論，余光中的散文和詩，最吸引人的部分，不也正是想像、情懷、知識和幽默這四大元素？平庸的作者，不論什麼題材，到了他的手中都可能變得更加平凡而味同嚼蠟，高明的寫手恰好相反，再平淡無奇的題材，落入他的掌中也都面目一新，色香味俱全起來。散文中的遊記尤其如此。余光中鑽研遊記多年，從舊大陸寫到新大陸，又從香港寫到南台灣，以數量之多，質地之精，說他是華文遊記作家的第一把交椅也不為過。而如何寫出上乘的遊記，余光中自有一番見解：「遊記少不了寫景敘事，先天上是一種感性的散文，所以遊記作者應該富有感性。所謂『感性』，就是敏銳的感官經驗。說一篇文章『感性十足』，是指它在寫景敘事上強調感官經驗，務求讀者如見其景，如臨其境，如歷其事。其實『如見』還是不夠的，……唯有散文的高手，才能使文字突破抽象符號的局限，直探物象的本體。」所謂「直探物象本體」，說穿了就是作者哲學思考的功力。余光中的遊記看來輕鬆易讀，內裡卻深厚紮實，密度極高，絕不是空泛輕飄的那種。

以〈不流之星〉為例，明明寫的是2001年11月17日，在台灣最南端觀看獅子座流星雨的經驗，一般人可能只把流星雨的常識介紹一下，以及人潮如何眾多，外加一點含糊的觀感就草草收場了。余光中卻不然，除了清晰的敘事鏡頭、3D電影般的臨場感，以及豐富生動的天文知識，最特別的，是他把讀者帶到一個更宏大的宇宙觀裡，讓困於勞碌中的人們，能從此在心底擁有一座星空，知道與浩大的宇宙時空比起來，再嚴重的事也不過是一粒微塵而已：「今夕何幸，竟能枕著濤聲、風聲，腳心對著北極的天軸，讓我蛻去卑微的此身，匆促的此生，從容不迫，向諸天的眾神默禱致敬……」重點是，你我不需整裝，只要打開書頁，就能立刻進入這奇幻的異次元世界，天底下有比這更快意的事嗎？好遊、能遊又善寫的作家，自身就是讀者的一個寶袋，一扇「任意門」。古有蘇東坡、徐霞客，今有余光中。從赤壁到黃山到南台灣，是靈魂穿越時空的華麗探險，更是永無止境的逍遙遊……。

他的生命中註定有海

回到當今時空，一直是中山大學「鎮校之寶」的余光中，學校也曾為他「開發」出許多商品，舉凡傘、馬克杯、手提袋、鉛筆、賀年片，都有他的題詩在上面。2010年剛好是中山大學建校30周年，余光中特地寫下「三十而立，砥柱中流」八個字，讓學校又製成多款紀念品。而這一年的畢業生，還能得到余光中的親筆題贈，那就是畢業紀念冊裡的：「帶走最溫馨的記憶，留下最倜儻的背影，西子灣用晚霞送行，壯闊的新世界，在外面等你。」

照顧了畢業生，新鮮人的賀辭當然也不能少，〈西子灣在等你〉這首詩，早已成為中山大學招生的重要文宣：「海峽浩蕩是前景，壽山巍峨是後台，日月與眾星是大壁畫，更有長堤舉起了燈塔，把七海的巨舶都迎來，這壯闊的舞台正等待，一位主角來演出，天風與海潮都在呼喚，美麗的預言正在等待，來吧！西子灣等你到來。」其實〈西子灣在等你〉，不只是送給新鮮人的，也是整個南台灣對余光中的允諾。25年前他告別了香港的海，熱情迎接他的，正是這壯闊迷人的南方海域。他的生命中註定有海，水藍的世界永遠藏著等待他的繆思。就像他早在1950年便寫就的，彷彿預言的〈沉思——南海舟中望星有感〉：

海風把薄霧慢慢地牽開，
一顆顆的星星漸漸醒來，
智慧的眼睛默視著大海，
我想起中外的無盡天才：

最高的星星莫非是李白？
最亮的星星一定是雪萊！
最遠的那顆恐怕是濟慈，
最怪的那顆可是柯立治？

余光中在中山大學已逾25年，外文系教室的牆上有其親筆提下給外文系學生的話。（上：中山大學提供、下：李昌元攝影）

黑㸐㸐的蝴蝶
余光中與環保

◎羅任玲

2010年5月，余光中與環保媽媽周春娣攝於墾丁。（李文耕攝影）

余光中從來不是象牙塔裡的作家和學者，余光中對南台灣，也絕不只是禮讚而已，面對美麗的山海，他可以提筆歌頌，面對環境的污染和破壞，他同樣發聲批判。最著名的，就是這首〈控訴一支煙囪〉：

> 用那樣蠻不講理的姿態
> 翹向南部明媚的青空
> 一口又一口，肆無忌憚
> 對著原是純潔的風景
> 像一個流氓對著女童
> 噴吐你滿肚子不堪的髒話
> ……
> 而你這毒癮深重的大煙客啊
> 仍那樣目中無人，不肯罷手

還隨意揮著煙屑，把整個城市
當作你私有的一只煙灰碟
假裝看不見一百三十萬張
——不，兩百六十萬張肺葉
被你薰成了黑懨懨的蝴蝶
在碟裡蠕蠕地爬動，半開半閉
看不見，那許多矇矇的眼瞳
正絕望地仰向
連風箏都透不過氣來的灰空

「這支煙囪」遭到控訴後，許多環保人士拍手叫好。空氣污染、廢水排放，永遠是工業重鎮居民的最痛。以擁有中鋼、中油、台船而自豪的高雄，同時也讓高雄人為此付出昂貴的代價。1980、90年代的高雄人，一定對當時永遠灰茫茫的天空印象深刻，也終於讓斯文儒雅的余光中忍無可忍，寫下嚴厲憤怒的控訴。這首詩發表後，除了得到廣大迴響，確實也促使政府更努力執行環保的工作。在2009年5月發行的《高雄畫刊》裡，就提到一個令人欣喜的數據：「過去幾年，高雄市的空氣品質不良從10%降到6%，去年更降到只有4%」，同時「各項政策與公共建設，都瞄準了節能減碳與綠建築的大目標」。姑且不論政府是否說了實話，但天空的確不會騙人，這兩年我幾次造訪高雄，抬頭就見到漂亮的晴空，那是十多年前的我難以想像的。誰說詩人只會風花雪月？站在環保的最前線，詩人的筆一樣具有強大威力。

而擁有天然造化奇景，一直為余光中所珍愛的墾丁，也因為許多遊客缺乏公德心，隨手亂丟垃圾，讓他心痛不已。在另一首〈貝殼砂〉裡，詩人寫下了無奈與沉重：「翻滾出來的這許多珍品，就這麼大方，海啊，都送給了我們／而人呢，拿什麼跟她交換？／除了一地垃圾／破香煙盒子和空啤酒瓶。」短短幾句，就道盡大地的無私和人類的自私。

這麼多年過去了，遊客的公德心究竟有無提升呢？答案或許是令人失望的。2010年5月，為拍攝「余光中紀錄片」而有的墾丁之旅，一路上同行的「環保媽媽」周春娣就撿了滿手的垃圾，「破香煙盒子

2010年2月，余光中夫妻與好友周春娣（右一）、李文耕（左一）夫婦同遊澄清湖賞櫻，余光中遊返後立即為美景寫下詩作〈太陽點名〉。（李文耕提供）

和空啤酒瓶」，果然一樣都不少。然而「環保媽媽」並不洩氣，「能做一點就算一點」，更何況，背後還有余光中的大力支持。

穿著樸素、脂粉未施的周春娣，名片上「財團法人　環保媽媽環境保護基金會」是余光中親筆寫上，英文名稱「Conservation Mothers Foundation」也是余老師所命名。談起他們相識的過程，周春娣說，其實她根本不曾主動認識余老師，是某一回推廣環保運動的演講會上，余師母主動上前和她聊天，才有了第一次的接觸。但自此以後，余光中夫妻倆就成了她最大的精神支柱。環保工作吃力不討好，又要與惡勢力對抗，毫無背景的她全憑一股傻勁和不服輸的精神，硬是把龐大的責任一肩扛起，除了因此經常接到恐嚇電話，最慘的是因為壓力太大，竟然得了癌症。好強的她一直到住進醫院了，才讓余老師和師母知道，余老師立即驅車送師母到醫院去探望她，她看到師母的那一刻，心中充滿著愧疚與感動……。

現在的周春娣還在與癌共處，雖仍不放棄環保工作，但已學會放鬆自己。只要有空，就和先生李文耕偷得浮生，四處走走逛逛，發現好風景，也會打電話邀余光中夫妻一同出遊。「通常是感覺到老師在電話那頭有些煩躁了，知道他最近壓力大，我們就會開車來接他們出去，老師和師母都很高興。」周春娣補上一句：「不知道為什麼，我一直覺得余老師很像我父親。」與其說這是一種莫名緣分，不如說是余光中的個人特質吧！「生活裡的」和「文字裡的」余光中其實差異不大，遇見不投緣的人，他立刻端凝嚴肅、三緘其口；但遇到頻率對的，他卻又面容和煦、妙語如珠起來。若以「耿介溫暖」來形容余光中，應是貼切的。他的溫暖很少用話語來表達，卻常以行動來證實。

有趣的是，他的好友也都是這一類型的人，如王慶華和周春娣。

以溫暖之心對待大自然，是環保工作者的共同特質，幾乎已成為半個「環保人」的余光中，在《墾丁國家公園詩文攝影集》的序裡就寫到：「面對這一片壯觀的山海，我們深深感激天地之大德，造化之宏恩。這世界，是萬物所同住，神人所共有，凡有生命的都有權利。讓草木鳥獸各得其所而生機無礙。讓我們以虔敬與感激的心情來愛惜這世界。所謂天堂，原在人間。但如果我們無福，反加踐踏而橫施污染，則人間遲早會淪為地獄。」這幾年來天災不斷，不是暴雨就是大旱，氣候變異正以人類無法想像的速度進行著，所謂「反加踐踏」與「橫施污染」，不正是人類自作自受的超級惡因？《墾丁國家公園詩文攝影集》序早在1987年便寫就，當時的大自然還堪稱「處處天堂」，對照如今的河海污染、雨林消失、南北極冰棚不斷瓦解，怵目驚心的景象，誰能說這不是淪為「人間地獄」的前兆？

余光中的環保意識不只針對大自然，對政治造成的污染，他同樣撻伐。像〈深呼吸——政治病毒一患者的悲歌〉，就用了77行來表達他「掀頂而出的那一股怒氣」。怒氣來自每逢選舉必定滿天飛的「幢幢的黑幕」、「竊竊的醜聞」與「夸夸的謊話」，這時詩人只能選擇「獨坐防波堤上／對著海峽的空空，茫茫……向無限與永恆徐徐地吸進／為缺氧的夢深深地吞入／淋漓的元氣／澎湃的水氣／磅礴的大氣……直到那深呼吸，安詳而舒暢／頻率起伏接通天風與海流」，然而「一驚而醒／又一輛競選的宣傳車／咆哮而過」。政客的喧囂猥瑣與大自然的浩瀚無垠，在詩人筆下成了最強烈的對比，所有「受夠了」選舉的小老百姓，讀罷此詩也必然會心一笑吧！此外，寫「高爾夫情意結」的三首詩，對政客不顧人民死活的行徑，也做了最有力的控訴，如這首〈喉核〉：「越過被變更竊占的國土／越過濫挖濫墾濫建的荒原／越過污染而無魚的河溪／越過窒息而無鳥的大氣／越過焦臭的屍體屍體屍體……這貪婪之島特權之鄉一只小白球……竟以那樣準確的無禮／不偏不倚，命中了我的咽喉」。這首詩寫於1995年，對照日後愈加頻繁的變更（賣）國土和土石流傷亡事件，「哽在這裡，連憤怒帶鬱卒」的，又豈只是余光中一人而已？

「完美主義者」余光中

◎羅任玲

專注與認真，既是余光中的創作態度，也是他的生活法則。（李昌元攝影）

余光中珍愛「美的事物」，也因此對於扼殺美的事格外無法忍受。視覺如此，聽覺亦然。剛到高雄時，他最受不了的，就是計程車裡的一雙大喇叭，對準他的耳朵一路震天價響。起初他還會安慰自己：「又不是一輩子住在車上。」但最終還是忍無可忍，請司機把音響關掉。另一個可怕的經驗則是朋友招待他們夫妻倆去卡拉OK，結果一整個晚上兩人坐立難安，痛苦不已。一、兩個小時的噪音尚且令人發狂，更遑論選舉期間從早至晚的噪音轟炸了。

余光中愛音樂也懂音樂，對聲音極為敏感。或許有人以為他寫作時會有「背景音樂」，其實不然。余家四姊妹都知道，父親在書房時家裡是不能有音樂的。因為他認為聽音樂就是聽音樂，寫作就是寫作，兩者都需要全然的專注，怎麼會有「背景音樂」這種事？專注與認真，既是余光中的創作態度，也是他的生活法則。正因為凡事認真，才造就了今天的「余氏風格」。

「余氏風格」可從兩方面來看：其一，余光中的字遒勁工整、力透紙背，所謂字如其人，想看到余光中潦草輕率的筆跡，恐怕很難。而一撇一捺都要用心刻劃了，一字一句組成的詩文當然更不能馬虎。一般人寫文章，不是這裡多一個字，就是那裡少一個字，或者一堆文字糾纏不清，這種事在余光中筆下是絕不可能發生的。他不僅做到「增一字不能，少一字不得」，還充分發揮實驗精神，不斷測試字與字之間拉長、壓縮、錘扁的可能性。讀余光中的文字是享受，也是挑戰，你必須把「五感」都帶在身上，隨時準備好接受他的「洗禮」。

其二，余光中不僅對自己的作品一絲不苟，對他人的作品同樣認真看待，不少人因此感念在心。例如香港中文大學畢業的黃秀蓮，就對此印象深刻：「論文發下來後，我捧著讀了又讀，感動得幾乎說不出話來。原來他不獨常常於原稿紙的上方加了眉批，更在文末寫了一百字以上的總論，甚至報告中的錯別字、句法、以至標點符號，都滴水不漏地以硃筆批改。這樣不吝時間不吝心力，肯為學生的作業精批細改的，竟是最忙最需要時間來創作的一代文宗！班上有120人，他一視同仁地改，結果足足一個月，他不寫詩不翻譯，孜孜矻矻地完成這項工程。」黃秀蓮的這段話，的確讓不少人大吃一驚，不要說是「一代文宗」，這樣的耗時耗心，恐怕連國小老師也做不到。

批改作業尚且如此，為人作序工程當然更加浩大。除了寫眉批，還要作筆記，完美主義的他，一篇序寫下來往往筋疲力竭。因此余光中曾半開玩笑半認真地說：「中華民國應該立法禁止找人寫序！」說歸說，一旦看到不錯的作品，余光中還是會在書房裡埋頭趕寫，甚至因此出了一本序文集《井然有序》。

余光中曾說他的書房「非常斯巴達，並非藝術之宮、象牙之塔，而是苦練之地」。許多人不免好奇這「苦練之地」究竟是何模樣？這麼多年來，余光中的書房當然不只一個，每一個也都伴隨他寫出擲地有聲的文字。「苦」，是意志鍛鍊之苦，與永恆拔河之苦，真正環繞這些書房而生的記憶，卻是溫馨而馥郁的。無論是廈門街老宅12坪大

余光中說他的書房是「苦練之地」。（李昌元攝影）

的書房，沙田山居五扇長窗朝西的書房，高雄港臨海的宿舍書房，乃至於座落市廛卻靜謐的光興街書房。每一個都像他的老友，又像他的家人，為他撐開肚腹，收納各地投奔而來的書籍，在每一個眾人皆睡的夜裡與他並肩作戰。

書房的胃容量畢竟有限，不捨得丟書的余光中，每隔一段時間就得為迅速膨脹的「書口」頭痛不已，書房放不下了，就搬到研究室，研究室堆滿了，又再搬回來。從沙田時期至今都是如此，余光中形容這是「陶侃運甓」。坐擁書城對一般人來說是美好的想像，對余光中而言卻苦得很，一點也不浪漫。

一直言苦，彷彿寫作中的余光中真是個苦行僧似的，其實不然。余光中當然也有放鬆詼諧的一面，否則何來那麼多幽默的篇章？大女兒珊珊就記得小時候父親常在她們夏夜作功課時，屏息站在桌前的窗外陰森而笑，等她們不知所以抬頭尖叫時，又拊掌大笑。「這方面，父親像個頑童！」珊珊說。與余光中熟識的朋友，也都知道他亦莊亦諧的本色。在〈朋友四型〉裡，余光中就曾把「來你家按鈴的人」分成四種，一是高級而有趣，二是高級而無趣，三是低級而有趣，四是低級而無趣。余光中認為大多數人都介於第二、三型之間，一和四的或然率則相當低。其實看看余光中對第一型人的形容：「高級的人使人尊敬，有趣的人使人歡喜，又高級又有趣的人，使人敬而不畏，親而不狎，交結愈久，芬芳愈醇。」在朋友或晚輩的眼裡，余光中幾乎就是第一型人的化身了。

如今為余光中收容大量書籍的另一「老友」，就是景致優美的西子灣研究室。雖然肚量頗大，還是盤踞了滿滿的書，包括那張大辦公桌和小長几。2009年9月，我第一次踏進這研究室，雖然已有心理準備，仍不免震懾於滿室竄高隆起的書山。那個下午訪談了近兩小時，看著詩人身後的天空逐漸暗了下來，最後成為一幅深藍背景，侃侃而談的他終於露出疲憊神色，轉身卻又拿出一大疊筆跡工整的濟慈譯稿，那是他正在進行的另一項工程。「我這風箏放得太遠，該收線了。希望剩下的歲月能多寫、多翻譯一點東西。可是我現在不能親近濟慈啊！中間有太多雜物了。希望能有更多時間，推敲啊……」他是

余光中和三個女兒攝於台北廈門街舊家。（余光中提供）

余光中與妻子范我存，已攜手共度逾半世紀。（李昌元攝影）

對著我們說的，又彷彿喃喃自語。其實一直以來，「余光中」不就是這麼被大家分割著，去做這個，去做那個，而他居然還可以在滿檔的行程表裡，擠出了時間來著作等身。

我忽然想起很久以前余光中說過的話：「我不要煙酒，不要咖啡，不要任何道具，除了一枝筆，一疊紙，一個幽暗的窗。」一個幽暗的窗，這意象多麼好，我似乎看見他把頭與手伸出了廈門街的長巷、吐露港的陽台、光興街的書房、臨海的研究室……，從黃昏到黑夜，以燈塔照明海水作稿紙，嘩嘩地寫，寫著寫著，把天空都寫亮了。

羅任玲，國立台灣師範大學國文所碩士，曾任職於新聞界。曾獲耕莘文學獎新詩、散文、小說獎，梁實秋文學獎散文獎，作品曾收入海峽兩岸多種選集。著有詩集《密碼》、《逆光飛行》、散文《光之留顏》，評論《台灣現代詩自然美學》。

黃春明

文學現場踏查記

「蘭陽個性」不但在黃春明的小說創作上時常出現，
作家本身也多少存有這樣的人格特性。
他曾當過小學老師、記者、導演、創意人、大學教師，甚至賣過飯包，
但他對文學的摯愛始終未曾改變，
即使是他知道許多人都不再喜愛閱讀，
他仍然抓著機會就努力推廣，甚至在自己的故鄉編文學雜誌；
推廣兒童劇，他對孩童教育的熱忱一直延續至今。

（黃大魚兒童劇團提供）

黃春明，筆名春鈴，籍貫台灣宜蘭，1935年生。省立屏東師範學院畢業。曾任小學教員，廣播主持人、記者，廣告公司企畫，駐校作家，蘭陽戲劇團藝術總監，並編劇製作兒童電視及紀錄片。現任黃大魚兒童劇團團長、吉祥巷工作室負責人、《九彎十八拐》雙月刊編輯兼發行人。創作文類以小說為主，兼及散文與兒童文學，小說〈蘋果的滋味〉、〈看海的日子〉、〈莎喲娜啦・再見〉等被改編成電影。曾獲吳三連文學獎、國家文藝獎、台灣文學獎、行政院文化獎等。近年致力於兒童文學創作，從事兒童撕畫之創作、編寫兒童劇本，並協助宜蘭縣設立蘭陽兒童劇團及本土語言之推展工作。著有《鑼》、《莎喲娜啦・再見》、《看海的日子》等。

黃春明文學地圖

N
S
蘭陽溪
羅東森林鐵路
舊址
北迴鐵路
羅東林業文化園區
中正北路
竹林貯木池舊址
羅東國中
羅東火車站
興東路
羅東民生市場
中山公園
中正路
太平洋
羅東戲院
舊址
中山路
利澤簡
羅東國小
羅東聖母醫院

認同・出走・回歸

黃春明與宜蘭

◎梁竣瓘

日據時期的羅東國小。（翻攝自《蘭陽大觀》）

讀遍我的出生地

黃春明與宜蘭幾近可以劃上等號。宜蘭不僅是黃春明小說創作的大舞台，也是滋養其文學種子萌發的源頭活水，更是實踐其文化理想的主要場所。黃春明其人其文已然成為宜蘭的代表。

1935年出生於宜蘭羅東舊名浮崙仔街上（現今羅東鎮中山西路附近）的黃春明，小學念的是羅東國小（黃春明入學時為明治國民學校），羅東中學中退以前活動場域主要皆在羅東鎮。他曾說自己：

> 因為童年喪母，比一般的小孩有更自由的時間，用自己的雙腳，一而再，再而三地去讀遍我的出生地，還有鄰近的鄉村地理，同時也感受人文。

同樣是在〈用腳讀地理〉這篇散文，他具體地描述他讀宜蘭地理的範圍：

> 我用我的雙腳讀遍了我出生地羅東，還一再地複習。讀爛了，也讀讀外沿的地理；北到蘭陽濁水溪為界的二結，東到近海的補城地、利澤簡，南到九份仔、砂仔港冬瓜山，西到廣興、邊仔頭。到那些地方去，不是捉魚就是找鳥巢，有時候抓昆蟲和拾穗，或是撿番薯和花生。經常去認識一些新的東西回來。

除了童年對故鄉留下深刻的印象之外，屏東師範學成回鄉任職廣興國小的三年，以及爾後考入中廣宜蘭台擔任記者，黃春明的足跡由羅東出發遍及全縣，宜蘭記印益發深廣。

故鄉對黃春明的影響不只在人格的養成上，日後步入文學創作的世界，一篇篇備受肯定的佳作，呈現的更是濃濃的宜蘭味。小說中許多的場景都是在宜蘭地區，像是〈城仔落車〉發生在從宜蘭往南方澳的公共汽車上；〈玩火〉設定在台北往宜蘭的列車上；〈跟著腳走〉在宜蘭街上，以及宜蘭往台北的火車上；〈青番公的故事〉在歪仔歪；〈溺死一隻老貓〉在清泉；〈看海的日子〉在南方澳；提及樂宮戲院的〈兒子的大玩偶〉在宜蘭；〈莎喲娜啦・再見〉的礁溪等等。

說宜蘭，我們會想到黃春明，說黃春明我們會想到他的故鄉宜蘭，作家與土地密不可分的關係，從黃春明與宜蘭之間得到了最有力的證明。然而黃春明自己卻不認為作品中的空間氛圍是刻意的營造，假如讀者們認為作品中充滿了宜蘭的地方特色，那恐怕是作家長期浸淫在這塊土地自然形成的結果。

黃春明（左一）與來訪友人合影於宜蘭廣播電台。（黃春明提供）

人與情鮮明了空間

在《鑼》那本小說集的序文中，黃春明提及自已曾經帶著小鎮上的音聲離鄉，幾天後再經過這小鎮，便決定不再離去。因為他看到了以往沒有看到的色彩，認識到小鎮上的小人物們，這些良善的人們是他留下來的理由。黃春明認為小說中最重要的不是空間，而是空間上的人們，但空間卻是不可缺的組成成分。他說：

> 每一個人他都會先認識自己，認識自己的地方，到某一個程度那就是一個世界，好像什麼都不欠缺。一個世界（指某一地點）容納一個人在上面活動，這個世界的人雖然對別的地方的人來說是很生疏的，但是這些角色，這些人的活動與人性，對這個世界以外的人來說卻都是很熟悉的。所以對這地方，我們不是在介紹，不是在寫地方誌。但寫小說總要有個時間地點，對於地點，虛擬一個地方也沒有關係。當然也有可能是真實的地點，但不管是虛擬或真實，對小說的創作並無太大的關係。重要的是人物在上面的活動與人性的呈現。

也就是說空間在黃春明的筆下不是單純地描述，是有人與情的參與而鮮明化。〈看海的日子〉裡的南方澳，因漁夫豐收歸來與妓女間的互動而顯得充滿活力；至於白梅的生家坑底（今宜蘭雙連埤），則

黃春明著名小說〈看海的日子〉故事背景在南方澳漁港。（李昌元攝影）

因有白梅與鄉人共同努力求生存，帶出濃烈的純樸氣味。〈莎喲娜啦・再見〉的礁溪，在幾個日本人不成體統的嬉戲中，添上些許色情的色彩及妓女們無可奈何的悲苦。宜蘭這個地理的名稱，在黃春明小說中，因人物喜怒哀樂而有了豐富的表情。

儘管黃春明強調活動在空間裡的人比空間更重要，但空間對於作家與作家筆下人物的性格形塑仍有其影響。綜觀黃春明小說中的人物往往帶有所謂「蘭陽個性」，從宜蘭的地形也許可以找到其形成的原因。宜蘭地處台灣東北部，北有雪山山脈橫亙，西有中央山脈阻隔，東臨海，在地形上自成一格，與外界交通困難。在鐵路尚未開通之前，宜蘭人要到外地必須越過地形險惡的三貂嶺。雖然在過了礁溪壯圍以下，蘭陽溪沖積而成蘭陽平原，是為宜蘭人主要農業生產地，但宜蘭的多雨經常使這條人民賴以為生的溪流氾濫成災，使得原本與外界交通困難的宜蘭子民生活益見艱困。也正因為生活環境的艱苦，讓宜蘭人的性格更加堅韌。

廣袤的蘭陽平原。（祝建太提供）

〈青番公的故事〉中的吳青番，在水災無情地奪去他親愛的家人和他們維生的農作後，他仍然能夠打起精神重建家園，在他風燭之年，得以指著他所擁有的廣大農地，諄諄教誨著自己的孫子。〈甘庚

2005年，黃春明編導《戰士乾杯》（讀劇版）參與第二屆國際讀劇節，隨後應邀至國立台灣文學館演出。（文訊資料室）

伯的黃昏〉中，老甘庚伯和瘋了的兒子阿興相依為命，儘管他看不到自己的未來，但他仍努力地耕作並照顧中年的兒子阿興。〈看海的日子〉中的白梅不但是在困境中求生的堅毅代表，他們村裡的人，在歷經了水災的劫難後，包括白梅在內的村人都投入了重建的行列。這種種的例子讓我們看出他們堅毅的性格，看出他們不畏大自然與戰爭的挑戰，努力與之抗衡的韌性。

「蘭陽個性」不但在黃春明的小說創作上時常出現，作家本身也多少存有這樣的人格特性。他曾當過小學老師、記者、導演、創意人、大學教師，甚至賣過飯包，但他對文學的執愛始終未曾改變，即使是他知道許多人都不再喜愛閱讀，他仍然抓著機會就努力推廣，甚至在自己的故鄉編文學雜誌；他對孩童教育的熱忱一直延續至今。他編導兒童劇親力親為，即使是在現今76歲之齡。

台北的激撞

儘管對故鄉有濃烈的情感，但年輕的黃春明也動了出去外頭闖一闖的念頭。

在宜蘭從事教職與擔任記者時所遇到種種令黃春明無法接受的規範，促使他離開了摯愛的故鄉。他的出走雖帶著出去拚一拚的想法，但內心卻也有許多掙扎。小說〈蘋果的滋味〉和〈兩個油漆匠〉中的人物都道出自己離鄉時內心百感交集的情緒。而在黃春明1960年代寫就帶點現代主義色彩的小說〈跟著腳走〉裡，更看得出離鄉時複雜的心情：

> 車站的旅客開始緊張起來了。他們似乎急著要離開宜蘭隨便到什麼地方都好，他們怕趕不上車，他們心裡一定很著急，擠著剪票走進月臺。對宜蘭他們好像一點也不值得留戀，進入月臺之後就像離開了似的顯得安靜多了。我為什麼不和他們一起離開？前面的人買台北的車票，我也買台北的。在留言板上寫的只是那樣想，現在我真正地做了。想到我真正做了，看看握在手裡往台北的車票，心裡不免興奮了一陣。

小說中抵達台北的M看著這個所謂的首都，聯結的不是繁華與生氣，而是擁擠、機械與厭惡：

> 台北市的街燈在晝與夜相隔之間，早已完成了橋樑的任務。街燈在紅燈底下緊緊地挨得很長，在綠燈底下僅僅使人感到像一條爬蟲在蠕動，因為它們的行動是那麼一致的慢。在路口的行

羅東火車站。（祝建太提供）

人一下子就擠了一堆，散了又擠了一堆，由於時間的均勻，與行動的規律而機械，使我想起曾經參觀過的工廠裡的拖帶在分配給工人的工作。

然而1966年他終究偕同新婚妻子來到大都會台北。台北是黃春明兩個兒子的故鄉，也是他的第二故鄉。比起宜蘭的滋養，台北對黃春明的影響，是激撞多於涵養。初到台北的黃春明，著迷於現代主義，創作出如〈沒有頭的胡蜂〉、〈跟著腳走〉、〈男人與小刀〉等帶有濃厚現代主義風格的作品。但這些作品並沒有得到當時同為《文學季刊》的文友們的認同，直到他重新回頭寫那些他最熟悉的宜蘭人，才贏得認同與讚美。隨後便是黃春明創作的爆發期，他日日夜夜地寫，在生活最艱苦的時期，他一邊和太太賣飯包給銘傳和士林中學的學生，一邊寫作，〈鑼〉就是當時寫就的作品。

儘管寫作的熱忱未曾停歇，但大環境的改變讓黃春明的創作速度趨緩。1970年代他曾說大家都去看電視了，那麼他就到電視裡去給大家看。當然，是藉由電視這個媒介，繼續推行自己的理念。從電視的兒童節目、紀錄片甚至到1980年代的電影製作，黃春明用另一種方式關懷由宜蘭延伸的台灣這塊土地。他的足跡遍及全台，台北、淡水、大甲、阿里山、北港、恆春……，當然還有他的故鄉宜蘭。這個階段黃春明約以一年一篇小說的頻率，創作了幾篇與過去寫故鄉小人物的堅毅與良善極為不同的作品，〈蘋果的滋味〉、〈莎喲娜啦．再見〉、〈小琪的那一頂帽子〉、〈小寡婦〉、〈我愛瑪莉〉以辛辣的筆調，批評了美日跨國經濟

黃春明原著《兒子的大玩偶》由吳念真改編劇本，侯孝賢導演。（翻攝自《台灣電影百年史話》，黃仁、王唯編著）

黃春明在《文學季刊》發表的作品。（文訊資料室）

殖民下台灣知識分子的醜態，除了〈小琪的那一頂帽子〉，那些作品中所批評的知識分子活動的空間恰恰都在台北。

不知是否早已預見，黃春明在初到台北時寫的那篇〈跟著腳走〉就寫了一段對台北直截了當的批評：

> 我討厭台北，我不想到那裡工作了。以後乾脆就不提台北兩個字，在那種發展不平衡的地方，人一投到裡面情緒上也會跟著不平衡的。

回饋與奉獻

1980年代中後期，黃春明的文學創作背景又從台北回歸到宜蘭，土地與作家之間的關係，轉為逆向回饋，在他愛鄉的心情下，除了小說創作外，更致力於宜蘭文化的推展，雖然不當官，卻是縣長的智庫，是文化推動的舵手。問他為什麼回到故鄉實踐理想，他只是含蓄地說：「在台北做事需要很多資源」。

「宜蘭・台北・宜蘭」正是黃春明「認同・出走・回歸」的軌跡。在這歷程中，他對故鄉宜蘭的了解與愛可說越來越深化。他的作品為台灣早期的農業社會留下珍貴的見證；也將知識分子良知問題凸顯出來；更把自然環境遭受破壞、農村質樸的文化因外力而崩壞等事

報導宜蘭在地故事、刊登宜蘭文學創作的《九彎十八拐》。（文訊資料室）

實行諸於文。除了文學創作，身體力行的黃春明重返家鄉後推行了多項文化活動，像是天送埤、梅花社區的總體營造；宜蘭博物誌的編撰；本土語言教材的編纂；兒童劇的編導以及帶領編輯團隊發行宜蘭文學誌《九彎十八拐》。和許多作家只能懷念故鄉不同，黃春明是將自己的後半生獻給了宜蘭。

黃春明的寫作場域與文本空間

◎梁竣瓘

黃春明在明星咖啡館寫下不少膾炙人口的好作品。（李昌元攝影）

強調人性的存在才是故事核心的黃春明，雖然有極佳的方向感，記憶空間的能力過人，然而在他的作品中，總不花太多的筆墨去描寫空間，尤有甚者，還刻意隱去所設定場景的原名。至於他自身對寫作環境的要求，也和創作的理念相通，他認為重要的不是地點，而是人的心境。不過，有一個卻是他經常提及也是四十多年前，幾篇日後極受重視的作品寫就的地方，那是台北市武昌街的「明星咖啡館」。

2004年「明星咖啡館」重新開張，黃春明成為開幕時受邀的嘉賓。黃春明和明星的淵源極深，1960年代黃春明幾篇發表於《文學季刊》的作品，都是在那裡催生出來的。黃春明回憶說，當時明星咖啡館的老闆大方地讓他在三樓寫作，讓《文學季刊》的文友在那兒開

黃春明夫妻與作者在書房合影。（李昌元攝影）

會，一杯15元的咖啡和30元的炒飯，就可以待上一整天，比房租還便宜，像〈看海的日子〉、〈溺死一隻老貓〉、〈青番公的故事〉等都是在那裡完成的。據尉天驄描述，明星一樓的走廊坐著一個僧侶型的人物，那就是擺著舊書攤的周夢蝶。二樓是一般人相會的地方，有冷氣，三樓比較陳舊，沒有冷氣，走進去地板嘎嘎直響，是一般學生去的地方。

黃春明少飲酒，嗜咖啡。喜歡自己下廚勝於外食的他，卻不排斥到咖啡館喝杯咖啡。咖啡館不僅是能滿足口欲，對他來說更是一個理想的寫作空間。咖啡館可說是黃春明隨時隨地可使用的臨時書房。除了明星，士林的「福樂」因離住家近，空間大較安靜，是他近幾年偶爾趕稿時的好去處。

當然自家還是寫稿的主要空間，黃春明經常得等到家人休息後自己一個伏案寫作。他說：「寫作需要絕對的自由。家人很親切地招呼你吃飯，或是做什麼，就覺得好像思緒被打斷了。好像從自己的小說世界，又拉回到了現實。這段距離好像是腦筋一轉而已，其實有時候很遠，不是坐高鐵或坐飛機可以到達的。」到台北後的黃春明住過超市樓上，在台北圓環附近借人後院做飯包，住過北投，再到現在的士林；從幾坪大全家擠一起的狹小空間，到現在擁有兩個專屬的書房。可利用的空間雖然變大了，但他卻說：寫作空間不重要，而是人能不能進入寫作的氛圍裡。即使是很吵雜的地方，只要能夠將腦筋隔離，還是寫得出作品的。就像當年在「明星」那個人來人往的地方，他還是能靜下心來創作。

黃春明曾說：「寫作不是說，好，我現在要來寫作了！」就能坐下來寫出好作品。寫作是需要累積各種經驗，更需要時間醞釀。如果說「明星咖啡館」是黃春明除了自家以外創作作品最重要的外部空間，那麼火車就是他累積或沉澱經驗孕育作品最重要的移動空間。

經常以火車做為交通手段往返台北與宜蘭的黃春明，除了在作品中借火車這個空間講故事外，他自己也在這個空間裡盡情地發想。為什麼是火車呢？黃春明說：「從台北到宜蘭最方便的交通工具就是火車。」火車雖然是公共空間，但長期依賴它往返城鄉，卻也成為了一個習慣的空間，在火車上他可以觀察人生百態，可以靜下心來塗塗寫寫。他還說：「習慣的空間，做什麼都可以。習慣了，腦筋就自由，空間就大了，不習慣，再大也覺得很窄小，那是對比的，跟心情很有關係。」

火車這個空間在黃春明的小說世界中，有如〈蘋果的滋味〉裡的阿發，懷抱著希望與夢想，在宜蘭往台北的車廂中，努力說服自己的

黃春明喜歡在火車車廂觀察人生百態、創作塗寫。（方小V攝影）

滿載檜木的小火車，曾經不斷地奔馳在羅東森林鐵路，為羅東小鎮帶來化不開的檜木香味，目前陳設於羅東林業園區。（祝建太提供）

太太同意到台北打拚的想法；還有〈男人與小刀〉裡，陽育渴望回鄉的心情；此外，更有像〈看海的日子〉裡，藉著火車的空間，對比旁人對待白梅由羞辱到尊重的轉變；甚至還有如〈莎喲娜啦．再見〉裡的黃君在火車上對日本人與崇日台灣學生左右開攻的場面。除了宜蘭和台北，黃春明更借用了火車這個移動的舞台，搬演各色人生。

黃春明曾在〈用腳讀地理〉一文中談到何謂愛鄉，他說：「只要你跟一個年輕人談談他的家鄉，然後他自然地搶去你所有說話的時間，如數家珍地說著家鄉的種種的時候，你還可以看到他以家鄉之名為榮的神情。那麼這已可以證實，這個人愛鄉愛的很深。」愛鄉不是

黃春明的作品細膩地表現他對家鄉的愛戀，攝於作品集新書發表會。（文訊資料室）

掛在口中，而是真的熟悉自己的家鄉。在那篇帶著些許自身經驗的小說〈男人與小刀〉中，黃春明藉由嗅覺細膩地描寫車廂內乘客對故鄉的熟稔，以及回鄉時興奮的心情：

> 火車還慢慢地滑著。一個遠離這兒多年的老瞎子，當他的鼻子，從車廂的窗戶對流進來的空氣中，聞到那從太平山上搬下來的檜木的香味時，他興奮地，而且用力地搖著旁邊那個睡著了的男孩子。他大聲地說：「我們的羅東到了！」他滿臉喜悅的肌肉都起來舞蹈。在這時候，很多人都探頭到車廂外面，那渴望的眼睛，在月臺欄柵外面的許多臉孔當中，找著他們熟習的臉孔。那裡喊的，這裡叫的，構成一片很溫暖可愛的混亂。

在這裡我們看到，離鄉者對故鄉的渴望心情藉由火車承載，更進一步經由嗅覺表現出來。人們對於空間的依戀往往是在離開後才驚覺。如此看來，火車這個連結城市與鄉村的交通工具，可說是激化離去者愛鄉情緒的催化劑。而經常以火車代步往返台北與宜蘭之間的作家黃春明，也許經由火車這個移動空間的催化，更能細膩地表現其對家鄉的愛戀。

梁竣瓘，1974年生，籍貫台灣嘉義。中央大學中文所博士，現任教於開南大學華語文教學研究所。著有《黃春明及其作品研究——文學、社會和歷史的交互考察》等。

王文興

王文興作品中最重要的兩個文學場景，一河岸，一海岸，
一在台北城南，一則名為「南方澳」。
或許讓我們從同安街一路走向南方澳，
接近王文興的水岸，看文字透視出篩落的光影。

（陳先治攝影）

王文興，籍貫福建福州，1939年生。台灣大學外文系畢業，曾赴美國愛荷華大學「國際作家工作坊」從事創作研究，於1963年獲得藝術碩士學位。1960年和白先勇、歐陽子、陳若曦等人創辦《現代文學》雜誌。曾任台灣大學外文系教授。曾獲國家文藝獎。創作有論述、散文和小說。著有《龍天樓》、《家變》、《背海的人》、《星雨樓隨想》等十餘本。

王文興文學地圖

文學現場踏查記

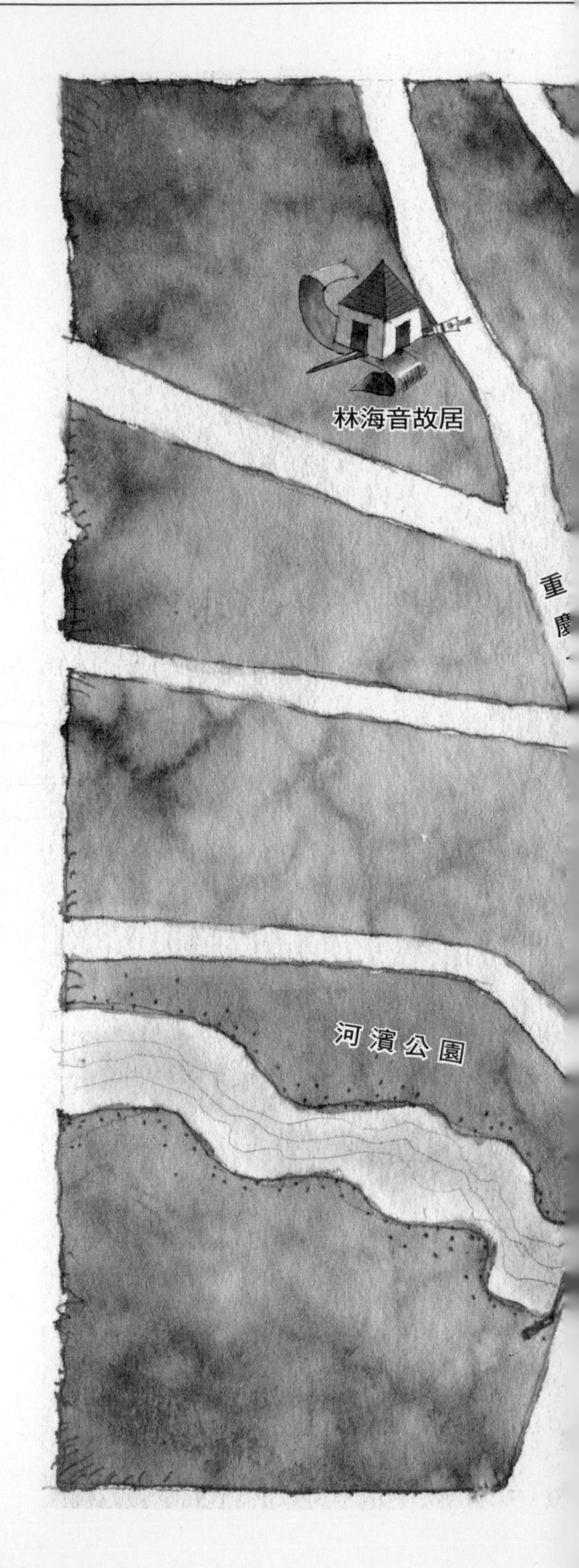

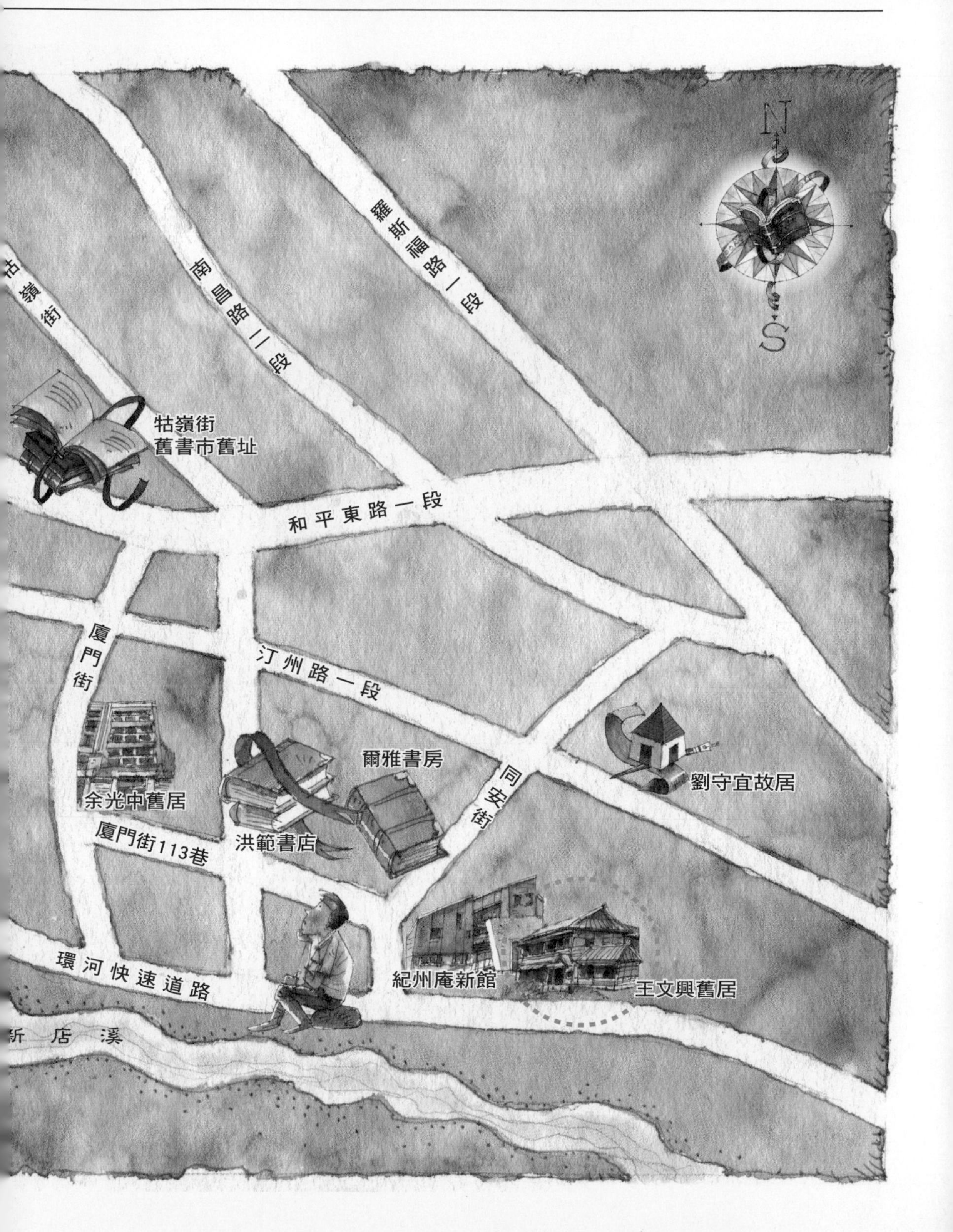
N
S
羅斯福路一段
南昌路二段
牯嶺街
牯嶺街
舊書市舊址
和平東路一段
廈門街
汀州路一段
爾雅書房
同安街
劉守宜故居
余光中舊居
廈門街113巷
洪範書店
紀州庵新館
王文興舊居
環河快速道路
新店溪

南方，水岸
王文興的同安街與南方澳

◎馬翊航

台大城鄉所由劉可強教授帶領的紀州庵古蹟調查修護團隊，曾根據《家變》的文字描述，重現紀州庵原貌。（文訊資料室）

熟知王文興小說的讀者都知道，王文興少年時期居住的同安街，在〈欠缺〉中是一條微有腰身，嫻靜如花的長巷。路貓，雜貨，日夕中依順著自己的節奏停走，未經世事的少年，在春日乍臨時，感受或永遠欠缺了人間愛恨與哀愁。然而一轉身，同安街又鑽入小說《家變》中，那風雨中飄搖，閃映著范曄父親微小離去背影的細巷，成為了當代文學中的經典場景。王文興的小說，若照《家變》洪範版〈序〉中說法，「『家變』可以撇開別的不談，只看文字……」一言以蔽之，文字而已矣。

然而《背海的人》更宛若一樁神祕的預言，遠遠拋棄了文字的海岸，進入了一場衰亡而瘋狂躁亂的表演，暗夜中還響起尾聲那冰冷的嚎叫，剩下蒼鷹越晉越亢，一圈一圈的飛轉。

耐人尋味的是，王文興作品中最重要的兩個文學場景，一河岸，一海岸，一在台北城南，一則名為「南方澳」。或許讓我們從同安街一路走向南方澳，接近王文興的水岸，看文字透視出篩落的光影。

紀州庵與《家變》——城南・文學・記事

紀州庵・幻燈舊影

王文興的舊居位於同安街107號，也就是日治時期的「紀州庵」。

紀州庵位在同安街底，根據紀州庵修護調查團隊的資料，推測大約建築於1917年。紀州庵由日本籍和歌山市的平松家族開設，以香魚料理著稱，為日治時期高級的料理屋。紀州庵由本館、離館等大小不一的建築組成，為水岸旁的娛樂宴飲場所，太平洋戰爭之際，曾擔任過神風特攻隊出襲前夜的招待所，戰後則由台灣省政府接收為員工宿舍，王文興一家當時住在本館靠東側的一樓，1996年時一場大火，紀州庵本館付之祝融，徒留記憶與褐黃的舊相。

〈欠缺〉中的同安街，在那樣靜謐的時光裡，水面陽光如億萬釘針上下錯動：

> 同安街是一條安靜的小街，住著不滿一百戶人家，街的中腰微微地收進一點彎曲，盡頭通到灰灰的大河那裡。其實若從河堤上看下來，同安街上沒有幾個行人，白的街身，彎彎的走向，其實也是一條小河。
>
> 總之，在那個時候的同安街，可以看到花貓猶在短墻頭嬾嬾的散

紀州庵由日本籍和歌山市的平松家族開設，為日治時期高級的料理屋。由本館、離館等大小不一的建築組成，為水岸旁的娛樂宴飲場所。（平松家族提供）

著步，從一家步到另一家。街中是滿眼的綠翠，清芬的花氣撲鼻，因為在人家的短墻背後植滿了花木，其中包含百里香、杜鵑、木芙蓉、夾竹桃、金雀花等等。

如果仔細比對《家變》中主角范曄的成長歷程，可能會發現那與王文興成長過程的遷移經驗密切貼合，范曄學齡前在中國大陸南方的城鎮指認著市招（廈門？福州？），剛搬到台灣時，全家先落腳在台灣南方一個靠海的城鎮（東港？），而小說開頭細膩的日式房舍的描寫，明顯地是紀州庵居住經驗的再現。當然生硬地對號入座按圖索驥，這樣的讀者是太跛扈了，但我禁不住地想像，少年王文興如何漫遊於霧煙的水岸，那是所有故事的起點。

日治時期台北城南有為數極多的日人房舍，殖民時期結束之後，日人遣送回國，日式房舍由國民政府所接管，大都成為台灣公務文教人員的住所，也因此城南在戰後成為出版、文教事業高度密集的特殊地區。林良在〈文風拂面話城南〉中，曾經描述過當時的情景：

那時候的，「國語推行委員會」只在泉州街二號有一個落腳處，人員都沒到齊。會裡少數同仁都要到附近找空房子，找到空房子就貼上封條，再向上級報備。除了找空房子，還要幫忙看房子。記得我第一次看的空房子在和平西路二段，隔壁住的就是一個日本人家庭，正在等待遣送回國。他們把帶不走的家具、器物和圖書，擺在門口求售，換取現金，像跳蚤市場。

日式房舍所殘餘的光影，時空交接的隙縫處，初臨台島的風塵遷徙，以及對生活空間的適應與再造，是台灣戰後初期的特殊記憶。我們也可以從李渝《朵雲》中，看見溫州街教員日式宿舍的氣味與色澤，如何從文字中緩慢的暈染開：

榻榻米的緣邊已經有幾段碎裂，席面濕唧唧的，弄潮了襪子。窄長的穿廊倒是光亮，滑淨的木板地，長排的紙門。廊緣底下斜伸出一叢羊齒，翠綠的細葉整齊對生著，葉尖彎彎垂到了地面。

而《家變》一開始的長鏡頭，那透視出稗子草穗的籬圍，日式玻璃拉門的光線，透過鏡頭的推移以及靜物的陳設，便暗示了小說中家庭的衰敗與塵灰。王文興絕非隨意下筆，而經歷了反覆的念讀、刪動、調整，當然這是小說，位移在紀實與虛構之間。然而王文興筆下空間之逼真寫實，甚至可以據此重現紀州庵戰後初期的形貌。台大城鄉所由劉可強教授帶領的紀州庵古蹟調查修護團隊，就曾根據《家變》的文字描述，重現紀州庵原貌，其模型之精準，連王文興本人也十分驚訝。

時光的節奏異常的慢，無法讓它撥快前進，就像對文字的斟酌，那些時光似乎腳步踏得更慢，無法從過去趕來，就在城市的南方，永恆的水岸邊迷路了。有趣的是，《家變》雖然展示了倫理、語言、秩序的巨大裂變，卻也保留了1950、60年代台北的舊日光景，像精巧而憂傷的畫片，悄悄地蹲踞在文字的側邊：

> 現在一片綠得發光的稻海，風颭過像一群的羊背，近看則像圈圈旋渦！風把一片空其控奇的聲響傳來。一節小小黑色底火車出現，像把黑色的尺，精神抖擻的朝前徐動。它是幾隻全部關閉的車子組織而成，衹在最後一座的尾部開開，一個人立在那裡。火車逐漸消失林裡。天空留著一團亂紗似底黑烟。
>
> 河水閃閃地臥在一側。
>
> 於七月末秋季新伊的夜央，從枕上常可聽得遠處黑風一道道渡來空其空氣的鐵路機車車輪輪响，時響時遙，宛似秋風吹來一張一張的樂譜。

萬新鐵路沿線經過福州街、廈門街、牯嶺街、同安街、金門街，這一帶居住許多台灣大學的教職員，沿線通勤到水源地站再步行到台大校園，是當時鮮明的時代記憶。（洪祖仁攝影）

這是萬新鐵路的幻燈留影。汀州路在日治到戰後初期間，是萬新鐵路的一段，萬新鐵路1921年4月開始營運，沿線經過堀江、馬場町（和平）、螢橋、古亭、水源地、公館、十五分（萬隆）、景美、二十張、大坪林、公學校、七張、新店等站，鐵路沿線經過福州街、廈門街、牯嶺街、同安街、金門街，這一帶居住許多台灣大學的教職員，沿線通勤到水源地站再步行到台大校園，是當時鮮明的時代記憶。

如果我們細心尋索，可以在《家變》中揣想「微有晨露之艸堤」，進入「他們家後廊窗牕所對的堤路上，12號公共汽車經過這裡」，甚至招租小船河岸遠眺「眼下所見的山景是淡漠迹的山脈，還有後前薄濃的層片，而還山脈的下體是沒有的，為迷霧所遮，只餘下山峯的部分，凌空而呈，彷若是一個幻景一樣。」

當時同住紀州庵的還有後來任教政大的閔宗述教授，王文興還記得，當時與閔宗述及其胞弟，漫步在河岸堤邊，欣賞佳美月色。記憶如同緩慢的吐息，那方田園水岸的暮色，零星的遊人與細小的船隻，火車煙紗，暈暖而帶焦甜光色的燈火，想來的確是幻景。

夢回·城南

我想像50年前，城市的南方，住著什麼樣的人？是懷抱舊夢的落魄離人？或是久居於此的尋常市井？城市重新流動，日本人離開，而那些在箱篋裡珍藏著飽滿記憶，或者懷抱嶄新文學理想，紛紛落腳城南，他們當中有記者、教師、學生、公務員、主婦……。

王文興小說《家變》展示了倫理、語言、秩序的巨大裂變，卻也保留了1950～60年代台北的舊日光景。（文訊資料室）

溫州街，麗水街，青田街，雲和街，潮州街，廈門街，龍泉街。這些名字聽來唯有風雨青綠的街巷，彷彿溽熱盆地裡幾道細長的水痕，悠悠地劃出城市的腰身。水道流過城市，橋樑兩端是擾攘人世，唯河面上波光閃閃，飄浮著有月亮的記憶。

以南方為名的那些街道——晉江街、韶安街、金華街、雲和街、泉州街、潮州街、溫州街、青田街，當然，還有廈門街——全都有小巷縱橫，奇徑暗通，而門牌之紛亂，編號排次之無軌可循。使人逡巡其間，迷路時惶恐如智窮的白鼠，豁

> 然時又自得如天才的偵探……那一盤盤交纏錯綜的羊腸迷宮，當時陷身其中，固曾苦於尋尋覓覓，但風晨雨夜，或是奇幻的月光婆娑的樹影下走過，也賦給我了多少靈感。
>
> ——〈思台北，念台北〉，《青青邊愁》

城南。那是余光中夢遊時重回的街巷，也是林海音另一段舊事。林海音寫《城南舊事》，寫北京城內渺遠的，鮮明的少女記憶，然而台北的城南，卻意外地成為她人生最厚重有味的風景。多年之後，女兒夏祖麗寫下了文章〈城南、舊事〉，回顧了那些時代，那些人，也提到了王文興：「1960年代中，王文興赴美深造後，有時託他父親來我們家送稿子或取書。印象中老先生個子不高，說話有鄉音。他告訴母親，他是從同安街的家散步來的。多年後的今天我才知道，原來那就是同安街的紀州庵。」

那些在城南漫遊，髮線間有文字墨色的人是住在寧波西

紀州庵本館舊址雖已燒毀，離屋仍保有舊式房舍，但目前尚未修復完成；新館已經建好，以「林海音文學展」揭開城南文學記憶的序幕。王文興與余光中重回舊地對談往日時光。（文訊資料室）

街的何容、何欣，和平西路的齊鐵恨，寫《紅河三部曲》的潘壘，住在廈門街巷腰的彭歌，你可能會在轉角遇見吳魯芹、夏濟安，再往南一點，就是臺靜農與鄭騫的溫州街，也是林文月的溫州街，少女李渝正沐浴在鬱金色的黃昏中……。

但城南水岸的文化工作，仍在進行中。紀州庵本館舊址雖已燒毀，離屋仍保有舊式房舍，但目前尚未修復完成，榕樹鬚林間隤斜的木柱，濕綠的磚瓦，彷彿不斷回憶自己的年老。但近處紀州庵新館已建好，建築簡潔快亮，紀州庵新館以「林海音文學展」揭開城南文學記憶的序幕，像是文學森林中一片修復記憶的房間。老榕密林間，文學森林可以是隱喻，然而更是不斷繁茂生長的真實。

走，到南方澳

如果我們一路向南，經過蓊鬱折曲的北宜公路，經過溼潤野闊的蘭陽平原，再往南，就是港灣、浪花、漁汛、陽光、風雨的南方澳。澳，岸邊水流彎曲的地方，或水深之處。地圖上分布著大大小小的

南方澳山臂環繞海灣的地勢，提供了王文興創作絕佳的背景。（馬翊航攝影）

澳，澳底，蘇澳，北方澳，南方澳，南澳，似乎可以觸摸到那些灣岸的岩石，線條曲折蔓延，蓄積大水與神話，老練或嫩潑的藍色從遠方旅行歸來。

《背海的人》當中，王文興的「深坑澳」是這樣的地方，那是爺被放逐的地方，是物質的沙漠，精神的荒原。如果你帶著《背海的人》一起去旅行，那個自逐亦放逐的，敗德而神祕的爺，彷彿他自心肺中彈跳湧出的，破碎的吠聲，隨時都要從背包裡跳出，重新剪碎山光與水色——

《背海的人》中，王文興的「深坑澳」是爺被放逐的地方，是物質的沙漠，精神的荒原。（文訊資料室）

> 操他媽他奶奶的個這個混帳鬼地方，這個狗屁海港。雖道牠的三面圍著都是山，草木葱濃蒼深，但是這一座港卻像一禿沒有頭髮的害癩痢的亮疤一樣的，只有一區黃沙，丁點的片草片葉都不萌出。甚至與連一棵尋常即表明是面地屬台灣的旗幟底那普通修長椰樹都沒有。這小港簡直就是一塊沙漠——大概算列綠洲裡的沙漠。

台師大教授林秀玲以文學研究者的敏銳，注意到王文興在南方澳曾經服役四個月，經過一次深入的訪談，為讀者解開了謎底——王文興筆下的「深坑澳」，原來就是南方澳。

深坑澳，聽起來是褐色的，如同王文興筆下那個灰暗、乾燥，了無生機卻充滿欲望與掙扎的港灣，然而南方澳聽來彷彿帶著熱帶的藍綠，勾著滾燙的絲邊。深坑澳固然以南方澳做為基底，然而我們卻無法忽略王文興為了藝術考量，文字上的破壞與建設。王文興在1961年於南方澳服陸軍役，當時派駐單位是港邊的檢查哨，服役期間陰冷灰暗的冬天，以及南方澳如同舞台一樣，山臂環繞海灣的地勢，提供了王文興絕佳的背景。背海是一種抗拒，而人的欲望、信仰，又在其中不斷展演或崩壞。或許是背向時間的人，面迎文字的海。

南方澳並非是在《背海的人》中才首次出場的，收在《十五篇小說》中的〈海濱聖母節〉背景同樣是南方澳，王文興在林秀玲的訪

跨港大橋連結了豆腐岬與南方澳港區的兩岸，形成了
環狀的交通網。（李昌元攝影）

談中也承認，〈海濱聖母節〉或比《背海的人》來得寫實一些。不過從〈海濱聖母節〉看來，這一座「濱海的高山之港」，也同樣是「灰色的漁港，灰得像化石一般，灰的像風化中的古老城墟。」偶爾一陣海風吹來，會捲起幾縷風砂，黑色的山鷹在山巔盤旋，如牡丹的白雲間飛揚，俯視漁港。王文興對南方澳進行了破壞與再造，刻意減去記憶中東部海面那多層次的藍，減去那漁市間魚身彈跳、人聲喧嘩的場面，反覆迂迴地進入精神的暗港。

用筆端眷戀南方澳的作家不只王文興。蓉子寫於1967年的〈到南方澳去〉，以躍動的節奏，豔麗勻整的色彩，將南方澳的陽光與水色勾畫得歡快無比，召喚對南方的嚮往，也許那更貼近王文興記憶中，美麗如女海神的南方澳：

到南方澳去

看陽光的金羽翱翔在碧波上

有活潑的銀鱗深藏在水中央……

到南方澳去
穿過原野耀目的水彩畫
經過半睡眠的山崗
去探初醒的海洋
去訪鯖魚與鰹魚的家！

到南方澳去
那漁船兒蝟集的港
那紅色的黃色的綠色的漁舟啊
小巧的腰身　小小的樓
小小的希望　小小的歡笑
……

而李潼的〈漁港早市〉，則架起了攝影機，記錄漁市清晨的活力，南方澳生動的美，漁人肌膚的氣味與刻痕——南方澳，台灣三大漁港之一，是邱坤良《南方澳大戲院興亡史》中極盛轉衰，光影、哀愁、神明、臉孔交錯放映的海上舞台，也是攝影師沈昭良《映像‧南方澳》中，鏡頭下黑白顯影，色調粗糲的映像港灣。由於南方澳居民以漁業維生，生死興困皆依靠自然上天，凡此種地區，宗教必定格外興盛，小小的南方澳有十數間廟宇，神明環繞運行如星座，忽在山頭，忽在人群，船隻輪機聲低低隆響，如人間心願鼓動，時而貪婪時而寧靜的港口，活動的劇場。

不如去南方澳旅行吧。

盛夏的南方澳，跨港大橋連結了豆腐岬與南方澳港區的兩岸，形成了環狀的交通網，漁船整齊排列在港區，白色船身映著水光，像整裝待發的學童。肌膚黝黑的漁人在中午稍事休憩，群聚點起香煙，或坐或半躺臥，港風不動。不遠處南天宮正殿香爐正在重新噴漆，老媽祖低眉望著懷抱心願的人。

我騎車鑽入南方澳巷弄擠仄的港區，仍有舊式的西服店，理容

小小的南方澳有十數間廟宇，南天宮以「金媽祖」聞名全台。
（馬翊航攝影）

院，褐黃木門上有墨書勾金寫「國恩家慶」。巷尾往高處仍有住宅，高低錯落像每個曲折的山城，泥牆上鑲嵌瓷版「萬惡淫為首，百善孝為先」。年輕人在巷弄中飆車飛馳過，熱風襲來，門口乘涼老人笑笑，「現在少年攏係這款啦」。

盛夏日頭長，無有遊客，孩童在小巷陰影間轉開水龍頭沖涼嬉鬧，我緩步鑽進另一條巷內，抬頭是南天宮後牆，繪有數公尺高的眾神明像，是背海的神。

我問廟門前賣菜燕冷飲的阿姨，你知道天主教堂在哪裡嗎？

媽祖廟旁邊巷子往下直直走，就會看到了啦。我按照阿姨指的路，果真看到了天主教堂，四壁巍峨。我拾階而上卻找不到入口，黃狗在鐵門後對著我吠叫。多麼隱微的譬喻。小巷，鹹風，豔陽，潮水緩緩浸潤時間，這是南方澳，眾神眷戀的海港。

若你從媽祖廟面對的漁港路底走到底，就是王文興當年服役的檢查哨，但現今單位早已裁撤。向漁港路直行，左側連續幾間漁產餐廳，門前有人熱情招徠。步伐稍微放慢，你或許會注意到有一間看似風景區常見的藝品販賣店，若你凝神細看，目光穿過門簷蝦蟹水族造型的風鈴，必定會被昏黃光線中龐雜的物件吸引。

南方澳文史工作室收藏許多南方澳、蘇澳港的舊日照片和漁業文物。（廖大慶提供）

那是漁港路81號的三剛鐵工廠文物館，南方澳文史工作室。走進南方澳文史工作室，引人注目的是牆上那些南方澳、蘇澳港的舊日照片，或震驚於那些黑亮繁多的鋼鐵機件、引擎、輪機，這裡像是另一個小型的港口，每個零件，每張照片仍然停泊在時間中，隨觀者的目光想像，出航或漂流。

我走到文物館的頂樓，鳥瞰南方澳一號漁港，船隻整齊羅列，天空捲起雲線游絲，南天宮前的人群如蟻緩動，漁船以無人察覺的幅度水面飄晃著，再遠處是海，以及隨著漁汛變換而聚離的人間氣息。即使《背海的人》掀起了如何的驚濤駭浪，南方澳似乎卻從來也不曾面對過這齣台灣現代主義的表演，而在季風洋流的換遞中，大紅勃興，暗藍漸息。

南方澳，人們說著故事，或者自己成為故事。整個南方澳就是博物館。

神明走動海上天空，仍然靜靜地低望這個水岸旁的劇場。

王文興的書房，記憶的舞台

◎馬翊航

王文興正在進行關於宗教主題的長篇小說，在他看來，宗教往往是深沉智慧的累積。（陳先治攝影）

王文興寫作的書桌，落在家中陽台的北側，面對窗戶，然而窗戶是毛玻璃，看不清外面。我們請王文興以慣用的文具，在案前如日常寫字，以捕捉，想像那些文字誕生的場面。案上有筆筒，小小的鬧鐘，一藏藍一墨黑的小缽。玻璃墊下押著聖母與聖子像。當老師寫下數行字之後，原本晴朗的台大教員宿舍區卻下起了急雨，窗外椰樹細葉顫動。宗教，時間，文字，雨水。一切足矣。

王文興的客廳矮櫃中，有四個美麗的海螺，或閃耀著雲母珠光，或勾紋如血如羽的細緻花紋，在其他的小型擺飾中顯得特別醒目。我猜測，那是否暗示著對於海螺花樣紋理，或者精美結構的著迷？我幻想有人暗夜拿起螺殼，弧圓的開口貼緊耳廓，回音嗚咽迴響，時間的浪花浸濕整個迴廊。

迴旋海螺，精準的氣室，費氏數列的美，自然與秩序的神祕結構。

我不禁想起了〈海濱聖母節〉裡，王文興對港口媽祖廟的描寫：

> 小小的聖母廟，塗著綻青的石灰，恍如那位孱弱而悲哀的聖母。彎著腰，匍伏在海濱，思念著迷失於遠方的舟子。傍晚的時分，當風起時，它便嗚咽得像一隻大海螺。

《背海的人》中，「爺」口中那如雨滴散落破碎的語言，所囈念勾畫的媽祖廟，也是一只斑斕的海螺，然而未若〈海濱聖母節〉中那略帶哀愁的描寫，而直指形體與精神的衝突：

> 說到廟，這一爿媽祖廟，——遠遠的看起來牠看了個的個的看起來的個的的的個的的的的的的，——直就是簡直是像棲在海邊邊邊邊上之一隆冒的個顏色花花綠綠繽繽點點班班雜雜的以及是，尖尖伸放了出來的堅硬骨質兒角來的大螺窩海貝殼殼兒。待你走進了牠來了個的個的一看看：你發現這一堂廟的廟身的全部，幾幾乎，幾幾乎幾幾乎全面的的個的都叫著別人來的的的個予牠，予之以，予之以之與牠挖刻彫鏤得個的空空空空，虛虛風風的，猶如是讓蟲予之以之教牠的的蛀空了的的。

「當然，我選擇海螺來譬喻那個小小的媽祖廟，其實也只是為了一個形象的美。」

王文興記憶中的南方澳媽祖廟，未若今日整建後的廟宇高大而宏偉，如果從公路遠處下看，色彩豐富繽紛，廟宇屋脊上的花采剪黏突出伸展，也彷彿骨螺優雅的梳刺。王文興在結束兵役，離開南方澳之後，也曾經重回南方澳幾次，在這幾次重返南方澳的經驗中，南方澳有什麼樣的變化？

王文興還記得，當時剛來南方澳服兵役時，從蘇花公路高處俯視港口，緩緩接近目的地時，驚嘆於那鮮藍的海色，雪白舞動的浪花，覺得自己如此幸運，竟然能來這樣一個美好的地方服役。「那時候，

王文興用筆端眷戀南方澳，憶起重返舊地時，感嘆說
沒想到海也會老。（李昌元攝影）

有空的時候就去看海，藍是藍，雪白的浪花……漂亮的不得了。」

王文興也透露在南方澳服役期間，由於勤務不繁重，常常就走到內埤海灘看海。邱坤良《南方澳大戲院興亡史》再版時，王文興寫了一篇序〈源源不絕的曲折〉，序中寫「只見蔚藍大海，若干圓形的灣，伸出海面的綠岬，還有綠礁，周圍繞一圈白浪。如今我閉上眼睛都能看得到。」無論是從高處看海，或是從低處看山，那三面環抱的山勢，熙攘的漁船，宛如天然的舞台。王文興第一次重回南方澳是1967年，那時與七、得年前服役時差別不大，但是後來幾次回到南方澳時，也訝異於山海的變化，他說「竟然連海也會老，那些海灘岩石的顏色，也都變得好蒼白。」今日港口擴建，以水泥填港，其天然形勢已不復見，彷彿青春夢幻，已然逝去，王文興也感嘆所有人工對自然的破壞。

王文興少年時期是否曾經漫步水岸，排遣青春心靈中無限湧動的思想？「我小時候就有種懵懵懂懂的印象，覺得怎麼這麼美麗，水岸非常的美麗，我那時以為是我自己的偏見，以為人都覺得自己住的地方最是美好，然而長大後才知道，這個地方的得天獨厚，是因為當時日本人建造時，的確是經過全面的比較與挑選的。那時候河岸邊甚至沒有什麼遊人，景色非常的開闊。」

紀州庵特殊的空間形式，或是其多戶緊靠的配置，日式庭廊的音色、光影，隔鄰的人聲等等，是否產生了某些特殊的感受？王文興說，僅僅靠文字或是資料上來想像紀州庵的生活情景，可能也會有一些誤差，從平面圖來想像，或許感覺空間是逼仄的，但其實不然。「原本當時所住的地方，是兩層樓的單位，我是住在一樓，也有相當的獨立性。不過我的確做了一些調整，到了《家變》中，我把他改成一層樓，讓這個空間更為獨立，就是這一家人的舞台，戲劇的張力就出現了。」

然而那些令人印象強烈的舞台，例如《背海的人》與〈海濱聖母節〉的南方澳，或是〈欠缺〉與《家變》的同安街、紀州庵，〈踐約〉的台北城南，或是〈草原底盛夏〉那蠢動而燥熱的虛幻草原，都令人印象深刻，在創作時舞台或場景是第一順位的思考嗎？是否南方澳那繁盛多樣的宗教，人與自然間的溝通與欲望，讓性與宗教成為了《背海的人》中最醒目的主題？

但王文興說，南方澳那時其實他只知道有一間媽祖廟，主要還是因為南方澳那天生如同舞台的自然陳設，是小說的絕佳場景，他是做了某種程度上的更動，但南方澳絕對是與《背海的人》關係緊密的。「《家變》就不一定是這樣，我想，《家變》的背景其實是可以更動的，當然會這樣選擇，主要還是選擇一個比較熟悉的經驗來操作。當然，語言，主題還是首先的考量。」

王文興寫下他認為最好的邵雍的詩作。（陳先治攝影）

在近期幾次的訪談（如許劍橋，2006；陳宛茜，2004），王文興都透露了現在正在著手進行的是關於宗教主題的長篇小說，為什麼會選擇宗教作為下一個關注的重心？王文興舉了司馬遷所說的「究天人之際，通古今之變」為例，他覺得所有宗教正是在窮盡天人之際的問題，「那些外人看來是幼稚的、迷信的信仰，都是無法小看的，其中往往是深沉智慧的累積。」

「我想，我不一定是把文學視為宗教，但那是一種責任感，但所謂責任感也不是對社會的貢獻，那是很表面的。而是一種對文字，對自己的責任。不計較時間，更不計較功利的。」

我不禁想起剛進到王文興老師家中，突然下起的那陣急雨。

彷彿天雨粟，鬼夜哭。宗教，天人之際的神祕。

我問王文興老師，我們請他案前寫字，讓攝影師捕捉神情時，寫的是什麼。

「那時我正在寫一首邵雍的詩，我想他的詩是最好的。」

我當下並沒有問老師是那一首詩。

不久後我好奇那究竟是邵雍的哪首詩。我彷彿偵探點開檔案，放大數倍，清晰看見那墨黑字跡如龍蛇，如木紋——是邵雍的〈論詩吟〉。

何故謂之時，詩者言其志。
既用言成章，遂道心中事。
不止鍊其辭，抑亦鍊其意。
鍊辭得奇句，鍊意得餘味。

宛若王文興的自我解釋，或是水岸光色浮現的預言。

我想起小說中變形的愛，欲望，瘋狂，哀傷，水面來回舞動的夕陽如金釘，夜中離開，永遠消失的列車噴著紗煙。

那些艱難的，橫徵暴斂的，在文字的河道與碎岩堆當中攀爬的時刻，是王文興遺留給我們的旅行。

反覆錘鍊如同碎金箔般的奇句，菩薩仍是低眉，看人間的水岸舞台。

馬翊航，台灣大學台灣文學研究所博士生。曾獲全國學生文學獎、花蓮文學獎。碩論為〈虛實對照，城鄉融涉——論花蓮文學中的地方意識與市／街書寫〉。

張曉風

張曉風的書房，
在河邊，在候車椅，在灰狗巴士上。
在各種找不到書桌，書寫行為很難存在的地方。
書房成了張曉風書寫的制高點，
她坐在裡頭，不走了，
卻在筆下走出那麼多條路，走出一座3D全景構圖似的台北。

（李昌元攝影）

張曉風，筆名曉風、桑科、可叵，籍貫江蘇銅山，1941年生於浙江金華。東吳大學中文系畢業。曾任東吳大學助理教授、《論壇報》副刊主編、陽明醫學院教授、香港浸會學院客座教授。現為陽明大學通識教育中心兼任教授。創作文類以散文為主，兼及小說、劇本、報導文學和兒童文學，作品在內容和技巧上都不斷發展和突破，從描寫生活瑣事，漸漸轉變為抒寫家國情懷及社會世態，融入哲理，不斷開拓。曾主編《中國現代文學大系．散文》、《中華現代文學大系．散文卷》。曾獲中山文藝獎、國家文藝獎、吳三連散文獎、十大傑出女青年等。著有《地毯的那一端》、《桑科有話要說》、《從你美麗的流域》等五十餘本。

張曉風文學地圖

文學現場踏查記

人文社會教育中心
行政大樓
捷運石牌站
捷運淡水線
福音園
仰德大道
至善路
東吳大學
捷運士林站
連雲公園
捷運
台大醫院站
張曉風舊宅
楊菜子
信義路
永
康
街
張曉風
舊宅
新
生
南
路
捷運古亭站
宇宙光雜誌社
和平東路
N
S

我在我不在的地方
張曉風的台北城

◎陳栢青

張曉風的「陽台書房」，目前已隨遷居而消逝，她曾在此寫作了四十餘年。（張曉風提供）

神話裡有精衛填海，以喙啣石，海何其廣，真正能度算其空間小大的，卻是那雙小小的翅膀來回周折而被拉長拉開的時間。這是神話的空間丈量法。而在張曉風筆下，台北城有多大，她給了我們一個人世的空間運算法則，透過獨特的加減乘除，以空間之減法逼現書房部署，迫其轉進城市之戰略位置現形來，又逆反運算，以「減」成「加」，以「撿」成「家」，彷彿班雅明筆下之漫遊者或拾掇人，一點一點，把這座城以及種種故事「撿」回來。加減乘除，加撿躊躇，最神奇的數學，莫過於此，何物乘以「零」而能有餘，以文學的說法，我如何在我不在的地方？

空間易丈量，那麼，時間呢？那些時間裡的浪擲與追尋又要如何表現？我們將目光鎖定陽明醫學院（2001年改制大學），1975年張曉風任教其中至今，醫學院像一座大的實驗室，容我們以科學實驗的方式，看各元素碰撞激盪，當醫學遇見「人」學，當科學遭遇文學，張曉風怎樣運化科學的思維，藉由文普學給這座城市最大又最小的兩種元素——具修補和融合作用的醫生，以及，僅僅作為世間最小的基本元素：「人」。

不只是發現，寫作，就是一種發明。

空間的減法

女子麗行，從初踏上台北城的八歲女孩到地毯那一端的曉風，步下紅毯之後，忽忽四十餘年過去，設若以張曉風半生作品為索引，設計一張台北地景圖，那可不是2D平面，而必然該動用到3D技術，視角會是俯探的，從陽明大學上「高處看台北，總覺自己也是瀑布，令人有一種急傾而下的衝動」，一路下探乃至山坳低處，卻又「最宜於仰觀」。那視線也能是平視，是中觀，打自盆地邊陲向中心返來去往，又於其中穿街走巷繞彎拐，種種有情，種種可愛，由此，上下俯仰，成其深，周迴展繞，拓其廣，有了深度與廣度，夜來城市燈光明滅，更添了溫度，便成張曉風筆下的台北，蜜蜜。親親。

張曉風對於人的一生有所謂的「盒子論述」：「我一直迷信著『每個孩子都是伴著一隻箱子長大的』，一隻蟬殼，一張蝴蝶書籤，一個繭，一塊石頭，那樣瑣瑣碎碎的一隻小盒子的牽掛。然後，人長大了，盒子也大了，一口鍋，一根針，一張書桌，一面容過兩個人三個四個人的鏡子……有一天，才發現箱子成了房子，男孩女孩大成了男人女人，那個盒子就是家了。」這樣看來，城市自然是另一只更大的盒子，往盒中看，城中有家，盒

山上、燈下，使張曉風筆下的台北更增添幾許高度及溫度。（張曉風提供）

中便又有盒。若檢視屬於張曉風的那只，我們會看到，這名為「家」的盒子，該是只書盒。她自己提到，新婚後貸居的房子，原本「十坪空間我們也不覺其小」，但書多成災，夫妻兩個愛書人學那陶侃搬磚，直到書磚堆疊，在房裡成牆成山，逼得他們考慮要換到更大的地方。「如果不是被左牽右絆弄得人跌跌撞撞的書堆逼急了，我們不會狗急跳牆想到去買新房子」，這樣看來，竟有人是為書而置房，不是「有這麼多空間，所以裝這些書」，而是顛倒過來，「為了裝下這些書」，從而生出這麼大空間。

孟母為子而遷，張氏為書而移。書房在她的手上建立，人稱之「陽台書房」，〈大型家家酒〉一文將書房的成型描述為一場大人玩的家家酒。有趣的部分在於，如何從無到有，本來是陽台通道，「六尺寬，十八尺長」，張曉風玩心一來，訂製書架，挪桌搬椅，若原空間用途乃是容人穿行其中，如今多了書來，人猶然行，卻有一人如老僧坐定於此，陪著書，也寫書，一坐42年。

陽台通道加上訂製的書架，張曉風讓空間用途不只是穿行。（張曉風提供）

書房成了張曉風書寫的制高點，她坐在裡頭，不走了，卻在筆下走出那麼多條路，走出一座3D全景構圖似的台北。作為核心中的核心，不免讓人好奇想探問，書房是否影響張曉風的寫作，從辦了一場大型家家酒至今，張曉風置身其中，她看見了什麼，怎麼看？書房是她的移動城堡，還是護國長城？

我遇見張曉風時，已經是2010年夏末。張曉風說，她又搬了新家。則陽台書房自然消失了。張曉風帶我們親自走一遭，由她指點的位置看來，陽台下方便是公園，一派鬱鬱綠意高漲，遙想老師若坐身其上，從四樓陽台向外望，那綠鬱該平於胸齊掩來。我為之惋惜，陽台書房是多少故事開始的地方。老師卻一派豪邁，台北居來超過半世紀，生命不過是場大些或小一點的遷移，老師透露關於書房的祕密。

那其實不是祕密。

「我啊，只要一個不被打擾的空間就好。」她說得一派理所當然：「不被打擾，安靜，光源充足，那裡就是我的書房。」

這是空間的減法，減去空間名稱，掛牌書房與否倒不重要，「哪裡都可以是書房」。再減去書房多餘的裝飾。徒留下光與風景，這一部分倒有文為證。〈想要道謝的時候〉一文裡，場景是陽明大學的研究室，她寫「正趕著稿，眼角餘風卻看到玻璃墊上有些小黑點在移動」，初始，她以為是螞蟻，卻原來群鳥過天，有鳥影來投，落在玻璃墊上，天光鳥影共徘徊，因此成就她一篇好文章。故可證，光源是張曉風書房減法裡唯一留下的裝置，好讓靈光投射綠格田畝上。

又把書房裡的家具配件都減去，一切從簡，甚至連書桌都可以不要。張曉風說，搬家後，諸事待理，她反而在餐桌上寫作。這一說，倒也不假，早於1986年的〈動搖過，依然是我們的土地〉一文中，她就寫：「我們各據餐桌，互不說話，認真忙自己的『功課』。」足見這一餐桌書寫行之有年。而餐桌夠大，夠厚實，什麼書都好在那上頭攤開。對一個寫作者而言，也便宜於攤開自己。

回到這一則空間減法中最後道關口，「不被打擾」這項訴求，便成了重要的關鍵。

但哪裡才是不被打擾的空間呢？回到「盒子論述」，張曉風是人師，是人妻，是人母，三位一體，身分就是裝載她的盒子，為人師，盒子上標籤是陽明大學，為人妻為人母，家為中心戰略點，她有老公孩子要打理。每個空間，都讓實的虛的物事占據了。那麼，屬於寫作者張曉風的空間呢？

運行空間減法的極致，也許，就是把「空間」本身減去。由此，張曉風的書房，不是建築在空間裡的，而是依附時間之上。

那是一座時間書房。它只有時候到了，才開啟。

張曉風自言，她幾乎是得空就寫。

「最好的寫作時間，反而是在晚上十一點以後。」她說。那時，

張曉風（左二）與夫婿林治平（右二）相識於大學時期。
（張曉風提供）

一家人上床了，學校教室熄了燈，白日猶遠，張曉風才得空，能坐在燈下，開啟時間之鎖，則空間為之一變，哪裡都可以是書房。作家張曉風來了。

張曉風可以在任何地方寫，其夫林治平在〈更好的另一半——我妻曉風〉一文中所描述，一位讀者寫信給張曉風，問她是否「寫作時點一根蠟燭，身著藍色紗衣，再構思下筆？」而林治平的觀察是這樣的：「她是隨身帶著紙筆的，有時候坐在河邊，有時候坐在候車的椅子上，我們在美國旅行時，她甚至長坐在灰狗車上凝視著窗外飛奔的景色構思，然後在奔馳跳躍的灰狗車上振筆疾書。」

這是張曉風的書房。在河邊，在候車椅，在灰狗巴士上。在各種找不到書桌，書寫行為很難存在的地方。

我在。

訪問中，張曉風談起2005年赴英國。雨山霧水，奇怪她最記得就是那列刀裁一般橫掠地表的火車，她說，她買了短期票，坐到哪都算一個錢。倒非划算與否的算計心態，而是：「那火車上的D車廂竟然是規定不可以說話的。我好愛的啊。就這樣，一直坐它。那樣靜，讓我好快樂。」

大約是那列火車符合了上面那一整套空間減法的條件。安靜。光源充足。而且，「不被打擾」。

時間的書房在此現了形。

若回頭審視張曉風早年的文章，如《愁鄉石》、《步下紅毯以後》等書，其文篇幅雖長，卻多以小標題分隔，用一大骨幹貫穿，一段寫一事。我們當然可以推測，冰心和泰戈爾是張曉風早年熱愛的作家，故受這兩人影響，從其短制，以雋永短章成篇。但有沒有可能，因為人妻人師人母之故，時間的分割，確實影響到寫作，是以早期文章多由小段落構成，有時間則寫。直到生活漸定，能分得的時間越多，文章和孩子丈夫一樣，他們慢慢長（ㄓㄤˇ），文章就能慢慢長（ㄔㄤˊ）。到孩子都大了，文章都成了，張曉風說，我因此在。

則用這樣的方式審視張曉風的書房，應該顛倒過來，不是書房限制了張曉風，而是張曉風成就了書房，我在我不在的地方，我在，所以書房在。

時間的書房裡，她是作家張曉風，但她同時是人師是人母是人妻，不同的身分都被裝進這個名為「張曉風」的盒子裡。夜裡獨身，卻寫同家人同學生與共的白日，歌其憂歡，譜其得失，更寫那座城。城市將她裝進街巷中的小盒子裡，張曉風胸腹中，又自有千重山岳萬條水流，從你美麗的流域之上，召喚一座台北城。那麼，是名為張曉風的盒子套著城市，或是城市承載著曉風，時間軸上，空間流動，交疊，因而成城，成層。成就書寫的大術。我因此在，在我不在的地方。

空間的加法

書房案上，張曉風為花作箋，替水作注，幫群山寫筆記，為盆地寫傳疏，「山水至今仍是那一硯濃色的墨汁，容我的筆端有所汲飲。」飄塵之思彷彿出世，但對她而言，「世」大約通「室」，是寫作釀

在為人妻與為人母之餘，才有作家張曉風。（張曉風提供）

筆的居室，是書房，走出書房，張曉風則是用生活實踐書寫的人。她出「室」，便就「入世」來。她在字裡行間覽山涉水，用文字鼓吹環保，也親身實踐。管山管水管風流，護持起這片土地來。

她投身保育工作。〈情懷〉一文中籲請重視伯勞遭捕殺。「為什麼驚心動魄的萬里夕照裡，我竟一步步踩著小鳥的嘴尖？」之後花蓮玉里有珍稀的「赫氏角鷹」被捕，張曉風為之奔走，召開座談會，並親身追蹤。

她倡導節能用電，身體力行進行實驗，〈我的幽光實驗〉一文被選入國文課本，文中描述她如何親身體驗，試圖耗能更少，於無明中，對生命從頭省思。

張曉風的創作與行動是一致的。我口寫我手。我手記我行。記得頭一回採訪張曉風，約好在某家咖啡館。她從書包裡拿出一疊印過的A4紙來。我以為她要扔，她卻說，是用這些紙打稿子，「背後還能寫，可惜了。」〈關於玫瑰〉一文中，她可不就說：「用一張舊A4紙反面的時候，覺得一種喜悅，一種物盡其用的喜悅，一種知福惜福的喜悅。」那是真真正正的「創作行動」，也算是「行動創作」了。

這該就是張曉風的理念核心。環境保護原來是很生活的事情。反核也罷，救一花一鳥也罷。回歸基本，不製造垃圾，節省資源，也就是最貼近這塊土地的方式。

於是，我們可是試著把上文的空間減法運算逆反過來。針對實體空間，試著從張曉風對空間配置的運用，看她的創作與實踐。

「惜物」成就空間的加法。因為「惜」。不丟，所以滿。

她曾自語是個「不丟族」。〈巷子裡的老媽媽〉一文中，女兒外出郊遊，回家時總帶回用剩的烤肉醬啦麵包一類，女兒跟媽媽說：「你看，從小要我們別丟東西，我不得已，都拿回來。」張曉風便在文章中談到：「我們反正已屬於不丟族，就認命吧。」

〈盒子〉一文更挑白了說：「丟東西這件事情，在我們家不常發生。因為總忍不住惜物之情。」

惜物，所以不忍棄。其「不忍」的程度為何呢？看看另一篇文章〈瓶身與瓶蓋〉也許能窺一二。她寫道：「家裡有個抽屜，專門放些落單了的瓶身與瓶蓋。」連落單的瓶身與瓶蓋也有一個地方好收容。或回到上文「盒子論述」中，這一只盒子，恐怕是杜十娘的百寶盒，珍藏百納，人多不識其寶，獨獨曉風一人知。

2001年張曉風生日，好友席慕蓉為她作畫。（張曉風提供）

張曉風何止不棄。她珍惜舊物，救風塵，「舊」風塵。她的收藏往往是揀來的，或是舊物重新改造利用的。

不丟，反撿。這「撿」法一用，空間裡頭，便繼續相加。空間記錄這一切。她住了三十多年的公寓，客廳掛著楚戈的字：「揀來齋」，那倒傳神表現空間的配置。

〈一雙小鞋〉一文中猶記：「我的收藏品多半是路邊撿來的。」而在〈關於玫瑰〉裡，張曉風直接道出她的心聲：「我忍不住撿東西，那裡面有一種俠義心腸。」在這篇文章裡，她撿了一張木頭椅子。又有人丟了一張複製畫，她將它迎回，裱框正對「揀來齋」三個大字。

〈大型家家酒〉也寫她在做醫院用的舊屋廢墟中，發現一些被工人拆散的木雕，一一把這些帶回去。「那種舊式的連綿的木雕有些破裂，我們用強力膠膠好，掛在前廊。」

訪問裡，我問到更多關於這些物事的因緣。

她說她的餐桌，是當年去美軍顧問團的倉庫拍賣買的，是他們不要的。她只重新把桌面換過，但來換桌面的木匠告訴她，換桌面的工程和索費，不會比買新的便宜。張曉風說：「我沒丟掉桌子，就沒有多在人間製造一樣垃圾。那桌子頂好的，厚實，夠大。我用了三十幾年。」

甚至，她搬了新家後，新躺的床，便用上舊家要打掉的柱子。她說，那舊柱子是檜木，比較實，也香。

那真是不得了，一雙小鞋，一張木頭椅子，一張複製畫。清單可以無限制加列下去，乃至於搬家，這不要的「家」，其一樑一柱，都是可堪再用的。張曉風的空間運算法則，竟是以「減」，以「撿」成家。成「加」的。

我倒是看出一點，這「加法」，其不棄或撿來的基礎，並非建築在經濟價值上。前文所載，沒丟掉桌子，維修卻比買新的還花錢。但「我沒丟掉桌子，就沒有多在人間製造一樣垃圾。」而她寫何以收容木頭椅子的緣由是「多年承載主人的身軀，如今卻遭人遺棄，我不收容它，它就是垃圾，我收容它，它就是骨董」。

〈一雙小鞋〉裡，她看上那雙供給神明的小巧鞋子，甘花大錢買下的因由是，鞋子讓她想起女人放大足的自由，是爭取來的。這不該特別紀念嗎？

亦即是說，這些舊物的價值，遠非是金錢可換算，那並非貪便宜或珍品投資，它們往往是賠錢貨，但之於環境保育，「不棄」讓大地上少了一份垃圾，而那份「舊」，裡頭自有千種情意，有金錢無法衡量的文化和美感價值附加其上。

張曉風的「惜物」，讓家中每一物都有來源與故事。
（張曉風提供）

或該說，張曉風真正在做的，正如她的工作，「教國文」，她也正用行動，在這些旁人視以為垃圾的物件上，進行「轉注」與「假借」。寫作者慧心一轉，點鐵成金，垃圾可以成為收藏品。而人所棄，她卻能看出其中價值，假借為「撿」，其實是再創造，為它們重蘊生機。

〈大型家家酒〉中描寫，張曉風到澎湖，在小店前看到一截鯨魚的脊

張曉風在陽明大學採訪途中說起關於牛骨的故事。（李昌元攝影）

椎骨，路人跟她說，是條鯨魚衝上岸來，讓海水刷著刷著，剩下一副白骨，「有人發現，撿了來，放在這裡賣，要是剛死的鯨魚，骨頭裡全是油，哪裡能碰。」張老師就買了，妝點在自家客廳。張曉風撐持家務，那脊椎彷彿撐持家屋。

同樣是骨頭的故事。一次採訪途中，車在陽明大學裡兜轉，路過一座涼亭，張曉風忽然起了話頭：「欸，很久以前，60、70年代吧，有人曾經在這裡拍戲，看那些頭套和裝扮，該是武俠片吧。」手術刀對決武士刀，現代化的醫學院中，曾有過這樣一件往事，我聽出興趣來，繼續等張曉風說，她卻話鋒一轉，且說，也不知道是道具，還是他們餓了。有一天，劇組殺了一頭牛。張曉風去看的時候，只看見一地牛的骨骸。她便撿了兩塊肩胛骨。「但那牛骨，好油好腥的，上面的油脂怎樣洗也化不去。」那怎麼辦呢？我問，張曉風說，她就把牛骨埋到土裡去，過得一年半載，取出來，脂肪化盡，油被吸乾了，牛骨成了教具，介紹甲骨文時便請出一用。

若把這兩件事放在一起看，古典小說中不乏美人為愛還陽，生白骨活血肉的傳奇。而這兩椎骨頭則是活生生的現代傳奇，一份魚骨撐起家，一道牛骨足夠拱起課堂，兩條脊髓，蜿蜒的脈絡，分明該委落於塵，但張曉風念頭一轉，骨頭也能盤活，張曉風真正是「奪造化之奇」，為世間種種找尋適當的位置，更能物盡其用，當保存期限已到，時間已經讀完，秒數耗盡，不該在了。張曉風卻把它們一一拾起，重新按下記數鍵。

張曉風的空間部署，跟她的文章可相照看。都是創作。把一切加回來。讓物事歸位，在我不在的地方，重新有我。

空間的加減乘除。加減躊躇。

空間是張曉風生活與創作的謎面（她在哪裡寫？空間怎麼影響她？她怎麼改變空間？），那麼，什麼才是關於空間的謎底呢？那些舊物所來由何？為何不棄？為何惜舊？為何撿？

也許，我們可以用〈情懷〉一文中所記述，她最喜歡去的兩個空間試著回答。

她寫，「有一種病，我大概平均每一年到一年半之間，一定會犯一次——我喜歡逛舊物店。」

她寫，「和舊貨店相反，我也愛五金行。」

五金行和舊貨店，大概也可以成為關於她空間部署的兩個譬喻。用她自己的話說，「舊貨店裡充滿『已然』，充滿『舊事』，而五金行裡的一張搓版或一塊海綿則充滿『未知』。」

「已然」和「舊事」，便表示那裡頭有情節，有過往，有記憶，有鋪墊許久的轉折和尚未有人知的身世。而「未知」代表空白，是無限的可能，讓人可以從頭書寫。

情節。過往。記憶。轉折。身世。無限的可能。

這不就是「故事」的所有元素了嗎？

張曉風所疼惜所愛的，不是有型之物，而是背後那份殷殷的情意。是那裡頭待考掘要深挖的故事。

〈種種可愛〉一文中，寫她每隔幾月，一定要到中華路上找那個賣大餅的北方人，雖然「我並不太買那種餅」，張曉風去的原因只是「很怕它在中華路上絕跡」。一張大餅的絕跡有何可怕呢？張曉風解

在尋求故事的大旅程上，張曉風持續叩問，持續收藏，持續寫，已經揮灑成一片散文風景。（文訊資料室）

釋：「那種硬硬厚厚的大餅對我而言差不多是有生命的，北方黃土高原上的生命。」

一張大餅也有它的故事。不識歌者苦，但惜知音稀。我在。但我總尋求那背後，「在」的原因，「在」的故事。尋求那些不在的，不在場的，卻讓我在的原因。給我一個故事。

我不在，我卻因此在了。

這樣說來，寫作，也不過就是求一個解釋，一個釋名。用她自己的話說，「我們要一個形象來把自己畫給自己看，我們需要一則神話來把我們自己說給自己聽。」

張曉風便成為找故事的人。她執著去寫，去問，問出背後的故事，加來減去，時間乘除，在時間裡躊躇，而這座城市，大至青山，小如鳥跡，廢不過一瓦一鞋一幅掛畫一具白骨，因此成了有故事的珍稀。在誰的案上供人忖度。

〈待理〉一文中張曉風寫道：「我夢見我在整理東西，並且在屋

張曉風與作家好友們出遊。前排左起愛亞、張曉風、席慕蓉、
龍應台，後排左起楚戈、隱地、馬森、蔣勳。（張曉風提供）

子裡摸摸索索的走來走去。整理東西倒不奇怪，我這半生都在整理東西，並且一直也沒整理好。」只怕這場整理，竟會持續一生，城市是一只大盒子，家是只盒子，連瓶蓋都各自有一只盒，有太多故事，甚至，「人身」可不就是一個皮囊，是一只最小又最大的盒子，張曉風裝不滿，還拚命的去找，想收納更多的記憶，問出更多的故事。

我倒是想起馬奎斯筆下的故事，小說家寫道，一位老爸爸想找教宗證明自己那死去卻猶然面容如生肉身不腐的女兒是神所寵眷的「聖徒」。他背著女兒等了一個又一個教宗。那份執念，直到他老來，女兒還未被冊封。但是，他自己成了聖徒。

也許，在尋求故事的大旅程上，張曉風持續叩問，持續收藏，持續寫，人家說「你欠我一個故事」，而她自己呢，在一路叩尋故事的路途上，她自己已經成為一則故事，意蘊深長。在她原來不在的地方。

寫作，就是一種發明
張曉風的醫學、科學、文普學

◎陳栢青

在文學之外，張曉風執教陽明大學31年。（張曉風提供）

元素：醫學、人學

陽明山山腳下稍一駐足，張曉風已從東吳大學款步至陽明醫學院。畢業後留任陽明山邊東吳大學擔任助教，後執教於陽明醫學院。學校名字裡還是有個「陽明」，離山稍微遠一些，奇怪仰頭眺山時，山看來卻大多了，倒好像是這座台北市的市山捨不得她，探頭更近她。陽明山是休眠的山，噴出薰黃的煙氣提醒人們自己不過是臥睡蟄伏，張曉風卻是始終在地動期的火山，與陽明山對望，她一手寫散文，寫對山一季花事，下筆噴紅濺紫，倒像為熟睡的山寫出它的眠夢，另一手寫雜文，化名桑科、可叵，記山腳下一城人事，幽默帶諷，風火飛花也見火力。

研究室外一片綠意，常是張曉風書寫中的重要地景。（李昌元攝影）

而在文學之外，張曉風執教陽明醫學大學31年，細火慢烘，彷彿其筆下「傳說中武則天用火力催花，不管是真是假，反正嫌俗氣，但地熱催花卻雅。」張曉風用自己半生情熱，煨暖山腳下數十寒冬，在醫學院教育中灑播人文的種子。

陽明醫學大學幾度入文，是張曉風書寫中的重要地景。有時候，醫學院是一道平面，是一扇窗，〈專寵〉一文中她寫：「從研究室的窗子望出去，相思林裡有一兩棵已經開了黃花，彷彿春天出了題目，」於是張曉風便匆匆趕赴這場春之試驗／豔。也曾伏案研究室中，因為窗來投影，有鳥懸飛而浮想聯翩，才有〈想要道謝的時候〉。又有時，醫學院是一個點，一個駐點，從點延伸，便有了路線。張曉風曾陪學生幾次下鄉義診，那是公費醫學院才有的制度，「我答應學生『帶隊』，所謂帶隊，是指帶『醫療服務隊』到四湖去」，地圖畫出的路線上，學生沿線駐留診斷病體人身，她則在文學的版圖上況寫這些醫生的人生，〈林中雜想——寫給年輕的你〉中鼓勵這些下鄉義診的青年學生：「年輕就手裡握著大把歲月的籌碼，那麼，在命運的賭局裡作乾坤一擲的時候，雖不一定能贏，氣勢上總該壯闊吧。」竟是為這些孩子開出人生的藥單來。

人身難得，人生難留。得與留之間，是點，是線，是平面，張曉風殷殷囑託的，不獨是陽明的孩子，醫學院在其筆下有所專指，卻也能擴而廣之，原來，張曉風試圖對話的，是自此地或自彼地，將來都會走上同一條路，擁有同一個稱謂的孩子們——獻給未來的醫生。〈念你們的名字〉中且云：「孩子們，請記住你們每一天所遇見的，不僅是人的『病』，也是病的『人』，人的眼淚，人的微笑，人的故事，孩子們，這是怎樣的權利。」

重點在「病」，那是醫學院孩子們念茲在茲與之拚搏的。重點在「人」，這是張曉風更想提醒孩子的。

什麼是「人」？如何感知「人」的存在？病人是人，醫生何嘗不是？如何在醫療這樣精準的一切可以實名化的科學體系之內，添入那些莫名的測不準的人／人性呢？

像一則科學實驗裡的提問，張曉風在一座名為「陽明醫學大學」的大實驗室中，當文人進了無菌間，當一雙執筆的手牽引曾望刀刃鉤針的眼，張曉風誠然是有著文學之心的科學家，她研究，她思索，當醫學遇見「人」學，當科學遭遇文學，這會化合出怎樣一番風雲際會？會激盪出什麼新元素？世界給了她一群兩眼晶亮亮有無限可能的素坯新生，她要建構怎樣的化合作用使其飛揚騰達，在世間起大大的融合與修補反應？

關鍵在於，「文普」。

訪問中，張曉風說，既然有一個詞彙叫作「科普」，是不是也能有所謂「文普」呢？「文化普及」、「文學普及」，當中文系教授學生詞曲之聲調抑揚與格律，求其精深，那在非以文學為專業的教學園地裡，她嘗試另一條路，先求其廣，試圖使文學、文化普及，入人之深，結合現代與傳統，讓這裡頭優美的物事，能薰染更多人。她舉了一個課堂上的例子，她上魯迅小說〈藥〉，有一段寫道，清晨的墓地裡，兩位老人家偶遇，老太太看了老先生幾眼，且說，「這墳裡是你孩子啊？」

問題有了，亦可以用科學的方式詢問。實驗環境：墳地。實驗組：兩位老人。彼此不知對方名姓來處。疑問：一老何以知另一老上的是「孩子的墳」，而不是妻子，祖先或是其他人的呢？老太太如何假設，我們又要如何驗證？

張曉風退休時，陽明大學出版了《陽明菁菁曉風拂》，感謝其三十餘年來的貢獻。（張曉風提供）

人學也是一種科學，求證，檢索。寤寐思之，輾轉反側。在有限所知中，求其未知。

答案揭曉，張曉風說，這裡頭牽涉的，是民俗。線索在於，小說中寫老先生擺完供品，但卻沒寫老先生「跪地」、「跪墳」。傳統習俗裡，長輩不能跪晚輩，否則對小一輩而言，是會折壽的。小說中老太太是明眼人，人情練達，一望老先生上墳動作，就心中了然。魯迅也不多寫，只精準素描幾個動作，數筆就帶過。但這數筆之間，是多少文化深層累積所致？

張曉風想從文學中告訴孩子的，是這樣的事情。

原來，她要傳達的，是生活。

文化和文學，都在生活裡。但生活要怎麼教呢？無非要靠一雙透亮的眼，和敏銳善感的心。這樣的特質，豈不正是醫生該具有的嗎？張曉風大約是另一種醫生，是醫生的醫生，她傳心，傳薪，陪孩子們走醫學道路上最初的一段，用她的「文普」學，對這些未來醫生之一生，做一番大的假設與提問，「張老師，幫我告訴院長，我會做一個好醫生。」張曉風在〈告訴他，我會做個好醫生！〉記下學生的一番話。此後，每一天，這些孩子都在反覆驗證這則承諾。關於身為一名醫生。關於，僅僅做為世間最小的基本元素：「人」。

元素：科學、文學

若實驗可以逆推，不免也想問，醫學教育的精密與科學，是否影響張曉風的寫作呢？

那問題背後隱藏的是，地景與創作場域是否反過來製造／制約創作者書寫呢？

答案可能是肯定的。但能否適用於陽明大學之於張曉風，也許還可做更深入的分析。

余光中論張曉風是「亦秀亦豪的健筆」，能婉約，能豪氣。我倒以為，張曉風固然能「亦秀亦豪」，但她的思維，其實有科學的一部分，而這呼之欲出的科學家性格，是造就她的文學不可或缺的元素之一。

科學家對世界抱有巨大的好奇。因為好奇，有疑，而求其解，故發明之。張曉風亦然。她始終對世界有諸多疑問，她好問，其散文中可見諸多專有詞彙，從花卉而至蟲鳥魚獸，她都能一一釋名，「這是過貓」、「這是寒緋櫻」、「這是赫氏角鷹」，讀罷張曉風這麼多散文，讀者或曾所疑，她如何能知其名，訪問中，我且問，老師爽朗

張曉風推薦的陽明大學私房景點，俯視台北城，是她筆下的大盒子。（李昌元攝影）

笑應曰：「就是問啊。」誠然，她在〈鼻子底下就是路〉中寫其逢路便問，自云：「問路幾乎是碰到機會就會發作的怪癖，原因很簡單，我喜歡問路。」而其所問，問的可又僅只是實體座標或是微物之名，「鼻子底下就是路」，她這一問，問出多少故事，甚至於無地覓蹤處問出路來。科學家或製物或發明公式以求解，而張曉風則寫出一篇又一篇散文來，是為答。

再者，科學家深富實驗精神。實驗不正建築在「假設」與「驗證」的過程上嗎？張曉風寫作便常親身「驗證」。〈常常，我想起那座山〉一文中，她包了計程車一路馳騁上山，途經野徑，司機偶然一句：「這種草叫『嗯桑』，我們從前吃了生肉要是肚子痛就吃它。」張曉風聽完，急叫停，下得車來，摘了一株，從其外貌仔細觀察起，「撕一片像中指大小的葉子開始咀嚼，老天，真苦的要死。但我狠下心至少也得吃下那一片，我總共花了三小時，才吃完那一片葉子。」她問：「那是芙蓉花嗎？」續之列出推斷依據。天地竟像張曉風的實驗室，神農嘗百草，而知其毒療相生之理，因此成為醫生的先祖，張曉風是醫生的老師，也親嘗草葉，落到筆下，文學科學相應濟，文學根源於實驗，激化出種種名為「美」的元素。

另一則實驗，張曉風寫在《國語日報》上，她記童年回憶，小時候讀中山國小，那時學校規定要上游泳課。但國小沒有場地，他們便徒步去東門游泳池。回程時，小小張曉風覺得熱，剛好看到路邊有人推著車在賣冰紅茶，她從口袋裡掏出錢，但怎麼算，就是不夠付帳，最後只好怯生生問老闆，我可以只買半杯嗎？老闆竟也答應她。

那半杯紅茶，一半沁涼，一半可以透過霧白塑膠杯看到外頭蒸騰變形的城，這一仰頭灌了，半生都忘不了。「這是我喝過最好的紅茶。」她說，「瓊漿玉液。好喝得不得了。」

訪問中，張曉風重提起此事。有趣的是，人都以為是回憶讓物事變美，時間久了，回憶便更甜了。或者是因為當時天熱，冰紅茶喝起來加倍的好喝。但張曉風卻開始認真的思索，對她而言，連「回憶」，都是可以用實驗加以證明的。她自己動手做。對比當年紅茶滋味，看有沒有這麼好喝。實驗結果，答案乃「否」。張曉風不放棄，又提出新的實驗假說，她想，是否當年糖的比例和品種不同呢？這便又涉及資料考察，果然，據可靠數據資料指出，彼當時人們用的糖多是黑糖，或是黃砂糖。時移事轉，現在大家都用白糖了。口味可能因此變換，亦即環境不同，提供之變因不同，而有相異結果，故回憶中紅茶較甜亦未可知……。

這是記憶的考證學。最美好，卻最科學。

我們沒有科學家張曉風，卻有一位作家張曉風和教授張曉風。她教出最科學的精密的醫學院孩子來。這其中的變化，又是怎樣神祕的化合作用？在人世裡，「張曉風」三個字也許就是謎題本身，試以文字催化之，以教學激盪之，以科學融合之，以文普學傳導之，世界發現了作家張曉風，她卻「發明」了這個世界，這一切，都在她的筆下，越是實驗，越清楚，越玄奧。

陳栢青，台灣大學台灣文學研究所碩士生。曾獲全球華文青年文學獎、聯合報文學獎、中國時報文學獎、林榮三文學獎、全國學生文學獎、台灣文學獎、梁實秋文學獎等。作品並曾入選《九十二年度散文選》、《青年散文作家作品集：中英對照台灣文學選集》。

吳晟

從年輕的時候，吳晟就已經確認自己前方的路，
不可能與腳下這塊土地分開——這信念貫徹了他的寫作與生命，
變成回饋給鄉土的重要資產。
雖然他一再強調土地與勞動的重要，
其實農作之餘，還是手不釋卷，勞動與知識並重。

（李昌元攝影）

吳晟，本名吳勝雄，籍貫台灣彰化，1944年生。屏東農專畜牧科畢業。曾任彰化縣溪州國中教師、靜宜大學中文系兼任講師，1980年應邀赴美國愛荷華大學「國際作家工作坊」訪問。創作文類以詩與散文為主，他對大地鄉土的認同，是以精神的關懷和身體力行，雙重投入，筆觸堅實而富於感情，以大自然和現實社會為文學的依歸，真摯動人，有「農民詩人」之稱。曾獲優秀青年詩人獎、第一屆中國現代詩獎。著有詩集《吾鄉印象》、《泥土》，散文《筆記濁水溪》等。

吳晟文學地圖

文學現場踏查記

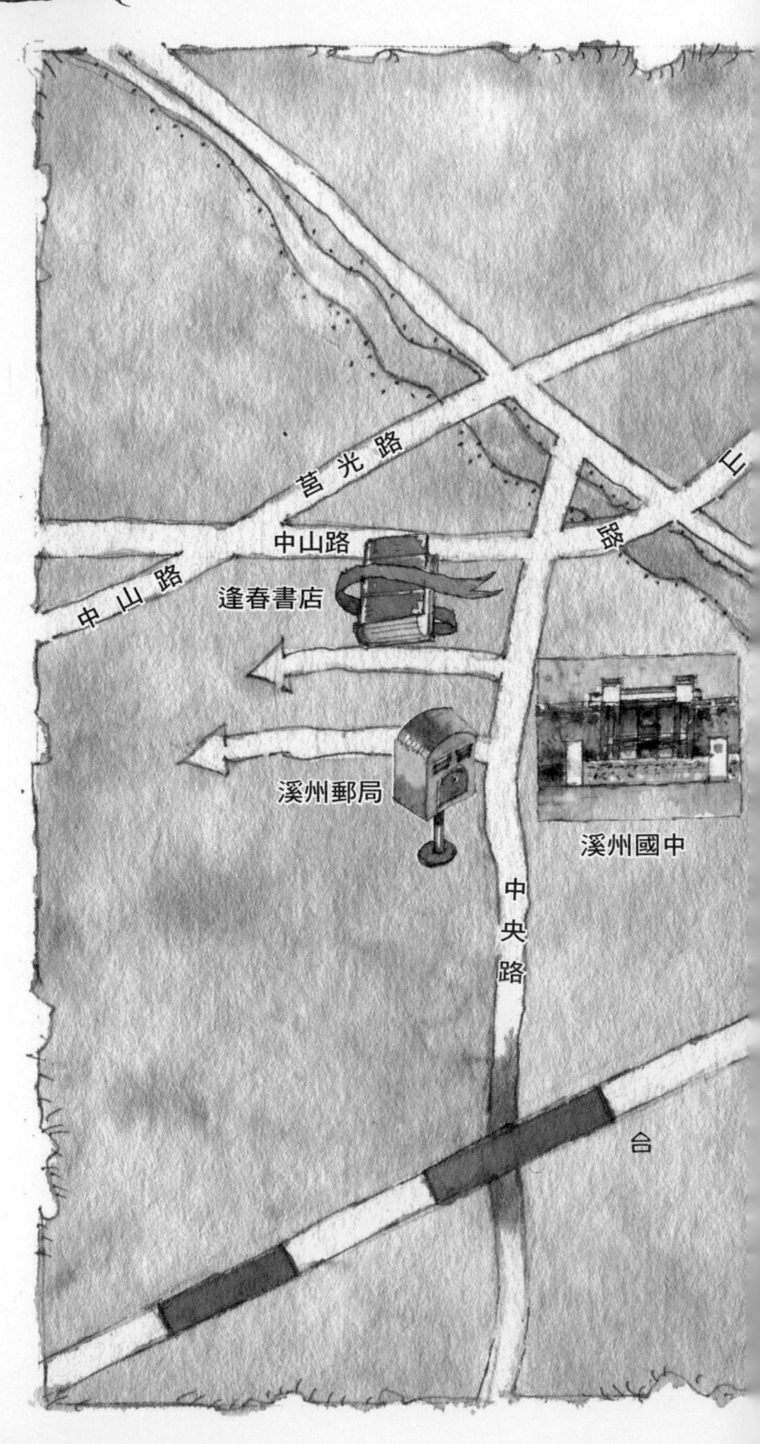

鴻林餐廳
中
N
S
溪
下
路
鐵
高
陸
軍
路
灣
圳寮國小
下樹巷
莿仔埤川
吳晟書屋
純園

手植文學森林
田園詩人吳晟在溪州

◎楊佳嫻

吳晟書屋除了詩集，亦收藏詩人所關注的生態、人權等議題的書籍。（李昌元攝影）

「我不和你談論人生／不和你談論那些深奧玄妙的思潮／請離開書房／／我帶你去廣袤的田野走走／去撫摸清涼的河水／如何沉默地灌溉田地」。罕見地做為一個擁有「自耕農」身分的作家，吳晟的詩文與人格，幾乎都是從勞動當中澆鑄出來的。如同這首〈我不和你談論〉，態度鮮明，堅定。

走訪退休後在家鄉彰化溪州種樹、下田、寫作，同時積極參與農民運動與環保事務的吳晟。他從年輕的時候就已經確認自己前方的路，不可能與腳下這塊土地分開——這信念貫徹了他的寫作與生命，變成回饋給鄉土的重要資產。雖然他一再強調土地與勞動的重要，其實農作之餘，還是手不釋卷，勞動與知識並重。而吳晟的子女，在充滿文學空氣的家庭中長大，也都與文學結下不解之緣：大兒子賢寧是醫生，女兒音寧從事社會運動，更是個風格特殊的詩人，小兒子志寧走上音樂創作之路，卻不忘把老爸的詩作拿來譜成曲。

純園・樹園

穿著T恤短褲登山鞋，步履仍然穩實的詩人吳晟，領頭走在傍晚微雨中。他要帶我們去看他的樹園，「純園」。

「我喜歡『純』這個字。一方面，『純』是我母親的單名，另一方面，純樸、單純，正是我的個性，也是我喜歡的生活，更是我尊敬的價值。」所以他看重勞動，堅持親自下田，讓手腳都能真正觸摸到土地的質感。

就在距離吳晟住家不遠，一大片樹林展開來，有粗可讓十歲孩子伸臂圍抱的成年樹，也有仍然瘦弱，大抵就是三歲孩子小腿粗細的幼年樹。吳晟手一揮：「這一塊，以樟樹為主，樹幹紋理很粗糙，可是葉子很柔軟。那些你看起來覺得還很細的，其實都已經長了十年了。根本還沒有一棵樹的樣子嘛。這樣看來，俗語說的『十年樹木，百年樹人』，根本是不對的，百年才可能長成大樹啊。」樟樹樹幹在雨的濕潤下，顏色轉深，葉片悠忽悠忽地晃動，在風中摩擦，像商量著什麼祕密。「而且，這些樹，都是真正從幼苗開始種植，不是移植成樹而來的。」

腳下踩著混合著好幾個季節落下的木葉的泥土路，幾隻小毛犬前後奔跑著，在人們腳前嗅一嗅，伸出爪子抓住褲管，像是要爭取什麼，然後又歡欣地跑開了。蚊子營營飛著，「哎，你們不習慣，剛剛應該讓你們擦點防蚊蟲的藥。像我常常來這裡勞動、走動，早就和牠們『和平』共處了。」樟樹之外，這裡還有許多樹種，例如樹蘭、陰香肉桂、土肉桂、肖楠、櫸木、烏心石、毛柿等等，多半是台灣原生樹種。路旁擺著成堆朽爛的木材，詩人說：「種樹也有失敗的時候啊，這些就是失敗的證據。它們太營養了，水分也太多，以致根扎得不深、不穩。」轉身指點樹木的行列：「種樹要顧及的細節很多，例如你看，每棵樹的間隔要剛好，不可以太密。這裡就太密了，所以只好把其中一棵挖起來，種到別的地方去，不然以後會影響其他樹木的生長。」

樹木們也給了吳晟寫作的靈感。1970年代，吳晟即有一首詩〈月橘〉：「整整齊齊畢竟是好的／至少至少，免於紛歧，有礙觀瞻／所以，我家的主人／修了又修，剪了又剪／不容許我們的手臂，隨意伸舉」，月橘被如此修剪，乃是因為它們被移植做為樹籬，「昔日悠遊的歲月哪裡去了／因為，我們是微賤的植物／我家的主人，從未在意／在黑暗的土裡，我們的根／怎樣艱苦的伸展／怎樣緊密的交結」，暗示著對於威權時代束縛精神自由的抗議。

那麼，培植這麼多的樹木要做什麼呢？「我希望以後這裡可以開放給大家，像一個免費的公園，一個生態教室，變成休閒、教學的好地方。裡頭的路我堅持不鋪水泥，也是希望讓大家真的接觸到土地」，而且，這些樹多半是台灣原生種，也寄託著吳晟對於台灣鄉土的感情，「爸爸媽媽或者老師帶著孩子來這裡，學到的不只是生態，而且是台灣的生態」。更讓吳晟高興的是，一個地方，有一個人出來做一件好事情，往往具有帶動的功能，附近有些鄰居也在自己土地上多種樹木，一塊塊小風景拼起來，讓圳寮村看上去特別濃綠。

吳晟看重勞動，堅持親自下田，讓手腳都能真正觸摸到土地的質感。（吳晟提供）

見書如見人：吳晟的小藏書館

移植了部分樟樹，空出一塊地來，由太太和設計師幾經參酌，才蓋出這一棟以透明玻璃為外觀主體，與家中原本的三合院斜斜相對的書船。書船內打造了一條迴旋的緩坡，剛好圍繞著書架區域而上，也就是說這裡根本不設置樓梯。最上層是客房，可以讓來訪的人們暫住。

這棟以透明玻璃為外觀主體的書船，是吳晟的妻子莊芳華與設計師共同規畫完成，外觀綠蔭環伺，內有緩坡順勢而上。（李昌元攝影）

書船內的書架很厚實，拿了船板當材料，塗深棕色漆，看起來特別凝重。從書船內往外望去，草地，矮樹籬，搖椅，遠遠是一塊一塊田地，午後微雨斜織在盛夏的平蕪，光線柔和起來。這艘書船，在溪州圳寮一帶已然成為景點。

這處藏書館，書籍的擺放有一定的區分。吳晟說：「不是有句話說，要看這是個什麼樣的人，就看他交什麼樣的朋友，讀什麼樣的書。所以，來到這裡，看到我的這些書，就可以明白我的性格與愛好。」例如一樓，有一區專門擺放生態環保方面書籍，有本地出版的，有翻譯自國外的，書刊所跨年代很大；如同他愛文學愛詩，吳晟對於土地環境的關懷，也是早早就發芽，長期累積的。

走到詩刊區，詩人抽出一冊薄薄的《新生文藝》，「這可是我的文學啟蒙，是在彰化地區出版，由本縣人士潘榮禮編的。」，初中時候讀到這份刊物，讓他發現了文學的美好。另外還有現已不太容易見到的《藍星詩頁》、《海洋詩刊》（1950年代由台大學生編輯）、《綠地詩刊》（1970年代創刊於屏東）、《陽光小集》、《風燈》、《星座》等。他輕手輕腳地展開摺疊起來的《藍星詩頁》，仍然保存得十分完整，只有摺疊處的痕線深了些，「以前我可是收藏了整套的《藍星詩頁》，不知道為什麼，散失了不少，現在就只剩這幾份了。」

往上去，可以看到有一區收藏著吳晟的手稿，以及與吳晟作品相關的報導、評論、學位論文。樓上還有小說以及古典文學的專區，「雖然是寫新詩，但是我知道古典的東西也是很好的養分。這些古典詩詞我也收集了，從有注釋的版本到一般面向大眾的解說我都有。」他很謙虛：「想說自己程度沒那麼好，從比較通俗的說解看起好

潘榮禮所編的《新生文藝》是吳晟的啟蒙刊物。（吳晟提供）

了。」然後呢，就是滿滿的詩集專區了，大陸詩人放一大櫃，許多都是大陸的朋友幫他買來的，台灣詩人或與台灣有淵源的一些新馬香港詩人，則另外放了兩大櫃，多半是吳晟從少年時代累積起來的。台灣詩集的部分，細看也有些區分，例如女詩人被放在一起，「這樣可以集中觀察女詩人發展的樣貌」，只出過一本或者他只收集到一本的，也集中在一起。詩集區還累疊著許多筆記本，翻開一看，都是手抄稿，有馮至，有蘇金傘，還有許多傷痕文學詩歌，「都是在愛荷華的時候抄寫的，不敢印。」而靠窗的躺椅與小桌上，稀薄的天光裡，還放著一本香港青年詩人陳滅的《抗世詩話》呢。

有趣的是，吳晟也買了許多武俠小說，金庸、古龍、梁羽生都看。他拿起一本《白髮魔女傳》，翻開來竟然還有多處紅筆畫線，詩人有些不好意思地搔搔頭，「唉呀我以前看到精采的句子，就會忍不住畫起來，就好像看詩集也是這樣啊」。

摸索出自己的道路

愛文學愛土地，即使認為自己天生是農人，吳晟這樣一個「鄉間子弟」選擇「鄉間老」之前，也曾到繁華的都市中經歷過一段時光，也曾試圖走入台北的文學風景。

上台北補習讀「初四班」那年，加上就讀樹林高中三年，早已對文學發生興趣的吳晟，也開始到牯嶺街、重慶南路去晃盪。他也經常到周夢蝶的書攤上去買詩集雜誌，旁邊就是通往大名鼎鼎的明星咖啡屋的樓梯，「很奇怪的，我卻從來沒有想過要踏上去」。因此，吳晟到了中年，才有朋友帶他去坐「明星」，但也僅有那麼一次，喝過許多文學家記憶中的那杯咖啡。

這是一種有意識的拒絕嗎？「我想，那時候沒有去明星，有幾個原因。第一個，我是鄉下孩子，總覺得咖啡廳是給『上等人』去的。第二，喝咖啡那時候很貴啊，一個中學孩子能有什麼錢？」雖然沒有上去過，「倒也不覺得特別遺憾就是了，很可能我對於以咖啡館為家的那種寫作生涯，沒有太大興趣吧。」後來，考上屏東農專，到了島嶼南方去讀書，更與台北文學圈疏遠了。到了1970年代，野人、明星這幾家咖啡廳，仍然是《現代文學》班底或者是《文季》班底及他們的朋友的聚集場所，「我自認不屬於任何社團與流派，所以也和這些場所格格不入」。同時，他也摸索出自己的道路，出版了《吾鄉印象》（1976）這本寫作生涯早期的代表作。

吳晟離開學校後，也沒有參與過任何詩社。作品曾經發表在《藍星》、《笠》，卻從來不是藍星詩社或笠詩社的一員。他認為，社團應當是一群有同樣愛好、同樣理念的人的組合，彼此激勵、合作，但是，就他所知，文學社團內部其實常有許多意見不合、翻臉不認的情況，而且因為同屬一個社團，摩擦更多。「我更期望的是朋友，而非隸屬於哪個社團的這種身分」，吳晟總是以個人身分與不同詩社的人交朋友、談文學，而不願背負集體的名號——多年以來，他一直是那個單純就是愛鄉、愛詩、愛書，能夠抗拒潮流，沒有踏上那條許多人走過的階梯的，堅持的身影。

堅持回到故家故土

吳晟總是稱瘂弦為「老師」，認為他是自己寫作道路上最重要的提攜者。瘂弦曾找吳晟去《幼獅文藝》當編輯，這個提議對他來說是否有吸引力？「怎麼沒有？當時的《幼獅文藝》是愛文學人的園地，而且那個時代擔任文學編輯，是很多文藝青年嚮往的工作——其實啊，我那時候都已經去報到了。」

《吾鄉印象》是吳晟早期代表作品。（文訊資料室）

那後來怎麼又回家鄉當生物老師呢？

「我雖然已經報到，內心一直很不安。掙扎了好一陣子，想到媽媽一個人在家務農，那個辛苦的身影，而我在台北工作，沒有辦法替媽媽分擔勞動，實在是不能安心。最後，和女朋友，也就是後來的太太，商量了一下，她也不反對我回來溪州，於是我還是拒絕了瘂弦的好意，回彰化來，太太也調到這裡來，預備把家庭建立在這裡。」而且，吳晟認為，中學時代曾在台北縣市生活了幾

到愛荷華參加寫作班大開了吳晟對世界文學的視野。前左起吳晟、艾青、聶華苓、李怡、王蒙，後為安格爾。（吳晟提供）

年，「算是也在台北闖蕩過了，見識過這裡的文化氣息了，但是台北提供的不見得是我真正想要的」，最後，他還是更願意回歸到原鄉。

1980年，有機會到美國參加愛荷華寫作班，雖然只有半年的時間，對吳晟的影響卻很大。「那時候每天哭呀，想家嘛，而且孩子都還小，多希望回到那個子女圍繞膝下的農村生活啊」，可是，另一方面，遠離了當時政治氣氛仍然冷肅的台灣，卻也讓吳晟有了機會翻看到許多禁書，尤其是文化大革命的相關資料，和大陸詩人的作品。同時，也與大陸的文學家第一線接觸，「那一年大陸方面，來的是王蒙和艾青。王蒙的官方色彩比較重，對我來說，能直接與作品中十分關懷土地與庶民的艾青談話，更是莫大的收穫。」吳晟也談起曾在美國見過沈從文，「沒有機會談到什麼話，只覺得他好沉默，後來知道了他在文革中的遭遇，而且1950年代以後也放棄了寫作。政治使文人噤聲，兩岸都遭遇到了。」

吳晟對於家鄉的感情，也從他對於彰化文史與新文學傳統的熟悉，見於一斑。他很看重彰化出身的醫生作家賴和所代表的，向不

鴻林餐廳本是黨外大老黃順興故宅，如今雖改建為餐廳，但部分建築仍保存原貌。（李昌元攝影）

公義抗議的這一支文學傳統，「今天看來，賴和的文學技巧可能是很初步的，可是他的精神是不朽的，是有感染力的。」談到客人來訪時，自己時常用來招待的一家餐廳，居然也是在歷史上有所本：「這家餐廳是當年的黨外運動前輩黃順興的豬寮，他後來跑到大陸去當人民代表了。1970年代，他是反叛分子們的前輩，楊渡、陳鼓應等人，還有我，都時常結伴來找他，所談無非就是台灣的歷史、下階層人民的命運，很有些左派色彩。在豬寮旁邊大談革命，還真是別有一番滋味。」豬寮是否可以當做一種掩護？「掩護什麼？調查人員是很厲害的，黃順興家外面都有人在站崗監視。」後來，這處住家轉手，豬寮變成園藝場，蔭綠蔥蘢，還開了家常菜餐廳。吳晟說：「每次和遠來的朋友到這裡吃飯，就會想起那個危險而充滿理想的年代！」

母親的容顏，詩的容顏

決定回到故鄉故土的吳晟，是當時家中唯一的壯丁，大哥出國讀書，小弟還未長成。每當母親——也就是《農婦》一書中所描繪的原型，辛苦地篩肥料、曬稻穀、裝穀袋，吳晟永遠都在一旁幫忙，這是很粗重的體力活。如同散文〈不驚田水冷霜霜〉裡，母親責備怕冷的兒子：「幾遍的挲草，幾遍的撒肥料，幾遍的噴農藥，還得不時顧田水、拔稗草，才能望到收割、曬穀，那一項可以拖延？還得選天氣的話，什麼都別想做。」他至今仍然細細描述農活的這種細節，而且還得看老天爺的心情，「曬穀子的時候忽然下雨，怎麼辦，只好大家同心協力，在最短時間內立刻把所有穀子收成一堆，蓋上帆布，不然潮溼的穀子可是會發芽的」。插秧、收割等農忙時節，家裡同時請很多人來幫忙，「說起來我太太實在也是吃苦，她跟著我來彰化生活，教書之外，假日，尤其是寒暑假，幾乎都在負責煮點心。」

每日在教書、農忙之後，一天來到盡頭，身軀雖然疲憊，頭腦卻因為勞動而清晰，這時才是吳晟的寫作時間。那些素樸的詩篇，都是在寧靜的農村夜晚裡琢磨出來的。在這樣的環境中琢磨出來的詩篇，母親、土地和勞動，密不可分。

母親有嚴厲也有慈愛，在母親的教誨與勞動的體驗中，吳晟淬煉身心，在規律的農村生活中找到了最適合自己的寫作方向。在散文〈感心〉中他曾說：「天下最反對我寫文章的人，大概莫過於母親了。」因為母親怕他勞身之後還要勞心，從威

吳晟的母親在田裡勞作。（吳晟提供）

不忍母親獨自耕種的吳晟，與妻子莊芳華一同回鄉工作。（吳晟提供）

學校裡的吳晟老師，教授生物科。（吳晟提供）

權時代走來，也怕他寫文章、演講，會出事情。這讓吳晟感嘆了：「什麼時候啊！我們社會上的父母，才能無所顧慮，理得而且心安的教導子女？」

可是，吳晟有許多首詩，正是以母親做為刻劃對象。例如〈臉〉：「時常沾著泥土和汗滴的臉／未經面霜、脂粉污染過的臉／是怎樣的一種容顏」，這樣的純淨不只是母親的臉，也是吳晟嚮往的世界，沒有矯飾，展現真實的模樣。還有〈手〉：「沒有握過鉛筆、鋼筆或毛筆的／母親的雙手，一攤開／便展現一頁一頁最美麗的文字／那是讀不完的情思／那是解不盡的哲理」，讓生活訴說它自己，勞動本身就蘊含著詩情。而母親在這純樸環境之中，一切顯得如此自然，她吃的「不是果汁，不是可樂或西打／不是麵包，或是夾心三明治／不是閒散郊遊，或是豪華的盛宴」，而是親手製作的稀飯和醃菜，「烈日下，寒風中／坐在雜草圍繞的田埂上」，不禁讓詩人有了這樣的感悟——「是不是伴著汗水的稀飯，特別香／是不是混著泥沙的醃菜，特別可口／母親啊，為甚麼／您竟吃得這樣坦然」。

吳晟也從母親身上學到了這樣的坦然，領會到農村生活的真意，讓他心甘情願在這裡過了數十年〈泥土〉一詩中所寫，「清涼的風，是最好的電扇／稻田，是最好看的風景／水聲和鳥聲，是最好聽的歌」的歲月。

吳晟以其布滿泥土香氣的手，寫下屬於這片土地的深情文句。（文訊資料室）

從釘根到護根

早年吳晟詩作中充滿了釘根鄉土的意識，且往往透過樹木向泥土紮根的意象來表現。例如20歲發表的〈樹〉，聲明自己是「一株冷冷的絕緣體」，「亦成蔭。以新葉／滴下清涼／亦成柱。以愉悅的蓊蓊／擎起一片綠天」，同時，堅持「植根於此／縱有營營底笑聲／風一般投來」。其「絕緣」，正合了詩人性格，對於寫詩興趣大過於結黨，對於自身思想的堅持，使他不怕那些戲嘲與時流。他固然也曾像那個年代長成的青年一般，嚮往過對岸，也試著在作品中加入一些荒漠疏離的色彩，可是，都很快地為一股泥土的召喚所取代。吳晟絕不認為自己是「失根的蘭花」，反而因為成長背景、性情以及理想的驅使，他很快就尋找到那一度屏蔽不見的根，而且有意識地，將靈魂也釘入島嶼的土地內。

扎根、釘根於土地，讓自己像樹木那樣，吸收島嶼的養分，茁壯長大，以涼綠遮蔭他人，這是出於對這塊土地以及土地上的人們的護惜。已然從學校教師身分退休的吳晟，除了照顧孫子和樹園，有了更多時間關懷鄉土所遭逢的苦難。「釘根」之後也需「護根」，要想讓土地的美好綿延下去，讓子孫也能領受，就需要對於惡劣的、傷害根柢的力量，加以抵抗。

吳晟以其厚實如蔭、布滿泥土香氣的手，將繼續寫下屬於這塊土地的深情詩句，也讓播下的文學種子，廣茂成林。

文學上的老師和品管員

◎楊佳嫻

在寫作的道路上，吳晟認為瘂弦幫助他最大。（吳晟提供）

很少有人會把瘂弦和吳晟連在一起。可是談到詩壇中，誰是吳晟的「老師」，他會說：「寫作的道路上，很多人提攜過我，其中瘂弦幫助我最大。」

吳晟在農專時期，參加了救國團主辦的大專編刊物編輯研習營。當時會參加編輯營的，多半也都是愛好文藝的青年。那時候的營主任就是在救國團另一個「關係企業」《幼獅文藝》擔任主編的瘂弦。

「剛報到的下午，瘂弦親自來看看參加活動的青年。我們每個人身上都別著名牌嘛，瘂弦一個一個看過去，看到我名牌上『吳勝雄』三個字，就說，咦，你不就是那個寫詩的吳晟嘛？」年輕的吳晟很驚訝瘂弦記得他的筆名，「當然啦，《文星詩選》是我編的，我特別喜歡你的詩，選了三首，比其他入選者都多。」從此之後，就與瘂弦結下了亦師亦友的情分。甚至，瘂弦還曾找過吳晟去當《幼獅文藝》編輯，雖然沒有真的成行，卻也顯示出對吳晟的看重。而吳晟早期的重要作品，也幾乎都是在與瘂弦密切相關的洪範書店出版。

•

從教師崗位退休後，吳晟在家鄉照料自己的田地與樹園，又蓋好了一艘書船，三個兒女各有所成，還有三名可愛的孫子，生活上可說是心滿意足。可是，吳晟所關注的台灣土地與農村，卻也不斷遭受傷害，讓他的心情無法平靜。

「我長期關心西海岸的生態情況，十幾年前已經寫過『憂傷西海岸』系列詩作」，近來，則是因為台灣西海岸美麗生態可能因為石化工業開發而毀滅，促使吳晟寫下傳頌一時的〈只能為你寫一首詩〉，再一次為西海岸發出呼聲。詩的開頭，描述了那「招潮蟹、彈塗魚、大杓鷸、長腳雞、白鷺鷥、白海豚」共同演出的豐富溼地，一旦開發案成立，這些生物沉寂消失，遺留下來的就只有面目全非的憂傷西海岸。「我的詩句不是子彈或刀劍／不能威嚇誰／也不懂得向誰下跪／只有聲聲句句飽含淚水／一遍又一遍朗誦／一遍又一遍，向天地呼喚……」所以，悲憤的詩人最後「只能為你寫一首詩」，當做面對財團與政府聯手摧毀島嶼環境的控訴。詩人有些靦腆而又得意地說：「這首詩可是經過音寧把關才發表的！」他說，近年來，女兒音寧已經成為他的詩作的品管員了。

同樣也寫詩的吳音寧，在父親眼中是一位嚴格、誠實而且好品味的閱讀者與批評者。「這首抗議石化開發的詩，第一次寫好，我拿給音寧看，很快就被她打回票，她說，寫得爛死了」，興沖沖的吳晟受到打擊，面色一暗，女兒才又補充說明：「後半部寫得不錯，但是前半部呢，還需要修改。」詩人信賴女兒，拿回詩稿，又琢磨了幾天，才呈現出現在的面貌。

為寫作同行的女兒吳音寧，目前也是吳晟寫詩的好幫手。（吳晟提供）

甜蜜的負荷，文學家庭

◎楊佳嫻

吳晟肩上永遠有甜蜜的負荷，以前是孩子，現在則是孫子。
（李昌元攝影）

吳晟的小圖書館一樓，書桌旁邊，放著一架掀開的鋼琴。

這是誰在彈的？吳晟回答，是莊老師。他說的是太太，過去同樣也在擔任教職的莊芳華。「莊老師以前會教小孩子彈鋼琴啊，你們看，結果教出了吳志寧！」語氣中同時有丈夫與父親的得意。

三個小孩，賢寧是心臟內科醫生，每日工作繁忙，為病人操煩。音寧呢，出版過報導文學集與詩集，目前一方面在溪州鄉公所上班，另一方面還是積極投入農運。小兒子志寧則和朋友組了樂團，傳唱土地的聲音，從音樂傳達與激發人們對於農村與社會的想法。吳晟說，其實賢寧能寫小說，可是寫小說耗費的時間大，非得有完整大塊的時間去構思不可，忙於工作，只好割愛，「想想當然是有點可惜。賢寧很聰明，我家裡真正把《資本論》厚厚三大本看完的，就只有賢寧，我和音寧都只是翻過幾頁，懂點皮毛而已。」相較之下，寫詩不那麼受到時間的箝制，「詩這種文類可以利用零碎時間完成，再慢慢打磨，工作再忙，還是有可能擠出一點時間來奉獻給詩。」子女都喜愛文學，受文學的激發或實際投入寫作，讓吳晟家成為不折不扣的文學家庭。

談到小孩，就不得不提吳晟〈負荷〉一詩。「阿爸每日每日的上下班／有如自你們手中使勁抛出的陀螺／繞著你們轉呀轉／將阿爸激越的豪情／逐一轉為綿長而細密的柔情」——這首詩曾被三個不同版本的教科書選入，其中最久的就是國立編譯館的版本，從1981到1997年之間，幾乎可以說是六、七年級生的共同記憶。2003年後又被選入另一個版本的國中國文課本至今，可以想見的是，這份詩的記憶，也將持續成為八年級生的精神資產。這首詩傳頌不歇，具有永恆價值，實是因為當中煥發的普世深情。詩中所謂「甜蜜的負荷」，指的即是孩子，是父母對於孩子的深厚感情，雖然有重量，雖然得付出大量心力，卻是歡喜甘願。吳志寧《甜蜜的負荷：詩・歌》專輯，與他統籌製作、吳晟親自誦詩的《甜蜜的負荷：詩・誦》專輯，即表達了他對於詩人父親的感念。父母與子女皆為彼此生命中甜蜜的負荷。

吳晟的子女們都喜愛文學，長大後或受文學的激發或實際投入寫作。（吳晟提供）

而這次採訪吳晟，除了

《甜蜜的負荷：詩‧歌》、《甜蜜的負荷：詩‧誦》專輯
是吳晟、吳志寧父子兩代合力的作品。（文訊資料室）

帶我們看那些樹園、農地、藏書館以及圳路，談論他的寫作理論與文學生命外，許多時間他都是不得閒的，因為手上總有個孫子，由他抱著哄著。這是賢寧的孩子，身體有些不舒適，卻特別喜愛阿公的懷抱：「他最喜歡把頭擱在我的肩膀上睡覺了，因為我長年勞動，肩膊較寬厚，孩子倚靠起來更安心。」吳晟說，從前自己的幾個孩子，他也都是親自幫忙帶大，絕對沒有把養育孩子看做是女人才應該做的工作，「帶孩子我的經驗可是相當的豐富」。於是，30年前手上是子女，30年後手上是孫子，吳晟總是願意背負這甜蜜的負荷，如同詩中他說的，對於下一代的關愛，就如同上一代對自己的關愛一樣，這是一代代傳下去的一種親密依賴。

楊佳嫻，台大中文所博士。創作文類包含詩、散文、評論。曾獲台北文學獎、梁實秋文學獎、全國學生文學獎、全國大專文學獎、寶島文學獎、台灣文學獎、宗教文學獎、中央日報文學獎等獎項。著有《屏息的文明》、《你的聲音充滿時間》、《雲和》、《少女維特》等。

莫那能

莫那能的創作不只是為了創作，也從來不只是創作，
「說我是文學家，那真是很荒謬的一件事，」
如果他的文字能感動人，只是因為他就在現場。
阿能說：「與其說我是詩人，我寧可稱呼自己是搞運動的。」

（鄭安齊攝影）

莫那能，漢名曾舜旺，籍貫台灣台東，排灣族人，1956年生。大武國中畢業。因罹患視弱全盲而無法進入師專、軍校就讀，曾應邀至美國愛荷華大學及日本訪問。曾獲「關懷台灣基金會」文化獎助。創作以詩為主，於作品中敘寫台灣原住民集體心靈深處沉積的怨恨和自卑，表現對於台灣少數民族諸問題的認識，表現出了原住民的精神和生命力。著有《美麗的稻穗》。

莫那能文學地圖

文學現場踏查記

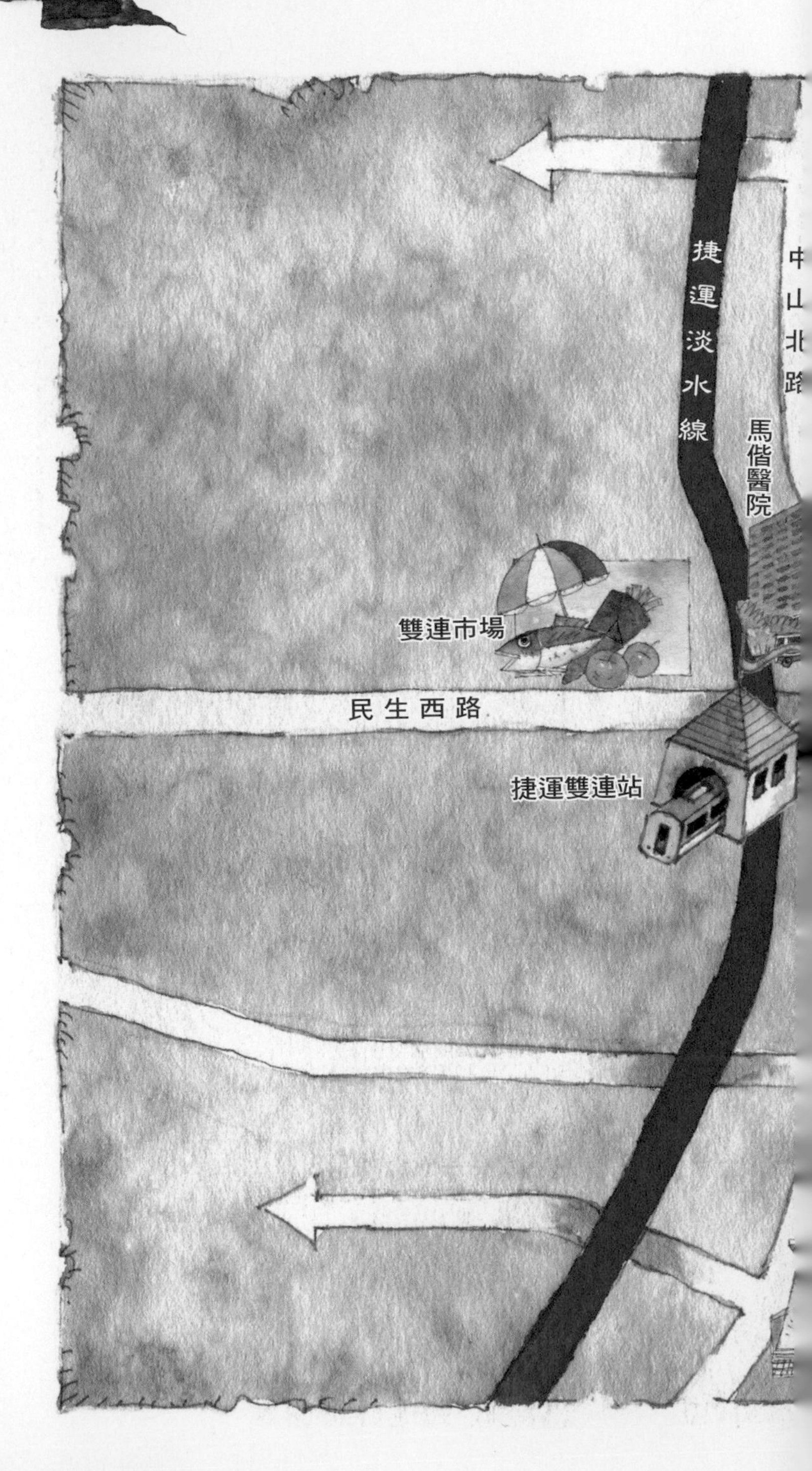

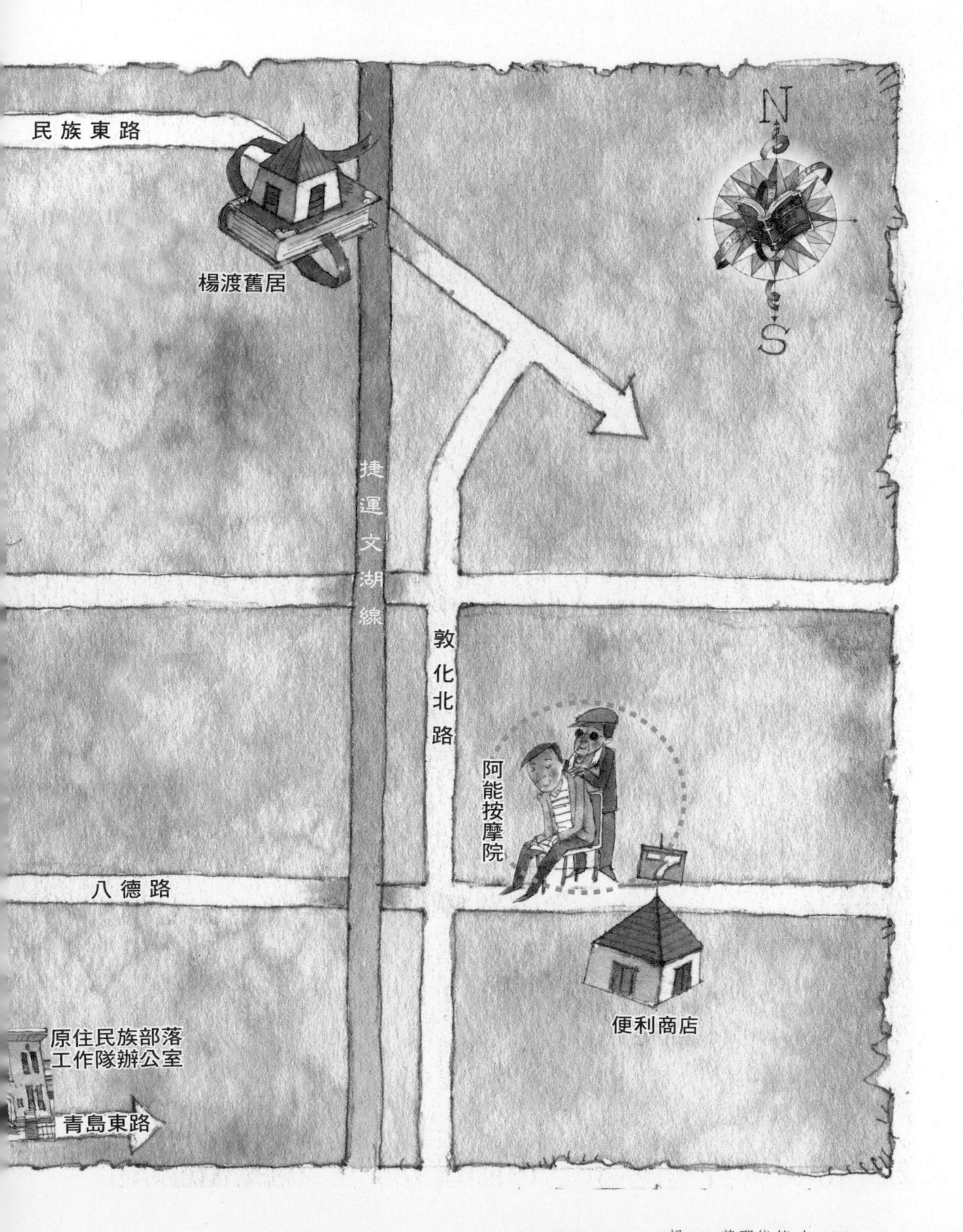
民族東路
楊渡舊居
N
S
捷運文湖線
敦化北路
阿能按摩院
7
八德路
便利商店
原住民族部落
工作隊辦公室
青島東路

破敗的落葉
詩人莫那能的台北奮鬥記

◎江一豪

年輕的莫那能，還未全盲，在台北街頭闖蕩。（鐘俊陞攝影）

在現場，篤定的聲音

孬種，給你一巴掌
教你醒醒
看向前方，跨步
清楚地認識一切
雖然難聽，但是必要
患難才是真心
我們要一同流汗、疲乏
痛苦、憤怒、流血

甚至是受千刀、挨萬剮
頂多是如此而已
誰教我們的血是被凌辱的
誰教我們看見一切迫害的真實
從過去到現在……

——〈孬種！給你一巴掌〉，《美麗的稻穗》

離開祖母跟阿魯威溪，莫那能困在台北市裡租來的20坪，每個月2萬5。

像是想起什麼，莫那能突然中斷談話，起身朝廚房的方向走去，「你有抽煙嗎？」太好了，我趕緊應和「有啊！」並快步跟上，伴著他一起在流理台前站定。原本阿能都是大大方方地在餐桌前吞雲吐霧，不過新的菸害防制法通過後，八德路上這間既是按摩院也是住家的地方，搖身成為公共場所，他得像個學生，躲在教官看不到的地方偷偷吸上幾口。

能跟他一起窩在廚房抽煙，讓我心安不少。

陳映真曾說莫那能是「台灣原住民民族解放運動的第一個詩人」，而他的詩集《美麗的稻穗》，更是台灣文學史上第一本原住民詩集。莫那能這個已在台灣原住民運動史、台灣文學史上留名的詩人，有的是長篇累牘的文章與紀錄，遲至此時才進行採訪的我，如何

莫那能在都市裡的按摩院，招牌夾雜在窄仄的機車騎樓間。（江一豪攝影）

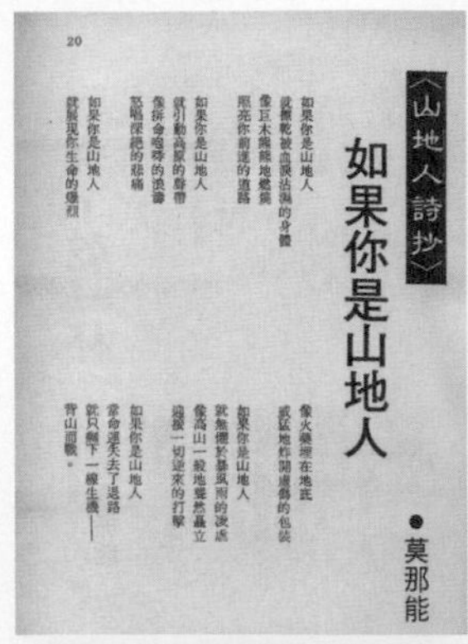
20

〈山地人詩抄〉

如果你是山地人

●莫那能

如果你是山地人
就擦乾被血淚沾濕的身體
像巨木熊熊地燃燒
照亮你前進的道路

如果你是山地人
就引動高原的聲帶
像拚命咆哮的浪濤
怒唱深絕的悲痛

如果你是山地人
就展現你生命的尊嚴
像火藥埋在地底
就猛地炸開虛偽的包裝

如果你是山地人
就無懼於暴風雨的淩虐
像高山一般地聳然矗立
迎接一切逆來的打擊

如果你是山地人
當命運失去了退路
就只剩下一線生機——
背山而戰。

莫那能出口為詩，在好友李疾、楊渡的幫忙下，「寫」下〈山地人〉、〈美麗的稻穗〉等詩作，刊在《春風》雜誌。（文訊資料室）

《美麗的稻穗》是台灣第一本原住民詩集。（文訊資料室）

發掘出新的內容、轉譯出新的意義，不但是採訪寫作上的挑戰，從某個角度而言，我們之間的問答都得面對一個更廣大且深刻的思索：

莫那能，這個名字跟他的創作對當今台灣的意義是什麼？

莫那能的老友，社運工作者陳素香（阿香）帶著點調皮的口吻：「阿能，大概已經被當成神主牌了吧。」我苦笑著聽她繼續說，「如果運動能夠前進，哪還需要神主牌呢？」阿香的話也是我的焦慮：莫那能的名字愈是不斷地被他人提及跟翻揀，是否愈是反映後繼無人與社會力的集體衰退？

莫那能的創作與實踐，從來不是為了成就一面神主牌。

1986年，南投縣信義鄉公所在布農族人從日據時代以來便持續使用的墓地旁，豎起一塊告示：「本墓地編定為東埔風景區，觀光旅社區；基於風景區觀瞻及地方繁榮實須廢止。」一年後的一個早上，在未告知墓土家屬的情況下，祖先安息的墓地就這麼一座座被輾破，墓碑、磚瓦、棺木甚至屍首，讓人觸目驚心地四散開來。

當時已經成立的台灣原住民族權利促進會（簡稱「原權會」），在得知此事後隨即指派幹部前往了解，並著手動員前往行政院前抬棺抗議。當時阿能已經全盲，受限於行動不便並未參與規劃，只能在行動當天參與抗議。「那時候一夥人聚在前進周刊辦公室鬧烘烘地準備出發，我隨口請人家把文宣唸給我聽。」不唸還好，這一唸可不得了，只見阿能氣得全身發抖、坐立難安，一旁的張富忠觀察到他的反應，走過來問怎麼回事，「這是在寫什麼東西！難道寫文宣的人不會感受嗎？」「哪裡要改？」「整篇都不行！」「可是重寫來不及啦！」「去拿紙筆！」

不到幾分鐘的時間，〈來自地底的控訴〉這首詩完成了，取代原先的版本，成為當天行動的主文宣。「反正在雜誌社嘛，重印很快。」回想當天，阿能念起這首詩，「那寧為走狗的族人／他們把自己變成馬桶的坐墊／當魚肉族人的人們坐享時／他們還要感激的說：／謝謝主人賜給溫暖」，阿能哈哈大笑起來，「這幾句根本就是謾罵了嘛，可見當時我有多憤怒。」

讓我們再回到更早一點，那時莫那能還沒全盲，也不擅長創作，「要寫東西給人家看，心裡也是很害羞、很怕。」受限於學經歷，困住他的不僅僅是陌生的漢字，還有自卑。

莫那能當時已結識不少黨外運動的朋友，跟台大的學運分子如王增齊、李文忠等人時常往來。有一回朋友找他跟幾個台大的原住民學生認識，「心裡真的很興奮，畢竟自己只有國中畢業，再怎麼想為族人做事，好像也沒那個能力跟頭腦。」帶著期待，甚至幾分崇敬的阿能終於遇到了同為原住民的知識青年，然而方才讓他胸膛發熱、那股終於找到同志齊力為弱小民族奮鬥的衝勁，卻在彼此相見後煙消雲散。「總覺得我們的觀點差異很大，許多我覺得很憤怒、應該強力批判的事情，怎麼他們都沒什麼反應？」談著談著，意興闌珊的阿能順口跟這群知青要一本他們所編輯的地下刊物，好為這場聚會暫時畫上句點。「大概是戒嚴時期的本能防備，他們還沒把我當成自己人，」這群知識青年開始推拖起來，說什麼都不願把刊物交給他。阿能被酒精催化起來卻壓抑許久的情緒，在這一刻終於爆發，「你們怎麼那麼逃避啊？我一火大，揮手一巴掌就打過去了。」

阿能總是笑著帶我回到他過去創作的地方。在那裡，阿能的創作不只是為了創作，也從來不只是創作，「說我是文學家，那真是很荒謬的一件事，」他謙說自己能運用的漢字不超過300個，如果他的文字能感動人，只是因為他就在現場。

「與其說我是詩人，我寧可稱呼自己是搞運動的。」我聽見，很篤定的聲音。

為了湯英伸事件，莫那能（右二）、陳映真（左二）、
鐘俊陞（左一）到自立晚報開會。（鐘俊陞提供）

現在的壓迫是慢性毒藥

> 告訴我親愛的，
> 是誰、是誰帶來這麼多的苦難，這麼多的苦難。
> 用我們的血用我們的汗，告訴他們，
> 請你們拿開那雙遮住陽光的手，
> 還給我們一絲溫暖；
> 用我們的血用我們的汗，
> 換來明天掛在子孫臉上的春天
>
> ——〈全新的感覺〉，《美麗的稻穗》

人間雜誌社為莫那能編寫一部回憶錄，題名為《一個台灣原住民的經歷》。是的，莫那能的遭遇見證了一整代原住民的經歷，當年台灣的原住民得出遠洋、下礦坑、爬鷹架（其實現在還是）；當年原住民的男人會被仲介賣去做苦力、少女會被賣進妓女戶；當年的原住民像豬、像狗。

現在呢？

德國導演何索（Werner Herzog）的作品《史楚錫流浪記》（Stroszek），主角史楚錫在跟隨他心愛的女生遠赴美國尋求重生之後，沉痛地做出這樣的結語：「在這裡，他們不會拳打腳踢，而是會彬彬有禮地傷害你。」

在阿能用親身經歷創作的那個年代，原住民被赤裸裸的、在一黨專制的壓迫下生存，「當年簡單嘛，要算帳只要找國民黨、找姓蔣的就可以啦！」時至今日，聲稱已經有政黨政治、民主制度的台灣，原住民的處境似乎已不再是個問題。莫那能這個名字跟他的遭遇，彷彿成了一則供後人研究、宣傳的材料。畢竟原住民被剝削的命運，不是已經像歷史、傳說乃至於神話一般遙遠了嗎？

「當然不是啊！過去的壓迫像是炸藥，大家都看得到；現在像是慢性毒藥，每個人連自己受害都不知道。」阿能的話我懂，我當然懂。在2008年2月見證三鶯部落近30年來第七次被拆遷的我，親眼目睹部落被夷為平地，族人被分成兩半：一半被迫住進為期兩年的臨時安置住宅，不時有保全人員督導他們的生活作息，催促租金繳納的進度；另一半則苦守在家毀物壞的廢墟裡，含淚重建家園。

當年的獨裁政權點燃人民反抗的引信，促成黨外運動興盛發展，更掀翻國民黨罩在人民身上的鍋蓋，但當民進黨正式登上政治競技場，根本也沒能止住持續加在人民身上的水溫。

人間雜誌社為莫那能編寫回憶錄，題名為《一個台灣原住民的經歷》。莫那能的遭遇不只是個人的，同時也見證了一整代原住民的經歷。（文訊資料室）

狂風般的詩作

是的，
幸福是從痛苦中，
掙脫出來的。
自由是從鐐銬中，
掙脫出來的。
我要重新在大地上
站立，
為少數民族的未來命運

拚著這一身肉軀
讓這一顆燙熱的心，
無私地燃燒！

——〈燃燒〉，《美麗的稻穗》

為了反映許多情境、心靈不斷被刺傷的莫那能，不得不以敏捷的創作速度，為他以及族人的受壓迫而吶喊。他的吶喊聲不僅撫慰了自己，更在那個黨外運動蜂起的年代，添加星火燎原時不可或缺的狂風。「絕對不能說因為有我的詩，才有原權會。運動是許多人促成的，但我的詩確實多少催化了原權會的成立。」

1984年，為少數民族伸張正義的原權會，在眾人的殷盼下誕生。莫那能也用〈燃燒〉這首詩，為這個台灣史上第一個原住民政治團體寫下註腳。這是他少數必須字斟句酌、再三琢磨的作品，「要定位原權會的時代意義，有比較多的掙扎，跟必須下判斷的過程，寫起來也就比較辛苦。」成立原權會是民族的大事，要為她寫一首詩，阿能得萬分慎重地緩慢前行。

時移事往，當年催生原權會的胡德夫、莫那能等人卻在10多年後發出一篇〈讓原權會走進歷史〉的連署書，聲明裡的第5、第6條是這麼說的：

5、1984年以來，「原權會」致力於原運所哺育的菁英，絕大多數已被漢族政治勢力收編，或者淪為教會組織的資源與勢力的附從者，背離了原住民族主體在追求民族平等，民族解放的終極目標。

6、「原權會」近年來的無力化、空洞化，遠遠脫離了原住民族各部族的在地戰鬥，與各部族，各區域的團結路線，嚴重地阻礙並束縛了原住民族的解放運動。

「到後來，我都不太好意思說自己是原權會的成員。」回顧壯闊的過往，阿能開始反省自己的創作：「曾經，掌聲熱烈的時候，我以為自己的文字能對原住民社會發揮積極的發酵作用，可是當921震災發生後，跟著部落工作隊進到部落，我才發現豈止是被地震毀壞的災區，即便是沒有受難的地區，我的族人根本每天都像活在災區裡嘛！」

因為921震災而積極巡迴造訪原住民部落的莫那能，不只看到被天災壓壞的房舍，更聽見族人在制度結構下啜泣，「為了工作而分離，家庭因此紛紛擾擾；讀不起書的中輟生，到都市裡當小流氓；親戚為了金錢動刀動槍，家族因為選舉利益勢不兩立⋯⋯。我以前的部落，是看不到這些東西的。」

詩人說，原來他的詩什麼都不是；詩人說，他曾經寫下的一行一行的詩就像回射在自己心頭上的箭；詩人說，他過往寫下的一個一個的字，都變成土石流的巨石淹沒了自己。

「這也是我很久都沒辦法再創作的原因之一。」阿能深吸一口煙，吐出這句話。

詩人困在沒有森林的都市中

訣別了，彩虹
不必為了我看不見妳的七彩嘆息
因為我在善惡無度的人間
雖然失去了高高在上的美麗
卻獲得了結實的黑白分明

——〈訣別了，彩虹〉，《美麗的稻穗》

到過「阿能按摩院」的人，一定都會為那整潔的環境留下深刻印象。「怎麼辦到的？就蹲下來、趴在地上，每個角落每個角落地擦。因為掌握不到擦拭的距離，同樣一塊地板，別人擦一遍，我擦三遍。」「地板我擦，廚房給小華負責。」我看見，阿能跟他的妻子張屏華在那20坪的空間裡，辛勤撫拭那無處不在的塵埃。

除了擦地板，阿能也負責買菜。為了20多年前罹患的甲狀腺癌，他至今每個月都得到醫院追蹤檢查，家裡所需吃食的蔬果魚肉，也就由他從馬偕醫院附近的雙連市場採買。還有比看病、買菜更重要的事，「去便利商店買香菸！」因為本來開在樓下的超商前陣子搬到對街去，阿能只得「冒著生命危險」隻身穿越馬路。「沒辦法，沒有煙會死掉啊！」

醫院、市場、超商，還有不定期的校園演講或跟部落工作隊的團

莫那能賴以維生的「阿能按摩院」。（江一豪攝影）

隊會議，阿能的生活就在這有限的幾個定點上來回。越過這些定點的移動，則多半意味著「狀況來了」：多年前在延吉街籌措300多萬開張的阿能按摩院，不堪房東連年調漲租金，硬是在賠本的情況下，轉移到今天的八德路上。

原本專屬於視障者的按摩工作，在二年前遭大法官會議解釋違憲後，按摩院的生意因為明眼人的投入而明顯萎縮。我的採訪之所以能順利進行，都是因為阿能又度過了毫無收入的一天。「如果可以回到家鄉，何必在都市裡困得那麼辛苦呢？」工作機會有限、耕作已無法維持、有限的房舍更無法容納三兄妹的家庭。種種必須理性思考的難題，讓詩人暫時壓抑對故鄉的思慕，「回去也會拖累家人，得靠他們協助才能生活。」都市沒有森林，卻弔詭地用便利商店跟按摩客，把詩人困在裡頭。

隔代教養、低學歷、疾病、原住民、視障者……，莫那能的每個身分，都是一層壓迫，但他卻說，「跟其他原住民比起來，我是最幸運的。」因緣涉入黨外運動，成為名聲響亮的一號人物，莫那能確實占有一些優勢，「而且資歷夠的話，還可以轉換成錢子咧！」有那麼幾次，他們衝著莫那能的名號來了。

民進黨、新黨都曾找過莫那能，邀請他代表政黨擔任不分區立委，「我知道他們只是想把我當招牌，但就算這樣，我也有把握自己不會變節，」若再把私人利益考量進去，「開玩笑，只要我答應，不只自己的問題能解決，弟弟、妹妹的家庭也能一起解決呢！」那時家族裡的困難，已經到了每次聽到「089」（台東縣區碼，家人的居住地）開頭的電話，就足以讓阿能心驚膽顫，只怕接起電話又會讓人心頭一沉。

「該當官的都進去當了，總要有人留在運動吧。」一個素樸的理由，讓阿能拒絕了政治的收編；同樣的理由，也讓他拒絕了金錢的籠絡。

2004年大選後，府方相關人士願意提供三千萬私下給莫那能運用，莫那能希望公開捐給團體，但對方表示不方便。於是莫那能就簡潔有力的拒絕了。

「我所有生命歷練的根本，是民族的養分養成的。我之所以能通過幾次肉體、精神上的衝擊，在30、40年來離開部落還活得很自在，要感謝那塊土地，以及那塊土地上人們的滋養。如何回饋他們，是我的使命跟義務，」阿能頓了一下，「嗯……，說義務比較好，否則就是太膨脹自己了。」潔癖的莫那能，始終覺得自己是運動的既得利益者，「沒有運動，我那裡有機會到處去演講、吹牛。」

醫院、市場、超商……，莫那能的生活圍繞在幾個定點移動。（江一豪攝影）

你永遠不要忘記你叫莫那能

我莫那能只是一張破敗的落葉
欣賞也罷
憐憫也罷
踐踏也罷
今天已不再緊要
因為我已經擁抱一個臨終的誓言：
讓我好好變成肥料
讓明年的春天更加美麗

——莫那能的座右銘

莫那能——一個台灣原住民的經歷，母親在他年幼時病逝，父親為了撐起生計，跟家人聚少離多，只能靠vuvu（祖母）拉拔他跟弟妹長大；長大後，他的弟弟被「當」去做童工，三年7000元，妹妹被人口販子押去當雛妓；當他自己也得到都市販賣勞動力的時候，更親身咀嚼了「奴工」、「歧視」、「壓迫」這些詞彙的滋味。

如果沒有在吃人的都市裡結識黨外運動，或許那個因受盡欺凌，憤而手刃老闆卻觸動台灣社會深切反省的原住民青年，名字就叫莫那能，而不是後來的湯英伸。

運動不只給他溫暖，更拉起他對自己及原住民處境更結構性的理解：原來不是原住民笨、不是原住民落後，而是我們的遭遇是不折不扣的文化跟階級衝突。在小學課本裡，打死雙頭蛇的孫叔敖，是表率；但是部落的長輩告誡我們，看到蛇在交配得繞道而行，驚擾牠們的人必將得到不孕、難產的厄運，「學校老師卻說這就是迷信，」然而在黨外運動傳遞的進步觀念裡，莫那能才知道「他媽的，原來我們的文化早就在強調生態保育嘛！」

不是每個原住民都有機會認識社會運動。都市的巨大力量，強有力地侵蝕每個原住民身上的傳統倫理，也一併刷洗出資本社會定義下的價值觀。過去在部落，族人為了生活，有時得冒個小險，進到林務局的領地徒手摘些蓮花、愛玉，好賣點錢補貼家計，「從都市回來的

莫那能（右）與一手拉拔他與弟妹長大的vuvu（左）。（鐘俊陞攝影）

可不一樣，他們有更大的觀念，會去貸款買機器，把整棵大樹給伐下來，一棵就是上百萬。」

「斯文」的方法也有。看準原住民流離失所的處境、看準原住民對土地的情感與渴望，「打著入黨就可以分地」的原民黨，大張旗鼓地在社群內招募會員，「他們真的好敢喔，連我的岳母也被募款。」充滿優越感的都市，靠著壓搾弱勢者的血汗茁壯，也讓受害者學會如何搾取別人，「這些烏魯木齊的事情，都是在都市裡發展出來的。原住民在都市被騙，又騙不過漢人，只好騙族人補回來。」傳統文化、民族自信也就這麼一點一點在他人與族人的交互掠奪中，萎靡。

目睹這一切改變，詩人說：「想想我這一生好像做了很多事情，實際算起來也不算什麼。」許多人都以曾經參與過原運為榮，但從今天台灣原住民的處境來看，莫那能嚴格地反省、批判加諸在自己身上的光環。

vuvu知道阿能的感覺。從日據時期就遭遇過壓迫與侵略的她，有著跟阿能殊途同歸的哀愁，即便她生前從未認真問過阿能究竟在做什麼，但兩人的默契足以讓vuvu知道，莫那能是在為民族做事、盡一點心意。

臨終前，vuvu問：「我一直在等你回來，你知道你的名字嗎？」

莫那能說：「我知道，我是莫那能。」

vuvu說：「很好很好，你永遠不要忘記你叫莫那能。」

我把眼睛閉上，試著回想這幾天在阿能按摩院裡聽到的聲音：因為我來才打開的冷氣開始低聲運轉、阿能在說話、臥室裡的阿能嫂，跟朋友在電話裡交談、廚房的抽風扇嗡嗡旋轉，打火機緊跟著啪擦一響、窗外偶爾傳來的喧嘩，很快就被阿能的咳嗽聲給壓了過去……

我張開雙眼，看見莫那能的鬍鬚間，跳動著斑白的光澤，「如果運動再沒有改變，我也該活得輕鬆一點，準備回到部落等死，要去見祖靈了。」我等阿能笑完，繼續問他：「在那之前呢？」「至少再拚個十年吧！」

困在台北市裡租來的20坪，莫那能從來沒有離開過祖母跟阿魯威溪。

莫那能在三鶯部落

◎江一豪

在部落成長，而後受運動啟蒙並對原住民主體意識有所覺醒的莫那能，自認是「百分之七十」的原住民。（鄭安齊攝影）

這個年輕女子正跨著大步往前行的當兒，突然背上感受到子彈穿刺的撞擊，一陣劇烈、尖銳、短促的痛楚。

無論如何，她都得在說定的時間到達。街上一片荒蕪。她繼續前行，假裝什麼都沒發生。

假裝是無法持久的。

——《口信》（Le message）／安德烈·佘蒂（Andrée Chedid）

淪為一片廢墟的三鶯部落，是我認識的第一群原住民朋友。

2008年2月，位在台北縣三鶯大橋下的三鶯部落，近30年來第七次被政府拆除。我看著部落把散落在地上的木材、帆布、老人的衣物、孩童的玩具，連同傷心一併收拾起來，著手在劫難中重建。後來，我也從原來的報導者，投入協同族人抗爭的組織工作。

究竟我們是如何一起走上街頭、重建部落？這三年來的過程還真有點不知從何說起，畢竟烙在每個人心頭的印記，其形貌與位置也勢必各有不同。對我來說，那個永遠會被拿來提醒自己的畫面，不是強制拆除時的悲泣，也不是在街頭激昂的吶喊。那是個安靜的傍晚，我一個人坐在聚會所前等候部落開會。

整整三個星期，我獨自坐在聚會所前，度過一個又一個安靜的傍晚，然後離開。

後來情況好了許多，三鶯部落找到重建部落的方法，她的抗爭故事在時間與熱情的傳遞下，漸為人知。如今她已成為不少學生、社團參訪的地點，在大大小小的參訪中，讓我印象較深的是，那回姚立群帶了幾位視障朋友到三鶯部落。這群人有著我意料之外的旺盛好奇，不但興奮地問東問西，每每聽到有趣的事物，還會搶著說「我要看我要看」（其實就是用手一路撫拭）。我就這麼看著他們的雙手，沿著部落大門旁族人用水泥塊堆疊起來的圍牆、鐵絲網、拒馬——這些三鶯部落自救會展現抗爭決心的設施，一路「看」過去。

這個畫面令我感動。因為從未有人像他們一般，去感受水泥塊的重、鐵絲網上的刺。對明眼人來說，那不過就是「喔，我看到了，我知道了」這麼回事。也是直到那一刻我才知道，有時候視障者比明眼人「看」得見更多。我不禁猜想，莫那能的盲，是否為他保全了更多？因為看不見，那個專屬於他的部落，反而能在記憶中、腦海裡日久彌新？

那時候，小阿能跟vuvu上山去工作，在躲雨的時候滑了一跤，vuvu叫他不要哭，「否則山頂上的樹公公會笑你。」小阿能說他沒聽到，vuvu說：「有啊，你聽聽看。」還是沒聽到，小阿能問vuvu：「妳到底聽到什麼啊？」「樹公公說，跌倒算什麼，有什麼好哭的，我每年都要張開手臂迎接暴風雨好幾次，幾百年來都是這樣過的啊。」

長大後，阿能有一次跟vuvu聊天，「莫那能」這個名字是祖父還是祖父的兄弟傳給他的？vuvu說是祖父的弟弟，而且「他也有參與過對日本的抗爭。」與有榮焉的阿能接著問，家族中那個「莫那能」是大家心中的英雄？vuvu說是祖父上一輩的那個「莫那能」，「他做了什麼？」「他救了一隻飛鼠。」實在憋不住，阿能再問，「為什麼救了一隻飛鼠是英雄，跟日本人作戰的莫那能不是？」「打死人本身就是罪，再怎麼贏都是有罪，怎麼可以是英雄？」阿能頓時驚醒，頓時從國民黨黨國教育底下的那個忠黨愛國、捨身取義下的教條中驚醒。

這些人這些事，是阿能在跟vuvu生活的過程中，點滴涵養而來的文化倫理。即使她們往往在漢文化優越的體制下被貶抑為迷信與落後，卻足以守護這個「莫那能」，抵禦都市文明的侵略。只是在都市裡生活了大半輩子，阿能說：「嚴格來講，我只能算是百分之七十的原住民。」

如果在部落成長，而後受運動啟蒙並對原住民主體意識有所覺醒的莫那能，都只是「百分之七十」的原住民，那麼這一代在都市生長的「都市原住民」，會是幾成的原住民？離鄉背井的原住民，如何在鋼筋水泥的公寓大樓裡，傳承曾經有過的部落文化？「這還不提我們每天得為了生活而心力交瘁！」

如果只剩下一年的時間可活，對個人而言必然是極為巨大的震憾；但我們卻可以毫無知覺地，默默目送一個文化走向臨終。「我身上有過的文化洗禮，再過10、20年就很有可能變成傳說。」阿能激動地斷言，如果台灣在十年內再不創設原住民自治區，「就再也沒機會了，因為到時候連原住民自己都不知道成立自治區有什麼意義？我們自己都不懂什麼是原住民的概念、哲學觀了嘛！」

原來，三鶯部落的族人每每要在拆除後的廢墟上重生，不只是無力擔負高價商品化住宅的結果。潛藏在他們心中，還有那漢人優勢階級所難以理解的、渴望在都市叢林延續身上僅存的文化價值。三鶯部落的族人說：

「在部落，可以每天講母語。」

「橋下的環境，跟故鄉很像。」

「在這裡，我們不會被歧視。」

三鶯部落的抗爭，是渺小、卑微的渴望，卻也是檢驗台灣有無轉

莫那能的詩終於也開始，一首一首張貼在三鶯部落聚會所的公布欄，
族人在他的文字前駐足、討論。（江一豪攝影）

型正義，還是政客虛情假意的試金石。我很幸運，自己的第一個原住民朋友是三鶯部落——他們沒能步上星光大道載歌載舞、也無法在國際比賽上揮出再見安打，他們並未廣為人知，卻是更多台灣原住民的真實經歷。我更高興的是，莫那能的詩終於也開始，一首一首張貼在三鶯部落聚會所的公布欄，族人在他的文字前駐足、討論。

阿能終於來了，他過去撒下的種子，正在都市的部落裡發芽。

江一豪，中央大學中文系畢業，曾任雜誌、報社、苦勞網記者。現為搬家工人、三鶯部落自救會顧問。

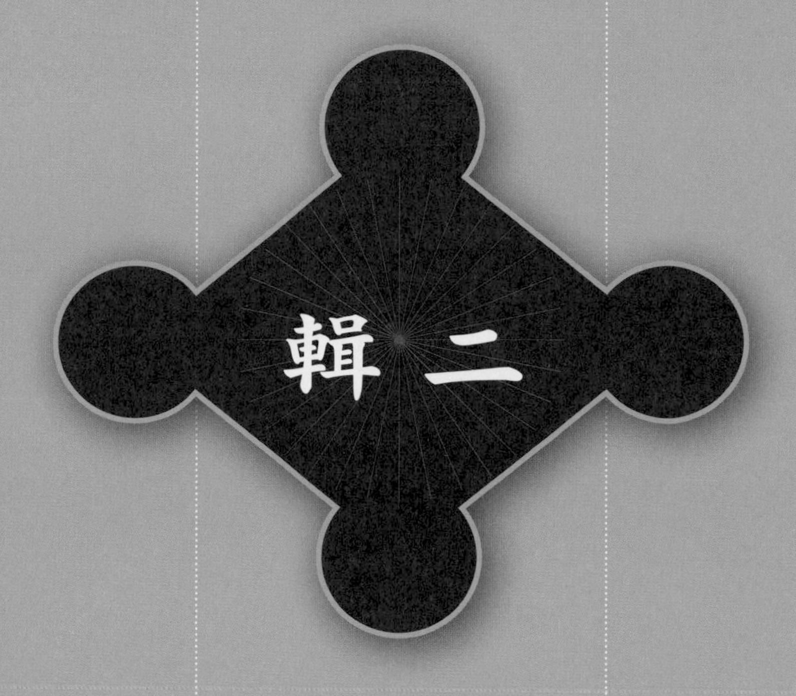
輯二

文學現場踏查記

萊園

走入萊園，
沿著小溪，閒步至虹橋畔，
望著五桂樓的殘蹟，
遙想當年櫟社詩人們聚會吟詠唱和的情況，
其歷史光影就好似老電影一般的逐漸開始在眼前晃動。

萊園入口，門上對聯盡顯主人的淡泊寧靜。（李昌元攝影）

萊園文學地圖

文學現場踏查記

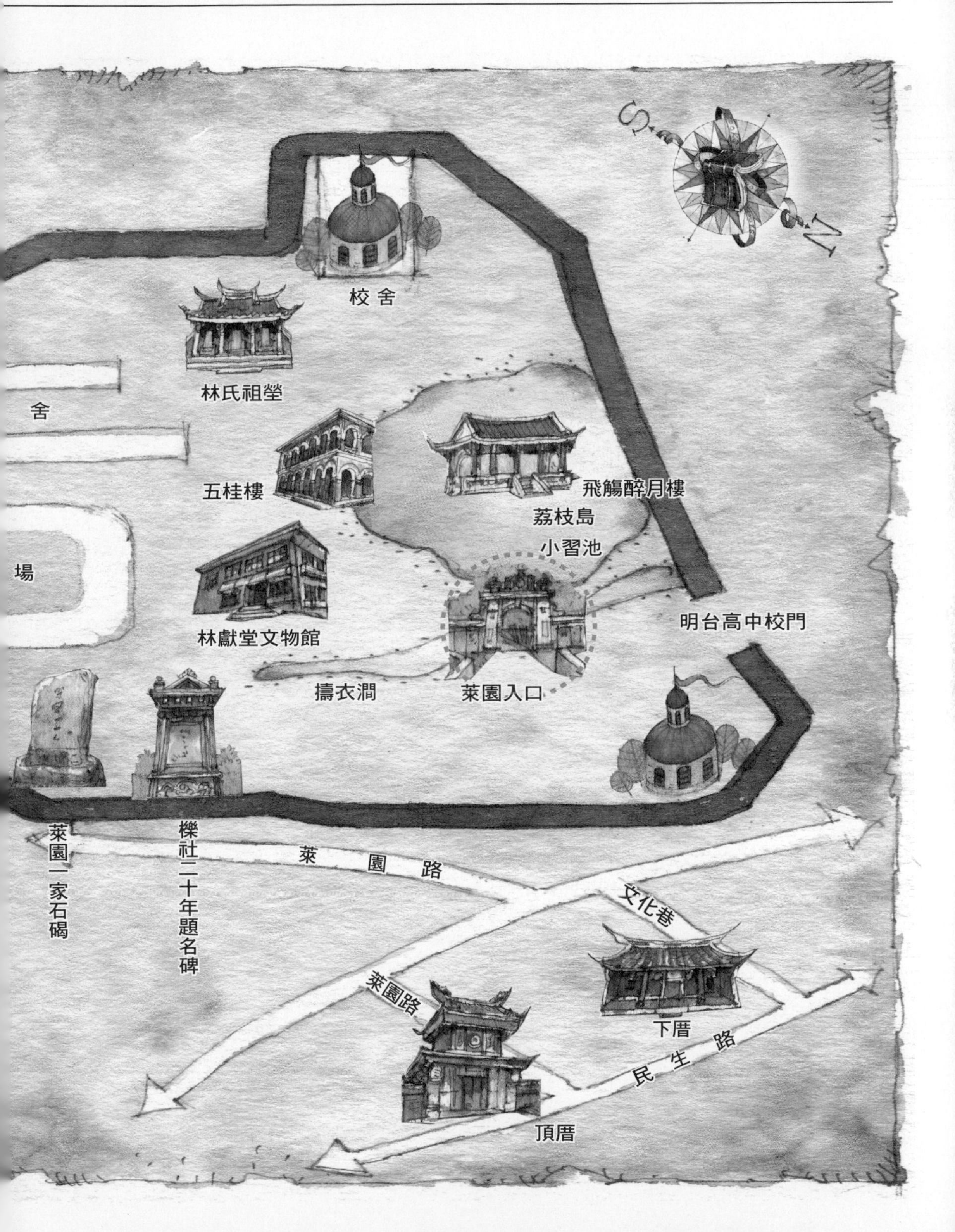
校舍
林氏祖塋
舍
五桂樓
飛觴醉月樓
荔枝島
小習池
場
林獻堂文物館
明台高中校門
擣衣澗
萊園入口
萊園一家石碣
櫟社二十年題名碑
萊園路
文化巷
萊園路
下厝
民生路
頂厝

吟詩南國推名士，結社東林有故人

櫟社詩人與萊園

◎顧敏耀

荔枝島上的涼亭群集南北詩人醉月飛觴，留下許多風雅逸事。（李昌元攝影）

霧峰林家是台灣的傳奇家族，文武兼備——武的方面有林文察（1828-1864）因鎮壓太平天國戰功彪炳而當到「福建陸路提督」，死後追贈太子少保，是清領時期台灣人擔任高官排名第二（僅次於嘉義王得祿的浙江水師提督、太子太保）。

文的方面除了在清領時期有林文欽（1854-1900）考中舉人，日治時期還出現許多古典詩人，最著名幾位是：一、林癡仙（1875-1915），戰後詩家李漁叔對其讚不絕口：「癡仙才性清高，自成馨逸」、「古近體詩，均具法度」、「性情中人，語多真摯」。二、林幼春（1880-1939），被楊雲萍譽為「台灣三百年來，最卓絕的詩

林癡仙、林幼春、林獻堂。（文訊資料室）

人之一」。三、林獻堂（1881-1956），不僅是美國史學家Johanna M. Meskill口中的日治時期「台灣第一公民」，也擅長作詩，學者廖振富認為其風格主要是「質樸內斂」，純任自然而不假雕飾。

此外，日治時期台灣三大詩社當中最早成立的便是「櫟社」（1902年創立），早於台南的南社（1906年創立）與台北的瀛社（1909年創立），該社並不沉溺在吟風弄月或雕琢詞句，反而是以延續漢文化以及砥礪品德為宗旨，社規頗嚴，若無真才實學則不能加入。社中主要的靈魂人物即前述三位林家詩人，其他社員還有賴紹堯、蔡啟運、呂厚菴、陳瑚、陳槐庭、傅錫祺、莊太岳、蔡惠如、莊雲從、連橫、林子瑾、吳子瑜等。櫟社成員吟詠唱和的主要地點就在萊園，亦即現在明台高中之校園。

膾炙人口的山水園林

「萊園」是林文欽在1893年考中舉人之後為了告慰母親而築，命名典故來自「老萊子彩衣娛親」。大概用兩年時間完成基本規模，五桂樓、小習池、荔枝島、考槃軒、搗衣澗、凌雲磴等重要景點皆已出現，當時充

明台高中於1976年遷入萊園，校舍亦以霧峰林家先賢命名，如灌園樓。（李昌元攝影）

分展現「因地制宜」與「巧於因借」的特色，不僅澗池清水引自山上源源不絕的清泉，藉著凌雲磴（又稱「千步蹬」）的蜿蜒爬升，整個園景將望月峰涵納進來，好似與遠處的九九峰也連成一片，氣勢非同凡響（園林範圍若連山計之可至百畝之譜），被譽為「依山傍水、無界線的自然山水園林」、「有江南園林的風格與精神」，此一特點亦是霧峰萊園與位於平疇而非得以人工取勝的板橋林家園林最為不同之處。

可惜從日治以來，園林範圍逐漸被限縮，在1964年則因「萊園中學」（明台中學前身）的建立，校舍與操場占去大部分的園區，只剩下小習池附近一帶比較保留原本的樣子。即使如此，正因為此處曾經是櫟社及其他詩友創作的空間，更是台灣文化協會舉辦「夏季學校」的場所，積累了許多文學想像與集體記憶，足以讓後人緬懷前賢之遺德，發思古之幽情，這些深刻的文化意涵與歷史價值，早就超脫於物理性、實質性的空間局限之外。

林允卿銅像。（李昌元攝影）

萊園的首代園主即林文欽（字允卿），園內立有一座他的銅像。第二代園主即其子林獻堂，第三代林攀龍（1901-1983）為獻堂長子，筆名林南陽，曾留學日本及歐洲，萊園中學創辦者，被稱為「澹泊名利的啟蒙思想家」。第四代園主林政光是林猶龍（攀龍弟）之子，也是重振明台高中的大功臣。目前該校主要的建築便以這四位命名：「允卿樓」、「灌園樓」、「南陽樓」、「政光樓」，讓後人緬懷先人之德澤。

林政光在1999年過世之後，其遺孀林芳媖繼任明台高中董事長，不僅將該校經營得有聲有色，也致力於推廣文化活動，譬如2000年便在校內興建了一座「林獻堂文物館」，供各界免費參觀，2002年也舉辦「一新會七十週年慶」（「一新會」乃林攀龍在1932年所創，旨在促進地方文化、廣布自治精神，即日後萊園中學之雛形）等。園林除了是主人與其家族休憩娛樂的生活空間，也是文化涵養的具體展現、身分地位的實際象徵，其社會交際的功能也非常重要，先看一則明治44年（1911年）10月11日《漢文台灣日日新報》上關於萊園的新聞報導：

> 萊園在霧峰之麓。久已膾炙人口。而園主人林獻堂氏。風雅能詩。又好客。每逢佳節。輒為觴詠之會。昨夜開宴於五桂樓之上。招請知友十數人賞月。林氏昆季如無悶南強諸子均與會。並召北妓四人周旋其間。賓主唱酬。相得甚樂。乃各賦詩以紀其事。嗟乎。萬事不如杯在手。一年幾見月當頭。誠不覺感慨係之。
>
> ——〈萊園賦詩〉

這是多麼風雅快意的生活啊——高掛天空的中秋滿月，圍繞在稻田裡的園林亭台，滿桌豐盛的酒菜，熱情好客的主人招呼著大家用餐，昏黃燈光中的美豔藝妲以優雅的姿態來回幫每位客人斟酒。就在觥籌交錯之際，微醺的詩人們朗聲念出剛剛寫好的詩，眾人不禁鼓掌叫好……。

在百年後的今天，我們走入萊園，沿著小溪，閒步至虹橋畔，望著五桂樓的殘蹟（該樓因1999年的921大地震而倒塌，現已動工重建），遙想當年這些騷人墨客聚會的情況，其歷史光影就好似老電影一般的逐漸開始在眼前晃動。

一幅西園宴集圖

在1911年那場歡愉的中秋詩會裡，除了吟詩賞月、飲酒作樂之外，詩人們可能還會討論著什麼？

首先，他們或許會熱烈談論著半年前梁啟超（1876-1929）來此作客的情景——由林獻堂出面邀請這位名滿東亞的文人來台，無形中讓櫟社在台灣詩壇中名列第一的地位更形穩固。其次，或許也在討論規畫著隔年「櫟社十週年紀念大會」的相關事宜——櫟社從1902年創

櫟社雅集，攝於五桂樓前。前排左六林獻堂、後左一林癡仙。
（明台高級中學林芳媖董事長提供）

立，至1912年正好滿十年。後來該社擇定6月15日舉辦紀念大會，地點不在別處，就在萊園之中。除了有林癡仙、林幼春、林獻堂、傅錫祺、賴紹堯、陳瑚、莊龍等18名社員與會，還有魏清德、鄭幼佩、蔡汝修、施梅樵等各地詩家廿餘位前來共同慶祝，莊龍（1884-1925）有詩作〈櫟社十週年大會席上即事〉三首，錄其第一首如下：

> 晚涼山閣訪林逋，猿鶴依然識我無。檻外花香人半醉，樹梢雨過鳥相呼。十年北海琴樽客，一幅西園宴集圖。鬪句未終催鬪酒，連宵清興不曾孤。

首句將萊園主人林獻堂比喻為「梅妻鶴子」的宋代隱士林逋（同樣都姓林，而且都悠遊於園林之中），頸聯第一句更進一步以好客的孔融（曾任北海相）作比喻，第二句則將此次聚會比擬為北宋的「西園雅集」（蘇軾、米芾、黃庭堅等十餘位名士，共同宴集於駙馬爺王詵庭園），認為與會的詩人們同樣也是當代名士，末聯更生動的描繪出這次聚會通宵詩酒、逸興遄飛之盛況。

萊園韻事古今留

在萊園之中，充滿了詩的氣息，幾乎每一處風景（「萊園十景」為：木棉橋、擣衣澗、五桂樓、小習池、荔枝島、萬梅崦、望月峰、千步磴、夕佳亭、考槃軒），都有許多相關詩作，我們在進入萊園入口之前，會先經過一座「木棉橋」，原本為木造，現已改為水泥橋，林幼春於1933年有詩作〈癸酉初夏萊園小集〉（八首之二）：

柳絲拂水竹干霄，山鳥提壺忽見招。便覺詩芽隨處茁，紅塵隔斷木棉橋。

可見當時岸邊有許多枝條繁茂的柳樹，還有高入雲霄的綠竹，更有山鳥清脆的叫聲（「提壺」可專指「鵜鶘」鳥，亦可泛指鳥叫聲），作者覺得在此處舉行詩會，不僅靈感勃發，擾攘紅塵也早已被隔絕於木棉橋外了。整首詩作脈絡清晰且語意完整：前二句描寫初夏時節自然界動植物的生意盎然，第三句接著指出詩人們的「詩芽」也隨處而出，末句則以「世外桃源」此一常見的文學意象作結，呼應著木棉橋畔的萊園入口門聯「自題五柳先生傳，任指孤山處士家」所表現的隱逸思想。

經過木棉橋之後，再往前走幾步便是「小習池」（池中有「荔枝島」，島上有「飛觴醉月亭」），此一綠波粼粼的水池，林癡仙有詩作〈游萊園小池〉：

小池清且淺，容得一吳艌。岸染苔痕綠，波涵樹影青。蘆中翔翡翠，蘋末立蜻蜓。釣竹閑來把，秋風滿水亭。

詩人當時乘坐在小船上，在池中任意漂流，隨手記下眼前所見：岸邊長滿可愛的青苔，水面搖曳著綠油油的樹影，翡翠鳥在蘆葦中飛來飛去，蜻蜓則站在白蘋草的葉端，隨風擺盪，手中拿著釣竿，讓清涼的秋風吹拂著，享受悠閒的一天。

婉約清麗、可愛動人之景物，在萊園之中俯拾即是，無怪乎此處成為櫟社最常舉辦集會的地方。非但該社詩人有許多吟詠之作，其他詩人偶爾來到此處尋幽訪勝，也留下不少優秀的詩作，例如黃景南（1921-？）的〈遊萊園〉：

山水鍾靈景色幽，霧峰蒼鬱入吟眸。春風駘蕩荔支島，麗日芬芳五桂樓。櫟社名碑高壯立，萊園韻事古今留。消魂最是池邊柳，二月人來弔老秋。

首聯指出萊園的地理位置就在霧峰蒼鬱的山腳下，次聯則點出當時遊歷的時節以及萊園之中最具有代表性的兩處景點：「荔支島」與「五桂樓」，第三聯開始將此地景與文學創作聯繫起來：仰望高聳的「櫟社二十年題名碑」（1922年立），讓人腦海中浮現此詩社及其成員之風雅韻事，再看到池邊綠條依依的柳樹，則想到兩年前（1939年）聞名全台的詩人林幼春（晚號「老秋」）同樣是在這樣旖旎春光的二月過世，一思及此，作者也不禁黯然神傷。

櫟社二十年題名碑

「櫟社二十年題名碑」確實是萊園之中不可不看的景點，其正面列出了在廿週年當時的社員共有23人，其中特別聞名者除了前文提及之林幼春、林獻堂之外，還有連雅堂（在1922年立碑當時猶為社員之一，但到1930年因於報上刊登所謂「阿片有益論」，遭驅逐出社）、蔡惠如（在1925年曾因「治警事件」，與林幼春、蔣渭水一起入獄，名噪一時，有「台灣民族運動的開路先鋒」之稱）、張玉書（即台灣新文學作家張深切的養父）、傅錫祺（擔任櫟社社長長達30年，著有《鶴亭詩集》）等。石碑背面則為林幼春所撰寫的〈櫟社二十年間題名碑記〉，該文言簡意賅，含意深遠，來此觀覽者可以慢慢琢磨體會，例如，其首段所云：

櫟社二十年題名碑，背面銘刻林幼春撰〈櫟社二十年間題名碑記〉。（李昌元攝影）

櫟社者，吾叔癡仙之所倡也。叔之言曰：「吾學非所用，是謂棄材，心若死灰，是為朽木。今夫櫟，不材之木也，吾以為幟焉，其有樂從吾遊者志吾幟。」

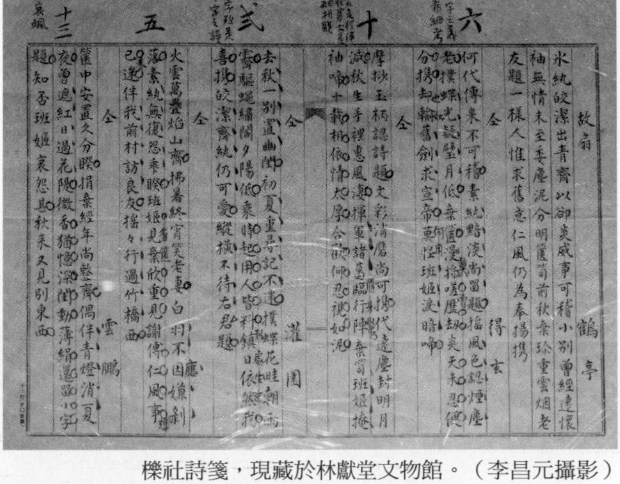

櫟社詩箋，現藏於林獻堂文物館。（李昌元攝影）

這是運用開門見山法讓後人了解「櫟社」創立與命名之緣由。至於「櫟」就是橡樹，古代的中國人認為不適合拿來當做建材，在《莊子》的〈人間世〉便有一則寓言：木匠師父走過一棵長得非常高大的櫟樹旁邊，向弟子批評這種樹木毫無可用之處，樹靈在夜晚就來跟木匠辯論什麼是「無用」。林癡仙採用這個典故，以「櫟」作為其詩社的名稱，有學者認為是一種「自謙」，有的則說這是表明傳統文人在日治時期「無以為用」的苦悶心境。難道真的只有這樣嗎？

筆者認為，林癡仙當時以「櫟」命名，恐怕還隱藏著更深層的意涵：在《莊子》那則寓言的結尾是「人們都只知道『有用之用』，卻不知道『無用之用』！」林癡仙同樣是以「無用之用」來期許與鼓勵該社成員——雖然已經進入日治時代，先前研讀四書五經等傳統典籍所累積的學問早已非仕進之敲門磚，但是，恰如莊子所說的「無用之用」方為大用，藉著結社吟詩，不只傳統文化得以傳承，也記錄了時代心聲，用詩藝鼓舞當時民眾，感動後世讀者。

這座「櫟社二十年題名碑」落成之後，社員每年偶爾會在此集會以資紀念，留下許多詩作，如傅錫祺、林幼春、林仲衡等人皆作有〈癸亥正月初十日重集題名碑下感作〉（此乃1923年2月15日詩會所需繳交之宿題），後來不少文人雅士亦有觀覽之作，如陳渭雄〈櫟社題名碑〉、莊幼岳〈萊園謁櫟社題名碑弔物故諸前輩〉、張達修〈夏日謁櫟社題名碑感賦〉等。傅錫祺（1872-1946）寫於1933年的〈集題名碑下〉（二首）十分感人：

綠漸成陰暑未欺，論文又集舊相知。姓名數去傷零落，怕憶當

《無悶詩存》刊行，櫟社友人特地到林癡仙墓前聚集，鳴鐘示意。左列左五林幼春，右列左起陳槐庭、傅錫祺、林獻堂。（明台高級中學林芳媖董事長提供）

年立石時。

萋萋芳草酒盈卮，繞石低徊欲去遲。幾度循名呼死友，快來山館共談詩。

在此詩創作之際，櫟社題名碑上的社員已有好幾位辭世，包括陳瑚、王學潛、林載釗、蔡惠如等，傅錫祺從1917年至1946年間一直擔任櫟社社長，幾乎每次都出席該社活動，因此，對於社員的過世特別有感觸，第一首詩作末句雖云「怕憶當年立石時」，但詩人還是沒辦法不想起這些相處多年的詩道同好，喝了幾杯小酒之後，在石碑四周徘徊不忍離去，看著碑上題刻的亡友姓名，情不自禁的呼喊其名，並且哽咽說道：「趕快再像從前那樣過來跟我們一起飲酒論詩啊！」這兩首作品意脈連貫，情真意摯，讓人動容。

我們要說：「萊園不只是萊園！」——來到此處，不僅有山光水色足以滌淨俗慮，還能從許多景物感受到濃厚的歷史氛圍，讓古蹟默默對我們訴說著關於這個地方的歷史故事。若已具有台灣古典文學與歷史基本了解，在此地遊覽還會喚起豐富的記憶與滄海桑田之感，足以使人流連忘返而不忍歸去。

梁啟超・櫟社・萊園

◎顧敏耀

梁啟超與女兒梁思順在來台船上合影，梁啟超抵台後把這張照片送給了林獻堂。（明台高級中學林芳媖董事長提供）

在1898年因戊戌政變失敗而亡命日本的梁啟超，為了宣揚理念而創辦了《清議報》、《新民叢報》、《新小說》、《政論報》及《國風報》，不僅在清末的中國成為引領思潮的風雲人物，隨其報刊的輸入台灣，也廣泛影響了傳統知識社群，櫟社成員林癡仙、林幼春、林獻堂以及該社客卿洪棄生對他都非常景仰。

1911年3月24日，梁啟超應林獻堂之邀約，與湯覺頓（同為康有為門生）以及長女梁令嫻一起從日本搭船出海來台，在3月28日抵達基隆，先於台北考察總督府施政，繼而4月1日在台北參加台灣傳統詩人為其舉辦的盛大歡迎會，與會者多達百餘人，4月5日至8日下榻萊

梁啟超一行人下榻的五桂樓。（明台高級中學林芳媖董事長提供）

梁啟超與林獻堂的書信往來。（李展平提供）

園五桂樓，4月11日離台，這在當年是轟動台灣文化界的大事。

梁啟超此行主要目的有二：第一、考察日本治台政策。他來台實際了解之後，雖對於日人執法之嚴酷而頗有批評，然也十分讚許日本人在台灣進行的幣制改革、專賣制度、興築水利、調查土地戶口、衛生建設等。第二、向台灣仕紳募款。他在日本辦報，又要參與政治活動，經濟上頗為捉襟見肘。此次來台，與霧峰林家成員以詩詞唱和，結為莫逆，回日本之後便寫信向林獻堂「借」錢，台灣中部第一豪族果然不同凡響，立刻以鉅款寄上。

除此之外，梁啟超這趟台灣之行仍留下了不少優秀的文學作品（有詩89首以及詞12首），在戰後迄今的綜合性台灣古典詩選中，有三本詩選都選錄其〈辛亥二月二十四日，偕荷菴及女兒令嫻乘笠戶丸游台灣，二十八日，抵雞籠山舟中雜興（十首之二）〉與〈三月三日，遺老百餘輩設歡迎會於台北故城之薈芳樓，敬賦長句奉謝（四首之四）〉。

其實，他在萊園期間所寫的詩作亦頗有可觀者，其中最具代表性的便是〈萊園雜詠〉（共12首七言絕句），除了首尾二首具有序跋的用意之外，其餘即為萊園之十景（當時梁啟超題寫之真跡皆由林家妥善保存至今）。其中有數首只是借景抒情、藉詩言志，以個人情志為主而寫景其次，例如〈夕佳亭〉：

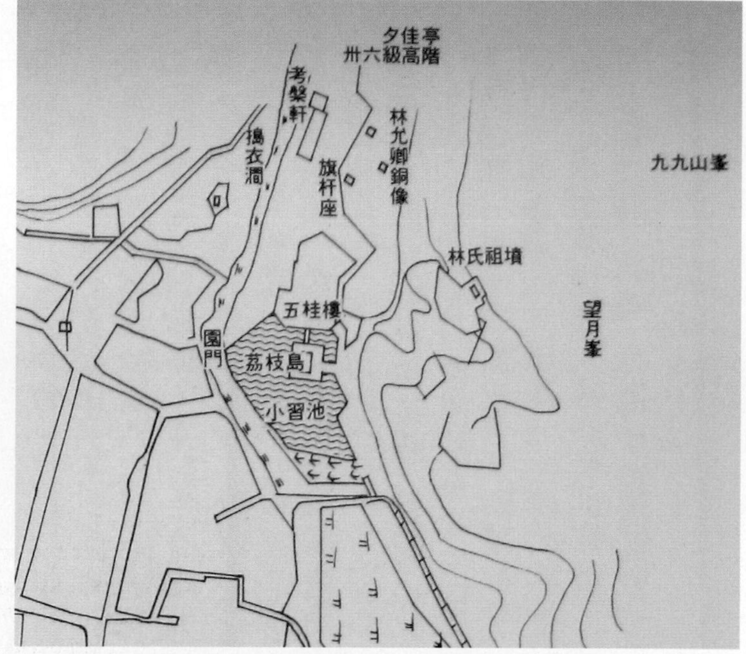

明台中學未遷入前的萊園配置圖。（明台高級中學林芳媖董事長提供）

> 小亭隱几到黃昏，瘦竹高花淨不喧，最是夕陽無限好，殘紅蒼莽接中原。

雖然亭邊有瘦竹高花，遠方又有晚霞殘紅，作者身處美景之中，掛懷著夕陽西下那邊的遙遠中原。其〈千步磴〉也有類似之感觸：

> 綿綿列岫煙如織，曖曖平疇翠欲流，好是扶筇千步磴，依稀風景似揚州。

當時霧峰尚未如今日之高樓林立，萊園周圍大多是綠油油的農田，登高遠眺雖然也讓作者稱好，但是看著此處風景，不禁感到彷彿回到以園林聞名的揚州一般，流露出對於家國的思念之情。

其實，在〈萊園雜詠〉之中，也有單純描寫該處美妙景物的佳作，例如〈小習池〉：

> 一池春水干誰事，丈人對此能息機，高柳吹綿鴨穩睡，荔支作花魚正肥。

前二句描寫萊園主人能夠在紛擾俗世之中，保持心情之平靜自然，末兩句則以動靜相襯的寥寥數筆就刻畫出春天充滿生機的氣息，令人感受到一股清新欣喜之感。

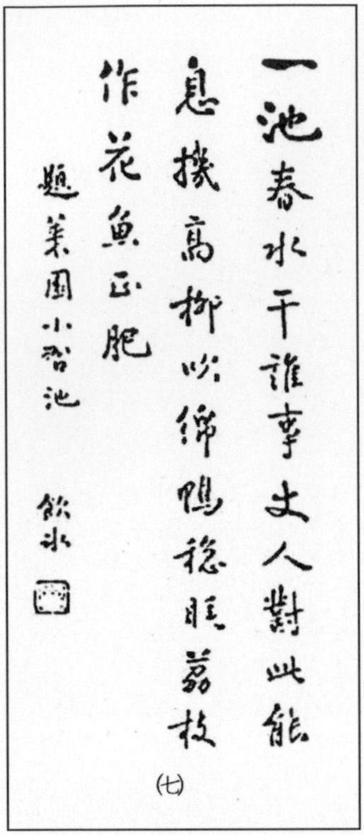

此外，描寫萊園代表性建築的〈五桂樓〉更蘊含深意：

> 娟娟華月霧峰頭，泛泛風光五桂樓，傳語王孫應好住，海隅景物勝中州。

先描寫五桂樓上所看到的宜人景色以預做鋪陳，接著語氣一轉，以婉約的口吻向萊園主人勸說：應該好好的把眼光放在腳下的這塊土地，思考如何自立自強、尋求安身立命之道，莫將希望寄託於中國。其實，林獻堂與祕書甘得中於1907年前往日本遊歷時，在奈良的旅社中與梁啟超巧遇，談及台胞在日人統治下，如何爭取平等自由，當時梁啟超認為：中國在未來30年內，絕對沒有能力給予台人任何幫助，並建議效法當時還被英國殖民的愛爾蘭廣結英國政要以尋求自立的機會。

梁啟超〈小習池〉墨跡。（翻攝自《梁啟超遊台作品校釋》）

林幼春在1907年致函梁啟超時曾說：「台灣蠻鄙之鄉，聲化素隔，略識文字，已成鳳毛，雖為血氣之倫，實同毛角之族」云云，然梁啟超的〈五桂樓〉似乎在有意無意之間也對林幼春先前這段自貶自艾之辭做出了回應——「海隅景物勝中州」！你們本地的風光還遠勝於中國呢。

梁任公當年來訪對於台灣是否有利雖有值得商榷之處，不過，他在〈五桂樓〉詩中的諄諄勸告之語，今日讀來，似乎別有一番滋味。

顧敏耀，中央大學中文系博士，目前於中央大學中文系兼任助理教授。著有《陳肇興及其《陶村詩稿》研究》與《台灣古典文學系譜的多元考掘與脈絡重構》。

江山樓

在日治時期，只有少數的街道建築，
能通上電流讓招牌閃閃發光，
江山樓，
猶如那文藝暗夜中發出的電光，
雖然短暫，卻閃耀亮眼，
在時光之流中，留下永恆的印記。

日據時期大稻埕裡，江山樓曾有多少文人集聚其間，留下無數珍貴歷史記憶。
（李昌元翻攝）

江山樓文學地圖

文學現場踏查記

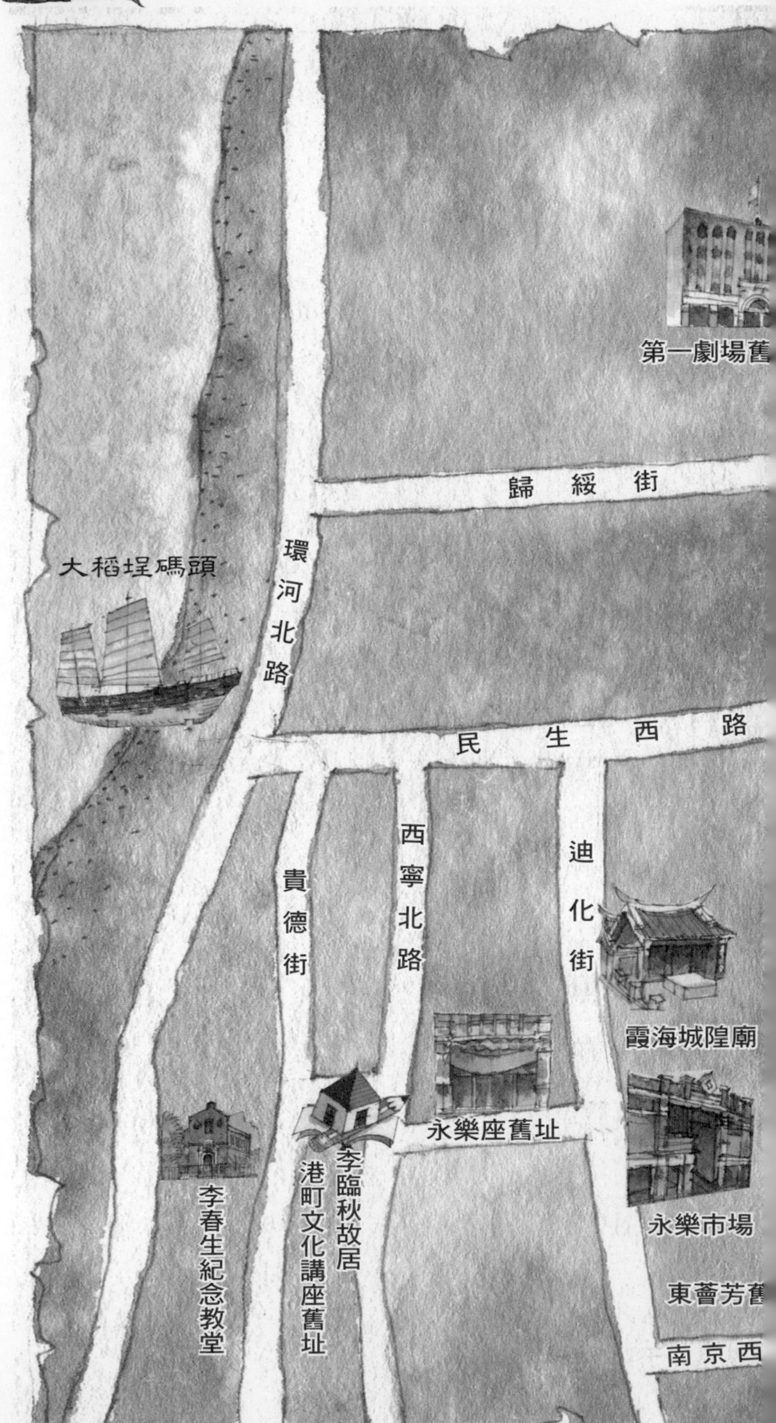

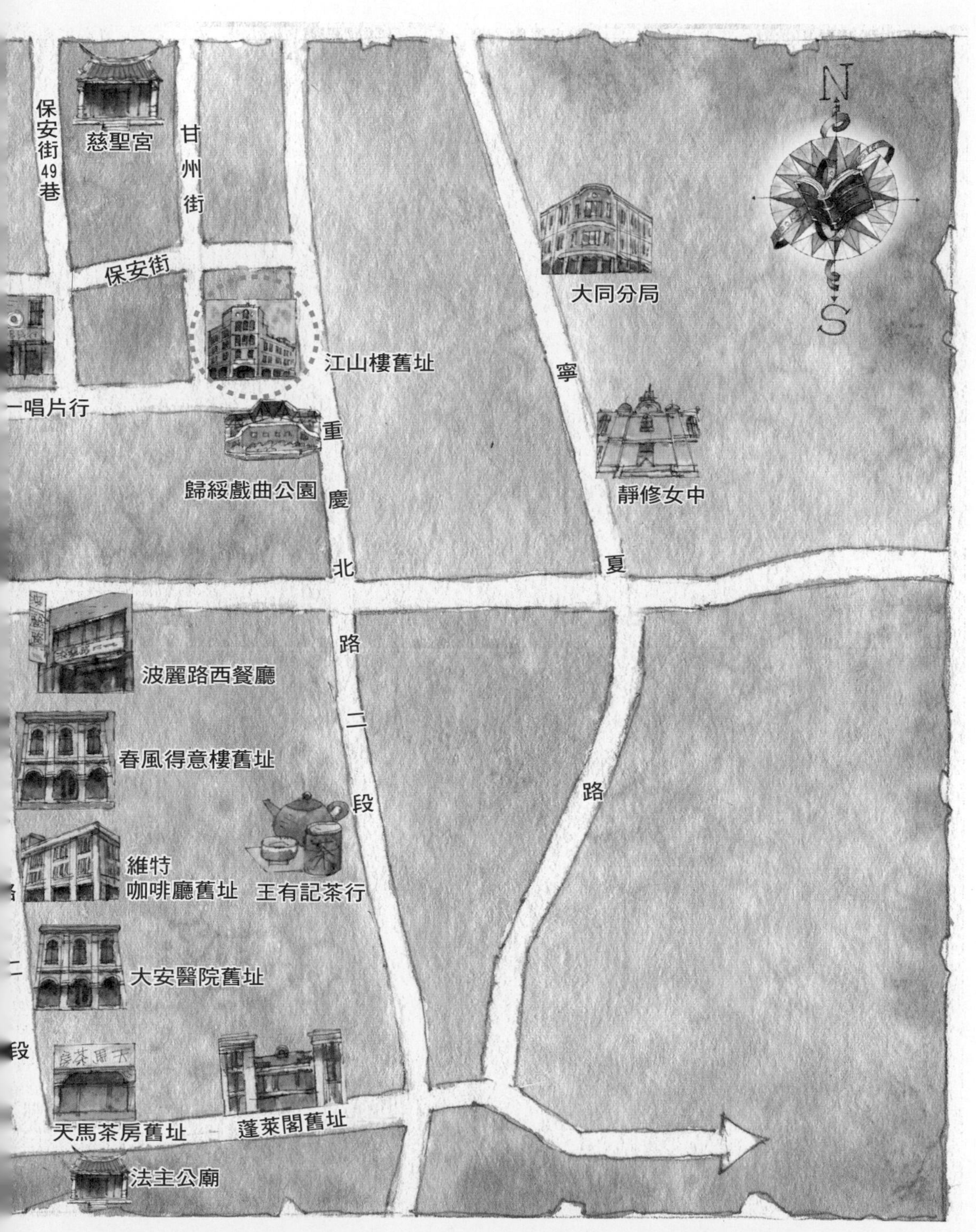
N
S
保安街49巷
慈聖宮
甘州街
保安街
大同分局
江山樓舊址
寧
唱片行
重
歸綏戲曲公園
慶
靜修女中
北
夏
路
波麗路西餐廳
二
春風得意樓舊址
路
段
維特
咖啡廳舊址
王有記茶行
二
大安醫院舊址
段
天馬茶房舊址
蓬萊閣舊址
法主公廟

第一旗亭的文藝電光
江山樓傳奇

◎鄭順聰

江山樓內部兼具中式雅致及西式的方便先進。
（李昌元翻攝）

一個文藝青年，如果在1990年代，往往會睡過午，披著長髮踅到溫州街，走進「挪威森林」咖啡館，點杯黑咖啡，洗去昨夜的宿醉與頹廢。隔壁桌的論辯剛從傅柯轉移到羅蘭・巴特，王爾德化作海報依舊倨傲，室內煙霧瀰漫，文青嘴叼著煙，腦中跳出楚浮電影的片斷，手翻閱夏宇的詩集——是剛從不遠處的唐山書局買來的。

時間再往前推，肅殺的1960年代，一個愛好文藝的青年，從新公園側門走出，經衡陽路的文星書局，轉進重慶南路，數不清的書店、多如牛毛的書，令人流連忘返。但最不凡的，是周夢蝶的一人書攤，就在騎樓下，青年步上二樓的明星咖啡廳，坐在黃春明幫孩子換尿布的位子上，三樓傳來熱烈討論的聲音，那是尉天驄、陳映真、姚一葦等人，正熱烈討論《文學》季刊的編輯方向……此時，櫃檯電話響起，有個家長在找就讀大學的兒子，叫林懷民……。

太平町街景。（翻攝自《張維賢》，曾顯章著）

回溯台北藝文的核心，要從南區的溫羅汀、台北火車站前城中區，往北，來到日治時期，雅好文藝的毛斷（modern）黑狗兄們，聚集在繁華的大稻埕，散步太平通，相偕往那家著名的酒樓去，正門上端爍爍俊，電光現出「江山樓」三字……。

如此江山如此樓

路人經過，定會仰首讚嘆。

1921年11月，大稻埕日新町二丁目，重金打造、壯觀氣派的江山樓即將落成，十幾年前此地不過是處池沼，如今拔地而起，睥睨四周的低矮平房。當時，常民對江山樓的了解，多是口耳相傳，但對新時代的新青年來說，閱讀報紙，快且詳盡，尤其是當時的第一大報《台灣日日新報》，1921年11月8日即批露消息，標題落為：「江山樓新旗亭：如此江山如此樓，東南盡美不勝收。」好氣派！好風光！讓人不禁想問，江山樓主人，究係何方神聖？

吳江山。（翻攝自《台灣人士鑑》）

報紙清清楚楚寫著：「江山者，樓主人之名也。」沒錯，樓主姓吳，名江山， 1875年生，福建省泉州府晉江縣人，年輕時來到台灣，經營船頭行（即以自置船隻從事兩岸貿易的商行），去過台灣與中國各大港口，通曉五六省語言，他交遊廣闊，行跡遍及大江南北，考察各地飯館酒肆，深有所得。

江山樓開業前，說到台北最著名的酒樓，《台灣日日新報》是這麼寫的：「台北本島人宴會場，在稻則東薈芳，在艋則平樂遊。」稻指大稻埕，1910年代，最著名的酒樓為東薈芳，原為吳江山與白阿扁合股經營，但兩人理念長期不和。某次，吳江山受邀到中國大陸遊覽，到了上海，眼界大開，見其尖新與繁盛，受到刺激，《台灣日日新報》說他：「思台北為人文薈萃之區，非得一二崇閎偉麗之旗亭，不足為江山生色。」回台後，決定退出東薈芳，另起爐灶。

或許是合股的慘痛經驗，吳江山規畫「江山樓」時，全不假他手，包辦設計、監工與所有資金，總工程與設備經費，高達12萬日圓，想想看，當時一架飛機造價才12,000日圓，一棟樓可換十架飛機，真是不得了的投資。

江山樓現已不存，得靠日治時期報章媒體、吳瀛濤的記述、比對現存的老照片，才能得其原貌：

先用GPS定位，此樓位於歸綏街與甘州街交叉口東北角；測量面積，占地約160坪。觀其立面，南向歸綏街上，三樓七開間；西向的甘州街面，四樓兩開間；西南面轉角處高達五樓，頂端塔樓猶如巨人的臉，十分顯眼，利於來客辨識，路人無不側目，起宣傳的效果。

江山樓主體乃磚造，建材特選用福州杉，專程從中國大陸船運而來。步入室內，一樓為辦事處、廚房及作業區，五十多名員工進進出出，好不忙碌；二、三樓則各有七間精緻的宴會廳，可容納五百多人；四樓特闢接待室，有50人大理石桌座，還附設十間西式浴室及理髮室，供來賓免費使用，戶外陽台的空中花園，精心設計花石假山；再拾級而上，五樓除音樂室外，還有所謂的「遊步場」，在台北天際線還未被高樓大廈破壞之時，憑欄望遠、俯仰乾坤，以現在的用語來說：景觀讚，view一流。

至於內部裝潢，堅固的木頭桌椅漆上紅漆，餐具採用大陸江西運來的磁器，宴會廳以木板門屏隔開，「古董字畫，布置上下；机案盆栽，點綴裝飾。」（1910年9月23日《台灣日日新報》第五版）吳江山從中國各地，蒐集兩百多件名人字畫，重要者如鄒魯「觀劍引杯長」橫額等，分四季懸掛裝飾，讓空間饒富變化。室內擺設，窗明几淨，案榻匾額，布置得宜，每一樓設有電話與電鈴，以便聯絡，一樓煮好的菜餚，以升降機送上，先進快速。廁所、自來水、西式吊燈，一應俱全，樓梯間裝鉗美術玻璃鏡，行走其間，舒適優雅中散發著文藝氣息。

規劃初始，吳江山整理遊歷心得，博採各地飯館酒肆之長，融入東瀛與西洋潮流，革除當時旗亭酒樓的陋習，注重衛生清潔，提供一流的娛樂，價錢經濟實惠，集會議、宴席、飲食與休憩的功能於一身——「清新畢備」，這是《台灣日日新報》結語。

起造期間，淡水河氾濫，水淹大稻埕，吳江山平白損失許多建材，然洪水不能阻其意志，1921年11月17日，江山樓接連三天舉行隆重的開幕式，「江山樓」三個大字發出電光，外牆綴飾彩色燈泡，延伸到現在延平北路一帶；正對面廣場，高築戲台，聘請潮州來的源正興班，晝夜連演。宴會廳各界祝賀者，多達三百餘人，客人可選擇華麗的聯翩飛舞，或優雅地聆聽絲竹清音。白日登樓遠眺、瀏覽遠處風光，入夜走進氣派的大廳，享用料理，飲酒作樂，氣氛到達最高潮，一時之間，恍如「世界各民族，最進步文明」（1921年10月8日《台灣日日新報》第六版）。

然而，雄偉建築乃皮相，開幕風光誠一時，規模如此龐大，人事與經營的負擔必定沉重，如何長久經營、維持盛況，才是真正的挑戰。

那時吳江山46歲，正當春秋鼎盛，他是如何一步一腳印，將江山樓推向台灣第一旗亭的地位呢？

打造台灣第一

1923年，大正12年，還是日本殖民地的台灣，全島上下熱烈準備，為了迎接一位不得了的貴客——東宮太子、未來的天皇裕仁。

太子蒞台，殖民地長官無不戰戰兢兢，要把最好的呈現出來。既然來到台灣，除了參觀名勝、瀏覽風光，當然也要品嚐當地最好的菜餚。

於是，總督府盛大擺設御宴，皇太子的台灣料理，由江山樓主催。

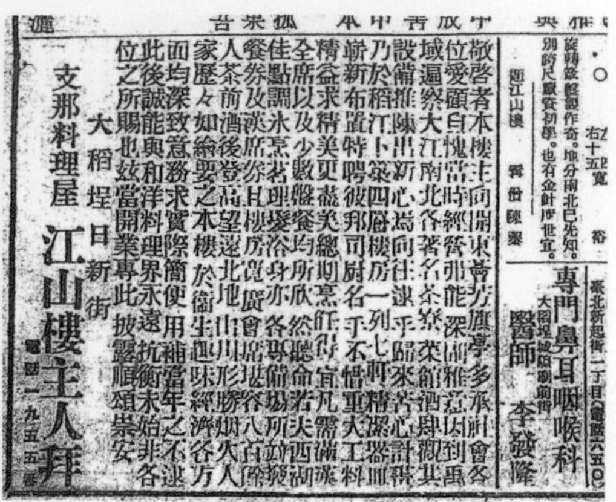

大稻埕日新街

支那料理屋 江山樓主人拜

專門鼻耳咽喉科

醫師 李發隆

江山樓刊登於《台灣日日新報》的開幕消息及照片。（翻攝自《台灣日日新報》）

能夠雀屏中選，全樓上下，無不感到莫大的榮耀，為了籌辦此宴席，絞盡腦汁設計菜單、準備食材；廚師還提前一個星期入住總督府官邸，隔離齋戒。由於吳江山的用心與周全，裕仁的御宴備受肯定。從此，凡有日人皇族成員來台，如秩父宮殿下、朝香宮、久邇宮等等，宴席中的台灣菜，統由江山樓包辦，成為定例。

江山樓漸漸確立其「台灣料理」的代表地位，聲譽日隆，吳江山具精明的生意頭腦，商業手段高妙，吸引名流仕紳、官員豪商，不僅台灣人，日本人也愛光顧，無論是宴席會議、結婚喜事、歡送或洗塵，家族聚會以及朋友小酌，江山樓成為上流社會最熱門去處之一。

當時同類餐廳競爭者甚多，有蓬萊閣、東薈芳、春風得意樓等，但論起名聲與規模，都不如江山樓，平日已有一、二十桌酒菜，到了1935年日本始政四十周年博覽會，所謂的台灣博覽會，更是到達巔峰，每日席開120桌，為平常的六、七倍，人潮日夜川流不息，台灣第一旗亭的地位，於焉奠定。民間流傳著，只要到大稻埕，就一定要「登江山樓，吃台灣菜，聽藝妲唱曲！」有鄭逑公的詩為證：「江山樓上客豪遊，臥酒吞花興未休；十貫腰纏爭浪費，稻江便是小揚州。」

歌詠江山樓的詩歌數不勝數，除了其在台灣料理的地位外，江山樓還是當時文人與知識分子聚會的場所，詩詞歌詠、暢談文藝、名士風流、蔚為佳話。

新舊文藝在此匯流

歌詠江山樓的古典詩詞極多，但最著名的，乃《台灣通史》作者連橫的〈江山樓題壁〉：

如此江山亦足雄，眼前鯤鹿擁南東。百年王氣消磨盡，一代人才侘傺空。

醉把酒杯看浩劫，獨攜詩卷對秋風。登樓儘有無窮感，萬木蕭蕭落照中。

不只是連橫，許多文人雅士，也喜愛到江山樓聚讌，談詩論藝，日治時期有所謂的三大詩社，南部的南社、中部的櫟社、北部的瀛社，多次在江山樓舉行例會，擊缽聯吟。報章雜誌常刊載江山樓之題詠、或在江山樓的雅集聯句，文史專家莊永明就曾說過：「梁啟超、連橫、郁達夫、林獻堂等人皆曾出入東薈芳、江山樓、蓬萊閣等高級餐廳。」江山樓儼然成為當時藝文的核心之一。

除了典雅舒適的空間、美味的台灣菜與色藝雙全的藝姐之外，江山樓之所以吸引各方文人，雅好文藝的樓主吳江山，實是關鍵，林文月在《青山青史——連雅堂傳》如此寫道：

台日畫家於江山樓飲宴，左起呂鐵州、陳敬輝、郭雪湖、蔡雲岩、鄉原古統、女給、結城素明、陳氏進、木下靜崖、村上無羅。（謝里法提供）

廳守部。

瀛社擊鉢吟例會　瀛社定來三十一日即舊花朝午後二時始在江山樓樓中。開擊鉢吟例會。値東爲林摶秋歐陽光璜倪子禎王自新四氏。瀛社創立之日。係閏花朝。每年値花朝日。例開吟會。亦一紀念也云。

◉杜氏祝賀會　既報北部人士此回爲杜聰明氏任官。去二十二日下午七時。會場假大稻埕江山樓々上。開祝賀會。席定由發起人總代林熊徵氏。起述祝詞。歷敍杜氏學術人品。言此回任官。足與臺南林茂生氏。臺中蔡伯毅。鼎足而三。不獨爲氏一門之光榮及臺北州之光榮。抑且爲全島青年好箇模範。此時田文官總督閣下。大開本島人登用之途。不患莫已知。患不知人。此後本島人青年各位。當念知所以奮發。其次則對於杜氏縷述漢藥之研究。生徒中內臺人之融和親善。及留學醫專中之支那學生親善三條希望。次則杜氏操國語謙遜述謝。然後由涵雲年氏發意一同舉杯爲祝健康。宴開紅裙侑酒。盡歡至九時過散會。酒爲牛埔仔製酒會社所製之黃菊酒、是日來會者百有餘名。出席醫學大會各地之醫專卒業生。亦多加人。頗極盛況。

杜聰明祝賀宴及瀛社例會都選在江山樓舉辦。（翻攝自《台灣日日新報》）

「江山樓」是當時台北最有名的酒樓之一，他的閩南菜燒得最為地道入味。連雅堂也最中意這家館子，恰巧那裡的主人頗為附庸風雅，對於連雅堂早已心儀私淑，所以每回雅堂和朋友們到來，主人都會親自下廚，以迎嘉賓。非但如此，逢年過節，甚至於平常時候也會派人送一盅美味的「佛跳牆」或家常的芋頭糕什麼的，表示敬意。夏季則時而奉送那時新流行起來的消暑甜點「冰淇淋」，一次送來，總是一大桶。

做為時興的熱門空間，江山樓不能自外於潮流的變化，屢為文學事件的發生地，更何況，其總管郭秋生（1904-1980），還是文學運動的核心人物。

二十多歲即擔任江山樓的大掌櫃，郭秋生在工作繁忙之餘，組織文化團體、創辦文學刊物，和黃石輝（1900-1945）在報紙發表的文章，可謂石破天驚，在以古文詩詞與興起的白話文為主流之年代，他主張「用漢字來表現台灣話」，希望讓賣菜賣牛的普羅大眾，也讀得懂文學，因此掀起「鄉土文學論戰」與「台灣話文論戰」。他創辦《南音》，受到東京成立的「台灣藝術研究會」的影響，在1933年10月25日，與黃得時、廖漢臣、陳君玉、林克夫等人，於江山樓成立「台灣文藝協會」，發行《先發部隊》、《第一線》等刊物，屢被日人查禁。其後，更加入全島台灣人串連的團體：「台灣文藝聯盟」，本部設於台中，1936年台北成立支部，事務所就設在江山樓。

做為台灣語言派的旗手，郭秋生極力提倡台灣白話文，主張鄉土文學，推展文藝大眾化，譜成台灣文學史重要的一章。也由於郭秋生的極力奔走，作家文人頻繁出入，江山樓儼然成為台灣新文藝活動的焦點。

總之，江山樓不僅保存漢學的命脈，還從中開創文藝新潮流，融舊鑄新，古典與現代，在此匯流激盪。

連雅堂。（文訊資料室）

文學命脈的賡續

江山樓在最鼎盛時，四周是商店攤販，闤闠喧囂；藝妲的豔名遠播，引來許多土娼聚集，尋芳客絡繹於途，一時成為風化區的代名詞。之後，台灣捲入二次世界大戰，總督府推行皇民化，物資緊縮，江山樓生意大不如前。二戰後，社會動盪、民生凋蔽，無疑雪上加霜，江山樓終於支撐不住，熄燈關門，被轉售拆除。

郭秋生。（黃力智攝影）

建築崩毀，人物星散，文學的薪火沒有熄滅，在吳瀛濤身上傳承延續。他是吳江山之孫，1916年出生於文藝薈萃的江山樓，從小耳濡目染，對文學產生興趣，中學時開始創作，台北商學校畢業後，回到江山樓幫忙，身處第一現場，見證新文學運動之風起雲湧，1936年加入台灣文藝聯盟的台北支部，創作之路展開在前，不料，隔年日人下令禁止使用漢文，受到中挫，吳瀛濤轉而以日文創作，1942年，小說〈藝妲〉得到《臺灣藝術》的徵文獎。

二戰結束前，他旅居香港，結識詩人戴望舒，試著用中文創作，在二戰後，相較於其他台籍作家因語言問題中輟，吳瀛濤很快就跨越語言，是少數在《現代詩》、《藍星》、《創世紀》發表中文創作的台籍詩人。從1953年第一本詩集《生活詩集》開始，陸續出版《瀛濤詩集》、《瞑想詩集》等，傳世詩作約六百餘首。1964年，他與林

吳瀛濤戰後出版《瞑想詩集》，以流暢的白話文寫作。（文訊資料室）

吳瀛濤攝於台北新公園。（國立台灣文學館提供）

亨泰、陳千武等12人，創辦《笠》詩刊，強調詩的現實感與批判性，成為本土詩歌的重要場域，貢獻卓著。他還致力於台灣民俗的蒐整研究，出版《臺灣民俗》與《臺灣諺語》等書。

吳瀛濤秉持真摯的心，耕耘文學，對詩的使命感不曾中斷，在集結畢生創作精華的《吳瀛濤詩集》出版後，於1971年辭世，他可說是江山樓精神的繼承者，堅持文藝的道路，在時代的轉折點，推展文學的新潮流。江山樓存在雖短短不到30年，吳瀛濤哲人其萎，其影響至今不墜。

在日治時期，只有少數的街道建築，能通上電流讓招牌閃閃發光，江山樓，猶如那文藝暗夜中發出的電光，雖然短暫，卻閃耀亮眼，在時光之流中，留下永恆的印記。

登江山樓，吃台灣菜，聽藝妲唱曲！

◎鄭順聰

大稻埕，對現代的人來說，不過就是一年一度的年貨大街，迪化街遊逛採買的人潮，摩肩接踵，熱鬧非凡，是個充滿歷史與古蹟的地方。

殊不知，時間若拉回160年前，此地空盪無物，只有曝曬稻穀的廣場，一大片，閩南語叫「大稻埕」。1851年，林藍田因躲避海盜自基隆搬遷至此，建造店鋪三幢，才出現第一戶居民。1863年「頂下郊拚」，從艋舺逃亡至此的同安人，大量移住，始繁盛起來。然而，大稻埕真正的大躍進，要歸功於一個外國人，他叫陶德（John Dodd），因台灣開放四口通商，來台考察，頭腦精明的他，引進福建安溪的茶苗，於台北山區栽種，運至大稻埕精製，以「福爾摩沙烏龍茶」（Formosa oolong tea）之名，外銷全世界。送至英國皇室御前，女皇喜其甘醇清香，比喻為「東方美人」，此傳說無論是真是假，都是最強檔的行銷廣告。陶德還大手筆雇用兩艘風帆船，滿載烏龍茶兩千餘擔，渡洋跨海，至紐約上市，搶購一空，意外成為世界級的明星產品。

1869到1895年，大稻埕靠茶業貿易，就貢獻台灣一半的出口總值，不到30年光景，從空無一物躍為台灣商業首埠，大稻埕在清朝末年，譜出一頁茶香傳奇。

馬關條約後，江山易幟，日本人統治，雖極力建設城內，但多為日人聚集，維持繁華於不墜的大稻埕，漸成台灣人首善之區，現代思潮傳入，人才輩出，成為政治、文學、美術、音樂、影劇的核心地帶。

數十年的繁榮市況，大稻埕累積了可觀資本，加上商業活動與現

日治時期的福爾摩沙烏龍茶外銷海報。（台灣區茶輸出同業公會、台北市茶商業同業公會提供）

代化之浸染，漸漸奠定其都市性格，形成新型的消費文化，娛樂空間推陳出新，提供有錢有閒階級消費享樂，公共空間也日益開放，種種社會條件的成熟，旅館、澡堂、餐廳、酒樓、咖啡廳等一家家開，其集大成者，就是江山樓。

「登江山樓，吃台灣菜，聽藝妲唱曲！」成為最時尚的娛樂活動，這句話，具體而微地點出此空間的特色：氣派外觀、雅致裝潢，高樓提供當時少有的望遠服務，猶如101的觀景台是遊覽台北不可少的行程，登江山樓，讓邀宴主人有面子，與會貴賓深感尊榮。

登高望遠是前菜，名動一時的台灣料理，才是主餐。

無論研究論文或坊間說法，都指出，早期台灣料理的形成，江山樓居功厥偉。台灣料理本非顯著的飲食類型，一直到江山樓成立的1920年代，才漸與日本料理、西洋料理並駕齊驅。江山樓剛開幕時，經營定位乃「支那料理屋」，但主辦過皇太子裕仁與眾多親王的御宴後，其做為「台灣料理」的代表地位，始不可動搖。

據陳柔縉〈結婚喜宴〉一文所述，1936年，《台灣婦人界》雜誌製作「結婚專題」，詳列江山樓的婚宴菜單，第一道是「百歲團燕」，就是湯圓燕窩，跟現在婚宴吃湯圓的習俗類似，其後分別端上金錢鷓鴣（蝦子）、雞絨魚翅（鯊魚翅）、脆皮燒雞、如意片笋（竹筍湯）……到第六道菜，所謂的「半席」，依例是點心，江山樓準備了炸春餅（有炸豆芽菜等餡料的春捲），這是台灣料理的習慣，之後依序送上清炖水魚（鱉）、八寶煎蟳、竹笙雞片、鳳尾鮮蝦（天婦

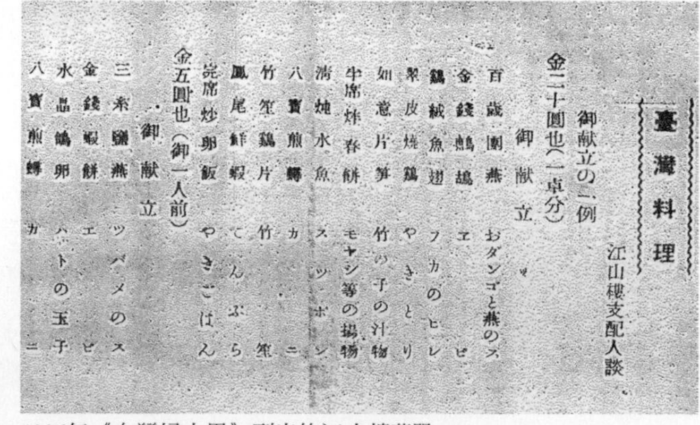

臺灣料理

江山樓支配人談

御献立の一例

金二十圓也（一卓分）

御献立

百歳團燕　おダンゴと燕のス
金錢鷓鴣　エビ
鷄絨魚翅　フカのヒレ
翠皮焼鷄　やきとり
如意片筍　竹の子の汁物
半席炸春餅　モヤシ等の揚物
淸燉水魚　スツポン
八寶煎蟳　カニ
竹笙鷄片　竹笙
鳳尾鮮蝦　てんぷら
完席炒卵飯　やきごはん

金五圓也（御一人前）

・御献立

三系鷄燕　ツバメのス
金錢蝦餅　エビ
水晶鴿卵　ハトの玉子
八寶煎蟳　カニ

1936年《台灣婦人界》刊出的江山樓菜單。

江山樓的廣告，打出「台灣御料理」名號。
（莊永明提供）

羅），以及最後的「完席」菜——炒卵飯（蛋炒飯）。攤開江山樓的菜單，比照現在台灣人辦桌喜宴的慣例，是不是似曾相識？

除上述的實務經驗，江山樓經營台灣料理，還提出理論基礎。陳玉箴〈食物消費中的國家、階級與文化展演：日治與戰後初期的台灣菜〉談到，1927年12月10日，署名「江山樓主人」的作者，在《台灣日日新報》，連續刊登23篇文章，討論台灣料理的定義、菜色種類、宴席規範與用餐禮儀，認為台灣料理的產生，乃涵納中國各地菜餚，再根據氣候、風俗與食材，由餐廳主人與廚師，融合創造出來的。文中許多討論與思考，再再表明，充足的飲食知識，是社會地位的表徵。江山樓主人這一系列文章，奠定了台灣料理堅實的論述基礎。

江山樓剛成立時，吳江山主要的對手是前東家東薈芳，此樓因股東糾紛結束營業，石油大亨黃東茂獨資創建的蓬萊閣崛起，兩強對峙，料理內容有異有同，江山樓主要標榜福州師傅烹調的台灣料理，蓬萊閣以廣東菜與四川菜為主調；吳江山的同鄉吳添祐，是酒樓的靈魂人物，手藝好到連總督田健治郎都念念不忘，任滿歸國後，特邀吳添佑赴日兩個月，烹調官邸每週一次的設宴；至於蓬萊閣的杜子釗，也不遑多讓，他來自廣東，曾在美國七年，可是「世界有名」的大廚師。江山樓與蓬萊閣，同是日治時期酒樓的代表，強調高級、精緻與禮儀，引領當時台灣上層社會的飲食時尚。

宏偉的建築內備好熱騰騰的美食，賓主要盡歡，還缺炒熱氣氛的人。

「食、色，性也。」美食美色不分家，尤其在重感官享受的娛樂場所，江山樓可登高嚐鮮，當然要有美人相伴。古往今來的陪酒文化，極為多樣，在日治時期，以藝妲最具特色。邱旭伶《台灣藝妲風華》研究指出，二次大戰前，台灣歌舞昇平，藝妲文化興盛，全島流行，其主要工作，是在宴席上陪客人喝酒、猜拳助興，然而請得起藝妲的，多是名流仕紳、附庸風雅者，為了迎合客人，席間要吟詩作曲，彈奏樂器，有時要唱上一段戲曲。座上相互酬唱、感時借喻，寫成許多詩詞，多半無發表機會，於是《風月報》應運而生，刊登文人吟詠藝妲的詩詞，記述逸聞趣事，好幾期封面，還大剌剌刊登藝妲寫真，其大膽與爭議，不輸現在的八卦刊物。此外，還有人襲仿上海的「花榜」，列名品評藝妲，舉行花后投票，猶如現在的選美活動。藝妲頻繁出入酒席，圍繞名流仕紳，酒酣耳熱之際，風流韻事隨之而

與江山樓齊名的蓬萊閣亦為日治時期大稻埕著名酒家。（莊永明提供）

生，其中最著名者，乃王香禪與連雅堂、羅秀惠與謝介石的分分合合。

藝妲最盛行時，多集中在大稻埕，江山樓更是翹楚，剛開業，就有一百多名，到了1935年的博覽會，其數竟達四百多。江山樓編過各類藝妲名錄，記載其藝名、特長、住址，還附上相片，江山樓的藝妲多為一時之選，藝妲也以登上此樓為榮。每年春天，田都元帥誕辰，在江山樓前庭舉辦慶典，設壇演戲，藝妲三三兩兩前來祭拜捐款，稱作「江山樓庭」，可是年度的大事情。

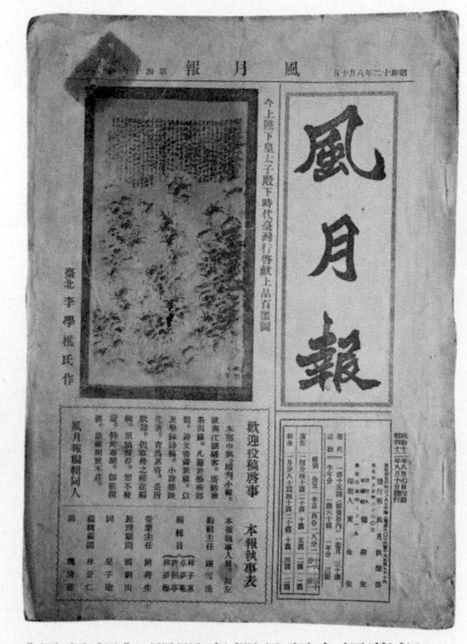
昭和十二年八月十五日　風　月　報

風月報

臺北 李學樵氏作

歡迎投稿啓事

風月報編輯同人

本報執事表

《風月報》開闢專欄品評介紹藝妲。（文訊資料室）

藝妲陪宴侑酒，除了其情色意涵外，藝妲的服飾裝扮，跟著流行走，反映當時的風尚，透過談話應對，席上的客人，認識了時代的新潮流；在男女之防甚嚴的保守年代，許多男人，要從藝妲身上，才能一探女人的幽微世界。

建築、料理、藝妲，形塑了江山樓文化氛圍，也營造其空間的獨特魅力。

大稻埕超時空之旅

◎鄭順聰

太平町現貌，今之延平北路。（李昌元攝影，以下同）

路線：江山樓舊址——歸綏戲曲公園——慈聖宮——第一企業大樓——波麗路——功學社——王有記茶行——義美食品——天馬茶房舊址——賓王大飯店——永樂市場——迪化街——永樂座舊址——李臨秋故居——貴德街——大稻埕碼頭。

> 大船碼頭世界行，茶行鹽館淡水岸，藝妲美麗的形影，江山樓頂拚輸贏；波麗路啊山水亭，自由的思想尚時興，文學歌謠美術和電影，無論啥麼阮是攏莫驚；攏莫驚，攏莫驚，文明的腳步就愛踏乎定，汝是台北城外繁華的現代大稻埕！

如果你看過《四月望雨》，這齣描述鄧雨賢生平的歌舞劇，或許你心底就會響起〈大稻埕進行曲〉的旋律，想起舞台布景搭建的迪化街與波麗路，猶如回到1930年代的台灣；如果你沒看過，那沒關係，這歌詞雖短，卻將其歷史名勝、時代風情勾勒出來，可細細品味；如果你還是不了解，別擔心，市街雖老舊，仍保存過往的風華，只要親自走一趟，配合地圖，你就會走入那個時代、進入老台北的藝文核心。

江山樓舊址已成為水泥大樓。

就從【江山樓舊址】開始，對面是【歸綏戲曲公園】，乃歌仔戲與布袋戲的表演場地，在鋼鐵水泥的城市，留一處傳統的扮勢。散步歸綏街，往小巷探去，花街柳巷不再，寂寞冷清盤據，風塵味還殘留些，「本處即將改建」布幕掩上，往日的燈紅酒綠，就要完全褪盡。

歸綏街春鳳樓。

歸綏街一接上延平北路，車輛聲量明顯加大，這是過去的太平通，日治時期從台北城往北，穿過小北門，就是這條通衢大道，日本人實施市街改正，紅磚水泥砌築東西交融的立面，兩旁街屋讓道路平整大扮，貫穿台人政治、文化與娛樂的心臟。往北望，有座牌樓，通往祀奉媽祖的【慈聖宮】，廟埕在中午最是熱鬧，有排骨湯、鹹粥、炸蝦、魷魚與罕見的毛蟹，點了菜，三五好友在樹蔭下談笑開懷，這是現代台北僅存的鄉村悠閒。保安街口的對面，【第一企業大樓】聳立，過去是第一劇場電影院，乃因應1935年的台灣博覽會建造，

慈聖宮。

投資十萬日圓，有1632個座位，是當時台灣最大的劇院，劇院雖已拆除，附近的老唱片行仍在，買得到文夏與藝霞歌舞團的影音，台語歌聲如保存良好的刻盤，仍勇健地輪轉不停。

延平北路往南走，得要腳步細、慢慢看，這可是台灣新文化的生發點、孕育處，你即將進入老台北藝文的聚落群。

第一劇場。（莊永明提供）

先左轉民生西路，有間西餐廳，若要說信譽好、牌子老，台北沒任何一家店敢比，1934年創立的【波麗路】，以拉威爾的樂曲命名，擁有一套七十八轉自動電唱機，是當時最頂級的音響設備，開幕時以鄉村鴨子飯與西式套餐聞名，吸引文學少年呂赫若、張文環翩翩前來；老闆廖水來不僅開餐廳，也當畫家的贊助者與經紀人，著名畫家郭雪湖、楊三郎、張萬傳、洪瑞麟常來光臨。餐廳內展示畫作，裝潢充滿藝術感，燈光美、氣氛佳，過去可是相親定情的最佳去處。如果你愛吃咖哩飯，可向阿公年紀的服務生點菜，熱汁溢出鐵製的盤子，吱吱作響，打開竟有肉鬆，懷舊與台味，一起跳曼波。

波麗路西餐廳。

再來到延平北路的【功學社】門口，可不是要來學鋼琴，「學音樂的孩子不會變壞」，愛歷史的人最有感情，據莊永明老師的說法，樂器行二樓，就是號稱台人開設的第一間咖啡廳「維

山水亭。（謝里法提供）

特」所在地，名稱源於歌德《少年維特的煩惱》，往來當然無白丁，騷人墨客、文藝青年趨之若鶩。經營者為楊三郎的哥哥楊承基，此咖啡廳的重要性，在於餐廳員工後來的發展，主廚廖水來創立了「波麗路」；經理王井泉，則成立了一家特別的文化餐廳——山水亭食堂。

王井泉，大家都叫他「井泉兄」，熱愛文學戲劇，出錢出力，大力奔走，無怨無悔，可以說是文藝狂飆熱潮的幕後英雄。當時，西川滿主編的雜誌《文藝台灣》，以一種外來者的浪漫角度，將台灣當作一種南方風情來書寫，引起許多台人不滿。1941年，就以山水亭做為編輯部，王井泉與張文環創辦《台灣文藝》，表達台灣人的反抗與苦悶，與《文藝台灣》相抗衡。

王井泉本就是「星光演劇研究社」的成員，山水亭以「東坡刈包」聞名，許多藝文人士常到此聚會，吞雲吐霧中，熱烈討論文藝、發抒胸中塊壘，林之助便如此寫道：「山水亭的又窄又陋的半樓裡，曾蠢動過台灣文藝復興的氣流；有喜氣洋洋的景象，也有訴不盡的哀愁。」

歷史總要一直走下去，往延平北路二段61巷深入，經過不復存在的大光明戲院，拐個彎，朝陽公園捧出一片綠意，鄰旁有座古色古香的【王有記茶行】，老闆會親自介紹茶業的分類與製作過程，偶見老先生在茶簍上挑枝揀葉，最裡頭，保留了現存唯一的古法製茶場。此外，茶館還定期演奏傳統的南管，星期六下

山水亭食堂的老闆王井泉。（謝里法提供）

王有記茶行。（鄭順聰攝影）

午，在二樓古雅的窗櫺旁，可瀹茗品茶，聆聽節奏頓挫的古音。

如果你看過侯孝賢的電影，《最好的時光》第二段的音樂，就是南管，再仔細看，其發生的背景，就在大稻埕，男主角和藝妲談到，迎接梁啟超來台，於「東薈芳」盛大招待，這可真有其事，「飲冰室主人」梁啟超，因戊戌政變流亡海外，1911年受林獻堂邀請來台，設宴「東薈芳」，舊址就位於延平北路二段與南京西路的交界處。

且先在【義美食品】前停佇，其前一代建築，是蔣渭水開設的大安醫院，以及台灣民報的發行所，做為台灣民主與文化運動的先驅，蔣渭水在此組織「台灣文化協會」，領導「台灣民眾黨」，以口舌、以紙筆、以行動，倡導台灣民族意識，對抗日本人殖民統治。

南京西路上，法主宮對面，是【天馬茶房舊址】，門口乃二二八事件引爆處。再往建成圓環方向走，【賓王大飯店】那棟商業娛樂大樓，過去是與江山樓齊名的蓬萊閣，其建築與風華，冠絕一時。

橫向穿街繞巷，經過一間間布莊，來到【永樂市場】，這是迪化街的南端，隨著人潮往北，霞海城隍廟看似小巧，人氣可不得了，日治時

大安醫院與《台灣民報》發行所舊址，現為義美食品門市。

法主公廟。

現在的賓王大飯店，是昔日蓬萊閣舊址。

期，5月13日城隍爺慶典，曾湧入20萬人，鐵路還要加開班車。做為迪化街的信仰中心，霞海城隍廟在這幾年，意外成為最夯的情人廟，台灣各地，甚至日本與香港的少女，不遠千里而來，打扮入時，在香爐前求取姻緣。

【迪化街】立面的華麗依舊，南北貨與中藥琳瑯滿目，走逛的方式很多，可以的話帶本畫冊，展開郭雪湖的〈南街殷賑〉，將畫中之熱鬧氣派與現況相比，赫然發現，郭雪湖在畫中寄育多少的期盼與美好。

再橫穿到西寧北路，林柳新紀念館旁的巷子，過去有間【永樂座】，本專演京劇，蔣渭水告別式就在此舉辦，超過五千人前來祭悼。日治時期最重要的新劇《閹雞》，在永樂座首演，由於劇中歌唱台灣民謠，觸犯禁令，被日本人斷電，但觀眾不減熱情，跳到舞台上，拿出隨身攜帶的手電筒，一個亮、兩個亮，黑暗中打開光明，讓戲轟動演完。

永樂座有位茶房，平日喜讀詩書，得到機會為電影主題曲作詞，嶄露頭角，沒想越寫越受歡迎，他就是李臨秋，膾炙人口的〈望春風〉、〈四季紅〉、〈補破網〉之作詞者，【李臨秋故居】就在西寧北路86巷4號，往裡走通往【貴德街】，清朝末

霞海城隍廟。

迪化街上南北貨與中藥琳瑯滿目。（鄭順聰提供）

李臨秋故居。

李春生紀念教堂。

貴德街景，轉角第一間為文史學者莊永明開設的「莊協發港町文史講亭」。

末年，洋樓茶行林立，街上滿是撿茶的少女，芳香飄逸，號為台灣第一茶街。貴德街上多名勝，有港町文化講座，台灣文化協會在此辦理演講會，宣揚理念。還有間教堂，看來如人臉，乃茶業鉅子李春生之紀念教堂，他的生命都貢獻給基督教，將思考所得寫成書，有人說他是台灣第一位哲學家。

旅程的末站，歷史之起點，【大稻埕碼頭】，擺著一艘仿造過去航行在淡水河上的戎客船，說明大稻埕的興起，就是靠著船運，將茶葉一箱箱外銷全世界，而船也一艘艘載來貨物、人才與新思潮，讓繁華的市街，接上電線，在現代化初啟的黑暗中，閃耀文藝的電光。

鄭順聰，籍貫嘉義民雄，中山大學中文系畢業，台灣師範大學國文研究所碩士。曾任《重現台灣史》雜誌主編、《聯合文學》執行主編。作品入選96年散文選、2008及2009台灣詩選。著有詩集《時刻表》。

台灣文化協會

1920年代台灣的政治、社會運動，
在大正民主的場域中發展開來，蔚為巨流。
然而，檢視這一階段的歷史，
我們明顯地可以看出1921年成立的台灣文化協會不僅是反日運動的源頭，
也是眾多社會運動的主軸，知識菁英從這一個團體中尋找台灣的未來，
以啟蒙為標的的諸般活動，在統治者允許的空間中孕育了更多社會的領導階層，
他們活躍於那個時代，也活躍於戰後的歷史舞台。

台灣文化協會第一屆理事會合影。前排左起洪元煌、黃呈聰、蔣渭水、林獻堂、連溫卿；後排左起蔡培火、陳虛谷，左九起王敏川、鄭汝南，右一起謝春木、賴和、陳逢源。（蔣渭水文化基金會提供）

風起雲湧文化潮
台灣文化協會

◎林柏維

《台灣民報》發送實況。（蔣渭水文化基金會提供）

阮是開拓者

歷史回到1920年代，以台灣文化協會為主體的文化運動，激發出台灣社會的動能，表現出來的是：反殖民的民族獨立抗爭、現代政治團體的組構、農工商學之社會運動的勃興、現代文學與藝術的推展，而核心價值則在台灣主體意識的覺醒。

隨著文化協會為主力的啟蒙運動、新文化運動如火如荼的展開，社會主義、民族自決主義等世界新思潮隨同引進，衝擊著台灣當時的思想界、文學界，海峽對岸的五四運動也直接、間接影響到留學中國、日本的台灣青年，台灣新文學的發展就在這樣的歷史場域中萌芽。

在文化協會因分途發展乃至衰退後，文化運動並未因而止歇，在1930年代有著傲人的發展，台灣新文學在這時期反而更加滋長、繁盛；從《台灣青年》、《台灣》的播灑種子，到《台灣民報》成為文學園圃，從語文的改革到新舊文學的論爭，跨越到1930年代的《南音》、《福爾摩沙》、《先發部隊》、《台灣文藝》，從新文學理論的建構到本土文學的深耕，台灣文化協會所從事的社會運動無疑地啟動了新文學運動廣泛的發展，甚至成為新文化運動和民族運動的生力軍。

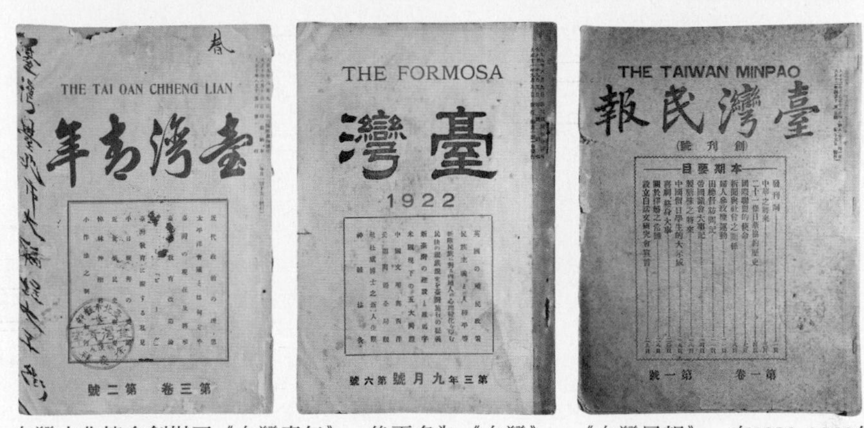

台灣文化協會創辦了《台灣青年》，後更名為《台灣》、《台灣民報》，在1920 1930年代，如火如荼的展開文化啟蒙運動。（文訊資料室、蔣渭水文化基金會提供）

波瀾壯闊的年代

台灣的民族運動，起自台灣民主國的衛台之戰，到1915年西來庵事件（余清芳革命）止（霧社事件除外），是以武力、以流血為手段的抗日運動，繼之而起的是接受日本現代教育的台灣知識菁英，在1920年代展開的社會運動，他們以文化運動的方式，拓展出爭取政治權益的全民運動，以農民運動、工人運動的方式，展開階級的、民族的運動；他們以台灣文化協會為主體，主張「台灣是台灣人的台灣」。

那個年代，正是一次世界大戰後的歷史時空：新帝國主義形成、社會主義浪潮湧現、西方民主社會體制抬頭、中國歷史朝代更新，相輔而成國際潮，台灣經由日本「母國」而介入其中。由於歸屬的相互關係，日本社會之於台灣自然成為媒介，受日式現代教育的知識菁英所選擇之運動方式即在此國際潮中前進。

這國際潮涵括了：民族自決的潮流、列寧革命對中國革命的影響、愛爾蘭獨立運動模式的仿效、朝鮮三一事件的推波助瀾、大正民主的歷史時空。留日新青年在這樣的時空環境下，思慮台灣的前途，集結在蔡惠如、林獻堂的領導下組織台灣青年會、啟發會與新民會，先是擬議六三法撤廢運動，轉而進行長達14年的台灣議會設置請願運動。

為了情感聯絡及宣揚理念，1920年，新民會在東京創刊《台灣青年》，1922年更名為《台灣》，同時發刊《台灣民報》，這一年，陳端明發表〈日用文鼓吹論〉主張白話文，撒下新文學的種籽，當然，做為台灣人唯一之喉舌、文化協會的機關報，這三份刊物雖是偏重於政治、社會的議題，卻已為文學創作預留了園圃。

同胞須團結，團結真有力

相對應於留日新青年的積極作為，島內以台灣醫專、師範學校出身為主的菁英，推舉蔣渭水為領導，共謀出路，先是成立文化公司，繼而取得林獻堂的首肯，1921年10月17日，在台北靜修女中成立以「謀台灣文化之向上」為目的的台灣文化協會，會員1032人，林獻堂為總理，蔣渭水為專務理事（後為蔡培火），文化協會的組成代表著傳統仕紳、海外留學生、本土知識菁英三個社會階層的結合。

文化協會成立後，迅速發展它的組織，分立台北、台南、彰化、員林、新竹五個支部，並且支援每一回的台灣議會設置請願運動。然而，文化運動所形成的磅礴氣勢，使台灣總督府採取了壓制的措施，先是以公益會來反制，並以有力者大會來反擊，進而於1923年12月以違反治安警察法為由全島大逮捕重要幹部，此即治警事件，文化協會受此衝擊反而更加蓬勃發展。

文化協會所施展的啟蒙運動，其設定的目標表面上是提升文化，實則要強化台灣的特殊性，黃呈聰主張建設台灣的特種文化，避免被同化；蔣渭水主張消除民族差等待遇，提高台灣人的品格，完成「台

台灣文化協會於1921年10月17日在台北靜修女中成立。（莊永明提供）

文化協會成立後，分設台北、台南、彰化、員林、新竹支部，並支援每一回台灣議會設置請願運動。圖為台灣人民在新竹車站歡送第七次台灣議會設置請願代表。（蔣渭水文化基金會提供）

灣人的使命」；蔡培火主張建立自尊的人格，用台灣話語喚起民族覺醒。

文化協會成立後，大安醫院醫師蔣渭水隨即在《會報》中發表〈臨床講義〉，診斷台灣患有「智識的營養不良症」，是「世界文化的低能兒」，必須服用最大量的「教育」，是一篇將統治者愚民教育訴諸文字的抗議文學典範，治警事件後蔣渭水在《台灣民報》發表〈入獄日記〉、〈快入來辭〉等牢獄文學的篇章，更引起許多共鳴和回應。

蔣渭水發表〈臨床講義〉，是抗議文學的典範。（蔣渭水文化基金會提供）

與陳端明發表〈日用文鼓吹論〉的同時，謝春木也在《台灣》發表日文小說〈她往何處去〉，啟動了新文學的創作，次年即有柳裳君在《台灣》發表的暗諷式小說〈犬羊禍〉，由於傷及林獻堂的人格而引起騷動。《台灣》雜誌時期最重要的是黃呈聰〈論普及白話文的新使命〉與黃朝琴〈漢文改革論〉兩篇語體改革的文章，顯然是受到陳獨秀、胡適倡導文學革命的影響，正式展開台灣的新文學革命運動，且是「漢文」的文學改革，雖只是就語言、文字的運用提出改革，卻是台灣新文學運動最具革命性的發軔點；稍後，蔡培火在《台灣民報》發表〈台灣新文學運動和羅馬字〉，將台灣新文學一辭正式推出檯面，也提出了後世對台灣文學使用漢字或羅馬字的爭論問題。

台灣文化運動的大舟

文化協會啟蒙運動的目標在於喚醒台灣民族意識，進而爭取政治權，造成民族自決的氣勢，以期脫離日本統治，林獻堂說：「要以改造的精神（在）造堅牢的大舟以準備航海。」就是這樣的意思。文化協會的新文化運動是多面向的：

1.在訊息的傳遞上，他們發行會報、發刊《台灣民報》、設讀報社。

2.在教育的層級上，他們辦夏季學校、設立文化書局和中央書局。

3.在知識青年的結合上，他們協助青年團體的組成，如：台北青年會、草屯炎峰青年會、通霄青年會、大甲日新會、基隆美麗也會。

4.在文化種子的傳布上，他們推動白話文的使用，提倡新文學運動。

5.在社會風氣的開通上，他們提倡新劇，彰化鼎新社、新竹新光社、台北星光演劇研究社、台南文化劇團等，如雨後春筍紛然而立；更組成電影隊（美台團），到村莊裡放映無聲電影；為了提升婦女的社會地位，他們組織彰化婦女共勵會、台灣諸羅婦女協進會。

6.在經濟面的抗爭上，文協成員與陳炘合作成立本土資本的銀行：大東信託株式會社。

最重要的是，他們直接向民眾宣導、教育，廣泛地、連續地舉辦各式的演講會，掀起全島文化啟蒙的熱潮，使「文化仔」成為1920年代激進的、改革的共同標籤。

正當文化協會主力幹部因治警事件被起訴之際，張我軍延續黃呈聰與黃朝琴普及白話文的議題，認為如要建設台灣的新文學，勢非得打倒舊文學不可，所謂舊文學係指那些吟風詠月、無病呻吟的舊式詩文而言，先以〈致台灣青年的一封信〉提出了批評和指責，又以一篇〈糟糕的台灣文學界〉正式向舊文學展開攻擊，對當時充滿烏煙瘴氣的台灣文壇，投下一顆炸彈，為台灣文學史上的第一次新舊文學論戰拉開序幕。

台灣文化協會成員與陳炘合作成立台灣資金的大東信託株式會社，用來做為經濟的抗爭。（林柏維提供）

在文化啟蒙的運動熱潮中，連雅堂等舊詩人也起而還擊，張我軍再發表〈為台灣的文學界一哭〉、〈請合力拆下這座敗草叢中的破舊殿堂〉、〈絕無僅有的擊缽吟的意義〉，把舊詩人攻擊得體無完膚，悶葫蘆生、鄭軍我等則以《台灣日日新報》、《台灣新聞》、《台南新報》等為堡壘回擊。然而，新文學陣營除了攻擊舊文學外，也開始了新文學的創作，皆有突出的表現，如：施文杞的〈台娘悲史〉、賴和的〈鬥鬧熱〉、楊雲萍的〈光臨〉、張我軍的〈買彩票〉等小說，張我軍的《亂都之戀》更是台灣第一本現代詩集，也由於新文學作品的逐漸出現，台灣新文學運動由理論進入具體化的階段。

啓蒙運動的多元效應

1920年代台灣的政治、社會運動，在大正民主的場域中發展開來，蔚為巨流。然而，檢視這一階段的歷史，我們明顯地可以看出1921年成立的台灣文化協會不僅是反日運動的源頭，也是眾多社會運動的主軸，知識菁英從這一個團體中尋找台灣的未來，以啟蒙為標的的

張我軍的《亂都之戀》是台灣第一本現代詩集，因新文學作品出現，台灣新文學運動也由理論進入具體化階段。（文訊資料室）

各式社會文化運動也在1920年代蓬勃發展，新劇運動更帶來不同於傳統戲曲的思維。圖為「厚生演劇研究會」於永樂座舞台上合影。（翻攝自《漂浪舞台——台灣大眾劇場年代》，邱坤良著）

諸般活動，在統治者允許的空間中孕育了更多社會的領導階層，他們活躍於那個時代，也活躍於戰後的歷史舞台。多面向的啟蒙活動，刺激到潛藏的民族意識，掀起反對種族差別待遇的學潮、抗爭壓搾血汗的農民運動隨之興起；為了達到宣傳普遍化，文字使用的改革論爭使新文學運動水到渠成；戲劇的渲染效益在運動中也未被忽略，新劇運動強力介入傳統戲曲的舞台，新式電影在美台團的播種下，開啟了普羅大眾的視野；夏季學校凸顯民間興學的無力感，凸顯差等教育的荒謬與悲哀；文化講座的流行，帶動知識分子對鄉土的熱愛，他們把才學表現於各個專長領域，講演活動打破了統治者的愚民神話，匯聚了民心與民族的情感。

文化協會所推動的文化運動，激起了民族意識的覺醒，也使1920年代台灣的社會空間起了發酵作用，「台灣是台灣人的台灣」的台灣意識成型，社會的分化現象也隨之產生。在階層的表現上，農民與地主、工人與雇主、人民與警察、普羅大眾與資產家、文協的與非文協的（御用的）等，呈現著對立與抗爭的現象。在思想意識的表現上，左與右、祖國派與本島派、階級鬥爭與全民運動、革命的與改革的、社會主義與民族主義等，也決定了反日陣營裡派系的歸屬。

左右分流的趨勢，也表現在文學的深化上，從1927至1930年，重要的刊物除了《台灣民報》外，有：蘇維霖等人的《少年台灣》、王敏川主編的《大眾時報》、謝春木主編的《洪水報》、王萬得主編的《伍人報》、楊克培主編的《台灣戰線》、趙雅福發行的《三六九小報》、許乃昌的《現代生活》、林秋梧的《赤道報》。

台灣新文學的創作日趨成熟，作品也實際反映底層人民的生活，賴和繼〈一桿秤仔〉之後，陸續發表〈補大人〉、〈不如意的過年〉、〈蛇先生〉、〈彫古董〉、〈棋盤邊〉，奠定了他台灣新文學之父的地位；其他作家發表的作品有：楊雲萍的〈加里飯〉、〈秋菊的半生〉，張我軍的〈白太太的哀史〉、〈誘惑〉，陳虛谷的〈他發財了〉、〈無處申冤〉、〈榮歸〉、〈放砲〉，楊守愚的〈凶年不免於死亡〉、〈顛倒死〉、〈醉〉，葉榮鐘的〈墮落的詩人〉，郭秋生的〈鬼〉。賴和、張我軍、陳虛谷、葉榮鐘皆是文化協會的重要成員。

文化協會在「走向實際運動」的呼聲中分裂，右翼的蔡培火、蔣渭水另組台灣史上第一個政黨：台灣民眾黨。（林柏維提供）

在文化運動、台灣議會設置請願運動已難有著力點之際，外圍團體日趨成熟，先是李應章於1925年成立二林蔗農組合，開農民運動的先河，各地農民組合相繼成立，後來在簡吉的串聯下，形成台灣農民組合；左翼路線已成氣勢的情勢下，文化協會終於在「走向實際運動」的呼聲中分裂。

1927年，左翼的連溫卿、王敏川掌控文化協會，改走階級鬥爭路線，改設本部於台中，同時，外圍團體台灣農民組合本部也移設台中。右翼的蔡培火、蔣渭水也於台中另組台灣史上第一個政黨：台灣民眾黨，進入實質的政治運動，蔣渭水更於1928年組織外圍團體台灣工友總聯盟。如此，左右兩派分途展開了農工運動。

轉換方向後的文化協會，以連溫卿為中心，展現與舊文協時代完全不同的風貌，「主張以最大多數的台灣無產階級的解放為其目的」。1928年，台灣共產黨在上海成立，決議：「利用文化協會做為共產黨活動的舞台」。1929年，謝雪紅及台灣共產黨掌握了文化協會，這樣的結果，使統治當局在1930年採行台共黨員大逮捕的毀滅性動作，等同解散文化協會。

台灣民眾黨以「確立民本政治，建設合理的經濟組織及改除社會制度之缺陷為綱領」。在蔣渭水的領導下也逐漸左傾，右派的林獻堂、蔡培火等脫離，在楊肇嘉主導下，於1930年在台中另組台灣地方自治聯盟；分裂後的台灣民眾黨，由於急進的政治主張，也在1931年被禁止結社。此時，日本已積極對外發動侵略戰爭，壓縮人民集會結社的空間，台灣地方自治聯盟已難能有所作為，台灣議會設置請願運動也難有成就，在1935年取得台灣史上第一次地方選舉的成果後，於1937年自動解散，為20年代的台灣社會政治運動畫上休止符。

文化運動並未隨著文化協會的解散而煙消瓦解，台灣歌謠在1930年代開創了另一片天空，台灣新文學則步入葉石濤所說的成熟期，從1931年至1935年，台灣新文學展現出豐碩的成果，在文藝刊物的出版方面，有黃春成主編的《南音》，東京台灣文藝研究會的《台灣文藝》（吳坤煌主編），東京台灣藝術研究會的《フオルモサ》（福爾摩沙，蘇維熊主編），台灣文藝協會的《先發部隊》（廖漢臣主編），台灣文藝聯盟的《台灣文藝》（張深切、張星建主編），水蔭萍主編的《風車詩刊》，楊逵主編的《台灣新文學》，文學刊物的多樣化，彰顯著文藝團體的多元性，以及更多文學作家與作品的產出，這樣的光景彷彿是1920年代文化運動的翻版。

在1930年代前期嶄露頭角的台灣新文學作家及其作品有：蔡愁洞〈保正伯〉、朱點人〈秋信〉、郭秋生〈死麼？〉、楊華〈薄命〉、王詩琅〈十字路〉、林越峰〈紅蘿蔔〉、張慶堂〈年關〉、張深切〈鴨母〉、黃得時〈橄欖〉、楊逵〈送報伕〉、呂赫若〈牛車〉、龍瑛宗〈植有木瓜樹的小鎮〉、巫永福〈慾〉、吳天賞〈野雲雀〉、王白淵〈唐璜與加彭尼〉、郭水潭〈某個男人的手記〉、翁鬧〈羅漢腳〉。

受到文化協會社會運動的影響，台灣新文學作家的作品十足地表現出寫實的風采，他們關懷社會底層人民的生活，使文學負載著人道主義的使命，加上文化協會追求台灣主體特殊性的理念，也使文學多了政治軌道的兩難選擇，文學作品的語言使用是日文？語體漢文？台語文？於是繼台灣新舊文學論戰後，跳躍至1930年代的時空，台灣新文學再陷入另一階段的論戰，即台灣話文論戰（又稱鄉土文學論爭），緣起於黃石輝在1930年於《伍人報》上發表〈怎樣不提倡鄉土文學〉，主張鄉土文學的內涵是台灣的書寫，並使用台灣話文的語體，引發各家在《台灣新民報》、《台灣新聞》、《昭和新報》、《新高新報》及《伍人報》、《南音》、《台灣文學》等刊物的討論，傾向台灣話文的使用者包括：黃石輝、賴和、郭秋生、莊垂勝、李獻璋、黃純青、何春喜等；傾向沿用中國白話文的有：朱點人、賴明弘、林越峰、廖毓文等；論爭的焦點顯然集中於中國白話文或台灣話文的取捨上，而不是鄉土文學！當然，這一難解的問題在日本積極侵華後，隨著皇民化運動鋪天蓋地而來，與台灣新文學運動一起落幕，直到戰後的1970年代始又重現在新一波的鄉土文學論戰中。

文化運動下的文學景象

◎林柏維

文化書局

1926年6月，蔣渭水在他所辦的大安醫院旁（原《台灣民報》支局）創辦了一家新式書店：文化書局，專賣日文和中文的新式書籍，在此之前台北竟無由台灣人所經營的書店，更無專賣中國五四運動以來的白話文書籍。

蔣渭水這家書店的方向是：「漢文則專以介紹中國名著，兼普及平民教育，和文（日文）則專辦勞動問題、農民問題諸書，以資同胞之需。」陳列的書籍主要是：相關孫中山的論著，有關中國國民革命的書報，和馬克斯相關的社會主義經典或政治學、經濟學、社會學著作，梁啟超、胡適、張競生、梁漱溟、章太炎、吳稚暉等近代中國學者的論述，以及啟蒙書籍、婦幼書刊。

蔣渭水於他辦的大安醫院旁開了文化書局，為台北第一家賣白話文書籍的書店。（蔣渭水文化基金會提供）

中央書局匯聚文化人士，使台中成為文學重鎮。（林柏維提供）

蔣渭水了解到文化運動不僅是文化協會的各項活動的開展，人民的自我教育也是重要的一環，書局就是提供知識的最佳通道。

中央書局（中央俱樂部）

1925年11月，莊垂勝得林獻堂、陳炘等二十名中部的文化協會會員的贊助，計畫在台中成立中央俱樂部，原擬內設簡素食堂、靜雅客室、圖書部、講堂、娛樂室、談話室等，並做為舉辦各種講習、講演、音樂、演劇、影戲等活動的場所，到了1926年6月，中央俱樂部始成立，1927年1月正式開張，分為旅館部和販書部兩部分，由於旅館部沒有合適地點而作罷，販書部則以中央書局之名設立於台中市寶町三町目，專門販售中文和日文之新文化書刊。

中央書局的成立不僅在提供文化協會會員的聯繫、休憩和交誼，尤其注重啟蒙民眾的功效。所以當文化運動的重心逐漸移轉到台中後，中央書局自然成為中部地區精神食糧的重鎮，即使到了1980年代，依然是台中地區知識分子汲取新知的中心。

傳統與現代的激盪

◎林柏維

文化協會的有力者：傳統仕紳

新文學的耕耘者大都與文化協會有關，並以新青年為主體；舊文學則以傳統詩社為據地，有趣的是，兩者皆與霧峰林家有密切的關聯。以文化協會的前後期來看，傳統仕紳與新青年連結，「願為同胞倒海傾」，反擊新文學的連橫，積極於文化講習活動，林獻堂與林幼春則是文化協會的領袖。

傳統與現代的糾葛，也展現在文化協會於1920年代的社會運動進程中。

中部的櫟社是日治時期最重要的詩社，與北部的瀛社、南部的南社鼎足而三，係霧峰林癡仙所首倡，以不材之木「櫟」為旗幟相號召，寓以舊文人「無用之為大用」的心志。

對新舊文學的喜好無損於文人對於文化運動的投入。櫟社的萊園一直是文化協會夏季學校的活動場地。圖為第二回夏季學校。（林柏維提供）

櫟社成員，名家輩出，諸如：傅錫祺、莊太岳、吳汝能、王學潛、林癡仙、蔡蓮舫，每於霧峰林家會聚，逢春秋佳會，必呼朋擊缽、吟詩唱酬；感傷國族淪落之餘，也常以實際行動參與反對運動，林獻堂、林幼春即分別擔任文化協會的總理、協理。反之，台中地區積極於新文學者，則有陳炘、謝春木、賴和、張星建、張深切、葉榮鐘、楊逵、陳虛谷、楊守愚、翁鬧、莊垂勝等。他們與霧峰林家也多有往來，新舊文學的喜好並無礙於他們對文化運動的共同投入。

謝春木（追風）以小說〈她往何處去〉訴求解放台灣的婦女。

文化城的文學風采

文化協會分裂後，社會運動分歧發展的時期，文化城的新舊文人並未走到對立面去。

在傳統文人方面，以櫟社為主體之傳統文人，依然矗立於傳統漢文詩詞文章的寫作吟唱，他們雖在1924年飽受後起之秀新知識青年的抨擊，仍堅守「敗草叢下的破舊殿堂」，在文化運動的浪潮中，他們是穩健的地方仕紳，在文協分裂後，他們支持民眾黨，在民眾黨分裂後，他們撐起地方自治聯盟的大局，南海詩人林幼春當是典型的代表，他們憂國也憂民，實未稍遜於激進青年，選擇傳統漢文，自有他們的理念。

新文學作家，其實都致力於文化啟蒙的志業，在搖籃期中，他們以《台灣青年》、《台灣》、《台灣民報》為舞台，文人的文風自然展現在政治的風格上，如：《台灣民報》記者謝春木（追風）的小說〈她往何處去〉訴求解放台灣的婦女。

台灣農民組合成立後的第一次大會、文化協會分裂後新文化協會的總會及其活動，皆以台中市為活動領域，文化活動的標的也轉向農民及下階層社會，賴和的〈鬥鬧熱〉及其相關作品皆在展現勞苦大眾的悲苦，楊守愚的〈斷水之後〉及其他作品，皆在流露農民的悲苦情境，陳虛谷的〈無處申冤〉則指陳警察的暴虐；林越峰的〈紅蘿蔔〉

《台灣文藝》、《台灣新文學》接連在台中出刊，皆呈現寫實主義與關懷普羅的文學風格。（文訊資料室）

敘述農民組合中被出賣的農民情境。

新文化協會與農民組合的移駐台中，使台中文人有著解放農民的濃烈色彩，其中以楊逵為標準典範，呂赫若則為後起之秀；相映於文化運動的分離，文人之風格也在在顯示對勞苦階級的寫實。

在台灣整體社會運動移轉至台中後，1927年後的台中，人文薈萃，中央書局起著吸納的作用，並使台中在1930年代成為與台北抗衡的文學重鎮，《南音》從第七期移至台中編輯，並改由張星建主編，1934年張深切與賴明弘倡開全島文藝大會並成立台灣文藝聯盟，出刊《台灣文藝》，以賴和為領袖；次年，楊逵與葉陶另立台灣新文學社，發行《台灣新文學》。

台中文人，無論新舊，關懷普羅階層的心志是一致的，他們參與政治的風格，正如謝春木所言「走向實際運動」般，使文學風格呈現出寫實主義與人道關懷。

林柏維，文化大學史學研究所博士班結業，現為南台科技大學通識教育中心講師。著有《台灣文化協會滄桑》、《文化協會的年代》、《台灣的社會變遷》、《福爾摩沙的聽診器》、《台灣人物筆記》、《鹿谷茶飄香》、《歷史散步》、《狂飆的年代》、《密碼與光譜》等。

琳瑯山閣

張李德和這位台灣文學史上極具重要性的女性古典詩人，
「琳瑯山閣」為她主要的「創作現場」，以及與同好友人聚會的場所，
多方面的傑出才藝讓她贏得「七絕」
（詩詞、書法、繪畫、彈箏、花藝、下棋、絲繡）及
「台灣第一才女」的美譽，
亦成為當時嘉義文藝活動的領導者。

諸峰醫院，頂端即為琳瑯山閣。（真理大學台灣文學資料館提供）

琳瑯山閣文學地圖

文學
現場
踏查記

民權路
文化路
嘉義公會堂舊址
琳瑯山閣舊址
慈濟宮
公明路
蘭記書店舊址
陳澄波故居
蘭井街
文化路
民族路
垂楊路

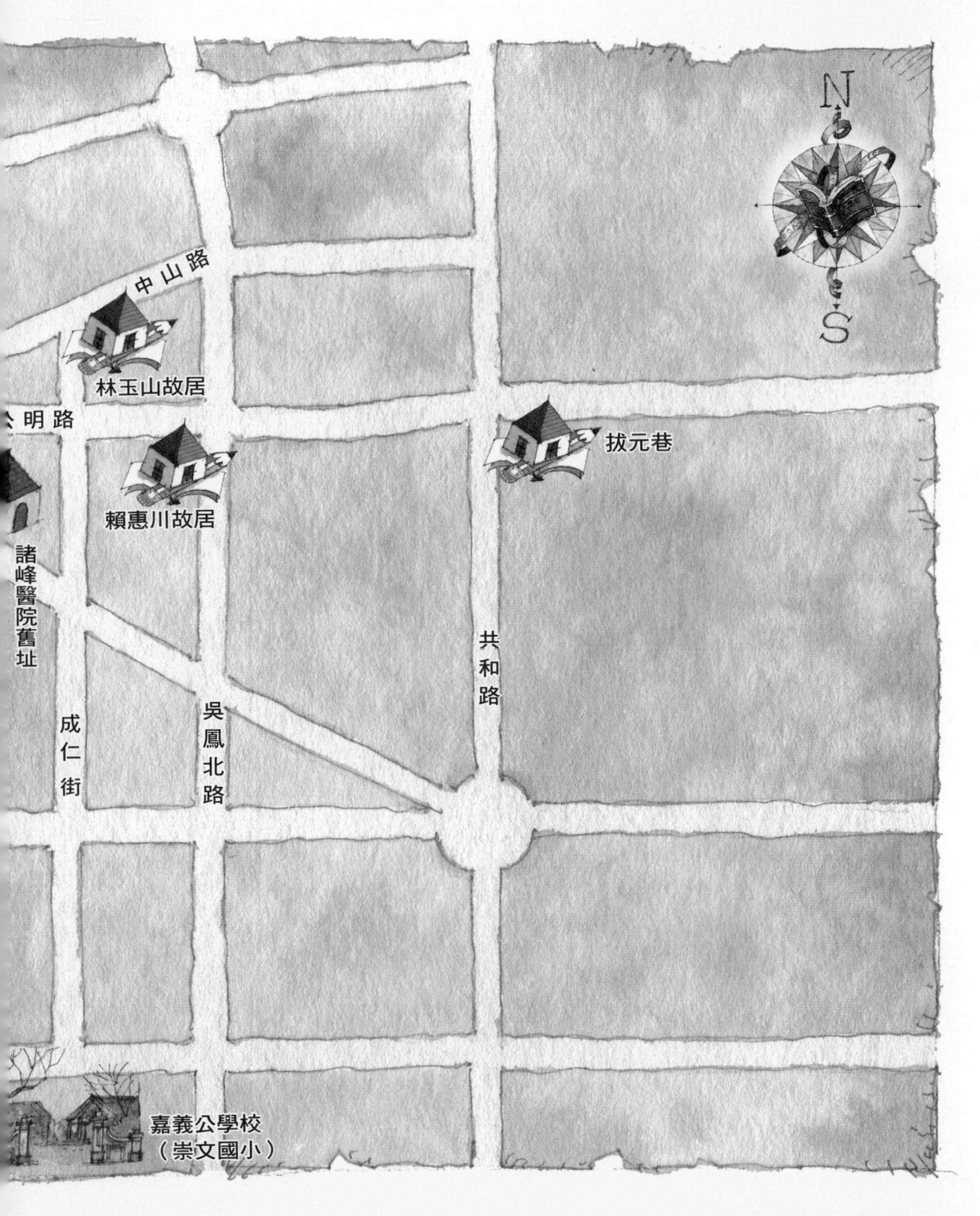
N
S
中山路
林玉山故居
公明路
賴惠川故居
拔元巷
諸峰醫院舊址
共和路
成仁街
吳鳳北路
嘉義公學校
（崇文國小）

台灣第一才女與嘉義藝文沙龍
張李德和的琳瑯山閣

◎顧敏耀

張李德和精通琴棋書畫。（真理大學台灣文學資料館提供）

講起嘉義的美食，大家第一個都會想到「火雞肉飯」。至於所有的嘉義火雞肉飯店家之中，位於噴水池圓環附近的「噴水火雞肉飯」大概是名聲最響亮的了。

在這邊大快朵頤之後，可以漫步到圓環旁的國華街，往裡面走300公尺左右就會看到合作金庫（嘉義支庫），其大門右側的牆壁上鑲著一幅油畫複製品，下面標示著——「琳瑯山閣」。

這幅畫的作者就是鼎鼎大名的嘉義畫家陳澄波（1895-1947），東京美術學校圖畫師範科畢業，曾獲聘任教於上海新華藝專，1933年返台專事創作。熱愛故鄉的他，一生畫了許多幅嘉義街景（在1926、1927年便以其中兩幅獲選帝國美術展），在二二八事件時為了嘉義市民而無辜遭到逮捕，槍決於嘉義火車站前。那天，3月25日，正好是「美術節」。

合作金庫從前曾是嘉義的藝文沙龍「琳瑯山閣」。
（李昌元攝影）

陳澄波以奔放的油彩畫出這幅「琳瑯山閣」，其真實場景的故址就在這座合作金庫現址。那曾是他生前時常與文化界好友談文論藝的嘉義地區藝文沙龍（Salon），沙龍的主持者是他就讀嘉義公學校時的老師，一位名滿全台的才女，張李德和。

摩空巨筆雄如許，竟是琳瑯閣上人

張李德和（1892-1972），字連玉，號羅山女史、琳瑯山閣主人，亦曾自署襟亭主人、逸園散人，雲林縣西螺堡西螺街（今雲林西螺）人。

她幼年在父親李昭元（曾任公學校訓導）與表姑母劉活源的指導下，奠定學習傳統詩文的深厚根柢。繼而先後進入西螺公學校、台灣總督府國語學校第二附屬學校就讀，畢業之後任教於斗六公學校、西螺公學校、嘉義公學校。

1912年與嘉義名門子弟張錦燦結婚後，因丈夫在翌年便從台灣總督府醫學校畢業，前往嘉義廳下茄苳北堡菁寮庄（今台南縣後壁鄉內）開設「諸峰醫院」，因此張李德和便辭去前後執教四年之教職，協助丈夫處理院務，1916年遷至嘉義街西門內42番地開業，1921年再遷至附近的西門內78番地（1932年改為嘉義市榮町2丁目45番地），終於在此定居下來。

張李德和先前在西螺便曾加入當地詩社「菼社」，到嘉義之後則

張李德和夫妻合影，牆上對聯的首字與尾字正好是「錦燦」與「德和」。（真理大學台灣文學資料館提供）

入「羅山吟社」，詩名漸顯，1923年獲聘為「鷗社」顧問。此外，對於繪畫亦有興趣，1927年與林玉書及吳文龍創立書畫社團「鴉社」，1930年向林玉山學畫，並加入春萌畫會，同年創立「連玉詩鐘社」，不久又增設書道會、畫會、圍棋會、音樂會等，儼然成為嘉義文藝活動的領導者，多方面的傑出才藝讓她贏得「七絕」（詩詞、書法、繪畫、彈箏、花藝、下棋、絲繡）及「台灣第一才女」的美譽，嘉義著名詩人賴惠川也不禁盛讚：「摩空巨筆雄如許，竟是琳瑯閣上人！」（〈題琳瑯山閣吟草〉）

張李德和也積極參與社會公眾事務，1941年被推舉為嘉義署聯合保甲婦女團團長，戰後則歷任嘉義救濟院董事長、台灣省臨時省議會第一屆省議員、明華家事補習學校董事長、台中書畫展委員、內政部禮俗研究委員會委員、保護養女會主任委員、蘭花盆栽展覽會會長等職，備受各界敬重。1971年赴日本青森，於其長子家中養病，翌年病逝當地，享壽80歲。

這位才女的作品集目前所見較為齊全的是：江寶釵編《張李德和詩文集》（上下兩冊，台北：巨流圖書公司，2000）以及《張李德和書畫集》（嘉義：嘉義市政府文化局，2000）；此外，台北的龍文書局亦先後複刻了張李德和詩集《琳瑯山閣吟草》（1992），以及收錄其部分詩作的賴柏舟編《詩詞合鈔》（2006）、《鷗社藝苑》（初集、次集、三集、四集，2009）、張李德和編《羅山題襟集》（2009）。

張李德和在台灣古典詩壇的名聲從日治跨越到戰後，絲毫沒有衰退，反而持續上揚，魏清德（瀛社社長）讚譽其詩「源源本本，由書卷中大悟得來，有逸韻而無俗氣，誠難能可貴」，陳皆興（鳳岡詩社

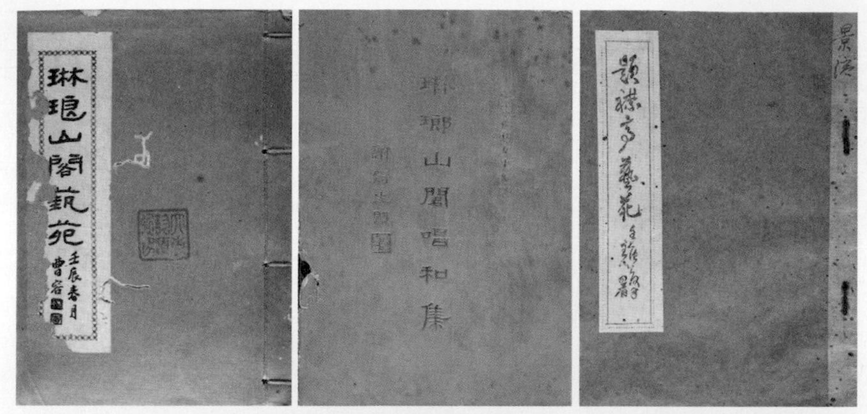

張李德和琳瑯山閣詩友合集：《琳琅山閣藝苑》、《琳瑯山閣唱和集》、《題襟亭藝苑》。（國立台灣文學館提供）

社長）亦云：「清真澹樸，不事雕鎸，麗句清辭，直抒胸臆」，連外省詩人何武公也形容她「聲華卓著，所作詩詞，邦人爭相傳頌」。

在戰後台灣古典詩研究上，她與黃金川、蔡旨禪以及石中英並列為受到最多學者矚目的四位女詩人，台南文史專家盧嘉興（1918-1992）在1969年所撰〈台灣名女詩人張李德和女史的家世〉是最早論述張李德和的論文，至今，國內與其相關的論文累積已超過30篇，甚至中國學者胡迎建所撰《民國舊體詩史稿》當中的〈台港澳地區及馬菲詩簡述〉，張李德和也是唯一被提到的女詩人。在2010年由真理大學台灣文學資料館出版高坂嘉玲與顧敏耀合編《張李德和的世界——學術研究論文彙編》，在張李德和研究的歷程上具有里程碑的意義。

琳瑯閣畔萃群仙，四面花開百合姸

這位台灣文學史上極具重要性的女性古典詩人，她主要的「創作現場」，以及與同好友人聚會的場所就是「琳瑯山閣」。在她與夫婿遷居來此之前，這個空間又是怎樣的面貌？張李德和曾有〈諸羅演武廳故址〉（二首之一）以記載此事：

> 琳瑯山閣開基地，恰是清朝演武廳。回首威風成逝水，唯餘瓦堞對榕青。

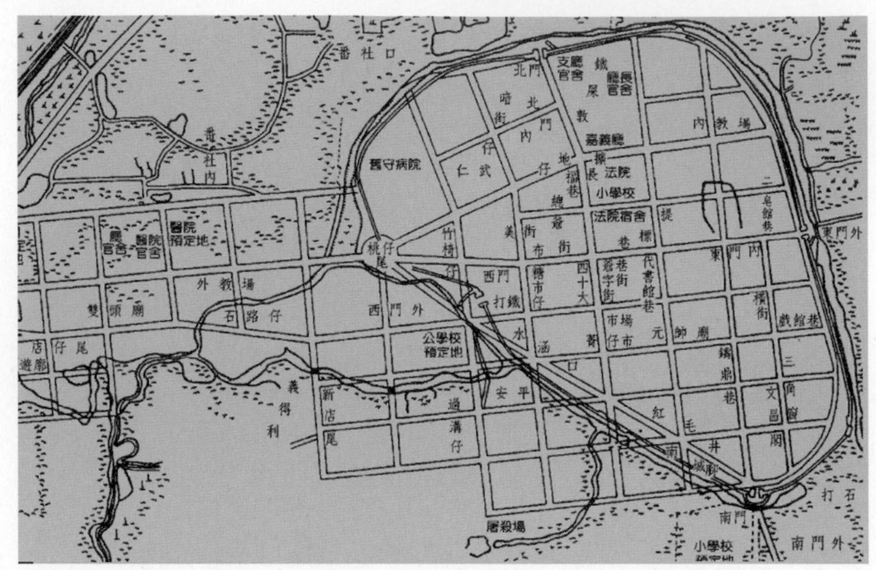

諸峰醫院所在地是清朝的「外教場」，常做為演兵及刑場之用。（吳育臻提供）

原來這邊在清領時期是「演武廳」，也就是各地軍營的練武之地（又稱「較場」），筆者翻檢相關文獻發現，果然此處在當時設有一個軍事單位「台灣北路營副將轄下左營守備」，在台灣改隸日本之後，便逐漸荒廢破敗了。作者在這組詩的第二首更進一步描述此空間的古今之變：

> 試武衡才弓馬音，力量期勇費培心。當年虎鬥龍驤地，付與騷人作歎吟。

確實如此，當清領時期的武將兵士們在此叱吒比武之際，誰能料到一兩百年後的此處會成為女詩人吟哦作詩的場所呢？同樣的空間，早年是刀光劍影、真槍實彈，成為藝文沙龍之後卻是琴棋書畫、吟風弄月，不過，或許詩人們在聯吟爭勝之際，其熱烈的程度也不輸給之前的「虎鬥龍驤」呢！

張李德和賢伉儷於1921年搬遷過來，尤其是1929年改建成洋樓之後，這個空間就開始承載／呈現著至少三種意義與功能——

首先，這是張錦燦醫師執業的「諸峰醫院」，到了1931至1940年間還有「嘉義產婆講習所」（由張醫師伉儷以及附近的著名醫師親自教導，培育專業的助產人員）。

其次，樓上是女詩人的書齋「琳瑯山閣」（琳瑯指其藏書之眾多，後來做為整棟建築物之名），是她讀書寫字的幽靜空間，英國女作家Virginia Woolf（1882-1941）認為女人若要創作一定要有一個「自己的房間」（A Room of One's Own），確實如此。

此外，一樓後院庭園名為「逸園」，有水池、花木、小橋、茅亭、奇石等雅致的布置，從日治時期到戰後都是嘉義地區藝文人士歡談聚會的重要場所。

嘉義詩人林臥雲形容此處是：「文人墨客出入該閣者，幾如山陰道中，車水馬龍，絡繹無息」，陳澄波的長子陳重光也曾回憶道：「當時地方上的仕紳都會到張李德和女士家中，討論文學藝術等問題，她在日本時代就是著名的才女，爸爸幾乎每天都去那裡和朋友相聚。」

這些藝文界的人士為何喜歡來此聚會？筆者認為應該有四點原因：

張李德和與畫友合影於逸園，前左起張李德和、曹秋圃、陳澄波、張錦燦，後右一林玉山。（翻攝自《林玉山》）

第一，張李德和本身就具有深厚的藝術創作與評斷的功力，所以能夠與這些同道中人侃侃而談，甚至讓他們都擊節折服；

第二，張李德和個性圓融且家境優渥，頗能「謙恭禮士」、「慷慨接物」（見林臥雲〈琳瑯山閣吟草・序〉），深為眾人所喜；

第三，張錦燦醫師也是新式教育出身，受到男女平權新式思想的洗禮，能夠讓他的妻子保有充分的社交空間。當時，偶爾眾人談興一來，留到11、12點是常有的事，如果丈夫沒有開闊的心胸則無法如此；

第四，琳瑯山閣位於嘉義市中心區，交通十分便利，又能鬧中取靜，空間更是十分寬敞，適合做為各方人士來此雅集之所。

嘉義詩人賴柏舟有一首詞作〈琳瑯山閣雅集〉（調千秋歲引）充分呈現了當時聚會的情景：

> 閣是琳瑯，書函玉籍，禊事閒修萃裙屐。珠璣落盤藝苑麗，雲烟滿紙毫尖疾，漏頻催，燈高剔，句重覓。
>
> 還有徑邊相對奕，還有檻前橫吹笛。嘯傲乾坤此為極，江山寂寥無晝夜。韶華恍惚成今昔，序當秋，韻填仄，杯浮白。

各類藝術的高人在那個時候都匯聚在此「華山論劍」，不止有即席創作詩文的、現場作畫的、下棋較勁的、吹奏樂器的，當然還要有美酒相伴，如此愜意融洽的氣氛，即使已經到了三更半夜，眾人仍然不捨得離去。

一位女性詩人能夠具備如此高度的號召力與吸引力，讓這麼多藝文人士樂於來此雅集，本身已然躍居於聯繫四方騷人墨客的輻輳地位，這確實讓人驚嘆。

雖然1945年初因為盟軍轟炸嘉義車站，造成惡火延燒整個街區，而使琳瑯山閣的前半部也被燒毀，但是主人在終戰之後的1946年秋就立即將其重建完成，且於「逸園」再新建一座「題襟亭」（原本即有一座舊的涼亭，名為「澹亭」），藝界好友聚會亭中，更添雅興。

張李德和與夫婿二人都愛好蒔花植草，每逢花季一到，園內花團錦簇，讓人心曠神怡，此時往往邀集詩友們來此賞花聯吟，留下最多首詩作的詩題是〈題襟亭賞百合花〉（收錄於賴柏舟編《鷗社藝苑

琳瑯山閣剛落成時期的逸園，左上方即為澹亭。
（真理大學台灣文學資料館提供）

次集》），作者除了張李德和之外，還有賴惠川、林荻洲、吳文龍、方輝龍、陳可亭、黃水文、賴柏舟、張茂如、廖木桂、施卿輝、張江中、莊啟坤、林嫩葉等，都是嘉義地區的知名詩人，其中有多首作品都將詩友們比擬為群仙／眾仙，例如：

抗手群仙笑語譁，題襟亭上品新茶，可知萬事皆如意，百合春開滿院花。（賴惠川）

琳瑯閣畔萃群仙，四面花開百合妍，不負瓊姿塵莫染，采毫濃墨寫華箋。（林嫩葉）

題襟亭上好流連，共賞幽花百合妍，最喜主人風雅甚，眾仙同結酒詩緣。（賴子清）

確實，爛漫的春天，知己好友們來此歡聚談笑，吟詩揮毫，品嚐著新上市的新茶，略酌小酒，賞玩著四周潔白的百合，其快意之處亦有似於神仙者。題襟亭主人自己亦有詞作〈題襟亭賞百合花〉（調寄滿亭芳）：

玉疊諸峯，中庭堆雪，彷彿似鶴梳翎，珊珊婀娜，嬌舞醉初醒。騷客聯翩濟濟，拔元閣，逸趣橫生。歌吟嘯，珠喉婉轉，餘韻繞空溟。

風輕，春浩蕩，美人笑靨，月下双清。薄那傾城國，羞那明星。正氣馨揚世界，揮素手，整理瑤箏。香如海，年年壯健，擊鉢震鯤瀛。

詞中將滿園盛開的百合比喻為白鶴，花朵隨風搖曳之際，就像白鶴在梳理著翎毛，又彷彿是白鶴在酒醉微醺之際翩翩起舞，這樣的比喻非常綺麗動人，表現閨秀詞人細膩的筆觸。下闋則出現恢弘壯闊之語，除了希望正氣馨香能夠充滿世界之外，也期盼自己與詩友們能夠永遠健康，讓吟詠的詩作震動全台詩壇！

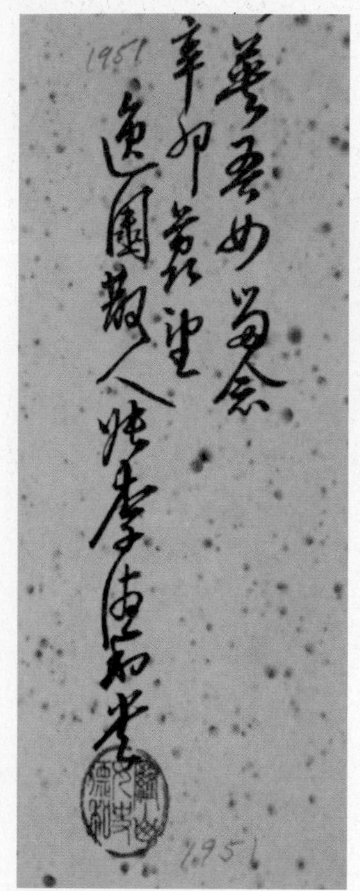
張李德和在《羅山題襟集》題字贈女，自稱逸園散人。（真理大學台灣文學資料館提供）

正如花朵有開有謝，人事亦有盛衰榮枯，張李德和因為幫姻親作保，導致琳瑯山閣在1962年遭銀行拍賣，文士雅集杳然無蹤，女詩人與丈夫搬到台北女兒家中，再十年後，病逝日本，烜赫詩壇的一代才女，就此與世長辭，死時長子與孫女隨侍在側。

女詩人的一生當中，有三位對他具有重要意義的男人：其一是父親李昭元，培養她漢詩文的基礎並且讓她到台北接受新式教育；其二是丈夫張錦燦，在背後默默支持她的藝文創作與社會活動；其三便是長子張兒雄，在她生命的最後一刻陪伴在身邊。

「告別式在村內唯一的老寺院，只有家族三人出席，時為1973年1月，寺外大雪繽紛極為寒冷」，這是張李德和的長孫張伯寅的追述，讀之令人極為傷感與不捨。

不過，值得寬慰的是，透過當年女詩人以及諸多詩友們的優美詩作，高朋滿座的琳瑯山閣以及溫柔敦厚的女詩人形象，都將永遠留在後人心中。

真理大學台灣文學資料館與張李德和

◎顧敏耀

真理大學台灣文學資料館收藏許多台灣文學珍貴史料，一入門便是張良澤精心整理的鍾肇政書信集。（李昌元攝影）

現在想要追憶懷想這位才氣縱橫的羅山女史，除了可以前往琳瑯山閣故址（嘉義市國華街279號）之外，還可以到真理大學麻豆校區台灣文學系所屬的台灣文學資料館，諸多珍貴文物就擺放在該館的第三展示室之中。

台灣文學資料館素以收藏許多日治時期的文學雜誌與書籍而聞名，例如西川滿便把價值連城的所有藏書都贈與該館，我們可以聯想到這應該是與張良澤在日本多年所培養的豐沛人脈與文壇名望有關，但是，為什麼連張李德和的文物都會來到此處呢？

話說從頭，台灣文學資料館主任高坂嘉玲教授在2001年還是研究生的時候，就開始協助編輯《台灣文學評論》季刊，當時為了解是否有人注意到這本雜誌，便在網路上發現一位旅美台僑王泰澤博士的文章特別提到這本刊物，欣喜之餘向他邀稿，順利讓他的文章刊登在《台灣文學評論》，也因此結為文字之交。

王泰澤是研究台語的專家（著有《母語踏腳行》，2004年由前衛出版社出版），後來亦曾蒞臨真理大學台語系演講，並且參觀台灣文學資料館。當時一同前來的還有他的夫人張喜久。

喜久的父親是嘉義市內的執業醫師，其診所的匾額便是由張李德和題字，這兩個張家雖非親戚，但交情十分深厚。她與兄長張繼昭（後來亦在美國就學與定居）兩人在年幼時就曾經多次跟著父母一起到過「琳瑯山閣」。繼昭曾以日文翻譯盧嘉興原作〈台灣名女詩人張李德和女史的家世〉，與女詩人的七女張婉英（後來也遷居美國）頗為熟識，而喜久也因此輾轉認識了婉英。

在1998年，嘉義市文化局開始籌備張李德和、林玉山與陳澄波的聯合展覽會。當時原本有意為這三位嘉義著名畫家塑造銅像，後來雖然在兩年後順利舉辦展覽，但是因故銅像之事無疾而終。不過，張婉英越到晚年越思念母親，準備自行出資塑造銅像，然後在自家庭院複製一座「逸園」，以重溫幼年的美好回憶，並且將銅像樹立在園中作為紀念。

張李德和銅像由女兒們對母親的思念所鑄成。（真理大學台灣文學資料館藏）

婉英在當地找到一位雕刻名家Kevin J. Conlon（Savannah藝術大學雕刻系主任）來塑造銅像，在資金方面（共需一萬元美金）也獲得三姊麗英與六姊妙英的鼎力支持。結果，婉英發現自己罹癌，因此改變計畫將銅像捐贈給國內的相關單位。妙英輾轉與台灣文學資料館館長張良澤聯繫，促成在2006年10月完成捐贈文物。婉英也隨即用空運將銅像以及陳澄波所畫〈琳瑯山閣〉的複製品寄至資料館，不久，婉英安詳辭世，時為2007年1月4日。

期待一座張李德和紀念館

張婉英（1933-2007）等於是用生命中的最後幾年，用盡剩餘的一絲氣力，將心中對母親的懷念化為具體的行動。台北市立美術館在2000年展出張李德和的畫作時，婉英曾寫下了好幾首俳句以為紀念，題為〈故鄉で亡き母の画展を見て〉，錄其三首如下：

すすきに月　異国の娘を　思う母」（芒草上映照著月光／身在異國的女兒／母親正思念著她）

藤の花　78才に画く　筆強し（藤花／78歲所畫／筆力還是這麼強）

花鳥山水　書道本　に立派　お母さん！（花鳥山水／還有書法都這麼優美／母親啊！）

致力於台灣文學史料蒐集與研究的張良澤。（李昌元攝影）

每首都運用簡潔凝鍊的詞句，結合畫作內容（例如第一首是關於張李德和在1956年婉英即將赴美之際所畫的月下芒花圖），營造出濃厚的思母之情，讓人感同身受，頗傳承母親的詩人長才。

張良澤收到這一大批文物之後，認為應該公開展覽，便與中央圖書館台灣分館黃雯玲館長商量規畫，在2008年10月1日至11月30日於台灣分館舉辦「張李德和特展——琳瑯人生」，除了書畫、信件、照片、藏書之外，張李德和銅像也在這次首次公開展示，並且有女詩人親手為女兒妙英縫製的「台灣衫」，觀眾反應非常熱烈。妙英同樣也是優秀的俳句創作者，她在那時候寫下了數首作品，其中一首是：

逝きし母の　『琳瑯人生』　悲喜交々（過世母親的／「琳瑯人生」／悲喜交織）

張李德和做為一位非凡的女性，她的一生雖然有悲有喜，但是過得極為精采，確實稱得上是「琳瑯人生」，琳瑯滿目，五彩繽紛。

隨著台灣分館的展期結束，這批文物又回到台灣文學資料館。原本妙英已經寄付一筆款項，要在館內塑造銅像基座，但是因為真理大學是基督教學校，校內不能樹立銅像，張良澤便建議將這筆錢成立「張李德和女士獎助學金」，公告徵求相關研究論文進行評選，在2009年底由筆者僥倖獲獎。頒獎典禮時第一次見到妙英女士，高雅的氣質與自己的阿嬤非常相似（兩人恰巧同年，且都是高女畢業）。當時，妙英阿嬤還特別寫下一首俳句：「若人や　わが亡母の　文字で画き　ぬ」（年輕人／將我先母的圖畫用文字／畫了出來）。

張李德和親自縫製的台灣衫。
（真理大學台灣文學資料館藏）

其後，張良澤與高坂嘉玲率領館內人員一起籌辦「張李德和學術研討會暨文物展」，在2010年5月8日的母親節前夕於該校國際會議廳盛大舉辦，並將論文集同時出版。妙英女士與其他遺族藉此有意義的活動以紀念過世將近40年的母親，相信張李德和在天之靈有知，也會感到非常欣慰。

張良澤表示，雖然張李德和的故居已經改建為合庫，不過在那附近的張繼昭與張喜久的老家仍然保持原樣，古色古香，非常漂亮，如果相關單位重視的話，可以將其闢為紀念展示張李德和文物的場所，使其藝術成就為更多人所知，應該是一件非常有意義的事。

顧敏耀，中央大學中文系博士，目前於中央大學中文系兼任助理教授。著有《陳肇興及其《陶村詩稿》研究》與《台灣古典文學系譜的多元考掘與脈絡重構》。

鹽分地帶

無論現代文學、傳統文學、文學刊物、還是文藝活動，
鹽分地帶永遠如台灣的肺，呼吸著台灣文學最新，也最老的一口氣。
回首鹽分地帶，
我們便更有重返歷史現場之必要，
尋找詩人行吟過的鹽田、蔗園、魚塭，
說來，還是只有在田野間，方能體會台灣文學最初的感動。

鹽分地帶文藝營的精神指標——大風車。（陳豔秋提供）

鹽分地帶文學地圖

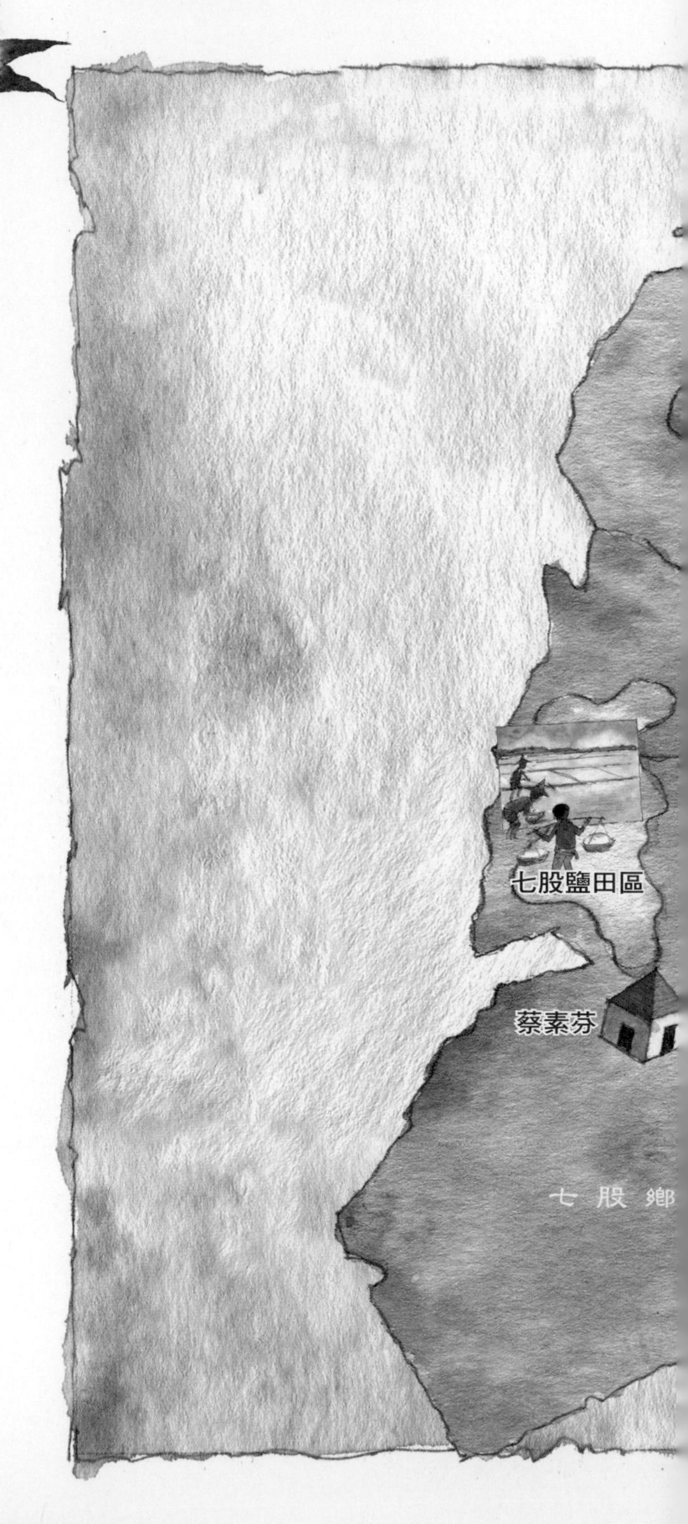

南鯤鯓代天府
王登山
北門鄉
學甲鎮
將軍延陵古厝
黃武忠
莊柏林
將軍鄉
鹽分地帶文化館
（香雨書院）
莊培初
林清文 郭水潭 羊子喬
林佛兒 黃勁連
佳里中山公園
鹽分地帶文學步道
佳里鎮
林芳年
小雅園
瑣琅山房
徐清吉
西港鄉

（後）鹽分地帶時期的地理詩學

◎楊富閔

台灣文藝聯盟佳里支部發會式，於佳里公會堂，坐者張深切（左一）、葉陶（左二，小孩為楊逵長子楊資崩）、石錫純（左四）、林茂生（左五）、王烏硈（左六）、毛昭癸（右三）、吳乃占（右一），立者前排吳新榮（右一）、王登山（右二）、吳萱草（右五）、王詩琅（右六）、郭水潭（右七）、曾對（右九）、鄭國津（左三）、黃清澤（左一），立者後排林精鏐（右一）、徐清吉（右二）、葉向榮（左一）。（國立台灣文學館提供）

「鹽分地帶」在地理學的意義上，大約係指今日的台南縣七股鄉、北門鄉、將軍鄉、佳里鎮、西港鄉、學甲鎮一帶，這裡土壤貧瘠、耕種不易，沿海居民從前以討海、曬鹽、種植根莖作物為生，世居此地的人總說：「大早醒來，門口埕便是白茫茫的一片鹽。」

21世紀我們談「鹽分地帶」，是鹽田（觀光鹽山？）與海湧聲（遊潟湖賞黑面琵鷺）與王船祭（西港刈香大拜拜）。讓我們想起，早在日治時期，便有一批活跳跳的文藝青年，有感地方知識水平的落後，滿懷文學使命感，投身文化運動。他們提筆作詩，字裡行間盡是對故鄉的熱愛，他們以抒情、以寫實的筆法，將鹽田、糖廠、五分仔車、廟埕、蔗田、白鷺鷥、曾文溪水提煉為文學修辭，這些寫在曬鹽場的詩，成為鹽分地帶後來口耳相傳的事蹟。

是的，太陽旗子高掛的那年頭，在台南的鹽分地帶，曾有一群男孩，他們喜歡寫詩。然太陽旗子已不再高掛，當年的「北門七才子」：吳新榮、郭水潭、林芳年、王登山、莊培初、徐清吉、林清文……或因語文能力、政治因素，大多停筆或轉向文獻整理的工作。1979年，「鹽分地帶文藝營」在黃勁連、杜文靖、羊子喬、黃崇雄、林佛兒的奔走下，在南鯤鯓代天府開幕了，這王爺廟前的再相會，來了林清文、林芳年、郭水潭、徐清吉等鹽分地帶的老作家，台南子弟江湖老，到頭來，攏是因為文學。「鹽鄉有約」的文藝營早早開闢台灣文學專題課程，可謂台灣文學研究的先聲，文藝營亦延續了日治時期鹽分地帶作家們的文學傳統，象徵新時代的鹽分地帶精神，將以更多元、更活潑的形式傳承下去。

鹽分地帶文藝營每年舉辦時南北作家齊聚。前排左起月中泉、林清文、陳秀喜、郭水潭、羅浪；中排左一陳坤崙、左三起龔顯榮、林亨泰、陳千武、白萩、陳明台、林宗源；後排左二起李魁賢、利玉芳、李敏勇（高站者）。（林佛兒提供）

每一次的傳承，都是新的開始。

21世紀，隨著《吳新榮全集》、《郭水潭集》、《曠野裡看得見煙囪：林芳年日文作品選譯集》、《吳新榮選集》、《吳新榮日記全集》、《林芳年小說集》等作家文集或全集問世，每年在南鯤鯓代天府舉行的「南瀛台語文學營」、「鯤瀛全國詩人聯吟大會」、「鹽分地帶文學營」（已停辦）、「海翁台灣文學營」等主題多元，生猛有力，世界各地愛好文學的夥伴，無不競相往鹽的故鄉奔來，加上2001年《海翁台語文學》、2005年《鹽分地帶文學》的創辦，無論現代文學、傳統文學、文學刊物、還是文藝活動，鹽分地帶永遠如台灣的肺，呼吸著台灣文學最新，也最老的一口氣。

只是，當昔日的製糖會社、文學庭園已晉升成為文化園區；當昔日的男孩詩人，成了研究生學術論文的熱門人選，當「鹽分地帶文藝營」竟然熄燈，步入歷史；在這「後鹽分地帶時期」，快速道路與濱海公路一條條的開，我們去海邊的速度越來越快，寫詩的時間卻越來越少。回首鹽分地帶，我們便更有重返歷史現場之必要，尋找詩人行吟過的鹽田、蔗園、魚塭，說來，還是只有在田野間，方能體會台灣文學最初的感動，進而摸到鹽分地帶的心、台灣的心。

> 經歷幾年長滿雜草／耐鹽分的木麻黃並排繁茂著／而不可思議地連一條車轍／也還沒在這裡發見／沒有產業的地方不會有運輸。
>
> ——吳新榮〈道路〉，《吳新榮選集》[1]

而我的鹽分地帶故事，是從金唐殿，以及金唐殿後的佳里醫院開始的。

金唐殿。（楊富閔攝影）

之一、吳新榮地理學

路標一：中山路金唐殿

位於現今中山路上的國家三級古蹟金唐殿，創建於清康熙年間，主祀朱、雷、殷三千歲，這座見證

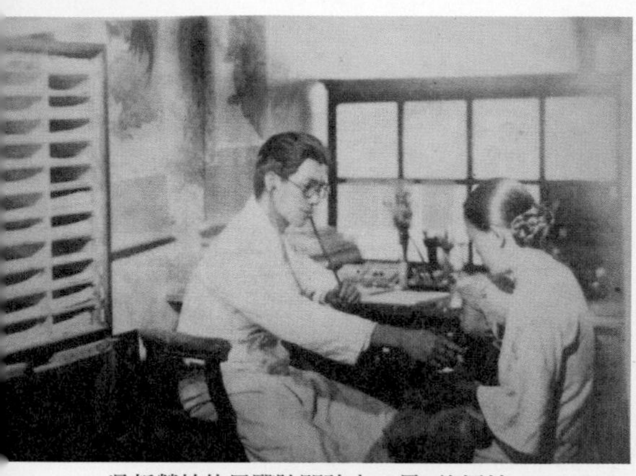

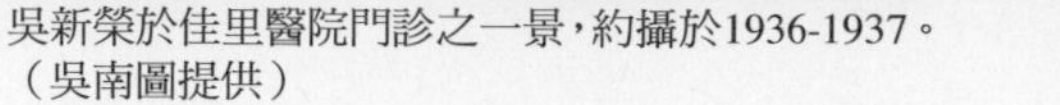

吳新榮於佳里醫院門診之一景，約攝於1936-1937。（吳南圖提供）

佳里青風會成立，攝於小雅園，1933。（吳南圖提供）

蕭壠開發史的王爺廟，早年可能是西拉雅族四大社之一蕭壠社的公廨，如此埔漢交混的蕭壠空間，獨特的地理位置，已讓我們預見日後金唐殿一帶富庶的經濟與鼎盛的文風。21世紀的金唐殿，車如流水馬如龍，金唐殿內是一篇篇台灣傳統文人的聯吟往事，但在金唐殿側邊的佳里醫院，日治時期曾有個年輕的新婚醫師，他叫做吳新榮（1907-1967）。

當時，自日本東京醫學專門學校歸來的吳新榮才26歲，青年吳新榮一手寫詩，一手寫病歷，1933年，吳新榮於佳里醫院內的小雅園成立「佳里青風會」，號召鹽分地帶知識分子一心替故鄉把脈。何謂青風：「青色的風是和平的景象，青春的風度是進步的氣象，建設性的霸氣，那些不久將以佳里為中心擴大到全部。」如此生氣蓬勃的言論，同樣在吳新榮的日記上述說著：「自開天地以來，在北門郡地方，大諒未見有這樣意義的存在。」是的，新榮仙深感地方知識水平之落後，而以提升文化素養為號召，替佳里開啟了一扇通向台灣各地的窗口，當時筆名為史明的吳新榮，且在〈青風會宣言〉上如此高呼：「我們就不能不站起來，當然我們深知我們的無力和沒經驗，然而我們也要知道，擁有青春和熱誠，光輝的未來是屬於我們青年的。我們不能不依靠知識的交換，提升教養的水平，我們要活的像個人，要求文化的恩惠，而我們佳里青風會將要為它行動。」好一句「我們要活的像個人」，讓「佳里青風會」開啟佳里新文學活動紀元，遺憾的是，青風吹不過佳里，這個充滿熱誠卻早夭的文藝團體，連機關雜誌《青風誌》都尚未付梓便宣告解散，彼時領頭人物吳新榮曾寫下〈弔青風〉紀念這次緣會：

青風喲
金唐殿裡的弔鐘悲切
紅梯樓上的響笛不絕
啊！宿命的日子已接近
啊！你短促的存在
是我們永久的宿緣
你悲壯的死
讓我們重新發誓
青風喲憎恨吧
憎慨忘記誠實的廢物
同志喲請想起
想起唱到最後的青春曲！

金唐殿的警鐘為誰而響？日本殖民政府？還是在地的佳里子弟？一群生於鹽分地帶、長於鹽分地帶的文藝青年，滿身文學風骨，正大步向文學史的舞台走來，其時，日本統治已過三十餘年，殖民地台灣的地景地貌，業已隨著日治而來的現代化事業悄然改變，吳新榮所處的「佳里」，亦經歷了蕭壠、佳里街一連串更名改制的鉅變當中。吳新榮的父親，別號「忘憂洞天主人」的台灣傳統文人吳萱草（1889-1960），曾有詩描述這邁向文明的「佳里」小鎮：

吳萱草。（吳南圖提供）

自從置郡此庄中　南北東西四路通
盡道新名佳里好　更無人說社蕭壠
斬除荊棘破天荒　冷淡村鄉變熱鄉
現有賢能人計畫　移山補崛事非常
百般事業日繁榮　整頓街衢象太平
聞說明年春二月　萬家齊點電燈明
果然雅化無遐邇　到處人歌善政聲

難得如今賢郡守　采風問俗洽民情

——吳萱草〈佳里庄新詠詞〉，《忘憂洞天詩集》

新的佳里已經來了，傳統文人與時代青年正雲集佳里街頭。

1921年，吳萱草在金唐殿內與「白鷗吟社」同仁們擊缽吟詩；

1933年，吳新榮在金唐殿後的小雅園開始宴請南北文友；

而此時你聽，金唐殿的鐘聲又響了！

路標二：小雅園

「佳里青風會」解散後，1935年，「台灣文藝聯盟佳里支部」成立，可謂文學史上，鹽分地帶作家群頭一次集體向台灣文壇發聲，當年佳里公會堂上宣讀的那篇「台灣文藝聯盟佳里支部宣言」，生猛活潑地向殖民政府喊話：「本部的成立，不僅是聯盟機關的擴大強化，我們也要鮮明的從我們地方性的觀點，幹勁十足地在這個拓開中的鹽分地帶，即使微小也無妨，種植文學的花，並且深信其成果一定是輝煌的。」輝煌與否？在台灣文學走向「文藝大眾化」，文學雜誌、文藝團體蓬勃發展的1930年代，鹽分地帶作家群開始在文藝刊物上嶄露頭角。這些文學的花，開在《台灣新民報》、《台灣新聞》、《台南新報》、《台灣文藝》、《台灣新文學》上，舉凡詩、散文、評論、和歌，多頭並進，來得又兇又急、又快又好。吳新榮膾炙人口的〈故里與春之祭〉，堪稱鹽分地帶精神的最佳代言：

二、村莊

暮色包圍住的部落

都是我底夢的誕生地

硓砧石造的槍砲倉

看得見在竹藪梢間

訴說著那歷史和傳統

生苔的牆壁上堞口坍塌著

啊，過去我們祖先以死

守護下來的村莊！

這村莊就是我的心臟

我鼓動著的心臟裡

小雅園時常宴請南北文友，宛如台灣文壇縮影，左為琑琅山房，攝於1976年拆除前最後一瞥。（吳南圖提供）

沸騰著過往戰鬥過的血液
守住土地和種族的槍砲倉
今天也把搖籃掛在槍架上
我要睡在你下面
榮譽和富貴
母親的搖籃曲裡不曾有過
然而我要夢著歌唱
只把正義的真理的歌曲來唱

詩中將身體與土地結合，血管成了溪流（將軍溪？），心臟成了村莊（佳里鎮？台灣？），這精準又動人的意象，散發出飽滿的鄉土能量與最誠摯的在地情感，詩人當年未滿30，儼然有老靈魂之姿。

又比如〈世界的良心〉：

我們該追求的是世界的良心
這顆心越過太平洋地怒濤結合時
這顆心也有夢過到蒙古高原時
年輕人喲
以黑潮洗掉劍上的血吧
北方將把勝利的歡笑送來

這些作品從土地出發，放眼世界，勇敢批判殖民政府的無情剝削，然憤怒的底蘊卻是詩人對「故鄉」一草一木的款款深情，因為這裡有朋友、有宗親、有年輕的孩子、有夢。還是吳新榮的詩〈故里與春之祭〉說得好：「故鄉，是我的心臟。」而台灣，是詩的心臟。

當年吳新榮常在自家醫院後的「小雅園」宴請南北文友，一時庭園內外宛如台灣文壇縮影，支部同仁三不五時相聚，論詩藝、談文學，或乾脆順道去小雅園旁的樂春樓飲酒作樂，在吳新榮哲嗣，吳南圖先生〈記小雅園琑琅山房主人〉文中寫到：「這是我們童年最常嬉戲的地方。夏日晴天時經常在此用餐請客，亦是當年鹽分地帶文學青年與台灣南北文藝同好聚會場所，相信常以啤酒磨墨的知己揮毫，必是他們茶餘飯後的餘興。」曾造訪小雅園的騷人墨客如：陳逸松、黃得時、王詩琅、廖漢臣、楊千鶴、張深切、張星建、張文環、龍瑛宗、楊逵、葉陶、國分直一、池田敏雄、吳坤煌、劉捷……來自島嶼各地的文人，向南部文學重鎮佳里而來，再將佳里的風、佳里的消息帶往台灣各地，那真真是文學珍貴如金的時代。

路標三：《民俗台灣》在佳里

1941年，台大教授陳紹馨來信，邀請吳新榮擔任《民俗台灣》「北門郡特輯」之召集人，隔年七月，《民俗台灣》「北門郡特輯」榮重登場，分別刊載郭水潭〈北門郡地理歷史的概觀〉、國分直一〈阿立祖巡禮記（上）〉、王碧蕉的〈北門嶼的傳說〉，以及化名為「大道兆行」的吳新榮所寫的〈續飛番墓〉；八月份再刊國分直一〈阿立祖巡禮（下）〉、郭水潭〈北門郡地理歷史的概觀（下）〉，以及吳新榮為自己出身地將軍鄉所寫的〈漚汪地誌考〉。這份戰爭時期，由池田敏雄、金關丈夫所發起的日文民間月刊，對於台灣民俗文化保留有重要貢獻，而《民俗台灣》的北門巡禮，則為鹽分地帶同仁在「台灣文藝聯盟佳里支部」解散後，一次別具文學史意義的重聚，這個轉身注視民間傳說、地方沿革、信仰禮俗、人事掌故的文學活動，仿若這群「鹽甕裡的龍虎們」（林芳年語）對這塊念茲在茲的鄉土，再做一次歷史性的回眸。是的，這條岔出文學幹道的民俗路線，讓我們發現醫師吳新榮對於人文地理、民俗掌故的天分與敏銳。終戰後，吳新榮走入台南鄉野，編纂了《台南縣志稿》、主編《南瀛文獻》等具時代性意義的工作。新榮仙的田野實踐，讓我們看見一個搞文學與文獻的醫生——佳里青年吳新榮走著走著就走出一條自己的路來了：吳新榮地理學。

《民俗台灣》，由池田敏雄、金關丈夫所發起的日文民間月刊，對於台灣民俗文化保留有重要貢獻。（文訊資料室）

路標四：「子龍廟」是「永昌宮」

我的吳新榮地理學，還在書寫當中。

閱讀《吳新榮日記》中的佳里，我們會發現新榮仙時常往返子龍廟與佳里醫院兩地，子龍廟位於佳里鎮東側，如果你從中山高速公路下麻豆交流道方向而來，便

子龍廟（永昌宮）和廟旁的子龍像。（永昌宮、楊富閔提供）

不會錯過名為永昌宮，以及廟邊那身騎白馬、座懷阿斗的趙子龍，永昌宮即為子龍廟，而吳新榮究竟是去子龍廟做什麼？

一九四二年九月二十五日 晴：在拜訪林泮先生時，拿出日前做的漢詩請他修改。

一九四二年十月十七日：和蘇新君到子良廟拜訪林泮先生，論宋朝的畫，看明朝的書法，過一夕愉快的時光。

一九四四年一月廿六日：昨夕訪子良廟的林泮先生，請教他民族問題，真不愧博學之師。

一九四四年三月廿六日：昨夕訪林泮先生，談漢學、論人生，這位孔子主義者，始終保持節義與志氣，可為我這方面的最高顧問。

這位備受鹽分地帶青年敬重的傳統文人林泮，字芹香（1891-1946），有著強烈的民族意識，秉持「不學日文、不說日語、不穿日衣」的情操，其深厚的文學基底，早年曾與麻豆地方名儒創立「豆書香院」，返子龍廟後仍活躍於古典詩的世界，林泮桃李無數，說他是吳新榮的精神導師亦無不可。傳統文人林泮的麻豆緣會，是鹽分地帶故事的古典情節，顯見佳里不僅是南部的文學重鎮，其與鄰近鄉鎮西港、學甲、新化、善化，甚至府城所聯結的古典詩社網絡，已形構出一張駁雜的詩學地誌圖。

路標五：中山公園

攏是因為詩。1997年，在前身為北門神社的佳里鎮中山公園，一座吳新榮雕像揭幕了，雕像旁植滿了南洋杉、黃金竹和椰子樹，雕像前的紀念碑文這樣替吳新榮下註腳：「領導鹽分地帶推動台灣文學運動，關懷鄉土，用心良苦，台灣光復後更致力於地方文獻的蒐理，足跡遍及本縣各個角落。」正因全縣走透透，才讓我們畫得出一張找尋文學與文獻、雙面吳新榮的路線圖。新榮仙生命戛然止於六十歲，可佳里詩人的詩情故事還會在這小鎮流傳，如果、如果碰見不遠處佳里國小的孩童有歌走過：「佳里的健兒，佳里的健兒，我們應邁進自治的大路，我們應邁進自治的大路。」

我想告訴你的是，這校歌的作詞者，正是吳新榮。

路標六：戰火中的佳里

我的吳新榮地理學最後停在《吳新榮日記》：

> 一九四四年九月二十二日 晴：「今天的報導，美軍機動部隊出現在菲律賓東方海上，馬尼拉已受到空襲云。我已覺悟該來的早晚終歸會來……」
>
> 一九四五年一月四日 晴：「原來剛到的俯衝轟炸，果然是以北門為目標。與警察隊進入村莊一看，損害比預料的大的多，每家房子幾乎都被破壞了……」
>
> 一九四五年一月廿一日 晴：「遍及全島的大空襲又來了。敵機有四百多架之多，終日輪番來襲。尤其在中午飛來數架，第一次對佳里機槍掃射，並投下燒夷彈。」
>
> 一九四五年五月十五日 晴：「當天佳里恐怕有數十個地方火災吧。估算有三十幾架飛機，投炸彈約有三百多顆。大概打算一舉將佳里整個毀滅吧……」

硝煙戰火中，一支躲空襲隊伍正奔赴防空洞，依稀傳來啼喊聲、啜泣聲。而你也許會看見郭水潭、林洋、莊培初、林清文、林精鏐、王登山、吳萱草正列隊這支逃難隊伍……如果戰事稍晚幾年，說不定還有當年仍是嬰兒、或根本還沒出生的林佛兒、黃勁連、羊子喬、鄭烱明……他們會不會哇哇大哭？對這新生世界充滿好奇，四處探頭張望？他們是否正在醞釀文學的夢，咿咿呀呀對空比劃地其實是在寫字讀詩？

偉哉鹽分地帶！

就在此時，一顆炸彈投入佳里平原。

金唐殿的警鐘又響了！

之二、詩人部落：佳里興

過了子龍廟，便是佳里興。

佳里興是個怎樣的地方？我們不妨翻開鹽分地帶作家林清文（1919-1987）的《太陽旗下的小子》看看他怎麼說：

> 我們這村莊朝夕海風吹過平原，掠過竹林，帶來一點鹽分味道，大部分的莊人都是早出晚歸的莊稼漢子，除了極少數地坐店人外，幹買賣的生意人卻寥寥無幾了。一把犁頭一頭牛就是他們幹活的命根子，世代薪傳默默的工作，不管改朝換代，時變景遷，到現在這裡民情還是這麼純樸，固陋守舊與世無爭，這個樸素古老的寒村「佳里興」就是我生於斯、長於斯的故鄉了。

吳新榮之子吳南圖與父親銅像合影，中山公園裡同時設立著北門七子石碑。（李昌元攝影）

佳里興子弟林清文早年係日治時期鹽分地帶詩人與劇作家，《太陽旗下的小子》則是他晚年所著的自傳體小說，小說以個人生命史去勾連佳里興開發史替人生起頭，而這個起頭，同時也是多少佳里興人一生的開頭。是的，有那麼一瞬間，人生起點上，

近三百年歷史的佳里興震興宮，清楚標誌著佳里是個開發極早的聚落。（楊富閔攝影）

他們（郭水潭、蘇新、林清文、林佛兒、黃勁連……）都曾在年幼時站立三百年歷史的震興宮前，仰頭看天。往後，生命是自己的事。

現立於佳里興震興宮前的「古天興縣治紀念碑」，標誌早在明鄭時期，佳里興便是行政上的要塞，這個仍保留許多古老儀式與三合院風情的聚落，有著一位詩人叫做郭水潭。郭水潭（1908-1994），號「千尺」，23歲時曾參加「南溟樂園」，發表新詩作品。後加入佳里「青風會」、「台灣文藝聯盟佳里支部」、西川滿主導的「台灣詩人協會」、「台灣文藝家協會」。整體來說，郭水潭與吳新榮可稱鹽分地帶最為活躍的兩位作家，1994年，《郭水潭集》出版，同一年，詩人謝世。以詩立名的郭水潭，早年曾寫過一篇頗具自傳色彩的得獎小說〈某個男人的手記〉，文章道盡一個面對媒妁婚姻桎梏的男人，隨著戲團「出走」的故事，〈某個男人的手記〉側重心理的描摹，有別於郭水潭詩作的寫實風格與溫柔基底，這篇手記體小說談的是個體精神的出路，情感直切，毫不避諱，在民風淳樸的小鎮，可說相當刺眼大膽。郭水潭的現代詩寫得早且好，如〈巧妙的縮圖〉、〈海濱情緒〉、〈徬徨於飢餓線上的人群〉，流露出他飽滿的靈性與才氣，然水潭仙最為人津津樂道，乃是刊載在《台灣新文學》上的〈蓮霧之花〉：

鹽分地帶詩人亦是劇作家的林清文。（林佛兒提供）

左起巫永福、郭水潭、林芳年、鍾逸人，攝於第一屆鹽分地帶文藝營。（文訊資料室）

院子裡的蓮霧不像那麼大的體格
插上很多小茉莉那樣的花
性急的蜜蜂嗅到了就飛來
開始糟蹋了蓮霧的花
我馬上寫信給海邊的妹妹
今夏　蓮霧的花開滿了
不久　果實會結地滿枝
妳就決定六月回娘家好了
那個時候像新鮮的初夏的果實
妹妹啊　能再一次恢復天真的少女了

詩人注入脈脈深情，同時將鹽分地帶詩人群的作品格局，從蔗田拉到海岸，從對殖民的控訴，轉入日常生活中老百姓腳踩的鹽田、魚塭、紅蘿蔔園。載於日本大阪朝日新聞《南島文藝》的〈廣闊的海——給出嫁的妹妹〉一詩，是郭水潭的代表作，當年郭水潭的妹妹嫁給了素有「鹽村詩人」之稱的王登山，妹妹將去的地方是沿（鹽）海地帶，身為阿兄的郭水潭，把對妹妹的難捨之情化成如結晶鹽般的文字。台灣文學作品中，對於手足之愛的闡釋向來含蓄且保守，郭水潭主打親情牌，成了鹽分地帶的另一正宗標誌。〈廣闊的海——給出嫁的妹妹〉：

妹妹　妳要嫁去的地方是
白色鹽田　接著藍海
在那廣闊的中央突出
羅列的赤裸小港街

……

那時　妳必會
想到故鄉的許多事
在夏夜納涼著吃龍眼
聽父親常自誇門第高貴的話
曾經　純樸溫柔地羨慕著

在榕樹下搖籃裡背唱母親的催眠曲
同年的女孩子們　在院子裡玩跳
常在月夜玉蘭花翳下捉迷藏
妹妹　想把那些遺忘而嫁出去
妳的夢　太美了
然而很懂事的
善良的海邊的丈夫
會特別愛護妳
會給妳聽聽新土地的傳說吧
天晴　無風的日子
會溫柔地　牽著妳的手
讓妳撿起海邊美麗的貝殼

佇立在那潔淨的海灘
妳就會知道比陸地
多麼廣闊的海——

在郭水潭的筆下，我們彷彿看見這片「廣闊的海」——台灣海峽。一路將軍、

王登山與郭水潭之妹結婚照。（吳南圖提供）

七股、北門，綿延的海岸線收進眼底，你會看見白色鹽田和有海茄苳的濕地，防風林外面的防風林，或許你就忽然想起，原來台灣是個海島國家，原來家離海邊這麼近。

1985年10月的《聯合文學》，郭水潭發表了〈暮年情花〉回顧自身文學生涯，他如此替自己的人生起頭：「我愛好文學，年輕時就對文學發生興趣。我的文學素養完全是攻讀日文所讀來的……我的文藝創作開始於日本傳統文學的短歌，又稱『和歌』。」台灣光復後，定居台北的郭水潭加入「台北歌會」，繼續年輕時便極拿手的和歌寫作，閱讀水潭仙豐富的文學事業，或許是當年送妹妹那句詩，足匹形容這位佳里興詩人：「你的夢太美了。」

佳里興故事必須重回那本《太陽旗下的小子》。

在《太陽旗下的小子》這本自傳小說中，林清文側寫了自己的文學啟蒙：「我很感激他的鼓勵，自那天起便成為他們郭家的不速之客，第一次進入潭哥的書齋，看到了那麼多的書籍和雜誌，總覺得有點驚奇，他竟然看這麼多書……我毫不客氣的借用他的書。」這個潭哥，即是厝邊仔詩人，年長林清文11歲的郭水潭大哥。林清文在日治時期鹽分地帶作家群中路樹頗為殊異，他的寫作橫跨詩、散文以及小說，曾加入《台灣藝術》。然潛伏在林清文身上的戲劇因子，卻讓他另闢鹽分地帶的新路徑，走出自己的路來，林清文曾以「森陽人」做為編劇筆名，創作無數膾炙人口的劇本。身處鹽分地帶時期的殖民地台灣，他亦曾到過上海江灣當過軍伕，直擊戰爭時期的中國現場：「這個鄰近上海小鎮不遠的江灣——一條彎曲不整的街道，兩旁的

《鹽分地帶文學》總編輯林佛兒、主編李若鶯，攝於編輯工作室中。（李昌元攝影）

人家店鋪高矮參差不一，大小房屋傾塌荒廢不堪，偶爾有一兩家能屹立著，那是稀少的鋼筋水泥造二層樓房。」終戰後，林清文加入「新生活劇團」，集結編劇、導演、演員才能於一身，展開往後如小王子般，浪跡台灣的戲夢人生。

樸素古老的寒村佳里興，還有小說家林佛兒（1941-）以及詩人黃勁連（1947-）。現任《鹽分地帶文學》總編輯的林佛兒是台灣資深出版人，早年曾創辦「林白出版社」、《推理》雜誌，主編過《仙人掌》雜誌、《龍族》詩刊、《台灣詩季刊》等。林佛兒是詩人，但他卻同他父親林清文一般，走出鹽分地帶文學光譜的新路途：他寫推理小說，重要作品有《北回歸線》、《島嶼謀殺案》、《美人捲珠簾》。林佛兒的推理文學生涯，以及譯介台灣推理小說的工作，已讓鹽分地帶文學面貌更顯多元與豐富。同樣是出版人、詩人的黃勁連，現任《海翁台語文學》雜誌總編輯，多年來致力於於台語文學的推廣與寫作，黃勁連是佳里興潭仔墘人，收入在《潭仔墘札記》裡那篇〈我是佳里人〉鏗鏘有力，又MAN又阿莎力：「我是佳里人，我隨時要回去佳里，與鹽分地帶的朋友廝守一塊。」是這樣對故鄉的綿綿舊情，孵育一個詩人部落的誕生，從郭水潭、林清文、林佛兒再到黃勁連，他們從佳里興走向世界，卻只是「一個素樸古老的寒村」。

之三、蔗糖男孩の鹽世代

姑且稱呼你蔗糖男孩。

蔗糖男孩是佳里鎮子龍廟人，極早慧，20歲那年於《台灣新民報》發表日文詩〈早晨之歌〉向文壇投石問路，隨後加入男子團體（？）「佳里青風會」、再入「台灣文藝聯盟佳里支部」，蔗糖男孩勤於作詩，似是鹽分地帶詩人群創作數量最多者，蔗糖男孩筆下多的是蔗田、女工與水牛，當然還有愛情與憤怒，獨屬於他的甜膩鄉土，又甜又鹹的鄉土。蔗糖男孩的父親是極富民族意識的台灣傳統文人林芹香，他的母親是來自大內鄉的書香門第，成長於傳統大家庭，蔗糖男孩卻一身摩登氣息，在殖民地時代下的鹽分地帶，也能寫傲骨的詩和控訴的字，蔗糖男孩世居的子龍廟常常飄來蔗糖會社的焦糖氣息，

現為《海翁台語文學》總編輯的黃勁連，於2010年8月在海翁台灣文學營演講。（海翁台語文學提供）

林芳年（右）與王登山（中）合影。（吳南圖提供）

男孩偶爾探探鼻子，彷彿還聞到一絲海與海鹽的澀味，甜與鹹的味覺試煉，讓人忘記這是個凶險的時代，但這就是大時代的味道了吧！在「要革命」也「要生活」的吸吐中，一座孵育詩人的時空已然形成。

蔗糖男孩，本名林精鏐（1914-1989），但他有個更響亮的名字——作家林芳年。

是這般鹹與甜的多層混合，林芳年的詩寫情愛幻想、寫故鄉容顏，情愛和故鄉的結合，令人想像總有那麼一條戀情就要發生的鄉間小路在子龍廟一帶，如〈翩躚的蝴蝶——贈南國小姐Takako〉、〈花蕾是美麗的〉、〈在四角形的窗邊〉、〈刻著夏夜的淚痕的人——給將出嫁的K女士〉、〈洗髮的女人〉、〈野花閒草〉。蔗糖男孩有情愛幻想，卻也有左翼脾氣，其詩作透過凝練的用字，憤怒力透紙背，對殖民地社會諸多變相有深切的反思。如他的名篇〈曠野裡看得見煙囱〉：

> 但，每當出現一個工廠
> 我就會顫慄。
> 那是奴役我們的魔窟
> 決不會保護我們的……
> 我又一次仰望鋼筋水泥的摩天大樓

仰望了塗成黑色的煙囪。

我俯視自己的生活，

深深的為周遭的狹窄嘆息，

啊　曾經誰說過

增加一座工廠

就是村落發展史上來了一大革命。

村子裡增加一座工廠，

而又增加了一種悲哀。

掩埋著廣漠的沙漠的曠野，

兄弟喲　又增加了一座油漆臭的工廠。

蔗糖男孩眼中的魔窟、摩天大樓、油氣臭的工廠即為蕭壠糖廠，日治時期第一座新式糖廠，台灣糖業歷史的新紀元，從此，鐵枝路爬滿鹽分地帶，像台灣地表上的靜脈曲張。這座吳新榮、徐青吉、林芳年都愛書寫的現代糖廠，隱喻著一個大時代的好與壞，真實與荒謬。當年順著濃濃黑煙所串起的「勾甘蔗」記憶：赤腳大步追逐五分車、撿拾延著鐵枝路掉落的甘蔗樹，後來反成了多少阿公（包括戰後的林芳年？）阿嬤最遠、最美的回憶。1995年糖廠關閉，2005年，原址規劃成「蕭壠文化園區」，舉辦「世界糖果文化節」，從佳里到世界。

當年在田野中看著「黑東西」不斷燒出的蔗糖男孩，說是為了慶祝台灣光復，迎接這「芬芳的年代」，大名一改成了林芳年，1949，又逢大時代，他暫別台灣文學的舞台，走入不斷遷徙的糖廠生涯。之後的人生，一路潭子糖廠、埔里糖廠、善化糖廠，我們都能看見林芳年的行蹤，（這回倒真成了蔗糖男孩？）寫詩，已經遠到像上個朝代的事。1979，美麗島事件前夕，鄉土文學論戰烽火連天，一批同樣鹽分地帶出身的文學青年（新的蔗糖男孩？），有感於文學傳統的斷裂，挾著對台灣文學的使命感，以南鯤鯓代天府為基地，舉辦第一屆「鹽分地帶文藝營」，諸位老作家老古董在黃勁連、黃崇雄的邀請下，重返台灣文壇，林芳年即是其中一位。改寫小說的林芳年，開始將這又鹹（鹽）且甜（糖）的人生際遇，融入他的（新）文學創作之中，比如〈癩蛤蟆〉、〈文貴舍〉寫糖廠人生（林芳年輾轉各大糖廠，蔗糖男孩）；〈幽靈醫生〉寫國術館師傅（林芳年是拳頭師傅，打鶴拳）；〈番薯成熟時〉、〈憨池仔舍〉、〈冬瓜姐〉寫選舉醜態（林芳年曾參與鎮民代表選舉）。林芳年對於工廠生態，尤其企業家的形象更是刻劃甚深，小說家筆下的鄉土不是一塊樂土，是罪惡的淵藪、痛苦的根源。（童乩不知是否喝了過多的香灰／身體眼看著胖嘟嘟起來／發黃的身體軟綿綿地／橫臥在病床上——林芳年〈街上的童乩餓死了〉，《曠野裏看得見煙囪》）

綜觀林芳年發表於《自立晚報》與《民眾日報》的五十餘篇小說，引人側目的還有其敘述語言的雜混多元，這個從文學史課本掉出來的老作家，其日本記憶不僅「最LOCAL」也「最日系」，在他雜揉母語台灣話、書寫語言漢文，以及當年殖民地官方語言日文的小說中，整體看上去就彷彿一部台灣文學的「文字學」。這些散發濃濃時間的味道（糖的味道？鹽的味道？）的作品，擺盪在虛構小說與真實人生之間，我們讀來竟有「時差」之感，頭暈目眩，似是當年不及寫出的文章，30年後迴光返照，一時大量大量的湧出，看待這些篇幅短小、結構簡單的作品，我們是該擺在自日治時期賴和〈一桿秤仔〉以降，寫實傳統的延續？還是平行時空下的1970、1980年代台灣鄉土小說譜系？尤其林芳年筆下多的是「工廠人」（借用鹽分地帶作家楊青矗書名）、「莊稼人」，又動不動就從製糖會社、蔥鬱的蔗田、香火不斷的王爺公廟邊罵邊笑的疾走而出？！

鹽分地帶文化人林金悔在漚汪蓋起鹽分地帶文化館（香雨書院），搭建了詩橋、舉辦詩展等，將鹽分地帶的詩人們的作品刻鏤其間。（李昌元攝影）

1989年，林芳年病逝子龍廟老家，這一刻，我們只能和他的作品對話。而若你要來子龍廟，無論你遇見的是詩人林精鏐，還是小說家林芳年，蔗糖男孩的鹽世代，在林芳年的身上，我們將懂得更多台灣文學，後來的事。

下一站，七股
《鹽田兒女》新讀法

◎楊富閔

80年代，七股鹽田的女兒正辛勞地收鹽。（陳丁林提供）

1994年，蔡素芬的《鹽田兒女》獲得聯合報長篇小說大獎，這部以台南縣七股鄉為地理定位的小說，開篇首句便領著讀者重回濱海現場。小說透過流暢的抒情敘事，讓人讀來彷彿聽得見海濤聲，眼裡一時蚵棚、竹筏、白鷺鷥，和防風林景致，如果幸運，你還會撞見鹽工們在收鹽、擔鹽、耙鹽，一條鹽路徑，鹽田開發史。

《鹽田兒女》以情字打通故事血脈：交織親情、愛情和對土地的熱切反思。最吸引我注意的，其實是故事中做為七股人「都會想像」的小鎮「佳里」所代表的時空意義。故事時間設定在終戰後的台灣，《鹽田兒女》好可惜沒趕上「佳里青風會」的黃金年代，但小說中處處可見「七股—佳里」兩地往返的情節，已間接帶出繁華佳里的歷史側面。小說主角明月會到佳里鎮添購新衣，佳里是時尚指南：「每回去佳里鎮她一定到時裝店看最新的服飾，裁了適當的減價布回來照樣縫製，粉紅、嫩黃、天藍都穿上身……羨煞村中小姐，人家但凡看她身上穿什麼，就知道當今城鎮流行什麼款式。」明月會到佳里鎮辦年貨，佳里是物資的補給站：「三天來大家忙過年，許多人騎鐵馬到佳

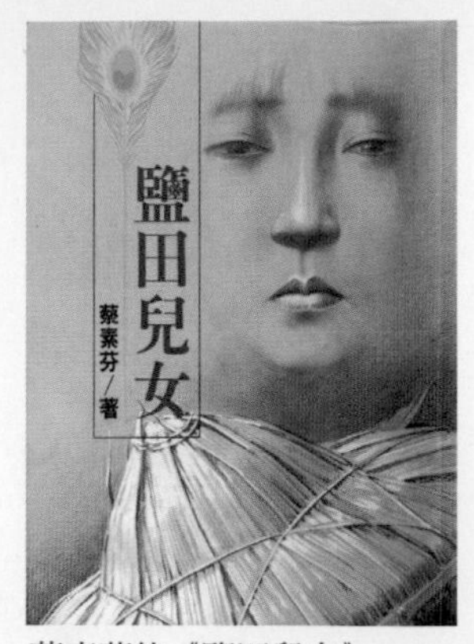

蔡素芬的《鹽田兒女》。（文訊資料室）

里鎮採辦年貨……」又或是女兒祥浩因為跌落水溝，腸打結差點喪命，半夜尋醫的路線也是佳里：「慶生為了辨識方向，常需把手電筒挪高，探見那一格一式的方正鹽田間，哪條小路才是通往佳里的徑道。」第一步到佳里，沒得救，醫生認為得轉赴台南大醫院動手術，浪蕩父親慶生本要鐵馬直奔府城，醫生跟醫生娘連忙出來勸止：「你這時騎去台南起碼要四、五小時……去車站坐五點五十分往台南的早班車，一小時就到了。」是的，佳里之後，才是台南，當年的庶民生活，現場直擊。

《鹽田兒女》牽扯出佳里之於七股的空間意義，混搭在男女情愛裡的地方發展與社會變遷，是小說讀來令人備感真切與親近的原因之一。故事裡頭那座快被遺忘的七股小村落，在民國56年的春天，駛進了第一輛公路車，展開摩登七股新紀元：「以後從廟口可直達佳里，至佳里可轉台南，台南可通高雄、嘉義、台中、台北，真是一條通往世界的路。」是的，極具現代性特質的公路車駛進了鹽田小村，亦打通七股對外的出口，像任督二脈全都通了，萬事充滿希望。不同於早年吳新榮同樣坐在車廂，面對殖民開發有感而急筆的詩作〈疾駛的別墅〉：「這麼擠的連站的地方都沒有／我先看看鄰接的二等車箱／唉呀，套上白椅套的座位／個個不都空著？」《鹽田兒女》中對於現代公車、現代都市的深切渴盼，甚至七股女兒明月選擇棄鹽田而走往高雄的決定，都一再顛覆鄉土為樂土、夢土的刻板想像。然而，「一切攏是為了生活」，卻是蔡素芬與吳新榮兩條殊異的鄉土路線，在隔了整整五十餘年的寫作時空後，重逢相會的的地方。

明月離了青春鹽田，隨慶生往打狗城尋頭路去，她選擇的不是台南，而是高雄。這個從七股到佳里再到高雄的遷徙路線，曾是多少台南子弟「出社會」的路線，同款的人生，是的，南部人。屬於《鹽田兒女》的地理學，訴說著七股鄉的美麗與哀愁：「車子走了半小時沿路都是住宅與人群，這裡的盛景佳里小鎮哪可相比，過去她只以為佳里就是繁華世界……」（〈港都夜雨〉）

當佳里不再是繁華世界，越頭才發現，我們已經離家鄉這麼遠。

下一站，北門
黃崇雄的《烏腳病房》

◎楊富閔

黃崇雄的《烏腳病房》裡有許多「井仔腳」的故事，圖為位於北門鄉井仔腳的瓦盤鹽田。（李昌元攝影）

黃崇雄的中長篇小說《烏腳病房》，副標題——「獻給一個為烏腳病貢獻犧牲的醫師」，清楚定位了這是篇向特定時代、特定對象致敬的佳構。故事經緯座標於台南縣北門鄉，時間則定錨在烏腳病猖狂的1950年代，這段至今仍流傳台南縣境，乃至於台灣島上的疾病史，是北門人，以及鹽分地帶居民的集體記憶。黃崇雄的小說鎖定井仔腳、基督教會、芥菜種會免費診所，以及烏腳病之父王金河的「金河診所」等場景，透過風水掌故、民俗傳說、部落遷移史等戲劇性十足之事件搭起小說骨架，骨架內則是接連發病的烏腳病患、悲天憐憫的醫療團隊、砷含量過高的飲用水、和對病的誤解、猜忌、恐慌、諒解、心靈二度創傷等一連串的病敘事。《烏腳病房》將「迷信」與「信仰」兩者的衝突帶至最高，在王爺與基督之間，誰才是真正的救世主？

> 整個井仔腳一百多戶人家已有兩百多人染上了惡病，他們的腳趾、小腿、大腿，麻、痛、癢。有的已到街上教會附設的醫院去治療，多數人還存著觀望的態度，他們知道，一到醫院就要接受裁肢手術，切斷腳趾小腿、大腿後就成殘廢，再不能上鹽

鹽分地帶作家夫妻檔黃崇雄、陳豔秋。（陳豔秋提供）

埕工作去。

——黃崇雄《烏腳病房》

烏腳病曾是個謎，它的起因緊扣人生存的大命題——水。鹽分地帶取水不易，在現代水利設施仍不普及的時代，當地人因地制宜，鑿井引水，竟喝出一個時代的病。然而，病的豈止是人，《烏腳病房》還告訴了我們戰後初期的嘉南地區，一處處「病地方」與一個個「病人生」互涉、拉扯的事。

井仔腳是塊鹹地，向來飲水是他們最感苦惱的事。

——黃崇雄《烏腳病房》

2010年，你手拿《烏腳病房》要來找「井仔腳」，一路走過南鯤鯓代天府、台灣烏腳病文化紀念園區、北門嶼免費診所、北門鄉農會，車行台十七線，會不會，你走著走著就走回那個眾生皆病的那年頭？遇見坤叔公、方品、謝芸芬、何亦明、邱牧師……猛地，大路標「井仔腳」浮出，不遠處紀府王爺廟七色旗幟飄揚，廟埕前有遊覽車南下觀光，你行過昔日病菌蔓延的鹽分地帶，如今也有現代民宿建築和單車出租了。

堤岸就在不遠處，一旁告示提醒你小心別去吵到遠赴而來的黑腹燕鷗。你再過瓦盤鹽田體驗區，紅磚方格子內有小鹽山，說明了這是個有歷史的所在。21世紀，病癒的鹽分地帶，陽光炙熱的北門鄉，有列白鷺鷥在「井仔腳」上空盤旋。你相信，當年胸懷大愛的醫師團隊銘刻在鹽分地帶的醫病故事，一定還會在《烏腳病房》，以及《烏腳病房》外的北門路上傳頌著。

楊富閔，台大台文所碩士生。曾獲林榮三文學獎短篇小說首獎、打狗文學獎、洪醒夫小說獎、吳濁流文藝獎、台中縣小說獎、南瀛文學獎、玉山文學獎散文首獎、全國台灣文學營小說首獎等。著有中短篇小說集《花甲男孩》。

明星咖啡館

在台灣文學出版最繁茂的年代，
明星咖啡館無疑是它的奇幻基地之一。
點一杯咖啡，消磨半天。
多少作家、編輯、文學青年在此相約，
策畫專題，組稿寫稿，談詩說文，
或竟只是靜靜坐著，看著一幕幕文學風景的閃現。

2004年7月，明星咖啡館重新開幕，作家齊聚慶賀，左起陳映真、陳麗娜，左四起黃春明、楊澤、林美音、尉天驄，周夢蝶身穿藍袍坐在右後方的老位子上。（時報資訊提供，王興田攝影）

明星咖啡館地圖

文學現場踏查記

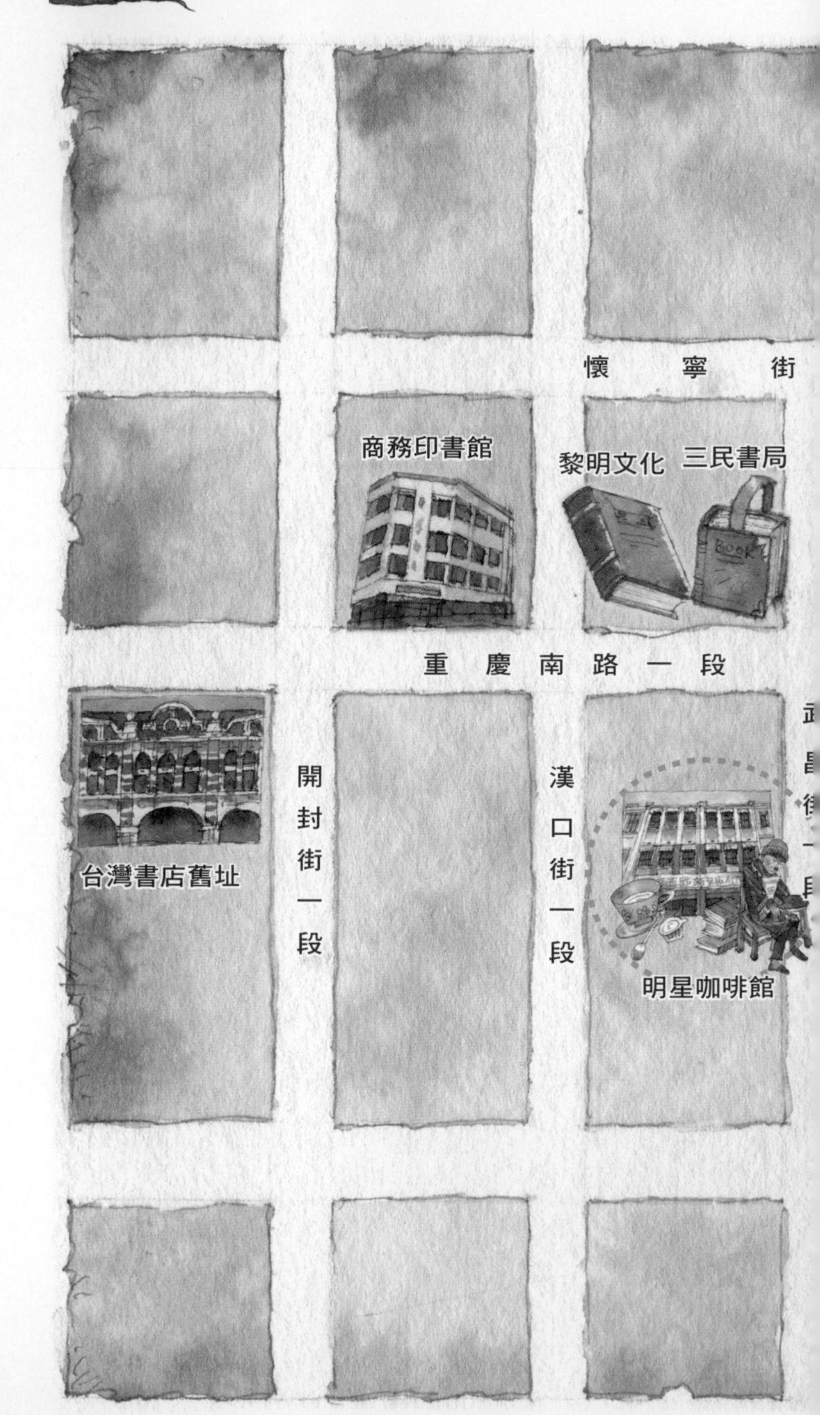

襄陽路
二二八
和平公園
懷寧街
文星書店舊址
世界書局
金石堂
田園咖啡館舊址
東方出版社舊址
幼獅文化（三樓）
遠東圖書（十樓）
正中書局舊址
衡陽路
寶慶路
博愛路
N
S

在明星咖啡館中築起文學夢

◎紫鵑

簡錦錐（左）與明星的俄國合夥人。（明星咖啡館提供）

老台北人的記憶裡，1950-1960年代最繁榮的地方，就是沿著台北火車站周邊一帶延伸的地區。除了後火車站的延平北路一段、重慶北路十分熱鬧外，火車站正前方這一頭就屬武昌街、博愛路、沅陵街、漢口街、衡陽路及再偏一點西門町的成都路那一帶最為繁華。

年幼的時候，母親總是為我精心打扮，在博愛路與武昌街口上的孔雀行買童裝給我穿。或者到博愛路布莊買布，請做衣服的師傅剪裁同一款式的母女裝。再牽著我的手，緩緩走到武昌街明星咖啡館買黑麥麵包與俄羅斯軟糖。再長大一些，青春期時，和同學在新公園廣場，爬到大樹上唱歌，再到公園門口喝一杯酸梅湯，然後，一群同學又嘻嘻哈哈跑到明星買麵包，肆無忌憚地在武昌街上啃著麵包。記憶裡，明星咖啡館有我愛吃的麵包，而二樓那個神祕的入口，直到1986

年之後，我才和朋友上去喝一、兩次咖啡。

難得的異國情誼

1949年，國民政府撤守來台，大批軍民隨著政府定居台灣，同時也包含一批白俄羅斯人，他們是一群帝俄時期的貴族、保皇人士或反共者所組成的白軍，一路從俄羅斯、中國大陸對抗共產黨的紅軍，也跟著國民政府輾轉來到台灣。

俄人喬治・艾斯尼（George Elsner）因緣際會與甫自建國中學畢業、有語言天分的簡錦錐認識，結為忘年之交，艾斯尼有鑑於當時在台北找不到家鄉口味的食物，建議簡錦錐開麵包店，並和友人集資，於是在1949年10月底，租下武昌街一段七號開了「明星」麵包店，解決了同鄉人的飲食問題，也開始了「明星」的一頁傳奇。

「明星」的俄文名字ASTORIA是「宇宙」之意，後來二、三樓再開設為咖啡館。創業維艱、俄國人又不會說中國話和台語，簡錦錐扮演一個重要的溝通橋樑。舉凡店面地點、內部裝潢、器材工具及製作麵包的原料和咖啡豆的採買，全由他一手協助。外界的人常誤以為他是幾位合夥人請來的員工，就當他是服務員般使喚。他既不解釋，也不反駁，只是笑笑替客人再遞上一杯咖啡。

ASTORIA經營了幾年，在1953年間將武昌街一段七號一至三樓買下，但其中有股東拒絕再繼續投資，於是將股份賣給簡錦錐。1958年有人建議他們把一至三樓全賣掉，卻因為廟沖的問題，直到1960年才有人以85萬元買下。在股東會議上，股東權益分配談不攏，明星差一點因此關門大吉。所幸，簡錦錐並沒有放棄，於是與新屋主林英棟商量，以他妻子的名義租下這房子，與艾斯尼繼續經營明星咖啡館。1964年因應時局的變遷，在ASTORIA的招牌兩側加上中文字「明星」。從此白俄人的ASTORIA時代過去了，簡老板的明星時代正式開始。

咖啡館的文學會議室

白先勇說：「台灣六十年代的現代詩、現代小說，羼著明星咖啡

《現代文學》班底也是明星咖啡館的常客。前排左起陳若曦、歐陽子、劉紹銘、白先勇、張先緒，後排左起戴天、方蔚華、林耀福、李歐梵、葉維廉、王文興、陳次雲。（翻攝自《現文因緣》）

館的濃香，就那樣，一朵朵靜靜地萌芽、開花。」簡錦錐從不趕久坐的客人，尤其是作家。因此，除了咖啡館樓下周夢蝶的書攤，吸引了許多愛好文學創作的人前來請教他之外，更有許多藝文青年在明星的二、三樓寫作。在簡錦錐的記憶裡，早期來明星咖啡館的作家有《現代文學》的白先勇、陳若曦，《文學》季刊的尉天驄、陳映真、黃春明，以及季季、林懷民等人，後來還有一頭美麗長髮的三毛。

1964年5月，正值青春的季季，第一次看到周夢蝶的書攤與明星咖啡館，就留下了難以磨滅的印象。同年6月7日季季請隱地與她的讀者阿碧，和她的男友小寶在明星喝咖啡。日後，她看中了三樓靠窗的某一個角落，寫下了〈擁抱我們的草原〉、〈沒有感覺是什麼感覺〉等短篇小說。季季表示：「在明星寫作實際上只有一年多。那年林懷民讀政大，也常來明星寫稿。有時朗誦給我聽，彼此互相討論。他寫不滿意時，還會大嘆一口氣將稿紙揉掉。1966年做媽媽後就比較少來明星了。」那時，林懷民的父親林金生（時任雲林縣長），總希望兒子專心讀書，也曾到明星找兒子，問簡老闆林懷民在不在樓上寫稿。

據作家及評論家尉天驄教授表示，他主編的《文學》季刊就是在明星咖啡館三樓進行編輯。當時參與編輯寫作的還有陳映真、黃春明、姚一葦、七等生、劉大任、施叔青等人，因當時大多是單身，幾個朋友以明星咖啡館三樓房間裡一張長桌子為編輯台，就這樣編起雜誌，那個房間等於他們的辦公室。

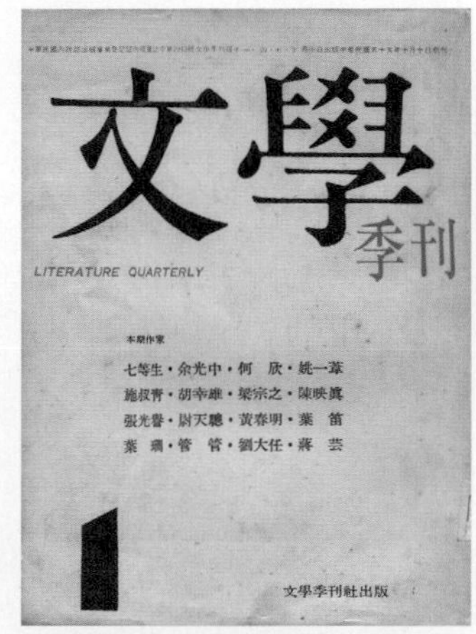

影響台灣鄉土文學甚鉅的《文學》季刊就在明星咖啡館的三樓進行編輯。（文訊資料室）

尉教授還表示，早期出入明星咖啡館的文人還有臺靜農、孟拾還及黎烈文。孟拾還曾留學蘇俄，說得一口流利的俄語。一聽說武昌街開了一家俄國的咖啡館，幾個文人就拉著他去喝咖啡，試試他是否真的會說俄語。一試，果真十分厲害，與俄國人用俄語對答如流暢通無阻。

據悉當年在明星喝咖啡是很有意思的事情，因為進出明星的作家很多，編輯找不到作家，就親自到明星找人或打電話到明星。出版社、雜誌社、甚至廣告公司、印刷公司的人都來這裡，形成高朋滿座的蓬勃景象。

簡老闆提及，他和黃春明最聊得來，除了對黃春明沒日沒夜的寫稿特別有印象外，還源於一次艾斯尼在二樓的洗手間中風暈倒，正好被黃春明發現，兩人一起送艾斯尼上救護車。因為這層關係，簡老闆與黃春明更為親近，常常天南地北地聊到三更半夜，有時候黃春明也將妻子林美音及大兒子黃國珍帶來，在大理石的咖啡桌上替兒子換尿布。作家收入總是很不穩定，幾次黃春明搞失蹤，原來是到廣告公司或別的公司行號上班。但是沒隔多久又回到明星咖啡館繼續寫作，彷彿什麼事都沒有發生一般談笑自如。

街角的書攤

對許多台灣詩人、作家而言，武昌街周夢蝶的書攤是他們文學的朝聖地。

周夢蝶說，一開始擺書攤的前兩年過著逐水草而居的遊牧生活，

在武昌街騎樓擺攤的周夢蝶。
（徐宗懋、明星咖啡館提供）

他每天揹著書，帶著一塊布，從三重坐第一班公車到台北武昌街，找一個警察不太留意的地方，把布攤開，將書鋪在上面。

1959年4月1日這一天，終於在明星咖啡館簡老闆的認可下，於騎樓樑柱上釘了一個書櫃，並且也取得合法的攤販許可證。在簡老闆的記憶裡，周夢蝶原先在武昌街七號和九號柱子之間擺書攤，直到明星把五號房子買下來以後，才改擺在五號及七號的柱子之間。周公形容書櫃後面的牆就是「墓」，書櫃就像「碑」，周公每天都在坐在墓碑前閱讀人生百態，對他而言是荒涼的美感，並不覺得恐怖。

當年除了明星簡錦錐對周公十分友善外，另一個向簡老板租店面的達鴻茶莊老闆饒鴻淵也對他十分友好。一次颳颱風，大水淹了三天，周公無法回到三重，這件事情被茶莊饒老闆發現，告訴周公：「不要再租三重的房子了！100元房租是個負擔，晚上書收起來擺在茶莊，你就睡在茶莊，每天也不用坐公車回到三重。」周公聽他這麼一說覺得很理想，因為饒鴻淵夫婦白天在武昌街賣茶葉，晚上八點半就回新店住家。睡在茶莊不給房租，也等於替茶莊看門，這是兩全其美的事情。於是答應了饒老闆，在茶莊住了11年之久。

周夢蝶在武昌街賣書，人來人往如行雲流水。一天，一個朋友送周公一張破藤椅。他坐破藤椅，另外買一個圓椅子，準備招待給來看他的朋友坐。有些人來聊一聊走了，有時候需要深談，就請周公到明星三樓喝咖啡。不管男女老幼，只要有人請他，他多半不好意思推辭就過去，一坐就是幾個小時，談些莊嚴的人生哲學、佛學等。而書攤就扔在那裡，通常有兩種情況，有人在攤位拿兩本書，上樓問多少錢，拿錢給他。另外一種是發現藤椅或圓椅有紙條，買什麼書，書款多少錢，錢擺在那上面，用石頭壓住。周公笑著說：「這是有良心的人。」

在周公的書攤生涯中，印象中自己曾經昏倒過一次。記得那日從三重到武昌街擺書攤，剛從北門街走到武昌街就倒下去了，這時候人人出版社的負責人胡子丹，還有一個北一女學生張敏，兩個人不早不晚出現了！將他扶起來，帶到一家診所看病。醫生說：「周公什麼病都沒有，就是貧血。」醫生又問：「每天早上吃什麼？」周公老老實實回答：「稀飯。」醫生又說：「不行耶！營養不夠，要吃蛋、肉。」周公表示他從此以後對嘴饞找了一個堅強的理由。

周公在明星咖啡館的騎樓下，時時刻刻背脊挺直地斟酌著自己，他不只閱讀佛經、哲學、古典文學， 也閱讀許多翻譯文學，就在方寸之間樹立一個清涼的世界。

咖啡館的盛宴

明星咖啡館在1951年至1956年間生意最好，當時台北市沒有幾間咖啡館，也沒有西餐。直到1952年台北市第一家有咖啡的圓山大飯店開幕，之後，還有漢口街的東方大飯店開幕，1964年國賓大飯店也開幕了！但大家吃生日蛋糕還是喜歡買明星的蛋糕。

1989年台灣經濟起飛，股票上漲12,000點，明星咖啡館湧來一群股票族，讓原本在這裡寫作的許多作家都找不到位子坐，成了簡錦錐停止經營明星咖啡館的因素之一，再加上自身體力日衰、女兒旅居外國後續無人接手，於是乎明星咖啡館長達40年的燈火，掩熄於台北街頭，讓眾多的老客人喟嘆不已。

1960年代的明星咖啡館。（明星咖啡館提供）

明星一樓的麵包店還留著，二樓改租給居仁堂經營素食餐廳。一直到

明星咖啡館重新開幕，藝文界人士群聚慶賀。（明星咖啡館提供）

2003年居仁堂素食餐廳發生火災，這時餐廳已經開了整整15個年頭。許多作家從電視看到熊熊火光，紛紛為明星咖啡館請命，希望簡老闆能重新開張明星咖啡館。

所幸當年明星的咖啡桌椅全收藏在埔里倉庫，由於是紅木家具，經過921地震都沒有太大損壞，重新整理過就像新的一樣。一把大火，燒出了明星的希望。

2004年7月4日明星咖啡館重新開幕。周夢蝶、季季、尉天驄、黃春明等老朋友老客人都來了！當簡錦錐夫婦與女兒簡靜惠切下蛋糕的那一剎那起，只要在明星咖啡館裡，不管是過去來過的人，或是未來會來的人，每一個人都可以是明星，也都能有一份屬於自己的明星故事，並一代一代延續下去。

紫鵑，現為《乾坤》詩刊主編。曾任職於印刷公司、雜誌社等，業餘寫作劇本、詩、散文、書評、藝評等，曾獲優秀青年詩人獎等，小說改編《再說一次・我愛你》。

明星咖啡館的故事

◎韓良露

明星麵包廠的奶油蛋糕、俄羅斯軟糖、南棗核桃糕，
蘊藏著屬於歲月的美味。（李昌元攝影）

在台北的咖啡館中，明星咖啡館是我最早、最久以及直到今日都還持續會去拜訪的地方。

最早去明星咖啡館，並非為喝咖啡而去，也非為任何文藝理由而去，純粹是為了糕點而去，記憶中最早的印象，是每次和父母去博愛路上的孔雀行買童裝後，母親總會在返家前去鄰近的城中市場買東西，其中也一定會去武昌街上的明星西點麵包廠買糕點，會買哪些糕點呢？都是四十多年後還買得到內有乾果的白白的口感柔軟的俄羅斯軟糖，有橘子顏色與口味的奶油蛋糕、長得像一朵百合花般的海綿蛋糕，當年的明星還沒有波士頓派、忌司蛋糕等等後來添增的口味。

直到今天，我每回重返明星買蛋糕，東挑西挑都忍不住還是會挑童年熟悉的口味，因為媽媽已經不在了，這些熟悉的蛋糕的形狀和口

鴻翔的洋式旗袍是老台北人共同的回憶。（李昌元攝影）

味卻彷彿童年的具體遺物，讓我不由自主地想到當年母親還不到30歲的花樣年華，穿著鴻翔買的義大利緹花綢緞量身剪裁的洋式旗袍，母親特別喜歡吃俄羅斯軟糖，因為她喜歡棗子和核桃，後來明星出的南棗核桃糕，也成為母親常買的零食。

在紅葉鮮奶油蛋糕還沒流行前的年代，我的生日蛋糕有時也是父親在明星訂製的，明星的生日蛋糕是舊式的奶油而非鮮奶油式的，這種傳統的吃起來有點硬硬的奶油口感的蛋糕一直給我一種比較正宗的過生日之感，也許因為蠟燭插在硬奶油蛋糕上比較結實不會搖晃，也許是這種蛋糕比較耐擺可以讓小孩子慢慢吃，鮮奶油蛋糕太容易溶化了，我對傳統奶油蛋糕一直有偏好，大抵跟我太容易懷舊有關，有時別人過生日，我買老式蛋糕送人，收到的朋友總忍不住驚呼說「好久沒吃這種蛋糕了」，聽了就覺得食物像好久不見的老朋友來和我們打招呼也不錯。

我自己會上明星坐咖啡館，起於我念中山女中高一的時候，有時放學後我會陪同學坐公車到台北車站，其實家住新北投的我應當去圓山轉車，但愛玩的我不想早早回家，就會去台北車站一帶逛書店玩耍，玩到晚晚才坐火車回新北投。

當然不是每回都去明星，當時我會去的咖啡館有不少家，都在台北車站、新公園、衡陽路一帶，記憶中常去的有綠灣、掬水軒、田園、馬倫巴，但後來漸漸養成只去明星咖啡館的習慣，尤其在我高二到大三的那五年期間，我變成了明星咖啡館的常客，事後想起來和一些人的緣分有關。

少女時期的韓良露攝於北投。（韓良露提供）

從高一開始，我大概就算是文藝少女吧！會寫一些現代詩，也在一些詩刊發表過作品，也認識一些從北部到南部的詩友，這樣的我當然不會不知道在明星咖啡館騎樓下賣現代詩刊的老者是誰，我對周夢蝶最深刻的印象是

三十多年來，周夢蝶仿如未曾隨歲月老去。（紫鵑提供）

他喝紅茶時會放六七顆方糖，當時傳言這是他一天大部分熱量的來源，當年我們這些小毛頭早就覺得他好老，又聽說他的胃已經不知切割了幾分之幾，但後來三十多年過去了，當我再看到周老時，卻覺得他沒變老多少，反而我自己老好多。

明星咖啡館總有種文學正在發生的現場感，小小年紀仰慕作家的我們，在那年頭還不流行找作家簽書或合照的時代，我只會偷偷記下一些畫面，像黃春明喜歡坐在靠樓梯口的位置，像張毅和蕭颯還把明星當寫作間，像侯孝賢會召一批人在明星開會，當時常常看到他身邊有攝影師陳坤厚，現在總神龍不見首尾的夏宇（當時我們也不叫她童大龍只叫她小慶），倒是見過她幾次不知和周夢蝶在說些什麼，我自己在那幾年間，和《神州詩刊》、《潑墨詩刊》的朋友會在那碰面，《神州詩刊》的人後來因組讀書會而被抓，讓我看到了時代的黑暗（後來我才知道明星咖啡館的主人也曾受陳映真入獄而被關照過），我也在明星認識了一批做電影雜誌及電影的人，我從大一起開始辦影展及寫影評，也和常在明星咖啡館消磨時光的後遺症有關。

明星咖啡館是個奇怪的磁場，當年我們還沒讀過班雅明的書，還不明白其實從人類文明產生了咖啡館這個既公共又私密的空間後，在咖啡或紅茶這些溫和刺激飲料的催化下，人類就進入了鼓勵坐而言、

朱天文（左）與侯孝賢（右）在明星咖啡館討論劇本。（朱天文提供）

坐而空想、坐而無所事事的閒暇文明，這樣的文明本來就是創造、孕育文學、哲學、藝術的花床。

明星也叫Astoria，這是我人生中第一個Astoria，但後來我到世界各地旅行，去過不少的Astoria，奇怪的是每一個Astoria都似乎和藝文人士特別有緣，我在布達佩斯的Astoria聽我的匈牙利朋友說起在共產時代，Astoria並沒有關閉，他們這些念李斯特音樂學院的人只有來到這家離學校不遠的Astoria Cafe，才能體會到他們正在修習的古典音樂中追尋的美好事物是什麼，我在布拉格的Astoria遇到的捷克作家在絲絨革命前每週都會和友人在Astoria討論地下刊物的編輯，華沙的Astoria在第二次世界大戰被炸掉了，但後來修復了，牆上掛著炸毀前後的黑白照片，讓人看見人類的愚蠢以及戰爭對美好生活的殘害。

22年前初到上海，自然會到舊名霞飛路，後名淮海路的Astoria，卻尋不回張愛玲小說中的繁華舊夢，咖啡味道不對，蛋糕也不對，什麼都不對了，Astoria只能在昇平時代，百姓安和樂業的社會文化氛圍中閃爍發光。

不少城市都有他們自己的Astoria，多半和俄羅斯人和東歐人有關，但這些Astoria不免反映出大時代的流離，不同的人顛沛於不同的城市中，尋找重新安身立命、重新發光的場所，就像台北的Astoria明星，也是始於逃離到台北的幾位俄國人所創，在悲傷的時代，能有一個地方讓思鄉的人吃一些家鄉的糕點，喝一些咖啡，人們對美好生活的期盼要求並不多。

幾十年過去了，台北明星咖啡館成為城市的傳奇，從俄國人手中接下Astoria的簡先生，也承襲了美好的文藝傳統，但這種尊重傳統價值的老咖啡館，能夠成為台北的百年傳統老店嗎？還是在都更計畫中只成為招牌呢？

明星咖啡館的故事還沒完呢！

韓良露，大學念歷史，曾經寫作劇本、影評、書評、樂評，拍攝紀錄片、製作新聞節目。現為南村落southvillage主持人。著有《舊金山私密日記》、《狗日子・貓時間》、《雙唇的旅行》、《韓良露私房滋味》、《食在有意思：韓良露與朱利安的美味情境》等。

明星・鄉愁・書店街

◎傅月庵

蔣經國（左一）、蔣方良（右二）參加明星舉辦的新年派對。（明星咖啡館提供）

歷史有轉折，年代卻是延續的。那些年代裡——1950、1960、1970——因淡水河而興的台北城，一仍1884年建城舊鯓貫，乃屬於西邊的、親水的。無論政治、商業或文化。

彼時的台北文化地圖，1972年國父紀念館尚未落成，一切的藝文活動，從書畫展到音樂會、戲劇，無不以中山堂，也就是1936年竣工的台北公會堂為中心，向外輻射。騷人墨客雅集、文人聚會，大約都集中在西城區。幾個較大的據點，南為國軍文藝活動中心，北到民生西路波麗路咖啡廳，東邊以館前路、新公園為界，西邊則直抵淡水河邊。這塊區域裡，有全台最多的戲院、最密集的咖啡廳，以及穿梭其中的詩人、作家、編輯、文學青年。1950年代的朝風、青龍，1960年代的作家、田園、野人、天才，1970年代的文藝沙龍、天琴廳……，以及一度歇業、復活，如今又恐將遠去的「明星」，這些咖啡館的名字，至今仍深深留存在走過那個年代的台北人的集體記憶之中，已然成為某種文學烙印。

明星咖啡館

明星咖啡館。武昌街一段七號。典型1950年代台北街屋，洗石子立面附騎樓，樓高進深，自有一種幽邃的空間感覺。彼時的重慶南路、衡陽路、博愛路這一概為日治「榮町」、「本町」的區域，臨街多為類似建築。1949年，六位白俄羅斯人與台灣青年簡錦錐不顧「廟沖」禁忌，向後來貴為台北市長的高玉樹先生租下這棟直面城隍廟的樓房，創立外文名為ASTORIA，中文名為「明星」的咖啡館，一樓麵包廠，二樓、三樓咖啡館。取名ASTORIA，為的是紀念昔日上海霞飛路上同名俄國咖啡廳，蘊含濃郁的鄉愁。

為了一解鄉愁，製作販賣故鄉口味糕點、咖啡的俄羅斯軍官們，大概沒想到他們的蛋糕，後來竟成了「蔣家」御用品，著名的「俄羅斯軟糖」更是俄裔蔣經國夫人方良女士半輩子台灣歲月裡的解饞最

明星咖啡館一樓麵包廠販賣的俄式糕點軟糖，撫慰許多遊子的心。（李昌元攝影）

愛，無論是口欲或對原鄉的渴念。台灣青年簡錦錐與這些俄國軍官們穿越時代風暴的生死情誼，隨著明星咖啡館二樓空位上所擺設的一雙刀叉、一碟麵包、一杯紅茶，早成為了一則感人傳奇。更多的則是曾經出入其中，從少年到老年，幾代文學青年的悲歡故事。三毛、林懷民、白先勇、施叔青、黃春明、周夢蝶、陳映真、《文季》雜誌同人、《創世紀》詩刊同人……，都曾在這裡消磨掉滿滿的青春歲月。

若說1970、80年代是台灣文學出版最繁茂的年代，那麼，明星咖啡館無疑是它的奇幻基地之一。點一杯咖啡，消磨半天。多少作家、編輯、文學青年在此相約，策畫專題，組稿寫稿，談詩說文，或竟只是靜靜坐著，看著一幕幕文學風景的閃現。「沒有明星的桌子、椅子，我寫不習慣哪。」1989年明星咖啡館擋不住股市、「大家樂」所帶來的社會奢華風潮，決定歇業。重要作品幾乎都在「明星」完成，兒子吃著「明星」蛋糕長大的作家黃春明這樣跟簡錦錐老闆訴苦。「一定要明星桌椅才寫得出來？真奇怪哪。那我就送你一套好了。」幾天後，一輛小貨車搬走了一套桌椅跟咖啡杯組。黃春明所搬的，可能是鑲有大理石面的小桌子，以及綠色高背沙發椅。關於這套桌椅的記憶，以及簡老闆的熱心慷慨作風，如今都成了台北無形的文化魅力。

熱心慷慨的簡老闆和令黃春明一刻不得離的咖啡桌。（李昌元攝影）

1970年代，喝完明星咖啡，下得樓來，詩人周夢蝶的書攤赫然在目，詩人或無視川流人潮閉目趺坐，或懷抱一本書冊倚牆小歇，小小書攤上多的是新舊文學書籍、詩刊，在喧囂紅塵裡靜靜開放著。類似的書報攤，往前20公尺，無論左轉或右轉，重慶南路騎樓下，每隔十幾二十公尺，就有一個，插架面擺五花八門的雜誌期刊，《傳記文學》、《暢流》、《春秋》、《自由談》、《文星》、《皇冠》、《中外》……，一應俱全。當頭一線鋼絲懸掛的則是最紅火的銀色畫報、南國電影、小說電影、電視週刊、偵探、創作、武俠世界……

現在的重慶南路仍保有不少書店，但比起二、三十年前卻是盛況不再。（李昌元、劉楷南攝影）

等。地上成落的報紙，薄僅三張，銷量卻嚇人，中午還沒到，早賣得淨光。這樣的書報攤，也兼賣車票、飲料，乃彼時台北街頭一顆又一顆的文化種子，奮力地迸放著。

書店街

重慶南路舊名文武街，日治改名「本町通」。街頭由總督府直營，專賣中小學教科書、參考書的「台灣書籍株式會社」與街尾私營的「新高堂」遙遙相望，這條街的文化含量，早經註定。日治時期，此地便已有不少書店，到得1949年國府撤退，隨之來台的幾家大出版社／書店：商務印書館、中華書局、世界書局、正中書局，紛紛於此落腳，加上改制後的台灣書店，一時之間成為台灣的出版重地。沿街櫥窗瀏覽其所翻印的大陸時期出版品，竟讓人依稀有了上海「福州街」之感。

重慶南路最興盛的1960、70年代裡，短短幾百公尺，擠進了六、七十家書店，黃昏時分，下班等車的學生、上班族常就近踅進店內低頭瀏覽，一邊看書一邊注意公車動靜。逢到年終打折特賣，店門口紅

重慶南路騎樓的書報攤猶如台北街頭奮力迸放的文化種子。（文訊資料室）

布條翻滾，熙來攘往的人潮，加上騎樓的書報攤，往往擠得摩肩擦踵，水洩不通。「賣書也能賣成這樣!?」今日想來，誠然是難以想像的事。

彼時一名窮文青的假日活動，很可能是花上八毛錢，擠上公車到台北車站，迅即轉入重慶南路，一間接一間書店閒逛過去，口袋錢有限，翻看不足，就此立讀亦無不可。中午不能不吃，明星咖啡店旁邊的「排骨大王」五元搞定後，帶著方才買來的報紙，上到「明星」，點一杯很奢侈的咖啡，要價六元，邊喝邊看報，隨後拿出書包裡厚厚的《卡拉馬助夫兄弟們》繼續翻讀，書是翻印的，無論封面、版型都與上海老版本相同，版權頁裡卻刪去了譯者「耿濟之」的名字，代之以「本社」二字。文青有時抬起頭向外瞭望，這時他會看到一名容貌高雅的外國老人坐在臨窗位置，靜靜望外，眼神彷彿看到了很遙遠的地方。

「台北雖然變得很厲害，但總還有些地方，有些事物，可以令人追思、回味。比如說武昌街的明星，明星的咖啡和蛋糕。」白先勇名篇〈明星咖啡館〉是這樣結尾的，文成於1980年代。如今，二十多年又過去了。「結語」畢竟無法做為「結論」，明星當空掩逝，書店街群散落，都轉化成一股濃濃的台北鄉愁了。

傅月庵，台大歷史所肄業，曾為遠流出版公司副總編輯、遠流博識網網站主編，現為茉莉二手書店執行總監。著有《生活一蠹魚》、《蠹魚頭的舊書店地圖》、《天上大風——生涯二蠹魚》。

創世紀

2004年，《創世紀》正式營運50年。
台北市政府為尊榮創世紀詩社的貢獻，
特別為詩人們時常相聚、舉辦詩集發表會的內湖區碧湖公園設下紀念碑。
公園內湖面遼闊，碧波紓緩，
一羣《創世紀》詩人，
終於在現實地景中得到銘刻自我與詩史的位置。

2005年4月3日，創世紀詩人齊聚於碧湖公園的創世紀譽揚文及詩盒揭幕典禮。
（陳文發攝影）

創世紀文學地圖

文學現場踏查記

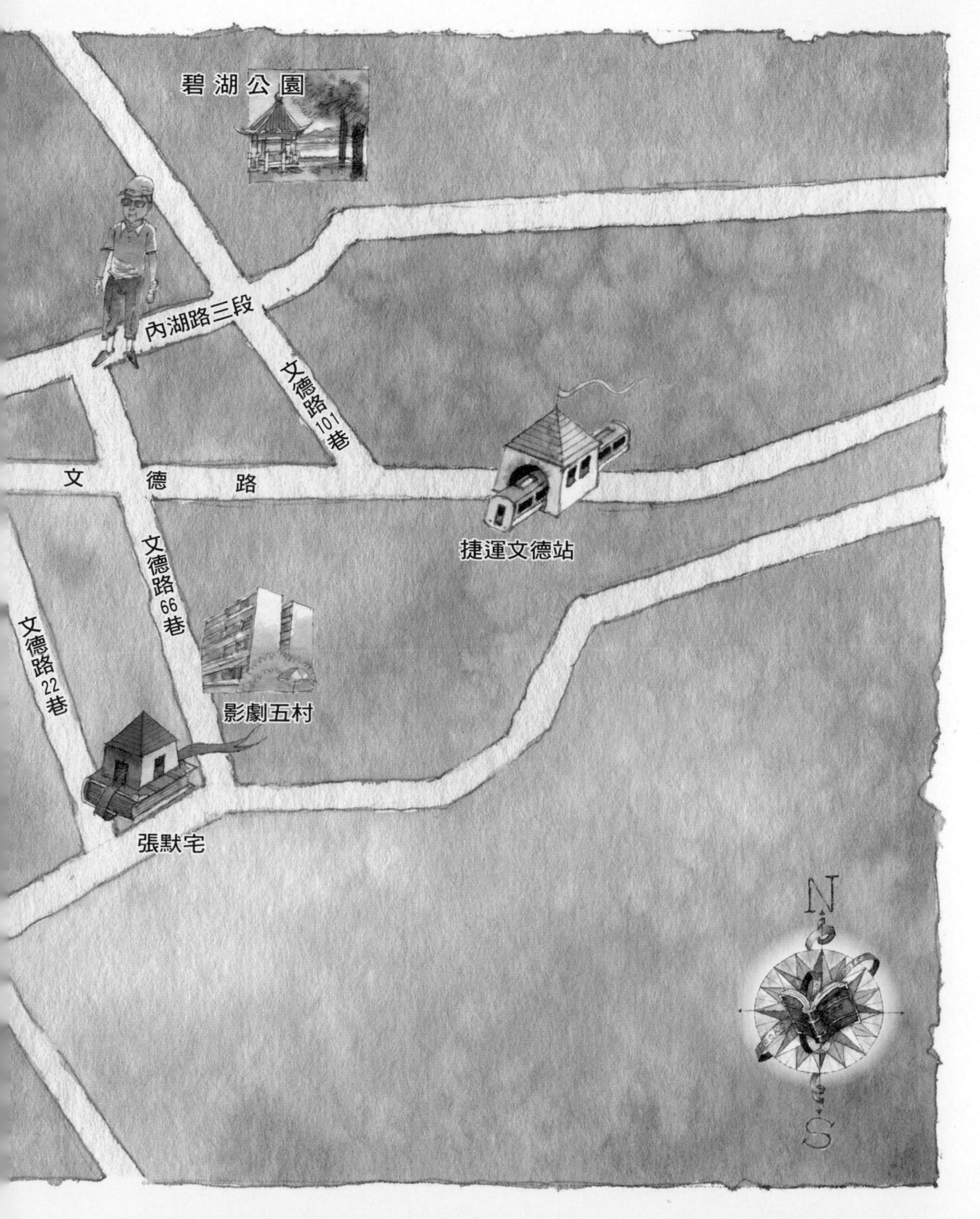
碧湖公園
內湖路三段
文德路101巷
文德路
捷運文德站
文德路66巷
文德路22巷
影劇五村
張默宅
N
S

旅行的繆思：創世紀詩社的高雄建制與台北播遷

◎解昆樺

左起張默、瘂弦、彭邦楨、洛夫，攝於左營軍中廣播電台門前，1958年春。
（翻攝自《創世紀：1958-2008圖像冊》）

新民族詩型時期（1954.10-1958.4）

對1950、60年代開始活躍詩壇的創世紀詩人來說，詩不只是一份理想，更是一個愉悅的信仰。所以詩值得肉身跋涉以求，為心中的謬思拓建一份公開的花園，自然便有繽紛的意象、明暗的象徵，為靈魂裡的勞頓與喜樂翩翩降臨。而靈魂必須承擔的悲劇、嘆詠的理想，也都能得到託付。

1954年張默在海軍陸戰隊擔任新聞官，他的營區距離洛夫、瘂弦的左營空軍電台只有五分鐘步程。他經常走路過去找他們聊文學談詩，也就是在當年這數不清的五分鐘徒步往返中，他們創辦了至今

（2010年）已臻56年的創世紀詩社。新聞官張默除了報導現實冷戰的消息，還預報了謬思前抵高雄的消息。

草創創世紀詩社三巨頭，很能反映那個時代軍旅詩人的模態。在國共內戰的時代巨變下，他們從軍、逃難遠離自己的故鄉，偏離了他們自身大陸文化母體。這些困頓、顛沛經驗厚重如坦克的輪軌，切膚深烙於他們青春的生命，使他們不只早慧而且早熟。

因此創辦詩刊，對他們而言，就像成立一個家般。他們憑仗的不只是一股青年人說衝就衝的熱情，還多了份成年人的沉穩踏實。同時，也因為是軍人，所以當他們決定成為一個詩人，決定以意象與隱喻向意義困匱的世界宣戰，他們更要面對身上肩負的時、空間限制，擬定策略克服「現實」這個敵人。

1950年代，台北的詩人已間接利用台北相對台灣各縣市豐沛的傳播出版資源，率先成立《現代詩》、《藍星》等詩刊。在當時高雄顯得艱困的藝文傳播環境創辦詩刊，張默、洛夫、瘂弦這三位大兵詩人顯然有許多實務細節必須克服。所幸左營當時是台灣海軍重鎮，營區內含括海軍南部司令部、艦令部、海軍官校、左營電台、中山堂、海光藝工大隊、豫劇隊、四海一家、海軍眷村等單位，儼然是一完整精悍得以自給自足的軍事小城。

因此在南台灣，可能再也找不到像左營這樣如此密集，可援借使用的傳播出版資源，這現象直到1970年代仍是如此。兵員流動居所難定，創世紀三頭馬車權先將編輯部地址安在左營電台飯廳。很少人知道一份詩刊，是在餐具鍋鑊間完成編輯。瘂弦〈如歌的行板〉寫到：「歐戰，雨，加農砲，天氣與紅十字會之必要。」想來詩句與餐飧皆是生活之必須，詩人將編輯部設在明德新村四十

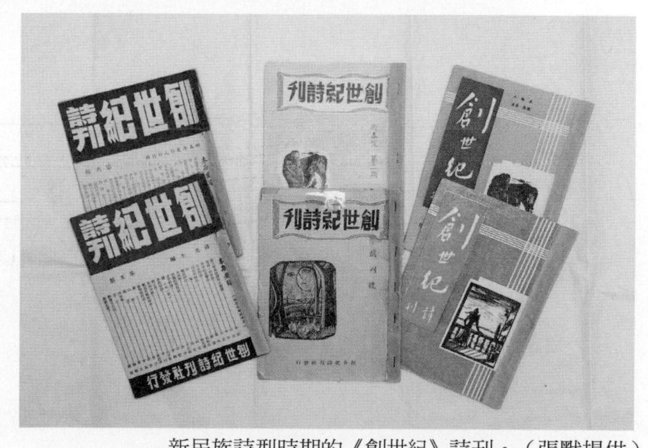

新民族詩型時期的《創世紀》詩刊。（張默提供）

左營海軍營區電台、中山堂、四海一家等是《創世紀》編輯、
宣傳刊物的主要地點。（李昌元攝影）

號的左營電台這兒，有著大時代下不得不然的浪漫。

創世紀詩人儘管可憑仗左營軍區麻雀雖小五臟俱全的資源籌辦詩刊，但是還是需要資金才能進行利用。所以張默為詩標了會，洛夫則為詩上當鋪當錶。他們巧借中山堂、左營大戲院的電影播放管道，每月一有錢，高雄軍區的電影院內打上的字幕，便會出現繆思的蹤跡。電影廣告中，在洛夫、瘂弦、張默的名字後，總跟上：「創世紀進印刷廠了速回」、「創世紀出刊了預購從速」等字樣。創世紀這三頭馬車彷彿在攀登營區裡那紅白漆上塔階的廣播信號發射塔，一步一步地爬上塔頂，向這島嶼這世界放送繆思創世紀的消息。

《創世紀》初辦前十期，為「新民族詩型時期」（1954.10-1958.4）。此時在高雄創辦的《創世紀》有意識地對應台北紀弦主導的《現代詩》與現代派，也在創刊號提出了自己的「新民族詩型」詩理念。細看「新民族」，可以發現高雄海軍基地的備戰氣氛，顯然鬆染了這份創刊宣言的字句。使創世紀詩人初期以民族群像做為文學文本姿態，破入時代巨浪。

左營軍區內筆直的將士紀念塔，周遭環繞著的高大南洋杉，彷彿他們昔日周遭架起的刀槍。干戚刑天逝矣，紀念將士的紀念塔，當時變成年輕詩人聊天的堡壘。他們在此尋想的不是戰神的履歷，而是繆思下期創世紀的路向。這重疊於戰鬥文藝的身影，為身在左營的他們

提供一個保護傘。創刊之際，詩的祕密基地陣地未穩，怎堪篩選制度騷擾？在絕對的光／暗、黑／白、正／邪口號保護傘下，創世紀挖掘排解自我潛意識憂鬱苦悶的地道。

超現實主義時期（1959.4-1969.1）

在新民族詩型時期，創世紀詩人於草萊摸索，漸次累積他們語言再現這世界的各種技術，以一語一字的文本磚組詩刊等等的創作、編輯經驗。在1950年代末，他們積累的經驗已足，真正的詩革命也才要開始。對他們來說，要質疑這個時代，就得先從質疑自己開始。

先以對自己的革命起頭吧！在筆者的訪談中，張默表示：「創世紀從11期1959年開始，也就是創世紀改版那期開始有了突破，那時候並沒有人要我們改版，是我們自己覺得那1到10期編得不怎麼樣，不得不尋求機會重新出發。」改版之際《藍星》仍為詩頁格局，《現代詩》因經濟拮据休刊一個月，復刊後也與原初詩學概念有了距離。以自己做為首波革命攻勢對象的《創世紀》，在改版後一新耳目，倒是承接了「現代」這前衛的美學棒子。

可以說正因為1959年4月《創世紀》的改版，創世紀才真正成為戰後台灣詩壇被注意的詩社團，並成為領銜1960年代台灣現代詩壇轉譯西方現代主義，並展現西方現代性在地意象變現的重鎮。

因此，《創世紀》第11期（1959.4）可說是歷期《創世紀》詩刊中最重要的一本。除自此期開始，創世紀擴版為20開外，在歷史與繆思間巧妙因緣下，成為至今台灣戰後1950～60年代現代詩史中重要論題的詩人作品，也部分在這本詩刊中被收錄。例如台灣1960年代現代主義經典文本之一的洛夫〈石室之死亡〉於此首見，瘂弦的〈從感覺出發〉也在此發表。至於雜文作家言曦（邱楠）1960年1月8日起，於

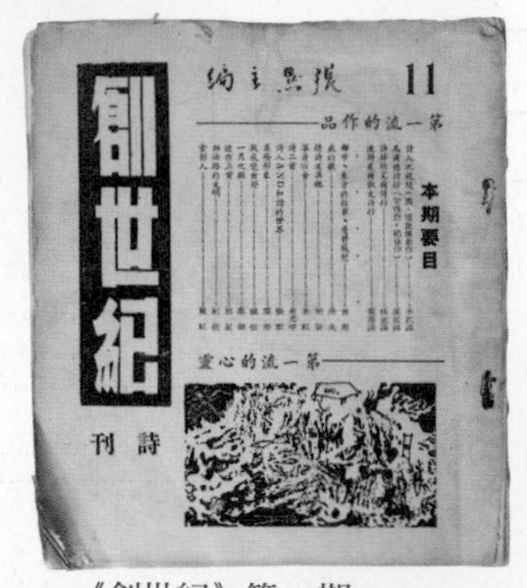

《創世紀》第11期。
（文訊資料室）

《中央副刊》一連四天發表〈新詩閑話〉批評余光中〈呼吸的需要〉的「下午與夜的可疑地帶」，以及敻虹〈索影人〉的「用晨雲金的瓶水供養」詩句，均出自《創世紀》第11期。《創世紀》詩刊以後亦逐期刊登了直到今時仍反覆為讀者所喜讀，詩史中反覆被討論的作品。例如：在第12期，瘂弦、商禽分別發表了他們最重要的詩作〈深淵〉、〈長頸鹿〉。第13期，林亨泰、紀弦則分別發表了重要作品〈風景兩首〉、〈阿富羅底之死〉等。獨具慧眼刊登這些詩人經典詩作的《創世紀》，也因此順勢成為當時文壇最受矚目的詩刊。

改版後加寬版型的《創世紀》詩刊，彷彿一面面引領現代主義運動的先鋒旗幟。其於詩刊中以字句凝鑄的「現代」形象，具體呈現當時台灣現代詩人對現代性的理解，更成為西方現代詩在台灣的重要轉運（譯）站之一。誠如張默於《創世紀》第11期（1959年4月）〈編輯人手記〉所言：「我們想說的而且也必須說明的還是這期的作品，從這裡業已顯示出我們今後的計畫，是在逐漸加重譯作的成分，我們認為翻譯與創作實具有同等價值。」在《創世紀》詩刊主編1960年代所設下的選題策略與編輯主軸下，我們看到詩刊封面上西方現代代表詩人里爾克、艾略特等人的肖像，以及詩刊內頁中他們的詩作，如何以具體的語言形貌擴編了《創世紀》的詩隊伍。

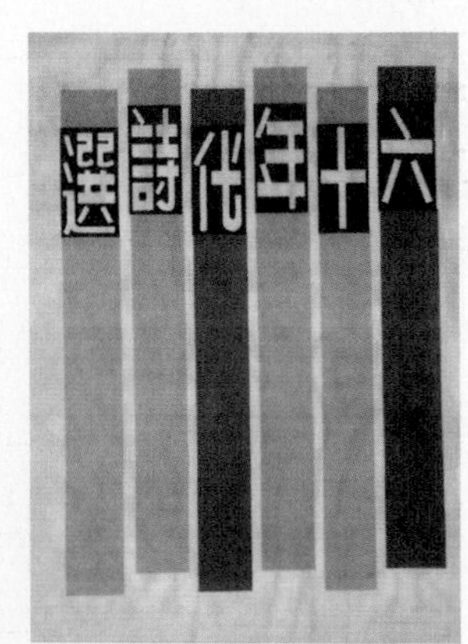

《六十年代詩選》是張默與瘂弦在左營軍區招待所四海一家所編。

1960年7、8月間，在高雄大業書店支持下，張默和瘂弦在左營軍區招待所四海一家，忍耐酷暑揮汗編輯《六十年代詩選》。以預視的視角收錄將在1960年代產生重要影響的26位詩人作品，並約請五月畫會畫家馮鍾睿為每位詩人素描。在出版未發達的年代，紙媒詩選極具效力，創世紀詩人不只以作品精選的方式品評詩人、預寫詩史，更以此塑建典律，為讀者「定義」現代詩文體的樣貌。

1960年代台灣的現代主義運動，確實是以現代詩作為先鋒。但《創世紀》詩人並非孤軍奮戰，其於衝刺之外也與其他現代藝術領域交互策應、整合。創世紀詩社在1966年3月25-27日便與前衛雜誌社合辦「中國現代藝術季」，1968年7月亦主辦「詩與哲學座談會」，活動類型不僅局限於詩，亦進行跨文體整合，使繪畫、音樂、哲學等領域與現代詩進行相互對話，在在凸顯了創世紀詩社1960年代的前衛性格。

以現代主義為中心概念，進行一系列的擴版、翻譯、語言實驗、編詩選、整合現代藝術活動的《創世紀》，在1960年代台灣現代詩壇，甚至是現代主義文藝運動中，明顯占據了既先鋒又軸心的位置。也因此他們所高舉的現代主義乃至於超現實主義的旗號，也成彼時文論詩評的砲陣地點。

如今重回左營餐廳，看到一片荒廢，很難想見當時詩人們如何奮筆疾書，聚首晤談，討論如何分配論述、創作、編輯任務，重整詩學陣地回應外在批判攻勢的風采。在詩人們終究已離開多年的下午，我們看到左營電台飯廳的矮牆垛水泥地錯雜著疏落樹椏，陽光落下而光影一地碎散。左營電台如今已改名為漢聲電台高雄台，飯廳建築更廢置許久。我們不禁問，詩人後來到了哪裡延伸他們的詩句？

現代傳統融合時期（1972.9-1984.10）

在1960年代末，多投身軍旅的創世紀詩人們彷彿重延流離的宿命一一揮別左營。洛夫、瘂弦北調，張默則調至澎湖馬公，創世紀三頭馬車星散，出版、經費等瑣務更難應付。在左營的詩祕密基地難擋時間與命運的攻勢，儘管創世紀「詩社」暫時向繆思告假，但是創世紀「詩人們」卻從沒有離開詩的戰場。至台北的洛夫結合羊令野等詩人轉辦詩刊《詩宗》，張默則為詩頁形式的《水星》。

當年《創世紀》的編輯現場左營餐廳，如今已是一片荒廢。（李昌元攝影）

1970年代初張默北調至台北

內湖，洛夫、瘂弦則已先至內湖眷村影劇五村一段時日。2010年7月筆者走訪張默，以文德路為起點，隨他遊走內湖巷弄。當年簡陋的影劇五村在都市更新計畫中早已不在，成為一個供需庶民日常的平凡市井。這現實中已不在的場所，卻是創世紀詩社重新復活的地點。

如今半空橫越文湖捷運高架軌道，於建築間隙方能管窺藍天的內湖，其繁華彷如小矽谷，科技工商辦公大樓林立。其實在1970年代只是都市化的邊緣郊區，即使在1990年代仍未全面開發。重新相聚首的創世紀三頭馬車，居於內湖眷村，依傍海軍司令部，看來只要重新適應，仍可依舊有模式重振《創世紀》。

1972年9月，《創世紀》在台北重新復刊。重起的《創世紀》詩刊以洛夫〈一粒不死的麥子〉做為復刊詞，接續了《創世紀》之前的歷史，使《創世紀》走向第20年的營運里程碑。我們這才發現在不知不覺間，當年年輕的詩人們竟都已行入中年。不死的麥子在時代的風勢中層湧如浪嘩然高歌，但我們知道麥子豐沛來自於他根著的泥土。天空不再希臘，詩人要告訴讀者，他們雙足下的中國。

復活的《創世紀》意欲更動他們在1960年代在文學界中為大眾所「認識」的西化形象，以中國詩理論開始對西方現代主義進行「轉譯」。事實上在1960年代中期，他們的詩作開始援用中國古典傳統意象，在1970年代一系列的詩社宣言、刊物製作與文本寫作後看得更為清楚。

此時，《創世紀》依舊延續其1960年代編輯詩選的營構典律方式，以延伸自身詩社的典律運作場域。但也因為這一系列詩選，引發關唐事件、招魂祭事件等現代詩論戰。這說明了儘管在復刊宣言後，創世紀詩人嘗試調和「傳統／現代」、「明朗／晦澀」，但時代、詩壇局勢斗變，新的話語詞素不斷投置於歷史地層。這包括：戰後第一世代詩人在1960年代末漸漸成長、文壇以關唐事件為代表的批判現代主義意見，乃至於鄉土文學論戰、戰前台灣文學傳統的復歸……都是《創世紀》詩人們所要面對的。

儘管《創世紀》詩人在1970年代後，其詩觀上進行了許多辯證調整，但不變的仍是他們對前衛實驗精神的信仰。因此，在1970至

1984年間，《創世紀》推出目前看來仍具實驗性，甚至值得現今詩人進行經營的現代詩書寫體式及主題。例如：《創世紀》第42期（1975.12）的「詩劇專號」、第46期（1977.12）的「散文詩小輯」、第47期（1978.5）的「喜怒哀樂專題詩展」、第48期（1978.8）的「紅黃藍白黑小輯」。

1970年代，創世紀詩社同仁及文友在瘂弦內湖家中小聚。（翻攝自《創世紀：1958-2008圖像冊》）

此外這段期間，《創世紀》與海外詩壇接觸更為密集。他們對韓國、美國、菲華、越華、馬華詩壇的聯絡以及所建立的基礎網絡，更能凸顯出台灣現代詩壇在東亞詩壇的軸心位置。在1970年代中期以後，《創世紀》的元老詩人們也陸續接掌重要的文學傳媒，瘂弦1977年起擔任《聯合報副刊》主編，張默也負責執編《中華文藝》，向詩文壇更具體地落實《創世紀》的詩理念。

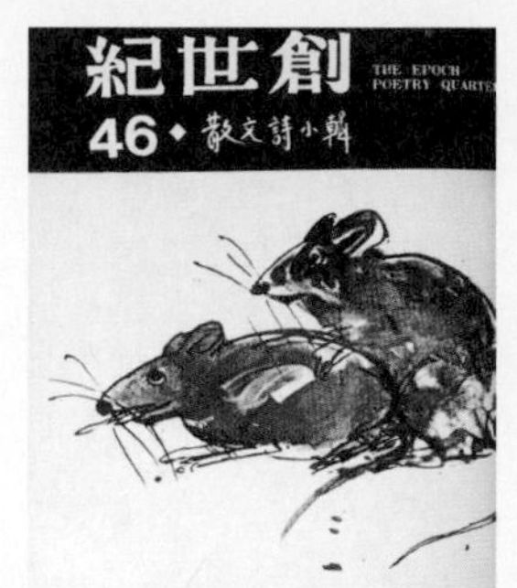

現代傳統融合時期的《創世紀》詩刊。（文訊資料室）

多元化時期（1985.4-）

在1970年代戰後第一世代詩人也透過籌辦《龍族》、《大地》、《詩人季刊》、《草根》、《陽光小集》，啟動了他們對現代詩文體的改革運動。在1970年代末經歷一系列與以創世紀為代表的前行代詩社群間交互之詩學辯證後，戰後第一世代詩人部分開始投入創世紀詩社，這促成了台灣現代詩壇形成一跨世代的詩學班底。

隨著創世紀詩社完成30年社慶的同時，創世紀也開始正式將社務交棒給戰後第一世代詩人。沈志方於《創世紀》第66期（1985.4）發表的〈向詩史請纓〉一文，正式啟動了這個戰後第一世代詩人主

2000年，創世紀詩人們於五更鼓雅集，大陸詩人楊煉碰巧參加。左起張默、楊煉、洛夫、丁文智、陳素英、談真、大荒、辛鬱、管管、碧果、向明、商禽、麥穗、楊平。（張默提供）

導《創世紀》的計畫。誠如筆者《台灣現代詩典律建構與推移》：「（接編的戰後第一世代詩人）並不願意成為叛教逆子，卻也不願成為代聲鸚鵡。」戰後第一世代詩人的接棒從來就不是單純地對社內前行代詩人的認同、接繼，其中還涉及典律機制、版本內在是否或如何更新的議題。

對此，主持接編計畫的侯吉諒展現他對這議題的細膩意識，在其接編《創世紀》後的第一篇編語〈寫在前面——如果你們不光只是「繼承」，為什麼不乾脆另創一個詩刊？〉中，便犀利地指出：「如果，『新的』創世紀只是『舊的』創世紀的延長，似乎，所謂的『交棒』並沒有任何新陳代謝的意義。如果，『新的』創世紀只是與『舊的』創世紀完全不同，那麼，『創世紀』這個詩刊，似乎就不應當繼續存在。」說明了這群如此具顛覆性的戰後第一世代詩人在參與老牌創世紀詩社後，是如何積極地尋找新舊之間的交集認同。並且透過新陳代謝的活化方式，完成創世紀詩社內部既成詩典律知識板塊的造山運動，使得創世紀詩社能恆保活火山之姿，為繆思激化這世界僵固的意義。事實上，一個詩學社團如果選擇要長期營運，就必然要經歷這跨世代的新舊辯證，以使內部典律版本在時代與世代的交叉思考下獲得更新。

在《創世紀》第70期（1987.4）以後，日漸嫻熟編務的侯吉諒對於「新《創世紀》」的刊物理念，在表達上也漸趨明確，這理念便是：表現多元紊雜現代感的台灣社會之現實性。因此在《創世紀》第70期（1987.4）特別推出「詩、詩人、生活」專輯，探討「生活在現代工商社會中的詩人，究竟扮演什麼社會角色，寫詩，究竟是為了什麼樣的心情？」可以說，對進入多元化時期的創世紀詩社來說，現代感即現實性，詩學理念就在生活的現場，現代繆思不在他方，而就在我們此在的周遭。繆思要傾訴的不是陌生的異想，而是生活中流失的意義。

可以發現在1980年代中末期戰後第一世代詩人所主導的《創世紀》，在宣言、理論、實際刊物編輯上都已站穩陣腳，足以挺進台灣多元化的陣地。適此之際，1987年7月台灣正式宣布解嚴，內部軍旅詩人占相當比例的創世紀詩社，如何在兩岸開放後，於母土感情之外理性地面對大陸詩壇，梳理彼此在現代詩史的源流關係，進而定位創世紀在兩岸文學、文化史的位置，旋即成為重要的問題。

事實上，在首都台北，這個中華民國在台灣的政治中心，比其他台灣縣市更能感受到在時代緩緩輪轉中，明顯跨越一個歷史門檻前夕，那混同著雀躍、不安、揣度種種情緒的微妙氛圍。因此解嚴後，《創世紀》第72期（1987.12）立即推出「大陸名詩人作品一百二十首」，又於1988年8月推出厚達283頁的《創世紀》第73、74期「兩岸詩論專號」。如今看來，其中侯吉諒所發表〈超穩定與多元化〉一文，最可代表當時創世紀詩人綜析、再現解嚴後台灣詩壇、政治、社會多元衝突結構的精神文獻。

台灣1980年代後的多元性，更展現在「後現代」情境的浮現。1980年代台灣由高度科技傳媒構成的後現代開放情境，明顯有別於1950年代創世紀創立之初所位處的冷戰封閉情境。這使得詩人更必須思考進行「再現」現下後現代生活的修辭技術，甚至預示出台灣本土的後現代詩審美品味。接繼侯吉諒編輯的杜十三，其詩學任務便聚焦於此，其於《創世紀》第77期〈現代詩的新「世紀」〉一文中，提出這樣的反省：

「文字」的傳播在過去是對「人」最有效的傳播形式……對

創世紀 詩雜誌•66
THE EPOCH POETRY QUARTERLY

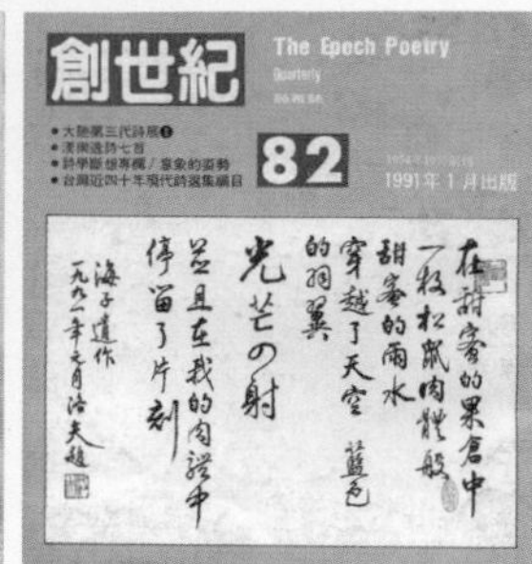

多元化時期的《創世紀》詩刊。（文訊資料室）

> 「現代人」而言，「傳播」的最大效果，卻已不全然是文字了，而可能是電波、聲波、影像，或是以上的數種和文字的結合——這是後現代情狀之下，做為一個現代詩人所不能忽視的重大問題，而詩要復興祂的最高「動」能，似乎也必須在文字的形式之外，同時容忍其他聲光媒介的結合，以配合現代人的生活節奏和形式才有可能……。

這段意見呼應著侯吉諒首編《創世紀》的編語，更細節化地從修辭論角度指出運用跨媒體物件「寫」詩。杜十三標誌著老牌創世紀對後現代的意識，以及延續其詩語言實驗的先鋒傳統。杜十三運用跨媒體寫作，重視的不是媒介的聲光，而在於媒介本身就是後現代的生活物件。深入我們生活的媒介，頻繁地進行符號的生產、傳播，以虛擬效果消泯傳統的時空間觀，把主體規整捲入符（代）號系統。跨媒寫作本身不只在加強或補足文字的詩表現力，而是根本地以符號寫作的方式表達對後現代情境的理解與批判。

在創世紀詩社當中也存在學院詩人，在前行代詩人中以葉維廉為代表，但其沒有實際主導社務與機關刊物的編輯。因此，在多元化時期接棒編輯《創世紀》詩刊的簡政珍，可以說是創世紀詩史中首位主持守門人機制的學院派詩人。顯而易見地，正是因為簡政珍本身學術訓練背景，使其很自然地將其主導的《創世紀》發展方向放在詩學概念的強化上。一方面指出研究創世紀的論者往往無法揮去對創世紀1960年代的超現實主義形象，使其陷入研究的盲點；另一方面則強化申說創世紀詩社版本的現代主義內在之現實性美學，凸顯1980年代創世紀發展史的「轉向事實」。此外，則細心整理創世紀研究文獻與現代詩史料，特別是在詩人研究資料的部分，確建戰後第一世代詩人的文本風格，將其納入創世紀的典律系譜之中。

攝於碧湖公園的創世紀譽揚文及桌面詩盒意象。（李昌元攝影）

至於緊接其後編輯《創世紀》的須文蔚除延續這樣的路線外，也嘗試將《創世紀》網路化，其所主導的詩路網站更成為當前台灣詩史數位典藏的重鎮。須文蔚也試著讓創世紀前行代經典詩人與當代學者進行一系列跨世紀對談，立體化地呈現創世紀的視野，其主辦的地點多在五更鼓茶藝館。

相對於台北西區武昌街明星咖啡館內那於咖啡桌前搖著筆桿的各種藝文創作者，位於台北南區台大附近思源路的五更鼓茶藝館多了份純粹，由於老闆是創世紀詩人許露麟，連帶地，在其中聚首也以詩人為最大宗。1990年代創世紀詩社在此舉辦許多對談，甚至為海外詩人接風膳飲亦多選在此。那時在茶香間團聚的各世代創世紀詩人，讓詩多麼美好，不變的真理在濃淡的茶色中也可以這麼和藹、溫柔。

試圖聚攏世俗裡稀薄的詞義，紡成旗，張為幟，引領詩人們開拓意義陣地的創世紀，在2004年正式營運50年。台北市政府為尊榮創世紀詩社的貢獻，特別為創世紀詩人時常相聚、舉辦詩集發表會的內湖區碧湖公園設下紀念碑。公園內湖面遼闊，碧波紓緩，曾在時代命運捉弄中莫名被雕刻下悲劇宿命的創世紀詩人，終於在現實地景中得到銘刻自我與詩史的位置。

編輯台上創世紀：《創世紀》的機制與流程

◎解昆樺

內湖碧湖公園是創世紀詩人時常聚會、舉辦發表會、朗誦會等詩社活動的重要地點。（李昌元攝影）

一、詩刊的文本性與意義生產機制

一份詩社之詩刊並不會憑空出現，詩社詩刊既是詩人全體信念的產物，同時也代表一個資源的累積以及刊物實務推動的成果。因此詩刊本身亦可視為一個「文本」，特別是《創世紀》做為台灣現代詩壇代表性詩刊，固然有需要分析其詩社一刊在詩史上位置之論述。但從文學社會角度，探述其文本經歷怎樣編輯實務的推動而生成，卻鮮少為論者探討，這正是筆者本文所要討論。

詩刊提供版面做為詩人發表平台，方得以使文本擁有一個進入傳播體系的管道，為各種背景的讀者閱讀，進而被接受、評估，而成為經典。當然也有其他如傳統的報紙副刊，或者現代的網路新聞台、部落格、BBS版面等方式，使得詩人詩作得以進入傳播體系。但是整體來說紙媒詩刊其投入的專業的詩編輯、詩美學資源，使其被刊登的詩作間接得到一個質量上的肯定。可以說，詩人詩作固然在詩人筆下完成，但確實也會隨著刊載之媒體其機制，得到另一種文本意義的再塑造或再生產。

張默於內湖家中進行編輯審稿作業。（文訊資料室）

整體來說，詩刊文本的生成機制，先後主要可區分成「編輯—出版」兩大階段，以下筆者即分別就此兩階段，論述《創世紀》這份詩刊文本生產的過程與特性。

二、《創世紀》詩刊的編輯作業

詩刊文本的作者即其編輯，編輯還可依其工作內容細分為「主編」、「編輯委員」等。通常以「主編」肩負職責最多，同時也是詩刊守門人，以製成、維繫體現詩社群體美學的詩刊文本為其要務。因此相應於主編的職務，其在詩刊編輯作業上也擁有最重要的文本刊登與否權。

詩刊之編輯基本上是先「輯稿」後「編稿」，因此探述詩刊編輯作業上，筆者亦對「輯稿」與「編稿」進行先後分論。

稿件在內容種類上，最基本的是「詩創作」。但是因為台灣詩刊本身的詩美學推動策略，使之還會刊登「詩評」類稿件。由於《創世紀》在1960年代便成為現代詩壇翻譯外國現代主義至台灣的重鎮，因此儘管《創世紀》所刊登稿件以中文稿件為絕大多數，但其中亦包括翻譯國外重要詩人之創作、評論，這也展現《創世紀》詩刊本身的跨國性。此外，現代藝術有策應關係，因此詩刊還會刊登現代畫等跨媒整合之藝術作品，這是相對於其他詩刊特殊之處，也展現了《創世紀》詩刊本身的跨媒性。

《創世紀》詩刊投稿管道主要是紙本寄送至編輯部，但是隨著網路興起，在1990年代後期亦可透過網路信箱進行稿件寄送。除了投稿之外，創世紀也會因應詩刊專輯議題之需求進行邀稿。

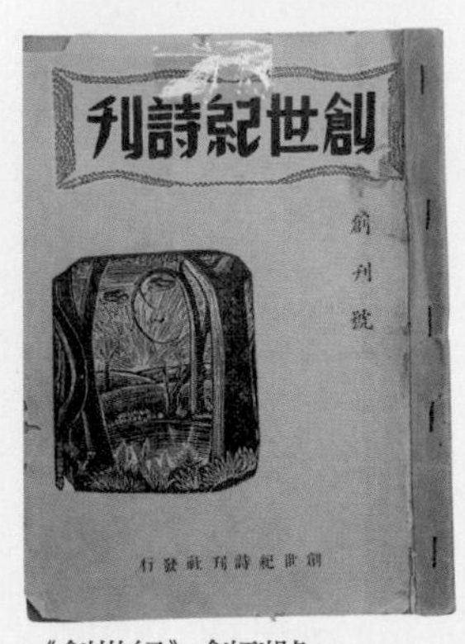

《創世紀》創刊號。（張默提供）

《創世紀》30周年紀念特大號。（文訊資料室）

編稿最能展現主編的詩美學特質以及組編功力，其中涉及審核稿件優劣，另外則包括版面版樣設計。版面設計就內容上來說，排定專輯、專欄、作品區塊先後刊出順序是重要問題。就形式上來說，如何在經費與美學間進行衡量，適切地為各頁選用字體、花編、黑白／彩色頁、紙質的選用，都成為編輯必須思考的重點。除了內頁版面外，詩刊封面設計往往亦是重點所在。

封面是詩刊文本意象最重要的一環，主要乃是其為刊物流通時，予人第一印象、表象觀看的物件。創世紀的封面隨著其分期發展，各有相映特色。由於創世紀與現代藝術家間的緊密互動關係，使得不少封面設計者為現代藝術家擔綱。

整體來說，新民族詩型時期主要使用木刻畫，例如首期創刊號（1954.10）封面即委由牟崇松（曼路）設計。渾厚粗獷的木刻紋路質感，予人厚重之質感，的確多少也反應了創世紀當時宣言中時代、民族的論見。

超現實主義時期的詩刊封面，為與其一系列翻譯專輯形成整體感，往往使用翻譯詩人的素描頭像做為封面製成物。例如第12期（1959.7）、第13期，第24期則採用側臉相片。

在現代傳統融合期，為展現創世紀詩人將傳統融合入現代的轉向，在封面製成上自第30期（1972.9）開始，長期使用莊喆對〈蘭亭集序〉進行撕裂殘損化的再創作文本。誠如陳芳明於《創世紀》第

《創世紀》同仁看稿沒有固定之處，《文訊》雜誌社樓下的咖啡廳和內湖文德公園對面的怡客咖啡館，皆曾獲詩人的青睞。（左：蔡昀臻攝影，右：李昌元攝影）

31期（1972.12）「創世紀書簡」寫給張默的信件所指出：「這一期（第30期）的封面令人激賞，頗能超越過去『創世紀』的風格。」由此可知這樣的封面，確實寄託了創世紀試圖思考如何回到東方，尋回在1960年代被棄置、碎裂化的中國圖騰符號。

至於在多元化時期（1985.4-）隨著主編群轉交由戰後第一世代詩人，《創世紀》封面設計品味也快速轉移。例如第71期（1987.8）便以鐘面為核心向外放射散布唐仕女、蒙娜麗沙、台灣總統府、比薩斜塔、賽跑選手、中國瓷器、化學實驗瓶等等錯雜的東西圖像，以此多元複雜符號的拼貼體現了他們對後現代化的意識。

整體來說，《創世紀》長期由張默擔任主編，其刊物版面以「淡雅大方」做為刊物設計軸心。另外，張默也非常強調《創世紀》的校對工作，因此當詩刊交由印刷廠打好樣後，便會邀集詩刊同仁一同進行看稿校對工作。同仁看稿校對往往順帶成為詩社同仁的定期聚會，看稿地點除了和平東路上的子曰咖啡館、羅斯福路上的中國文藝協會，或《文訊》雜誌社樓下的咖啡館，目前多半就近在內湖科技園區內的怡客咖啡館。

三、詩刊出版作業

台灣詩刊印刷本數通常以千本為單位，通常不會超過千本，《創世紀》詩刊基本上也是如此。這主要乃是在印刷廠計價分式上，多以

《創世紀》發刊56年，燦然織成一條長長的當代華文現代詩的大路。（辛牧攝影）

一千本為單位，而實際上這也是詩社能控管、負擔寄出發行量與庫存量的數字。詩刊印刷費用通常是社團社費的重要支出，創世紀詩社成員分散，社費籌措往往相對困難。所幸目前行政院文化建設委員會、台北市文化局都有相關審查補助專案，提供詩社詩刊送件申請，《創世紀》詩刊由於力求維持其出版品質，因此歷年來皆獲得補助，使其在社費籌措上儘管吃緊，但尚能勉力支撐。

詩刊印刷完成後，即進入傳播作業，亦即將詩刊發行傳遞至社會各地讀者。讀者通常可分成訂戶與贈閱兩種，其中有個人，但也另有各重要單位之圖書館室。詩刊發行機制的良善與否，也決定詩刊本身的能見度以及其外部影響性。

《創世紀》詩刊發行既久，目前刊物發行有其寄件名單，其發送詩刊數量大約相應其印刷量，因此較無庫存量問題。目前在《創世紀》實際發行過程中，印刷廠會將詩刊寄到張默內湖住處。張默與辛牧再組織社員將一本本詩刊放入打（寫）上地址的信封袋中，再搬上車載至台北的郵局寄發。

至今（2010年）營運的《創世紀》，由當初草萊階段利用寡少的資源，一步步緩緩勾勒繆思近56年的旅程。那旅程種種甘苦，未必能全現於我們手中那一份份典雅有致的詩刊，但其慢慢摸索出的編輯出版流程，卻縮影了一個在現代社會政經文化條件下，詩人們在現實與理想間弓張弦緊的拉鋸。創世紀詩人愛詩、寫詩，進而編輯詩，在台北都市叢林裡，為繆思接生青春的子嗣。

解昆樺，台灣師大國文系博士。創作文類以論述為主，兼及詩、散文。曾獲吳濁流文藝獎、台灣文學獎、林榮三文學獎、鳳邑文學獎等。著有《詩不安——七十年代新興詩社及詩人之精神動員與典律建制》、《青春構詩——七〇年代新興詩社與1950年世代詩人的詩學建構策略》等。

耕莘文教院

耕莘文教院成立於1963年的戰後台灣，
不僅是台灣民間藝術、文化與文學萌發的母巢，
更在多年積極經營之後，
成為無數老會員心中永遠的「綠洲」與「候鳥灘」，
讓這塊以宗教為本，文化為名的場域，
在台北城南形成特殊的文化地理標誌。

寫作小屋中的熱烈討論。（耕莘文教基金會提供）

耕莘文教院文學地圖

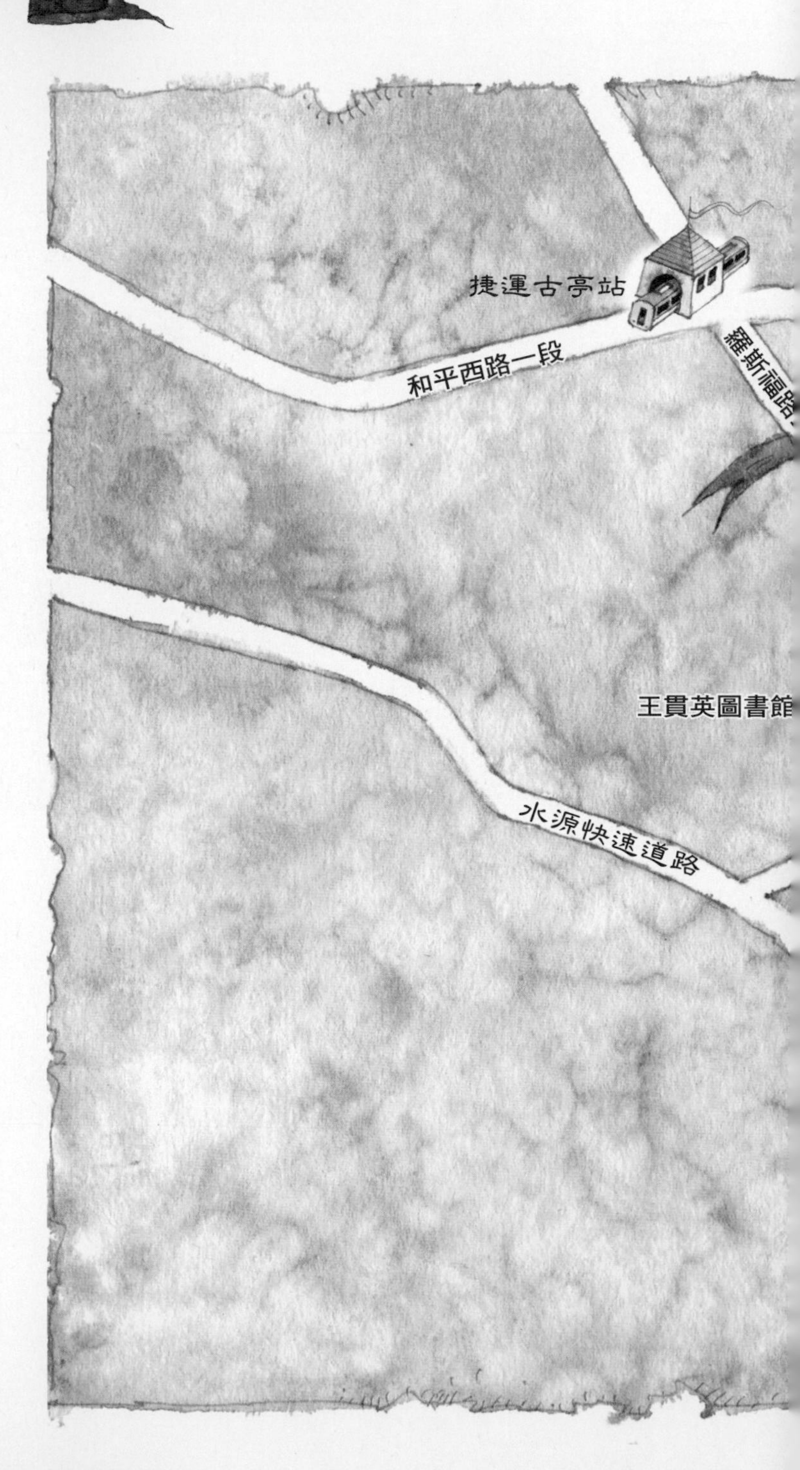

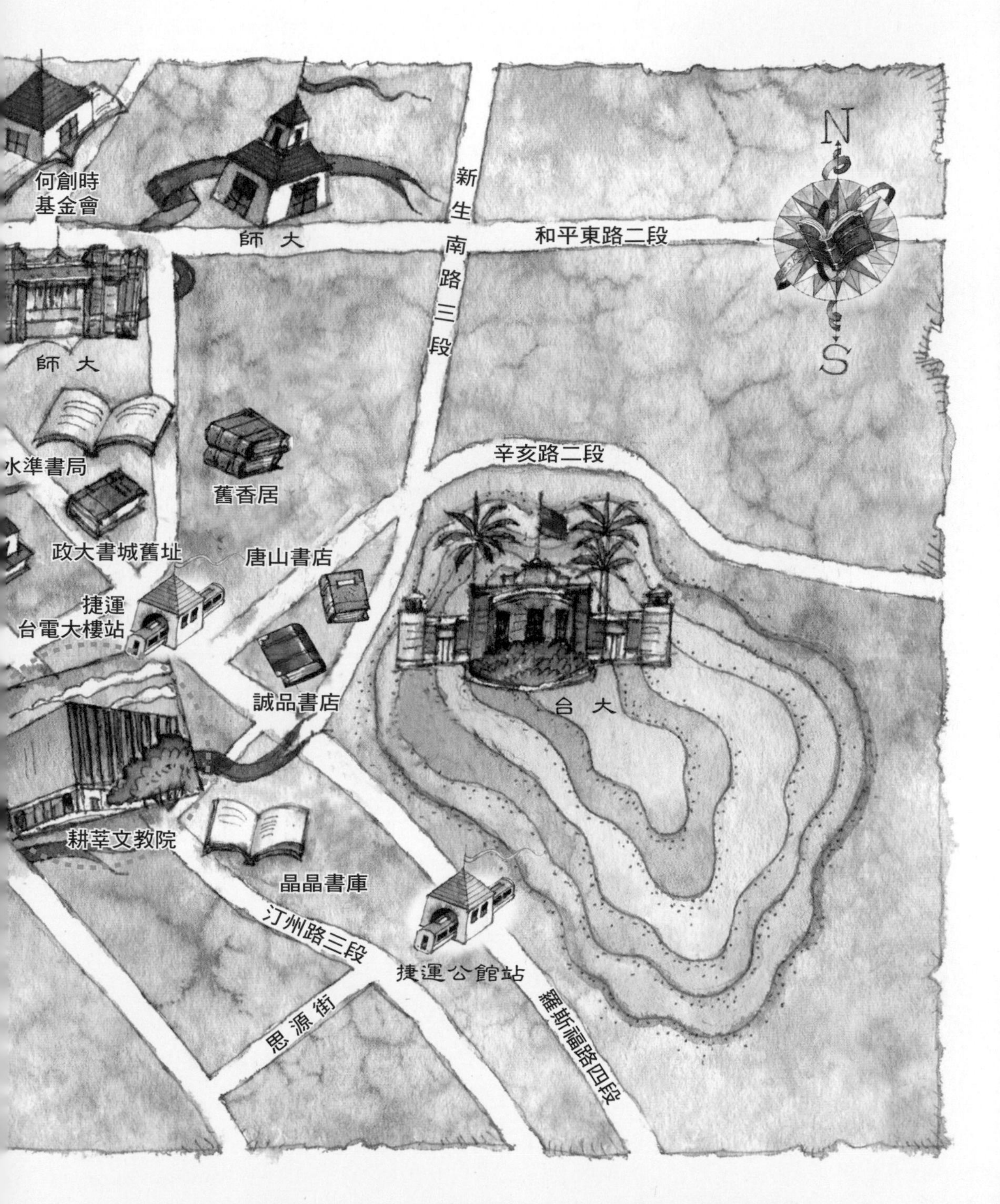
N
S
何創時
基金會
師 大
新生南路三段
和平東路二段
師 大
水準書局
舊香居
辛亥路二段
政大書城舊址
唐山書店
捷運
台電大樓站
誠品書店
台 大
耕莘文教院
晶晶書庫
汀州路三段
捷運公館站
思源街
羅斯福路四段

戰後台灣民間藝術文化萌發的母巢：耕莘文教院

◎丁明蘭

耕莘文教院為交流中西文化而誕生，迄今有四十餘年歷史。
（李昌元攝影）

戰後，台灣仍普遍仰賴國外援助，以興建基礎建設、紓緩物資貧乏、發展中小企業，1963年，天主教耶穌會因其特殊的文化背景，在傳道與慈善救濟工作外，一群以牧育才神父（Rev. Edward J. Murphy, S.J.）為核心的會士們，共同創辦了以交流中西文化暨北區大專學生活動中心為目標的「耕莘文教院」。

當時任教於台大、師大的會士，為尋覓一處與學生課後聚會、舉辦讀書會的場所，進而興起了在台大與師大之間建立大型會所的構想，文教院的雛形便由此而生。耕莘文教院不僅提供了北區大專學生活動聚會的場所，也因教會的豐沛資源與人脈，建立了全台第一個開

1965年《劇場》雜誌成員陳耀圻、陳映真、邱剛健、劉大任、黃華成與莊靈等人在耕莘大禮堂演出實驗劇《等待果陀》。（文訊資料室）

架式英美文學研究圖書館，與設備先進的視聽中心和大禮堂，文教院內普遍擁有高學歷的會士們更為關注的是台灣人民在精神層面上的發展。

其中，文教院大禮堂是台灣早期表演藝術初登場的基地，1965年《劇場》雜誌於此發表了著名的台灣版《等待果陀》（En attendant Godot），其後，雜誌成員邱剛健、黃華成與莊靈，也在大禮堂首播自導自演的前衛實驗電影；1967年由陳耀圻導演的紀錄片《劉必稼》在大禮堂首播，劇中的「真實電影」的情節引發了台北藝文圈的熱烈討論；由李安德神父與周渝等人創辦的「耕莘實驗劇團」，也在1976至1980年間於大禮堂陸續發表一系列作品，成為當代台灣劇場界的「蘭陵」一派的前身。兒童文學作家也是耕莘青年寫作會長青會員的夏婉雲便指出：「此處的大禮堂是台北最開放的藝文大聚會場，而紫藤廬則算是最主要的小藝文聚會場。」

這個以中國第一位樞機主教田耕莘為名，坐落於羅斯福路與辛亥路口的文教院，在根基於宗教服務與會士改革開放的精神下，給予台灣早期實驗戲劇、前衛電影和藝術發展充足的養分，同時，也因外籍修士的組成背景，提供了戒嚴時期集權政權無法干預的「保護傘」場域，周郁齡曾用「異議分子庇護所」來形容當時的耕莘文教院，而楊澤則認為，「南海路的圖書館與畫廊，一如羅斯福路上的耕莘文教院，兩者對於1970年代台灣新崛起的文化藝術有份策應、掩護的貢獻——這我至今深信不疑。」

耕莘文教院在民風閉塞、集權統治的戰後台灣，形成了一股來自

耕莘青年寫作會培養了無數台灣當代文壇好手。（李昌元攝影）

於民間的抗衡力量，不僅是台灣民間藝術、文化與文學萌發的母巢，更在多年積極經營之後，成為無數老會員心中永遠的「綠洲」與「候鳥灘」，讓這塊以宗教為本，文化為名的場域，在台北城南形成特殊的文化地理標誌。

自由的民間文藝學院

這股開放自主的風氣，對1966年由美籍張志宏神父所創辦的學生組織：「山地服務隊」和「耕莘青年寫作研習會」（耕莘青年寫作會前身）亦有顯著影響。其中，耕莘青年寫作會已成為當前台灣歷史最悠久且唯一經年舉辦相關研習活動的文藝社團，四十多年來累積近千場的課程和演講次數，和近萬人參與研習的紀錄，培養了台灣當代無數文壇好手。

不同於興盛一時的詩社、作家聯誼會或刊物型文藝社團，耕莘青年寫作會早年以寫作班、文藝營與講座著稱，現今所見文藝社團的架構則可視為寫作班、文藝營、講座活動之外的延伸。1975年接任寫作會祕書一職的郭芳贄，是將「耕莘青年寫作研習會」成功轉型為「耕

1980年的暑期班，前排左二為陸達誠神父。（耕莘文教基金會提供）

莘青年寫作會」的關鍵人物，在第一屆寫作會會員白靈的印象中，他是一個充滿幹勁，笑起來驚天動地的年輕人。郭芳贄不僅首開先例，在暑期研習外，增設春、秋兩季寫作課程，成為戒嚴年代中唯一固定舉辦文藝研習的「純民間」機構，研習班外也進一步成立了耕莘青年寫作會的社團組織，招募的第一屆會員中，有榮獲全國優秀青年詩人獎的白靈與台灣文學研究者應鳳凰等人，而《印刻文學生活誌》總編輯初安民，曾任《民生報》記者的兒童文學作家管家琪，報導文學作家藍博洲、作家羅位育等都是此一時期的傑出會員。

郭芳贄也定期舉辦各類文藝演講或座談會，活動地點就在文教院的大禮堂。讓他印象最深刻的，一是陳映真的作品讀書會，大夥關起門來討論「禁書」的經歷，在風聲鶴唳的年代留下了追尋真理的記憶；其次是引發台灣文壇大地震的鄉土文學論戰中，由王文興主講「鄉土文學的功與過」講座，多年後郭芳贄仍津津樂道當時場面如此轟動：「講座一直到了晚上十點都還辯論得非常激烈，但是不能不結束，所以就跟大家說：『台大女生宿舍十點要關門了！』隨即把麥克風關掉，這場演講才終於結束了。」

王文興也曾於耕莘寫作班中擔任講師。（耕莘文教基金會提供）

對於舉辦講座普遍好評的現象，郭芳贄認為要歸功於戒嚴時期文青對於海外知識的渴求：「那時候大家都很想知道外面的世界，所以國外學生、海外學者、海外作家都很受歡迎，因為知識青年沒有地方可以尋找新的知識。」因此，像是「哲學系列講座」、鹿橋的「創作經驗談」、高信疆主持的「海外學人座談會」以及思果開講「創作與生活」等講座皆場場爆滿，而龍應台、賴聲川與當紅作家三毛的回台首次公開演講也都選在耕莘文教院的大禮堂舉行。在寫作會會長陸達誠神父的印象中，作家三毛的演講場面轟動得令他難忘，排隊等候的人潮一路從文教院門口延伸至羅斯福路口，而三毛也從此成為神父口中的「神奇人物」，此外，哲學系列講座也在郭芳贄堅持「使用者付費」的觀念下，成為台灣早期少數公開講座售票的範例。

1980年接任寫作會專任指導老師的馬叔禮，是帶領青年寫作會邁向「第一次文藝復興」時期的靈魂人物，曾任寫作會總幹事的洪友崙認為馬叔禮是一位治學相當嚴謹的老師，自我要求很高。馬叔禮回憶起當時的藝文環境時說道：「以一個宗教團體來說，耕莘的規模和活動，當時只有救國團有類似的活動，但那是國家的力量，而耕莘代表了宗教組織下的民間團體力量。」秉持著如此精神，馬叔禮並以每年師資不重複為目標，任職六年間，共聘請了四百多位老師參與課程，創下台灣當代寫作班聘任師資最豐富的紀錄，而喜好中國傳統表演藝術的他，也嘗試將傳統藝術文化導入以文學教育為主的寫作班課程中。馬叔禮自認在耕莘的六年中，接觸了許許多多各樣領域的老師們，受惠良多；而與幾千名學員相處互動的經驗，也讓他擁有無法取代的寶貴回憶。

曾負責《三三》集刊編務的馬叔禮，也將刊物的精神帶入青年寫作會，1980年創辦了青年寫作會刊物《旦兮一週》，後定名為《旦兮》，取自《尚書》：「卿雲爛兮，糺縵縵兮，日月光華，旦復旦兮。」象徵「旭日東昇」，亦可見得他對於寫作會的期許。數十年間歷經變化的《旦兮》忠實地記載著青年寫作會的幾度興衰，同時亦豐富地記錄下寫作班、寫作會在各時期的成長與變遷，也為許多台灣當代藝文創作者留下初出茅廬的青春全紀錄。

青年寫作會刊物《旦兮》，創辦於1980年。（文訊資料室）

「寫」歷史的人

1989年起擔任多屆暑期寫作班班主任的陳銘磻，則是帶領青年寫作會突破低潮，寫下「第二次文藝復興」新紀錄的關鍵人物。曾以〈最後一把番刀〉獲中國時報第一屆報導文學優等獎，擔任救國團大專編研營駐隊導師多年的陳銘磻，對於編採教學與帶班經驗豐富，同時，他所擁有的號角出版社資源，也為日後耕莘編採班帶來許多實務上的支援。編輯採訪班是此一時期廣受耕莘學員們熱烈支持的課程，其後陸續開設了編採進階的研究課程，成為台灣首開設編輯採訪類型研究班的民間機構。

在耕莘開創許多不同創作課程的陳銘磻。（陳銘磻提供）

在會長陸達誠神父的印象中，陳銘磻是相當感性的人，對於寫作班與寫作會務是全身心的投入，與創作的青年學子互動之間更是滿腔熱誠，讓學員們留下深刻的印象。

然而，伴隨著解嚴後，政經熱絡發展的社會氛圍，卻也讓青年寫作會面臨了純文學式微的困境，當時擔任寫作會「主任導師」的陳銘磻，決定擴大傳統寫作的概念，將寫作課程擴展至更為廣義寫作，只要跟「寫」相關的課程皆嘗試開設，他認為：「新世紀來臨前，寫作會課程的演進，除了保持文學傳統之外，更將添加吻合時代需要的各類藝文創作課程，期使擴大寫作會更寬廣的創作使命。當然，我們更需要著重在『創作』的領域範疇領域，除了文學創作，我們有信心開創更多類別的創作課程。」

因此，陸續開設了漫畫劇本寫作班、歌詞賞析創作班、文學獎生態研究班、廣告企劃與文案寫作班、廣播電視新聞寫作研究班等課程，日後成為台灣著名填詞人的方文山正是此一時期歌詞賞析創作班的學員。此外，在1990年，耕莘文教基金會設立後，為高齡化社會服務的「霞天計畫」也與青年寫作會合作開辦了「銀髮族寫作班」，展現了多元跨界的特色，從產業合作、社群合作到非營利組織的資源連結，都在時代潮流的衝擊下，逐一匯入耕莘這塊天地，而文教院與青年寫作會之於民間與文藝教育的角色也逐年變化當中。

多年後，再回頭審視寫作班的歷年發展時，陳銘磻認為耕莘現象可反映出台灣整體文藝氛圍的走向，「耕莘寫作會其實是台灣的文學史上重要的寫照，台灣文學的變化可以從耕莘的大事紀中反映出來，要了解台灣文學的發展，可看耕莘寫作會的發展。」

透過耕莘青年寫作會幾經興衰的過程，也可以察覺到民間社群經營文藝活動與整體社會發展間的關係，社會給予民間機構的回應往往比體制內任一單位都來得直接與嚴厲。然而，以民間立場開創出許多「台灣第一」的耕莘青年寫作會，卻幸運地擁有了一群「寫」歷史的人，青年作家們用一隻隻生花妙筆寫下人生甜美年代的夢想與追求，用生命活出歷史，以文字佐證時代。

耕「心」小天地

對於歷屆青年寫作會的成員而言，在教室與大禮堂外，最令他們眷念的還是擁有耕「心」能量的陸神父辦公室、幹事會辦公室與寫作小屋等小天地。

曾任祕書的夏婉雲加入寫作會時已是小學教師，只能利用晚上時間協助會務，最令她印象深刻的是會員們總愛聚集在陸神父辦公室裡談天說地的場景，時常到深夜都不願離開，而陸神父也竭盡所能地陪伴青年們，時常移師到耕莘附近的小餐館聚會，而現今大家耳熟能詳的「陸爸爸」，也是一次餐會中曾任總幹事的洪友崙為陸神父取下的暱稱，卻成為歷屆寫作會「以父為名」的象徵。

除了辦公室外，文教院四樓榻榻米格局的「寫作小屋」也提供會員們開會兼聚會的場所。裡頭不僅陳列了歷屆講師捐贈的書籍與各種活動照片，更是許多會員們共組美好時光的回憶地。

1987年在文教院新大樓落成後，青年寫作會獲得了四樓一整層的獨立空間，寫作會與幹事會各自擁有獨立辦公室，更寬敞的活動空間在無形中也增強會員們留任寫作會的意願，因此更為活絡了寫作會的社團功能。而新穎且寬敞的教室讓寫作班招生業務蒸蒸日上，隨著設備先進的「耕莘文化中心」正式啟用，也將青年寫作會帶向另一高峰。

此時，已累積百餘場的演講與講座實況錄音檔，祕書處將其一一編序，放置於小康樂廳的錄音帶室，稱之為「知音檔案室」，凡寫作會員皆享有借閱權利。曾有學員建議寫作會針對熱門母帶備份兩份以上，提供給預約不到的學員使用，顯見這些珍貴的原音紀錄資料對於會員們的實質影響。

曾經受邀授課或演講的講師們也會慷慨捐贈圖書，1985年警廣電台主持人李文捐贈了書刊雜誌三百餘冊，長期擔任寫作班指導老師的作家司馬中原也捐贈了書刊

寫作小屋提供會員們開會兼聚會的場所。（李昌元攝影）

「耕莘實驗劇團」演出《大劈棺》。（耕莘文教基金會提供）

三百餘冊，《家庭與婦女》總編輯陳艾妮捐贈書刊七百餘冊，也是長期指導寫作班的老師余光中，因受邀至中山大學教書，將千冊書籍捐贈給青年寫作會，在寫作小屋中成立專櫃。

然而，較為可惜的是進入基金會接管後期，因寫作會旗下理事會改為不具實權的志工會，寫作小屋也因多次搬遷，過去精采的錄音檔案與歷任講師的專書櫃等，目前已無完整空間羅列，但基金會方面，仍持續將各類檔案以數位保存的方式，來珍藏這些難得的檔案資料。

另一個不容遺忘小天地則是，1991年成立的「耕莘實驗劇團」，所使用的耕莘小劇場。由黃英雄成立的實驗劇團，是另一個刷新耕莘文教院紀錄的社團。小劇場的位置選在新大樓地下室，將原用於土風舞教室的空間改建為圓形小劇場，這個仿照國家劇院實驗劇場規格，擁有數位化燈控系統與杜比環繞立體音效的小劇場，不僅帶領許多熱愛戲劇的青年們登上舞台，擔任團長的陸達誠神父亦認為，實驗劇團具有將平面文學立體化的能力。日後知名的歌手童安格與作家成英姝都曾是劇團的主力演員。

小劇場每年也提供給外部劇團使用，台灣小劇場界知名的，如臨界點、台灣渥克等皆曾參與在耕莘小劇場舉辦的「耕莘藝術季」，黃英雄認為耕莘小劇場的誕生，是「自身能量充足後的回饋」，因此，一度與皇冠小劇場齊名的耕莘劇場，也成為當代小劇場界的朝聖地之一。

不以名氣論排名，不用成果看朋友

對於支持青年寫作會走過近半世紀的力量，會長陸達誠神父認為皆歸功於創辦人張志宏神父的精神不衰與寫作會的社團性格。青年寫作會的社團性可視為寫作班、文藝營之外的延續，同時，也透過寫作班、文藝營等活動的實踐讓會員們獲得進入場域、主導發展的機會。

白靈認為對於創作者與讀者同等包容與接納，也是青年寫作會歷經興衰卻仍能持續運作的主因。「我覺得一個文藝團體在很多的時候不是作家與作家之間的關係，而是人與人之間的關係。耕莘寫作會有一半是作家，另外一半只是對文學有熱情、有興趣，願意出錢出力的老會員。平常大家都是平起平坐，像老朋友一樣的關係，氣氛滿好的，這樣的多樣性也促使了這個團體的完整性與張力。」

參與多個文學社團的白靈也進一步談及當代文藝社團的現況：「不管是中國青年寫作協會，中國文藝協會，或中國新詩協會，基本上都要有作家身分才能去參加，中華民國筆會還需會員推薦審核才有辦法加入，只有耕莘不是，它並不是一個單純由作家組成的組織，而是培育作家的地方。」

「不以名氣論排名，不用成果看朋友」的傳統，也在因搶救文壇新秀再作戰文藝營而重組的新青年寫作會幹事會中，形成一股新世代的社團文化。擔任振興耕莘青年寫作會重責大任的前基金會祕書謝欣純認為，耕莘的成功之處在於致力將文學成為生命力量的願景，「台灣一般的文學社團、寫作機構很少這樣子去想，但這就是耕莘跟別人不一樣的地方！」

2006年重組後的耕莘寫作會幹事會，第一屆總幹事由黃崇凱擔任，幹事會成員每兩個星期在寫作小屋舉辦「小說批鬥會」，透過作品交流、觀摩，激勵成員們在創作上的實踐。此外，擔任駐會導師的李儀婷也建議基金會提供場地作為幹事會專屬的辦公室，並在第二屆幹事會架構中增設幹部訓練，同時，也讓成員們

搶救文壇新秀大作戰。（耕莘文教基金會提供）

近年來，耕莘新銳作家陸續出版個人創作。（文訊資料室）

以輪值的方式到幹事會辦公室值班，並協助基金會祕書基礎的庶務工作。李儀婷說道：「值班凝聚他們的共識。以前我們就是沒有常常來這個地方，所以對耕莘沒有感情。輪班是讓他們熟悉這裡，還能讓他們感情融洽。」

對於陪伴新幹事會走過草創、成長與日漸茁壯的謝欣純來說，她認為許榮哲和李儀婷為新幹事會豎立的認同與指標，提供了新世代耕莘寫作會員們堅定的信念，她說：「這個社團裡面，會寫的人不會吝於教，他們對彼此的作品保持著開放的態度，而且他們欣賞彼此，這在文人圈中是很難得的現象。大概也是因為榮哲和儀婷都認為，大家在一起應該要互相激勵，一起成長，所以我覺得他們對幹事會有極深的影響。」

這幾年，幹事會成員不僅在各大文學獎中頻傳佳績，神小風、賴志穎、徐譽誠、徐嘉澤、黃崇凱、朱宥勳等人也陸續出版個人創作集，時常透過文教院場地召開新書發表與讀書會。耕莘文教院迄今走過近半世紀，如今在耕莘青年寫作會的新成員們持續的創作熱情和外界肯定下，再次擦亮了耕莘文教院這塊歷久彌新的招牌。

候鳥守護者

◎丁明蘭

耕莘青年寫作會四十多年來扶持呵護了台灣文學的成長茁壯。
（李昌元攝影）

歷年參與耕莘研習活動的學員高達萬人，耕莘文教院與耕莘青年寫作會也在逐年由過去母巢、搖籃的角色，逐漸轉型為包容無數學員來去的候鳥灘性格，其中擔任「候鳥守護者」，帶領寫作會成長與蛻變的正是歷代的主事者們，這些主事者有的並非出身耕莘，卻為耕莘開創出了一片嶄新的風氣，有些主事者則是一路由寫作班會員、輔導員到主導會務的理事會，他們長期在耕莘耕耘成果，也為後繼的學子們樹立了耕莘精神的典範。

一日為父，終生守護

創會神父張志宏出身天主教耶穌會，他同時擁有了外籍人士、傳

張志宏神父（左）與詩人余光中（右）合影。
（耕莘文教基金會提供）

教者、大學教授與社團主持人四種不同身分，他以四種不同身分觀照了台灣社會現象，挑選出對於台灣必有助益的原民服務與文學推廣，做為學生組織活動的目標，四十餘年後的今日，更名為「山學團」與「青年寫作會」兩大社團仍持續蓬勃發展。

相對於文教院扎根於台北城南的具體的地理位置，張神父所開辦的耕莘青年寫作會給予新青年們更多的是來自於精神層面的號召，無論是宗教或文學創作，他嚴以律己的精神為寫作會開創新局，定下性格，對於歷時四十餘年的青年寫作會而言，張神父的創辦理念象徵了一名宗教人士打破國籍、文化上的差異，以宗教精神為文藝服務貢獻，而吾人所繼承的是由一介外籍宗教高知識分子對於台灣土地的熱愛，當文教院的學生社團陸續由本國籍神父接棒主持後，對於早年外籍神父的奉獻與熱誠都將督促著台灣人積極參與和維護，這些累積多年得來不易的珍貴文化資產，同時，亦在感念他人無私貢獻之餘，更深入地思索台灣人之於台灣文化藝術發展的未來，當年張志宏等外籍神父所見所想所思之所成，永遠都將是台灣藝術文化教育培育者歷歷在目的基礎與展望。

張志宏神父為青年寫作會創立了精神指標，那麼被歷屆會員暱稱為「爸爸」的陸達誠神父，便是支撐寫作會精神超過三十餘年的支柱。出身哲學與神學的陸達誠神父，學成歸國後奉派到耕莘文教院工作，青年寫作會會長是一個無給職的職務，而學院任教所得也奉行耶穌會體制全數奉獻給教會，然而，這些外在條件卻不影響陸神父三十餘年來將人生的黃金時代投注於青年社團的關注。

謙稱是「不懂文學的寫作會會長」的陸神父，相當尊重身邊從事文學教育工作的夥伴，此外，求知欲旺盛的陸爸也時常跟隨學員們一同上課，與講師們來往、請益，陸神父溫文儒雅的形象與好學的模樣，讓許多會員、講師一致認為他絕對是青年寫作會裡頭「最認真的青年」，多年後，曾任多年寫作會講師的張拓蕪用「溫煦」來形容這位宗教出身卻帶動台灣民間文學社團蓬勃發展的神父。

張神父之於寫作會留下言教身教的典範，而陸神父給予青年們更多的是來自於人生思想上的啟發，看待陸神父由修士成為寫作會共同的「爸爸」的前祕書郭芳贄，認為青年寫作會在陸爸爸的呵護與關懷中，從單純的教育機構成為「文學和寫作的大家庭」，陸爸爸就是這個大家庭親切溫暖的主人。

陪伴陸爸多年的白靈笑道：「陸神父真的很像一個父親，一般來講我們對父親都不是很理解，可是他又是一個理智的長者，始終微笑看著大家前進，從來也不會責備，都是鼓勵，我們會待在耕莘這麼久，因為陸神父是很大的磁鐵。他如果不在，寫作會就失去精神指引。」

曾與陸神父一同工作多年的陳銘磻談及這段往事時，認為神父做為青年寫作會大家長職責繁重，太多勞心勞力不為外人道的故事，縱使在面對多次寫作班招生與會務危機時，陸神父也會秉持維護會內權益的立場，為青年寫作會和寫作班爭取到最好的支援，陳銘磻有感而發地說：「神父真的是給我很多，他並沒有教我文學，但是他教我們人生，他給我面對人生的態度。」

此外，陸神父也是每一個耕莘候鳥們共同的聯繫站，除了每一期《旦兮》必定刊載的「雪泥鴻爪」，其中記錄著來自於歷屆耕莘人的問候，陸爸爸也隨時保持著對於散居四方的孩子們一切動向的高度關心。一年一度的新春團拜，也成為老會員們重返候鳥灘的契機，團拜也成為新舊會員們之間得相互報告近況的傳承活動。受到本堂牧育才神父每年過年發送五十塊

陸達誠神父上課風采。（耕莘文教基金會提供）

「陸爸」（二排右八）與「孩子們」在「候鳥灘」合影。
（耕莘文教基金會提供）

紅包的影響，1990年起每一次新春團拜，陸爸爸也代表寫作會發放百元紅包給前來參與團拜的會員們，他認定耕莘文教院就是他的家，而四十年累積下來的會員們便都是他的孩子。

對於守護者的角色，陸神父認為自己更像是在經營一間「感情銀行」，他說：「寫作會不只是候鳥灘，更像一間銀行，必須存入資產才會累積財富。張志宏神父的那股熱情與愛心存下來做為第一筆資產，繼任的我將它領出來付給學員們。此外，我還得鼓勵學員們把他們的心血也存進來，感情銀行資產越多，團體的向心力越強，相互的友誼越深。」

1998年5月3日，耕莘青年寫作會會長陸達誠獲頒發第一屆「五四獎」中的文學教育獎項，這個獎代表了對於長期致力於民間教育與文藝社團的肯定。在得獎感言中，陸神父引用了同屆得獎人瘂弦形容副刊是「眾神的花園」的概念，以培育寫作人才為主的青年寫作會在神父心中就成為了「造神工作坊」，三十餘年來親手培育出更多大神明小神明們，朝向副刊、文學獎或出版界前進。而維護是一種理念，延續是一種信仰，多年來陸神父專注於經營青年寫作會的理念，最終都能在信仰中如傳道一樣獲得同等值的回報。

永遠的志工團

由老會員所組成的「長青會」，由歷屆幹事所組成的「理事會」，以及日後由理事會轉型的「志工團」，由耕莘人帶領耕莘（新）人前進的運作模式，都在在展現了耕莘這塊土地對候鳥們數度歸返的號召力，也反映了當代文學社群難得一見由「學員／會員→輔導員→幹事會→理事會／長青會」的發展進程。對於這群學員出身，由基層做起，卻陪伴青年寫作會超過數十年的成員，如白靈、黃英雄、郭芳贄、楊友信、夏婉雲等人，陸神父總是說：「我很感激。」

其中，擔任寫作會多年理事，曾負責課務、活動規畫的白靈，有別於張神父與陸神父「精神導師」的角色，白靈更多的付出是根基於自身對於文學與創作上的專長，因此，他為寫作班的成員們解答創作上的疑難雜症，為寫作會成立小型詩社，早年所帶領的「詩的聲光」活動，為寫作會打開另一扇通往表演創作的途徑。直至今日，白靈仍為基金會與寫作會共同信賴的資深「志工」。

陸達誠（右二）獲頒五四獎文學教育獎，其他得獎人左起許悔之、瘂弦、馬森、余光中、陳憲仁（右一）。（文訊資料室）

葉紅（右前）、左起陸達誠、白靈等於寫作會辦公室商討會務。（耕莘文教基金會提供）

寫作班小說組學員出身的黃英雄，曾任寫作會祕書長，更是帶領耕莘實驗劇團寫下光輝紀錄的靈魂人物。儘管921大地震後，新大樓因安全問題拆除，劇團因而解散，但黃英雄仍持續開設「劇本寫作班」

課程，將電影、劇本等豐富的知識轉化為幽默風趣的分享，不僅是當前基金會課程中最熱門的講師，許多學員們也在修業後，仍持續回到劇本班，與老師共享創作的心路歷程。

曾任祕書、理事，近年代替陸神父擔任基金會董事會董事的夏婉雲，也長年為青年寫作會提供資源，分享所長。2009年隨著口述歷史出版計畫的執行，夏婉雲引介了許多老耕莘人共談回憶，如馬叔禮老師、陳銘磻老師，也提供許多珍貴的照片，更為老照片校正出處與圖說，為記載了半部青年寫作會史的陸神父自傳《誤闖台灣藝文海域的神父》留下珍貴的證言。

而時常出現在文藝營晚會中，擔任「糧食補給工作」的則是另一位寫作會終身義工楊友信，他認為儘管自己並沒有走上文藝創作的道路，但是他喜歡青年寫作會的氛圍，因它象徵著一段青春美好年代的熱情與成長：「耕莘給予了年輕人在寫作訓練之外，人生成長的歷練機會，而這是我們最珍視的部分。」

因此，不論是長青會、理事會、志工團，他們以陸神父為中心，歷年來持續且綿長地延續著文學社群的能量，即便日後青年寫作會職權移交由基金會接管，這群永遠的志工們仍守護著候鳥灘的燦爛歷史與美好年代，同時亦為新世代的未來喝采，這些曾為候鳥的成員們都在一次又一次的回歸中，無形中成為守護候鳥灘的另一股珍貴的力量。

於此，我們可以發現儘管文學創作是靜態的延展，文化活動的推廣卻是動態的團體事業，但是來自於「人」所組成的信念與行動力，成為耕莘青年寫作會在寫作班、寫作會經營之外，得以在台北城南培育台灣文學與文化成長茁壯的最大能量。

丁明蘭，國立台北教育大學台灣文化所碩士。現為活動祕書。曾獲基隆市海洋文學獎、林君鴻兒童文學獎。碩士論文〈耕莘青年寫作會之發展與研究（1966-2009）〉。

〈編後記〉

親臨文學的淨土

封德屏（文訊雜誌社總編輯）

1990年12月，《文訊》開始「各縣市藝文環境調查報告」。首站我們選擇最南端的屏東，每一個月做一縣市，總計做了16個縣市，共花一年四個月的時間。

當年執行這個企畫，對我的編輯工作是一項「破冰之旅」，以往就算是有採訪任務，地點最多也是在大台北地區，何嘗有過像這次密集持續的尋訪各地文學的經驗。結束這個專題後，雖然我又如常的坐在台北的辦公室工作，但每當疲累、倦怠時，那些在山巔水涯、市郊鄉野，為家鄉的子弟、家鄉的藝文，辛勤開墾，默默工作的面孔，就浮現在眼前。

也因為我們想傾聽來自鄉土的聲音，《文訊》自1994年9月起，增加了「各地藝文採風」專欄，每個縣市聘請一位熟悉當地藝文動態的作家或教育工作者，每個月定期報導各縣市的藝文訊息，這是我們了解各地藝文動態的重要窗口。也讓我們企畫各種文學議題時，提醒自己不要單一的以台北的環境及觀念去思考，應該有更高、更寬廣的視野。

•

《文訊》過去對各地文學的關注與用心，在執行這一次《我在我不在的地方——文學現場踏查記》的出版計畫時，有了許多基礎的資料與經驗。然而22組不同的主題，包括作家個人的創作現場，以及文人雅士集體的藝文空間，深入的報導記錄，對我們仍是一大考驗。流動的創作空間，不同的交通路線，複雜的群體關係，斷線的作家家屬……，諸如此類事情，打聽、詢問及聯絡，龐雜的工作於焉展開。一組包括企畫、編輯、攝影的工作同仁，延續當年《文訊》全省走透透的精神，開拔去也。

可是這次的時間壓力更大。從東到西，從南到北，這個計畫總計去了宜蘭的羅東、南方澳，高雄的美濃、西子灣、左營，台南的新化、關子嶺、北門、將軍、七股、佳里、學甲、西港、麻豆，嘉義的市區，彰化的溪州、八卦山，台中的霧峰、東海大學，桃園的龍潭，最後回到台北，內湖、天母、北投、士林、城南、大稻埕……，工作小組總計與不同的撰稿青年作家、學者，實際走訪踏查了三十幾個地方。馬不停蹄地訪問記錄，拍攝錄影。這樣的工作持續三個多月，過程雖然不至於餐風宿露，但一路探訪前輩足跡，叩訪今人舊事，與天氣、與環境抗衡；緊張繁複的過程，加上我們對事情的執著態度與高標理想，逐一的挖深織廣，於是到了不可收拾的地步。

當資料收集與實際採訪完成後，馬上就進入文字撰寫、地圖繪製、選擇照片的階段。本計畫執行之初，就因為諮詢委員（評審委員）對這主題不同的期待，建議多做兩個對象，我們也欣然接受。等到閱讀24位作家、學者的文章時，儘管大部分的字數都超過我們當初約定的範圍，但因字字精彩，篇篇動人，遂不忍刪去。這次特約撰稿的青年作家學者，不管他們是研究者或創作者，他們都用一種全新的、謙虛的態度及方式來撰寫，試圖將創作現場與作家作品、文學的集體記憶，描繪得更為細膩與深刻。再加上同仁文媛、怡瑄上窮碧落下黃泉的蒐集、調借相關資料、歷史照片，昌元老練成熟的攝影技巧，使得文字外的圖片資料亦是張張精彩，圖文並茂，以致於全書總字數、總頁數，輕易的超出原本預計的三分之一。於是，呈現在讀者面前的就是這幅飽滿厚實的壯觀景象。

在時間的長河裡，許多作家作品、史料文物逐漸消失淡忘，我告訴自己並勉勵同仁，把每一次地毯式的尋根，都當作「搶救文學史料大作戰」，我們與時間競賽，與現實的環境競賽，多留下一些文字，一些影像，我們的土地，我們生活的空間，將因為有這些作家作品，而有新的生命。

距離1990年12月，《文訊》的「各縣市藝文環境調查報告」，正好20年，藉著這次的尋訪與踏查，我們再次與台灣的土地作了親密與深刻的接觸。我們懷著虔誠敬慕的心情完成這本書。除了感謝辛苦的工作同仁外，僅以此書獻給和我們一起完成這個計畫的每一位朋友，以及曾經在這塊土地上播種、耕耘的每位文學工作者，他們讓我們在任何時刻，都感到文學的美好與芬芳。

〈感謝名單〉

本書的完成，承蒙下列各位前輩與朋友的協助，在此致上最深的感謝。

依筆劃序（先個人後單位）：

方小V小姐
王文興先生
王偉哲先生
白佳琳小姐
平松家族
朱天文女士
朱恬恬女士
余光中先生
吳育臻女士
吳南圖先生
吳音寧小姐
吳晟先生
李文耕先生
李若鶯女士
李展平先生
汪啟疆先生
汪潤華小姐
周春娣女士
周夢蝶先生
周馥儀小姐
季季女士
林仙龍先生
林生祥先生
林佛兒先生
林柏樑先生
林宗德先生
林金悔先生
林慶玉女士
柯志淑女士
洪怡文女士
洪祖仁先生
洪培修先生
范我存女士
夏祖焯先生
夏祖麗女士
徐惠隆先生
祝建太女士
高坂嘉玲女士
尉天驄先生
康文榮先生
康原先生
張文聰先生
張妙英女士
張良澤先生
張曉風女士
張默先生
莫那能先生
莊永明先生
莊芳華女士
陳丁林先生
陳文發先生
陳坤崙先生
陳銘磻先生
陳偉茵小姐
陳慶芳小姐
陳豔秋女士
黃力智先生
黃仁先生
黃名玟小姐
黃勁連先生
黃春明先生
黃隆先生
敬彥翔先生
楊建先生
楊翠女士
楊曜聰先生
葉陳月得女士
詹評仁先生
廖大慶先生
廖振富先生
蔣朝根先生
蔡文章先生
蔡滄龍先生
鄭安齊先生
謝里法先生
鍾舜文小姐
鍾肇政先生
鍾鐵民先生
簡扶育女士
簡錦錐先生
鐘俊陞先生
顧賴秀娟女士
顧劍清先生
子龍廟永昌宮
中國文藝協會
台北市茶商業同業公會
台灣新文化運動紀念館
甲圍國小
行人出版實驗室
吳三連基金會
明台高級中學
明星咖啡館
法德吉餐廳
春暉出版社
時報資訊
桃園縣客家文化館
海翁台語文學
真理大學台灣文學資料館
耕莘文教基金會
高雄文學館
高雄縣文化局
國立中山大學
創世紀詩社
黃大魚兒童劇團
新化鎮公所民政課
楊逵文學紀念館
蔣渭水文化基金會
賴和紀念館
龍潭國小
鍾理和紀念館
鴻祥綢緞百貨公司

我在我不在的地方：文學現場踏查記

作　　者／　丁明蘭・江一豪・宋雅姿・杜秀卿・余欣蓓・林　梵・林柏維
林麗如・馬翊航・陳建忠・陳栢青・梁竣瓘・郭漢辰・傅月庵
黃秋芳・紫　鵑・楊佳嫻・楊富閔・解昆樺・劉維瑛・鄭順聰
韓良露・羅任玲・顧敏耀（依姓氏筆劃序）
發 行 人／　李瑞騰
策劃主辦／　行政院文化建設委員會
出版發行／　國立台灣文學館
地　　址／　70041 台南市中西區中正路1號
電　　話／　06-221-7201　傳真／06-221-8952
電子信箱／　pba@nmtl.gov.tw　網址／www.nmtl.gov.tw

編輯製作／　文訊雜誌社
主　　編／　封德屏
編審委員／　向　陽・吳鎣真・林佩蓉・洪銘水・陳昌明・陳信元・須文蔚・黃美娥
（依姓氏筆劃序）
責任編輯／　邱怡瑄・李文媛
責任校對／　杜秀卿・阮毓琪
內頁攝影／　李昌元
地圖繪製／　張振松
美術設計／　不倒翁視覺創意工作室
印　　刷／　松霖彩色印刷公司

經銷展售／　國家書店松江門市　(02-2518-0207)
國立台灣文學館—雪芙瑞文學咖啡坊　（06-221-4632）
五南文化廣場　（04-2437-8010）
文建會員工消費合作社　（02-2343-4168）
紅螞蟻圖書有限公司　（02-2795-3656）

初版一刷／2010年12月
定　　價／新台幣480元整
GPN／ 1009904130
ISBN／978-986-02-5754-0

國家圖書館出版品預行編目資料

我在我不在的地方：文學現場踏查記／丁明蘭等作.--
初版. -- 台南市：台灣文學館, 2010.12
面； 公分
ISBN 978-986-02-5754-0（平裝）

1.台灣文學 2.文學評論 3.作家 4.文集

863.07 99023373